U0864681

新方墨 之 文学世界的激情与梦想（当代外国文学卷）

编委会

主任：阎晶明

成员：朱寒冬

王　山

胡　军

崔艾真

刘　颋

王　杨

Wenxue Shijie De Jiqing Yu Mengxiang

新方墨

文学世界的激情与梦想

（当代外国文学卷）

阎晶明◎主编

ARTTIME 时代出版
时代出版传媒股份有限公司
安 徽 文 艺 出 版 社

图书在版编目(CIP)数据

文学世界的激情与梦想(当代外国文学卷)/阎晶明主编.—
合肥:安徽文艺出版社,2014.10(2015.4 重印)
(新力量书丛)
ISBN 978-7-5396-4939-9

Ⅰ. ①文… Ⅱ. ①阎… Ⅲ. ①外国文学-现代文学-文集
Ⅳ. ①I106-53

中国版本图书馆 CIP 数据核字(2014)第 089288 号

出 版 人:朱寒冬　　责任编辑:朱寒冬　刘姗姗
特约编辑:王　杨　　装帧设计:许含章

出版发行:时代出版传媒股份有限公司　www.press-mart.com
安徽文艺出版社　www.awpub.com
地　　址:合肥市翡翠路 1118 号　邮政编码:230071
营 销 部:(0551) 63533889
印　　制:安徽新华印刷股份有限公司　(0551)65859551

开本:710×1010　1/16　印张:32.5　字数:650 千字
版次:2014 年 10 月第 1 版　2015 年 4 月第 2 次印刷
定价:39.80 元

(如发现印装质量问题,影响阅读,请与出版社联系调换)

版权所有,侵权必究

新力量

《文学世界的激情与梦想》

《翻译之技与翻译之道》

《当代世界艺术空间》

《大师与经典》

《文学生长的力量》

《聚焦文学新力量》

目录

美国

加拿大

英国

美国

唐·德里罗：
“另一种类型的巴尔扎克”

邱华栋

哈罗德·布鲁姆说:“当代美国最杰出的小说家有4个,他们是菲里普·罗斯、科马克·麦卡锡、托马斯·品钦和唐·德里罗。”这四人中,唐·德里罗后来居上,不可替代的“复印美国人生活”的创作特点凸显了其重要性。

复印美国人的生活

1936年,德里罗出生于纽约市意大利移民聚集区的一个中产阶级家庭。中学毕业之后,他到福特汉姆大学学习文学、哲学、神学和历史学,为写作积累了广博的知识,也使他的小说呈现出开阔的视野。1958年,唐·德里罗开始文学写作。他的第一篇短篇小说《约旦河》(1960年)就呈现出一种孤决的艺术气质,带有后现代特点的滑稽和破碎感。他的第一部长篇小说《美国逸闻》(1971年)深入到美国独特的历史当中,书写了一个关于美国梦形成的故事。唐·德里罗一出手就呈现出和别的作家不一样的风貌:他关心历史事件所映射出的当代社会问题,从中再结晶出思想来。

唐·德里罗

长篇小说《球门区》(1972 年)的题目,暗示了人在世界上的存在就犹如在球门区等待射门时的紧张状态。小说带有浓厚的存在主义印记,以小人物的惶惶不安来折射现代人的精神焦虑,是一部对美国人进行精神分析的小说。随后的长篇小说《琼斯大街》(1973 年)是对美国 20 世纪 60 年代文化反叛进行回眸的作品,宣示了青年亚文化多姿多彩和鲜活的力量。《拉特纳星球》(1976 年)带有科幻色彩,德里罗创造了一个叫拉特纳的星球来影射地球、甚至影射美国当代社会现实。这个星球的人们为欲望所驱使,沉溺在物质主义漩涡中无法找到自己。在小说中,唐·德里罗以比较冰冷的叙述语调对物质和物体进行描绘,如同复印机一样复印生活的原貌。这一特点在他后来的作品中更加明显,最终,他创造了一个叙事语调冰冷、画面繁复、精确反映当代美国各个领域生活的文学世界。德里罗每部小说的题材都不同,他喜欢书写经验之外的任何题材,视野开阔,但是万变不离其宗——探索美国社会的本质。

从《美国逸闻》到《走狗》(1978 年)的前后 10 年间,德里罗不断实验各种叙述语调,拓展小说题材,在对美国特性的挖掘上也很精到深入,在小说的结构形式和语言摸索上都有新发现,为进一步寻找到独到的文学表达方式奠定了基础。

美国文学杂志《新标准》如此评价唐·德里罗:“如果有谁对将美国人变成复印文本这件事情负责的话,那个人,就是唐·德里罗。”“复印”

抓住了唐·德里罗小说的一个最大特点。他的小说和安迪·沃霍尔的“波普”作品有异曲同工之妙,但唐·德里罗的小说又带有批判性的犀利锋芒和对人文精神堕落的深刻质疑,以深度和广度呈现了复印背后的荒芜。

白噪音覆盖的世界

进入20世纪80年代,唐·德里罗由传统小说家完全变成了后现代色彩浓厚的小说家,逐步走向了创作的巅峰状态。1982年的长篇小说《名字》标志着这个阶段的开始。这是一部关于语言、关于名字和命名的书。唐·德里罗试图告诉我们,不同的文化对于现实之所以会产生不同的理解,是因为存在着一个基本的语言现实:语言规定着对世界的命名,这是人类的基本需要和能力,语言不仅表达了人的所思所想,也建构了一种符号化的、可以被认知的现实。从表面上看,作品有着侦探小说的外壳,内里却是对时代症候的精神分析和语言语义学分析,是对美国和其他欧洲国家关系的透视,是对商业原则、军事情报、邪教文化在世界上隐秘存在的揭示。在更深层次上,小说还将全球化带来的复杂现实和世界各地的不平衡与文化冲突、人和自我的冲突放到同一平面上呈现。

1985年,唐·德里罗以《白噪音》获得了美国国家图书奖。什么是“白噪音”?在给中文译者朱叶的信件中,唐·德里罗专门做了说明:“有一种可以产生白噪音的设备,能够发出全频率的嗡嗡声,用以保护人不受诸如街头吵嚷和飞机轰鸣等令人分心和讨厌的声音的干扰或伤害。这些声音,如小说人物所说,是‘始终如一和白色的’。也许,这是万物处于完美之平衡的一种状态。”我们可以把这个解释作为进入和理解小说的钥匙。德里罗曾说:“如果写作是思考经过提炼浓缩的形式,那么，提炼得最浓缩的写作，也许就会终结为关于死亡的思索。"《白噪音》正是他"关于死亡的思索"的产物，德里罗的研究者马克·奥斯蒂恩称此书为"美国死亡之书"，在书中，"与死亡经验相联系"的白噪音，正是拒绝死亡的"人类的自然语言"，它十分均衡地一直存在于我们的身边，彻底覆盖了我们。

《白噪音》的主人公杰克是美国私立大学的教授，他专门研究希特勒。小说按照结构可以分成三个部分，第一个部分"波和辐射"中，唐·德里罗以第一人称漠然和平静的口吻描述了一个由家庭、同事、学校和城市构成的了无生气的小世界。表面上看，小城是祥和、平静、安全的，但是，杰克却隐约地感到莫名的恐惧和不安。他感到人类文明正在缓慢地、不知不觉地走向毁灭。仿佛感情被抽空的叙述口吻使读者觉得不妙，似乎有一种暴力和毁灭的力量在悄然聚集。

第二部分"空中毒物事件"是小说的中断和间奏，篇幅很短。这个部分描述了一场化工厂泄漏事故，揭示了人类遭受威胁的现实。据说，唐·德里罗描绘这场化学品泄漏事件，是对1979年发生在宾夕法尼亚三里岛的核工厂爆炸的真实写照。

小说第三部分讲杰克发现妻子芭比特被一种药片控制了身心，杰克感到恼怒和恐惧，开始追查药片的来历，最终搜寻到了不法商人格雷的踪迹，决心要杀掉格雷。但他在追踪中发现格雷自己也在吃这种药片，因为他精神失常了……

《白噪音》和现实主义小说、现代主义小说有很大不同，小说在结构上呈现出文本的多样和杂烩性质，电影蒙太奇和片段场景是小说结构的主体。它似乎没有中心故事和人物关系的冲突，叙述也是一种没有感情色彩的平面叙述，人物扁平，情节大部分都是无意义的、琐碎的，彼此之间并不呼应。小说以美国中产阶级的日常生活片段和景象来呈现出美国后现代社会内部的精神问题。在消费和图像所主导的现代生活之下，人类精神状态的危机、环境污染的危机、人文精神死亡的危机一一袭来。美国社会组织结构表面上严密齐整，却有着涣散和瓦解的实质，一种恒定的白噪音一直笼罩在头顶。

来自历史的回声

1988年唐·德里罗出版了以1963年肯尼迪总统遇刺为背景的长篇小说《天秤星座》。这是一部带有政治色彩，也带有明显的唐·德里罗特征的后现代小说。

小说精心描述了刺杀肯尼迪总统的凶手奥斯瓦尔多的成长经历，折射出美国20世纪50年代的特殊文化氛围、社会大潮和政治环境。小说在叙述风格上带有现实主义底色，又带有印象主义的铺陈。在情节上有大幅度的跳跃，也有省略和对内心的描绘。但是，在形式和语言的探索上，走得并不是很远。小说在3种叙述人称之间来回转换，获得一些叙述的灵活视角。小说中最动人之处，是对奥斯瓦尔多成长历程和精神状态的描绘，以及对20世纪50年代之后美国社会文化全方位的呈现，历史信息量巨大。小说有3个层面：肯尼迪遇刺的真实历史事件、叙述者本人虚构的故事

《天秤星座》英文版

以及作品中人物讲的故事。这三层故事相互消解,元虚构和滑稽模仿——小说对历史的模仿、对以往作品的模仿以及对其自身的模仿——将真实人物推入了想象的时空,并演绎出一场荡气回肠的时代悲剧。

这个阶段,唐·德里罗似乎对历史和政治的激情十分充沛,他的几部小说都和历史有关。而历史又是当代现实的回声和影子。1991年出版的长篇小说《毛二世》以印度裔英国作家拉什迪因为出版了小说《撒旦诗篇》而被伊朗精神领袖霍梅尼下令追杀的事件为背景,深入思考了在分裂和充满禁忌的世界中严重威胁西方文明的因素,以及西方如何接受挑战等等。小说中,唐·德里罗超前地思考了恐怖分子、群众运动、大众和权力、集权和自由的问题。进入21世纪之后,人们发现很多全球化时代的祸患,在这部小说中都有所揭示和呈现。

"另一种类型的巴尔扎克"

1997年出版的长篇小说《地下世界》可以说是德里罗最好的小说之一了。这部小说中,唐·德里罗纵横捭阖,书写了从20世纪50年代到90年代中期长达半个世纪的美国历史。

《地下世界》以编年史的形式分成几部分,在时间上是顺序叙述,以20世纪50年代兴起的麦卡锡主义、1963年肯尼迪总统被刺、阿波罗飞船登月、英国戴安娜王妃的意外死亡、世界职业棒球锦标赛等50多年来美国和欧洲发生的历史标志性事件作为线索,连绵推进;又以美国当代普通人的生活作为历史事件的陪衬,以活人的历史来映衬并没有真正消亡、不断在生活中发生影响的历史事件,旨在探求美国的特性和丰富性,试图以美国作家的眼光,对20世纪做总结性的回顾,是一部美国人视角下的史诗。小说的题目也表明,在被美国各种媒体所引导的大众文化之外,还有一个被遮蔽的50年历史。这个历史由各种地下的潜在事件引起,由最终成为显像的事件构成。英国著名作家马丁·艾米斯读完《地下世界》后说:“它也许是,也许不是一部伟大的小说,然而,毫无疑问,它已使唐·德里罗成了一位伟大的小说家。”

《地下世界》英文版

小说《大都会》(2003年)虽然篇幅不算长,但表现的内容却相当复杂。乍一看,小说似乎受到了《尤利西斯》的启发,以有限的时间去表现人在时间中无限的可能性。但是这一次,唐·德里罗似乎是在表现纽约这个大都会的难以言表和全球化的某种特性。整部小说叙述了一个亿万富翁在一天里的遭遇,折射出纽约这个世界大都会的风景。全球化和金融业的关系、恐怖主义和商业化、艺术和市场、大都市对人的威压和异化、性爱和身体意识等等,充斥在小说的缝隙里,仿佛一个后现代话语的万花筒。

2007年5月,唐·德里罗推出了长篇小说《坠落的人》,以“9·11”事件为背景,是很值得关注的一部小说。这部小说以一个幸存者的眼光,重新审视了那场发生在美国人眼皮底下并且彻底地改变了美国人心灵的事件,表达了唐·德里罗对“9·11”之后美国社会现实趋于保守,对穆斯林不信任和文化分裂的思考。作为密切观察社会走向的作家,唐·德里罗把他的触角也延伸到这场事件中,以一个幸存者的体验来折射它对美国人的影响。在“9·11”事件中,律师基斯大难不死,他感到很无助，来到前妻莲妮家中寻求安慰。但很快，基斯就和过去的一个黑人女同事打得火热，还借赌博寻找排遣和刺激。莲妮本希望他们可以和好，但是当"9·11"事件的阴影消失后，他们又回到了有裂痕的生活当中。在基斯和莲妮两条线索之外，唐·德里罗还描绘了另外两个男人的故事，一个是行为艺术家，他不断地把自己用绳索悬挂到高楼大厦上，头冲下做出坠落的姿势，来表现特殊的感受和隐喻，也是对"9.11"事件的纪念性行为。另外一个男人则是劫机者之一、恐怖分子哈马德，他如何走上了这样一条不归路，他的心理状态、行动原则和道德理念，唐·德里罗都给予了令人信服的想象和刻画。小说因此将三个男人和一个女人围绕着一个巨大历史事件的生活全面展示出来，逼真地表现了美国人所处的时代氛围和心理境况。

要想全面描绘和表现一个时代十分困难，但是唐·德里罗做到了。而他也指明了小说未来发展的一条道路，虽然大众化、商业化、图像化、网络化在不断地侵蚀着小说，但小说仍旧有着特殊的优势去描绘时代的全息图景。也因此，有人心怀着对小说这种叙事文体成熟和发达的19世纪的怀念，称颂唐·德里罗是"另一种类型的巴尔扎克"。

玛雅·安吉洛：
美国最耀眼的黑人传记女作家

郭英剑　冯元元

2011年2月15日，美国总统奥巴马在白宫为15位政治家、艺术家等颁发象征平民最高荣誉的“总统自由奖章”，以表彰他们对社会所做的杰出贡献。83岁的非裔美国著名作家兼诗人玛雅·安吉洛（Maya Angelou）名列其中。

多舛命运中成长的才女

1928年4月4日，安吉洛出生于美国密苏里州圣路易斯市。她原名玛格丽特·约翰逊。3岁时父母离异，她与哥哥被送到阿肯色州的小镇斯坦普斯跟随祖母生活。这段看似被遗弃的经历对安吉洛的性格以及她日后对家庭的看法产生了重大影响。13岁时，兄妹两人重新回到母亲身边生活。在读高中期间，安吉洛到旧金山劳工学校学习舞蹈与戏剧表演。高中毕业前她产下一子，成为16岁的单身母亲。这些遭遇对安吉洛的人生和创作影响深远，其代表作《我知道笼中的鸟儿缘何歌唱》就描述了她17岁之前的生活。安吉洛一生至少结过三次婚——也许是为了维护个人声誉，她本人从未澄清过这个问题。对于婚姻和家庭的看法，也成为安吉洛个人传记中不断探讨的主题。

年轻时身为舞蹈演员和戏剧演员的安吉洛，演艺事业在1952年至1955年间达到了鼎盛，还赴欧洲各国巡演。20世纪50年代后期，安吉洛逐渐专注于写作。她加入了哈莱姆作家协会，结识了她日后的密友和导师、美国著名黑人作家鲍德温及其他黑人作家。

美国民权运动中的积极分子

1959年，安吉洛应美国黑人民权领袖马丁·路德·金的邀请，担任美国南方基督教领袖会议北方协调人。1960年，她随南非民权领袖梅克一起到埃及开罗生活，在那里担任英文周刊《阿拉伯观察家》的编辑。后来她还在加纳生活了几年，在加纳大学音乐和戏剧学院担任教学和管理工作。

1964年，为了帮助当时的民权领袖马尔克斯·爱克斯建立新组织，安吉洛回到美国，不久爱克斯被暗杀。从此，她成为了民权运动的积极分子，并与马丁·路德·金有过密切合作。1968年4月4日，马丁·路德·金遇刺身亡，而这一天恰逢安吉洛的生日。从此以后，安吉洛就不再庆祝自己的生日，而是在那一天给金的遗孀送上一束花以表达敬意，直至2006年金的遗孀离世。

玛雅·安吉洛

爱克斯和金的遇刺身亡对安吉洛的打击极大，在鲍德温的鼓励下，安吉洛开始用写作排解悲伤。1969年，安吉洛完成了自传性质的作品《我知道笼中的鸟儿缘何歌唱》（以下简称《笼中鸟》）。第二年，该作品一经出版即赢得了公众和批评家的好评。一夜之间，安吉洛成为了当时美国家喻户晓的人物。在此后的几年时间里，安吉洛的诗集和其他传记作品也为她赢得了国际声誉，从此，她进入了创作高峰期。在此后 20 年里，安吉洛一边写作个人传记、短篇小说和影视剧本，一边创作诗歌和舞台剧，还作曲并为电影配乐。在创作之余，她还做了很多的巡回演讲。

直面黑人女性的悲惨人生

美国威廉与玛丽学院布莱克斯顿教授称安吉洛为“美国最耀眼的黑人传记女作家”。安吉洛目前出版的文学作品有 6 部自传、数十部诗集和 6 部散文集等。为学界所公认的，自然还是她的系列自传，即她的自传六部曲，包括《笼中鸟》（1969 年）、《以我之名相聚》（1974 年）、《唱啊，跳啊，就像过圣诞一样快乐》（1976 年）、《女人心语》（1981 年）、《上帝的孩子都需要旅游鞋》（1986 年）和《歌声飞入云霄》（2002 年）。2004 年，这六部曲以《玛雅·安吉洛传记全集》为名结集出版。

《笼中鸟》内容并不复杂，较为详实地讲述了她从 3 岁到 17 岁高中毕业前产下儿子期间的生活境遇。对她之后人生有重大影响的事件，在作品中都有记载。比如，她 8 岁遭受性侵害后，告诉了哥哥，后来她得知那个人被自己的亲人杀死，感到是自己的话语杀害了这个人，于是，此后 5 年她都闭口不语。直到她遇到弗拉尔夫人，弗拉尔夫人教她读书，才慢慢地使安吉洛走出了童年的阴影，开始张口说话。在她读高中和在劳工学校学习舞蹈表演期间，曾中途辍学，成为旧金山最有特色的游览车的第一位非裔售票员。书中最后写到，她在高中最后一年时怀了身孕，毕业前夕生下了儿子盖伊，从此离开家庭，带着孩子独立生活。

安吉洛自传的题目源自非裔美国诗人丹巴的诗歌《同情》第三段之第一句。在这部作品中，我们看到的是一个坚强的女性如何在生活的最底层不屈不挠，而从这一个体形象的身上，人们看到的是整个黑人与女性的生存状态。《笼中鸟》一出版，安吉洛就被公认为美国黑人和女性的代言人。

三大主题：身份、种族、家庭

《笼中鸟》这部自传的独特之处在于，它并不是按照传统意义上以时间为经络的自传写法，而是按照主题来划分，以一个个小故事占据了全书36个章节。

一般认为，安吉洛传记作品有三大主题。首先是身份问题，这是安吉洛自传系列中最为重要的主题。在《笼中鸟》中，小女孩儿玛雅个性和身份意识的觉醒有一条清晰的脉络。她从一个典型的种族主义受害者，逐渐意识到了个性、种族尊严。女性主义批评家劳瑞特说，正是由于这种逐渐显现的女性文化身份，使玛雅成为了所有黑人女性的楷模。安吉洛同20世纪六七十年代的女性主义作家一样，也希望借助传记来展现并重新审视女性，尤其是审视黑人女性的生存状态，以及在男性占主导地位的社会中女性所处的位置。但那个时候，

《我知道笼中的鸟儿缘何歌唱》英文版

在非裔作品中,黑人女性还远没有得到如实体现,正因为如此,批评家库德乔伊认为,安吉洛是最早展示非裔女性强大、真实一面的作家,而且,她更多表现的是理解与爱,而不仅仅是痛苦和绝望。她的第二部自传《以我之名相聚》,同样探讨了美国黑人女性的身份问题。在她的系列传记中,安吉洛经历了对黑人身份的怀疑、拒绝,最终依靠顽强的奋斗重塑了黑人女性形象,实现了黑人主体身份的建构。

其次是反对种族歧视。在《笼中鸟》中,小女孩儿玛雅所在的斯坦普斯小镇,就是一个种族歧视世界的缩影。在这里,黑人和白人、女性和男性的界限分明,这实际上也代表着"坏与好"的分界线。而在小玛雅看到的现实世界中,正如有批评家所指出的那样,邪恶的手总是伸向黑人女性。安吉洛在题目中所使用的"笼中的鸟儿"的比喻,一方面令读者感受到作者被囚禁在种族歧视及其压迫的牢笼之中;另一方面,也充分体会到作者要挣扎着冲破牢笼的决心。而这样的比喻在她的系列自传中成了中心意象。安吉洛的6部自传以编年体的形式,记录了作者从幼年到成年在美国遭受种族歧视、性别歧视和身份否定之后,从最初无可奈何的愤怒到轻微的反抗,并最终转为积极大胆的斗争的过程。

第三是家庭关系。安吉洛在童年时代就因为父母离异而感受到了强烈的被遗弃感,后来又亲身体验了单身母亲的艰辛,经历了与孩子、丈夫及情人的种种复杂关系,对家庭与亲情的思考一直贯穿在她的整个创作之中。从其自传中我们看到,单身母亲、女儿和孙女的多重身份,让安吉洛对"母性"有了更深的感悟,"母—子/女"关系也成为她众多自传作品的共同主题。除此之外,作品中也涉及了父爱的缺失等相关主题。

安吉洛的人生中有着许多不平凡的第一次:她是好莱坞第一位非裔

女编剧，是电影《乔治亚，乔治亚》(1972 年)的编剧与配乐；1993 年，她应邀在克林顿总统的就职典礼上朗诵诗作《晨曦的脉动》，成为在总统就职典礼上朗诵诗歌的非裔第一人；她 70 岁高龄的时候，作为好莱坞第一位非裔女导演，执导了大型影片《三角洲特种部队》(1998 年)。

安吉洛也是同时代人中获得荣誉和奖项最多的作家之一。她所获得的荣誉包括:《笼中鸟》获得了 1970 年美国国家图书奖提名；诗集《在我死前给我一口冷水吧》(1971 年)获得普利策奖提名；1973 年和 1977 年因分别出演戏剧《把脸转过去》和电视迷你连续剧《根》中的角色而两次获得托尼奖提名；她曾经在福特与卡特两届总统委员会中任职；三次获得格莱美最佳诵读专辑奖；1995 年，安吉洛被其出版商班坦图书公司评为“《纽约时报》非小说类平装本畅销书排行榜连续上榜时间最长奖”；1998 年，安吉洛入选全美妇女名人堂；2000 年获得“美国国家艺术勋章”；2008 年获得“林肯奖章”；2011 年，她又获得“总统自由奖章”。迄今为止，安吉洛被授予过 30 多个荣誉学位。

菲利普·罗斯：
“十足的玩笑，要命的认真”

杨卫东

2013年3月19日，美国犹太作家菲利普·罗斯迎来了80岁生日。到2012年宣布退出文坛为止，罗斯已经完成了31部作品。他一直是位勤奋多产的作家，甚至在年过七旬以后，几乎还能坚持每年推出一部小说，而且几无俗手。他的执着给他带来了无数荣誉。美国的各项文学大奖，如美国国家图书奖、普利策奖、古根海姆奖、欧·亨利小说奖、国家书评协会奖等，他都如探囊取物。国际上，他也屡有斩获：法兰西外国最佳图书奖、法兰西梅迪契奖、曼－布克国际奖、《巴黎评论》哈达达奖等。唯一的遗憾是，他虽然几度成为夺标呼声最高的诺贝尔文学奖候选人，却总在最后关头功败垂成。看来诺奖评委会无法对他形成一致的意见，他实在是一位有争议的作家。

对于有争议的作家，读者们往往会分成泾渭分明的两大阵营。爱之深者，恨不能把罗斯当作全美最杰出的文学巨擘；痛之切者，认为他根本就是一位自以为是的下三滥作家。罗斯在2011年获得曼－布克国际奖时，当时的评委之一卡门·嘉丽尔对罗斯的评价非常低：“他几乎在每一本书里都在写同样的主题。他就好像坐在你脸上，让你无法呼吸……我觉得他根本就算不上一个作家。”罗斯获奖后，她当即愤而退场，称罗

菲利普·罗斯

斯的作品是“皇帝的新衣”，空洞无物。另外一位评委里克·格考斯基对罗斯的评价则满是溢美之词。在他眼里，罗斯在50年的写作生涯里，杰作一部接一部，层出不穷，而且他甚至老而弥坚。“在90年代，他没有一部作品不是杰作——《人类的污点》《反美阴谋》《我嫁给了共产党人》。当时他是65岁到70岁的年纪。见鬼了，他的写作怎么会这样出色？”

的确，罗斯端出的一盘盘大餐，口味是比较单调的，他总是在重复主题，甚至在十几部小说里，会使用同一个人物或叙述者。可是，罗斯在看似重复的作品里，乐此不疲地表现出现代人生活的方方面面，无论是细致入微的私人生活，还是波澜壮阔的社会生活。这样的风格对读者造成一种逼迫式的阅读：反正我就这样写了，这里面有东西，爱不爱看由你。罗斯对单调的执着不禁让人疑惑：他到底是富有想象力，还是缺乏想象力？如果是前者，那么他应该算是能在方寸之地写出大文章的巨匠；如果属于后者，他就成了彻头彻尾的自恋狂。实际情况是怎样的呢？

罗斯的实际情况很难讲清楚，我们还是从罗斯最迷恋、最喜欢重复的主题入手吧。罗斯作品中最大的主题是：真相和虚构没有区别。要言之，没有本质的真相，只有对真相的阐释。不同的人对同一件事会有不同的看法，而同一个人在不同场合中对同一件事的看法也会发生变化。说的人多了，自然就“三人成虎”。所以真相是说出来的、虚构的，真相等同于小说。罗斯的很多小说看起来都像自传，所以不少读者抱怨他总是在写自己。他还写过一部自传《真相》,竟然以罗斯写给祖克曼的一封信开场,并且在全书中多次将自己的生活和小说进行比较,还不时让自己小说里的人物出来品头论足,这实在太像一部小说。而他的“祖克曼系列”小说里大量融入了自己的生活经历,以至于人们很自然地把祖克曼当作了他的另一个自我。祖克曼和罗斯有很多相似的地方:他们的第一部作品都写犹太人的生活,并且一举成名,而后来又都因为写了有色情内容的小说而声名狼藉。罗斯写过不少优秀作品,但最具轰动效应的当属《波特诺的抱怨》,里面用大量的篇幅来写性心理、意淫和手淫。罗斯因此成为不少人的意淫对象,受到他们的疯狂追捧,而评论界则对他口诛笔伐。著名评论家欧文·豪曾经对罗斯的第一部短篇小说集《再见了,哥伦布》大加褒奖,但罗斯后来的作品让他很不满意,他认为罗斯难成大器,写了不少贬低他的文章。罗斯很受伤害,把类似的经历写进了小说《解剖学课程》,在里面塑造了一位不知所云的批评家,狠狠地报复了一把。同样,罗斯把自己的第一段婚姻移进了小说《我作为男人的一生》。他喜欢上了玛格丽特,并主动示好,但女方似乎颇有心计,罗斯对她逐渐失去了兴趣。后来玛格丽特谎称怀孕,骗罗斯和她结了婚。婚后两人关系恶劣,4 年后离婚,但法院判罗斯向女方支付沉重的生活抚养费,直到 1968 年玛格丽特因车祸丧生。这段婚姻让罗斯吃尽苦头,他写了一本小说还觉得苦水没有倒尽,所以在《真相》里一边记述当时的生活情形,一边逮着机会就大谈特谈《我作为男人的一生》。更有甚者,罗斯在《欺骗》和《反美阴谋》等小说中,甚至把自己也变成了小说中的人物。罗斯倔强地用实际写作告诉读者:你们觉得我总在作品里写我自己,现在我真的要把我罗斯写进去,可是你觉得这个罗斯是真的罗斯吗?罗斯就这样挑战读者的耐性,同时颇为自得地达到了初衷,真实和虚构不可区分。

实际上，生活中的罗斯也让人无法捉摸。罗斯的第二任妻子克拉克·布鲁姆和罗斯的婚姻维持了4年，她在回忆录《离开玩偶之家》里坦言自己对罗斯的真实自我毫无了解，只对他的矛盾性格有些领教：一方面他机智、坚定、独立自主、善于自我控制；另一方面他固执、乖张、有些神经质。她怀疑小说《欺骗》中的"菲利普·罗斯"是真正的罗斯。小说中的妻子在查看罗斯的日记时，发现他背叛了自己，和很多女人有染。此时，丈夫竭力辩白：那不过是一本日记形式的小说，他没有背叛妻子。而实际上，罗斯的生活里真实地发生了类似的事。罗斯试图对继女的朋友拉切尔进行性引诱，结果碰了钉子。罗斯担心拉切尔告发他，就跟她说想怎样玩都行，如果她胆敢告发，那他会反咬一口。以罗斯的身份，谁会相信她呢？罗斯的这一面看起来有些让人生畏。不管布鲁姆所说是否属实，不管拉切尔是否说了谎话，有一点可以肯定：罗斯的家庭生活也和虚构小说搅在了一起。所以毫无疑问，真相的虚构性对罗斯来说是至高无上的真理。

罗斯围绕着这一真理，在大多数作品中努力探讨现代人的身份问题、生存状态、美国价值观以及欲望和死亡等主题，其中身份问题是他最关注的话题。罗斯书中的人物常常拥有不同的自我，过着多重的矛盾生活。这些角色在不同的环境下，忙不迭地给自己锻造不同的身份，甚至把捏造的身份强加于人。人的身份于是变得不可捉摸：他说自己是什么，他就变成什么；别人说他是什么，他也就变成了什么。他书中的犹太人群体身份也没有恒定不变的犹太性，而是一个有待个体做自由选择的问题。犹太人可以选择不做犹太人，而非犹太人却可以选择犹太人的身份。以祖克曼为例，他的身份之繁杂，足以让人眼花缭乱：他既是父母的乖孩子，又被临死的父亲称作"杂种"；他一会儿是想象力丰富的作家，一会儿又变成冷冰冰的医生；在美国，大家把他当成犹太人的叛徒，到了布拉格，他却成了犹太文化的挽救者；他可以是犹太复国主义者，也可以是反犹太主义者。正如真相的虚构性决定了我们无法了解事情的真相一样，这种身份的流动性，证明现代人没有本质的、连贯的自我。罗斯所刻画的很多犹太人脱离了传统，很难在现实生活中找到自己的位置，他们不再对爱抱有期盼，相互间不求理解，像仇人一样纷争不已，他们对现实很难有真切的认识，却争先恐后为自己或他人编造神话，真相终不可得，人生因此变得无比复杂。罗斯似乎在提醒读者，面对复杂的人生，无需追求所谓非黑即白、非此即彼的本质论，而应摒弃偏见，根据不同的环境做出相应的变化，因为本质既不可求，多重表象就成了生活的真正内容。

《美国牧歌》英文版

可见，在罗斯的作品中，一切都没有固定的意义，而所谓意义则取决于态度，取决于近乎游戏的文本阐释。所以无论罗斯在处理什么主题，无论作品表面上看起来多么严肃，实际上他提供给我们的永远是一个游戏的文本。罗斯的游戏文本中，形式上最具噱头的是《对立人生》，它主要讲祖克曼在不同的场合下，身份不断发生变化的闹剧，看后令人捧腹不已。《美国牧歌》和《人类的污点》同样也使用了多重身份，但却让人倍感苍凉。《美国牧歌》通过身份错位，让笃信美国梦的犹太人赛蒙看到了美国理想腐朽的一面以及青年人在社会中无所适从的困顿状态。赛蒙放弃了犹太人身份，一心一意要融入美国大熔炉，做一个没有族裔特征的纯粹美国人。他放弃了自己擅长的运动，做起皮革生意，他娶了新泽西选美小姐多恩为妻，婚后有了一个可爱的女儿玛丽。这是典型的菲茨杰拉德式的美国梦——物质成功、性感美女、体面的地位。但这样的梦难以久长。赛蒙乐观地认同主流社会所宣传的价值观，甚至认为对越战争也有合理性，他像瞎子一样无视眼前发生的一切。但纯粹的美国人并不好做。后来他的妻子看上了别人，他的女儿成了参与爆炸案的恐怖分子，最后干脆做了尼姑。赛蒙的美国梦破碎了。美国精神中一向标榜民主、自由和个性，可是赛蒙在追梦的过程中，却恰恰走向了反面。赛蒙一直按着美国社会的普遍生活模式要求自己，却落到如此下场。只能说，美国梦的本身是双重性的，它的腐败性如影随形，驱之不散，赛蒙的悲剧不只是他个人的悲剧，值得所有人深思。不过即便在这部沉重的小说里，罗斯依然见缝插针地展现出他的游戏态度。《人类的污点》调子更加悲凉，罗斯用近乎荒诞的游戏态度将主题发挥得淋漓尽致。科尔曼是黑人，因为有白人血统，肤色较轻，就假称自己是犹太人，并和自己的黑人家庭断绝了关系。后来在大学里教书，有黑人学生告他种族歧视，百辩不清。他索性放弃抗争，和农场女子弗尼娅一起放浪形骸，追求肉体快乐，最后两人一起死于车祸，科尔曼死后还按照犹太习俗入了葬。科尔曼的命运荒唐得让人哭笑不得。小说里还融入了越战退伍老兵生活无依、自

《欺骗》英文版

生自灭的故事,整体上有种荒诞而凄凉的气氛。作品对人的存在意义表示怀疑:人要么觉得自己根本没有存在过;要么一事无成,身后徒留污痕一片;要么及时行乐忘却烦忧;要么只能在这冷漠的世界孤独地栖存。罗斯的这部作品算是一个奇迹,他竟能用戏谑的手法展现出存在主义的透心寒凉。

罗斯在谈到自己的风格时,讲过这样的话:“十足的玩笑、要命的认真是我最好的朋友。”这应该是最恳切的评价了。罗斯就是带着这种风格,在重复中不停地前进,甚至年龄都无法阻止他的文字游戏。2006 年他推出了探讨死亡问题的《每个人》。对读者而言,这似乎是罗斯准备收手的信号。2007 年,他又出版了《幽灵退场》,正式让祖克曼退出了他的小说世界。这时候,如果我们回到先前提到的那些问题:他是富有想象力,还是缺乏想象力?他是文学大师,还是自恋狂?答案当然不言自明。按照罗斯的逻辑,真相具有虚构性,身份是流变的,那么对罗斯的看法,不该是非此即彼的问题,而应该是二者兼备,甚至多者共存的问题。

罗斯永远是一个谜。他捧出的大餐让很多人倒了胃口,也让很多人大快朵颐。他退休了,但神话还在继续。罗斯研究协会的《罗斯研究》已经出到了第九卷,关于他的新纪录片已经拍摄完毕,他的小说《美国牧歌》很快会由湖畔公司拍成电影。生活低调的罗斯在不失隐私的前提下,尽情地享受着文学给他带来的声誉。

石黑一雄式的忧伤

张　芬

石黑一雄，1954 年生于日本长崎，著名日裔英国小说家。1960 年，石黑一雄随家人移民英国。石黑一雄是极为少数的、不专以移民或是国族认同作为小说题材的亚裔作家之一。他本人从来不刻意去操作亚裔的族群认同，而更以身为一个国际主义的作家来自诩。

石黑一雄是英国当代著名小说家之一，他与拉什迪、奈保尔齐名，被誉为“英国文坛移民三雄”。迄今他已出版 6 部长篇小说，其中《长日留痕》(1989 年)获 1989 年年度布克奖，最为中国读者所熟知。因题材上的独特，此小说与其后创作的《千万别丢下我》(2005 年)已相继被拍成电影，这两部作品均有中译本。他另外三部长篇《远山淡影》(1982 年)、《浮世画家》(1986 年)、《无可慰藉》(1995 年)和短篇小说集《小夜曲——音乐与黄昏五故事集》(2010 年)的中译本也于近日出版。

石黑是当世优秀的文体家。他的作品笔法从容雅致，叙述亲切，他对叙述是那样具备耐心，仿佛一个坐在陈日之光下织网的渔人。他尤擅反讽，作品内蕴深长，读来往往启人深思。相较另两位移民作家，石黑作品的视野、格局貌似偏小，但其所长在于作品中散发的浓浓的东方式趣味——精确、敏感、细腻。第一人称为叙述线索是其小说的一大特征，这一方面有利于展开广阔的心理活动和敏感的视觉层面，同时使作品中充满了某种隐秘和深邃的气质。

石黑一雄

如果说，文学要不自觉地承担起有关人类的尊严与责任的话，那么石黑一雄的小说则是一个绝好的反思范本。他擅长通过作品把人类的隐忧缓缓地、不温不火地推到极致，然后令读者彻底、放心地大伤心、大失落一把。因而他的作品具有强烈的寓言性质。读者似乎可以从形式和内容上分别找到前辈作家——普鲁斯特和卡夫卡的影子。

石黑曾声称自己并不擅长短篇，之前在英国出版的短篇小说也寥寥可数。而从读者角度看，《小夜曲》却是一部相当成功的短篇集。作品中的5篇小说仿佛是回忆少年时的音乐，他将这些过去的音乐梦与难以言说的惨淡生活结构起来，加上静穆的田园景色的渲染，使作品具有独特的感染力。

如石黑之前的作品一样，这些短篇在精确的描写之中似乎又有些夸张与荒诞的成分。这之中包含了他作品一贯的主题：莫测的命运、从个体到人类生长的代价、职业的艰辛与怀疑、灵性的破坏，等等。石黑的语言轻松，却惆怅；隐秘，却开阔；对话尤其精彩和细腻。相比较其早期的作品，大量的心理刻画和分析减少了，轻松的人物对话更加烘托了人物形象，相对那些在阅读和思考上令人辛苦的长篇，这些作品如一首首连缀的爵士乐，令读者在接受上也相对自由和轻快了许多。

《伤心情歌手》讲述了一个简单而忧伤的故事。“我”作为一个波兰籍的业余吉他演奏者，在威尼斯的一次演出活动中邂逅了母亲的偶像、美国歌唱家托尼·加德纳,伴随着对过往感伤的记忆和威尼斯水滨的气氛,他们试图通过一次窗下演唱情歌的临时搭档,来打动即将与加德纳分离的妻子。一个时代即将过去,他们只能用必要的手段来缅怀,甚至不惜牺牲爱情和婚姻来拖延这样的繁华。一切看起来理所当然,又显得荒诞和可笑。

《不论下雨或晴天》描述了人的困境。"我"快50岁了,一无所获。刚好被一对面临着情感危机的老情侣求救,演奏出一场闹剧,全篇以音乐为背景,以男女情感危机为主线,"我"反而将自己也陷入了困境之中,问题在结尾仍悬而未决。作者绵绵的叙述和长于表达人们之间沟通危机的对话,则像梦呓一般浮荡在真实生活之中。《不论下雨或晴天》是美国20世纪60年代著名的盲人歌手雷·查尔斯的著名蓝调歌曲,正如乐曲,作品语言低缓优雅又充满了忧伤坚定。

《小夜曲》英文版

《莫尔文山》也是写一个并不成功但是热衷于创作的歌手,在一次度假期间,跑到自己的姐姐玛吉在故乡附近的莫文尔山所开的饭馆里打零工、写歌。然而,在貌似惬意和孤独创作的氛围之中,他不仅遭遇了和姐姐、姐夫之间的矛盾,而且还神奇般地遇到了一对似乎懂得欣赏他作品的、感情同样遭受到挑战的夫妇。两性之间的困境似乎是石黑一雄在《小夜曲》里倾心关注的对象。人与人之间、夫妇之间各自独立的内心和敏感的目光,因为亲疏不同、理解不同，必然遭遇不快，这些幻化成火花一样的矛盾和失落，正如一刹那努力所获得的欢欣一样，不可捉摸。小说具备了混乱而无奈、感伤而优美、迷失却又迷人的音乐质感。

《小夜曲》似乎达到了小说集的高潮部分，通读下来，有点卡夫卡的味道。小说讲述一个爵士乐手职业生涯的包装，受周围人的怂恿，他走向了整容的道路。和“我”在同一医院整容的女主角琳恩·加德纳恰是《伤心情歌手》中加纳德的妻子。这是一种残酷的真实，正如时下中国一些歌手明星热衷于整容包装、制造绯闻，而不是提高自己的艺术修养一样。在这里，石黑延续了他一贯的在小说中将人类的生物性、科技与经济乃至都市文明等虚幻又真切的事物渗透人心灵的写作方式。这是一场由包装艺术引发的闹剧，充满了呓语与幻想的成分，却残酷地折射了当代世界中的艺术生长之境。

《大提琴手》中的蒂博尔是个普通的大提琴手，他上进、乐观，像大多数人那样朝着自己的音乐梦想前进。自从一个女人爱洛伊斯·麦科马克听到了他的音乐之后，就断定他们之间有了某种必然的联系。这位女“知音”后来每天指导他练琴，甚至连他敲门的声音她都能听出内在的情绪。她告诉蒂博尔说：“这些人，他们太……太专业了，他们讲得头头是道，你听着，然后就被骗了……这个时候你就得坚决地把自己关起来。记住，蒂博尔，宁可再等等。有时候我也感到痛苦，我的才华还没被挖掘出来。可我也还没把它给毁了，这才是最重要的。”

可是到了后来，她还是离开了他，成为一个普通人的妻子。这位带有母性色彩的女性最终带走了蒂博尔的安慰和执着，最后他连一个通俗的歌手都不是了。命运无常，大多数人可能曾经有一份类似的音乐天赋，只是他们没有被发现或没有足够的空间“把自己关起来”，最终那最适合的、最自然的事业，也如浮沫一般，平息，消失了。

《小夜曲》中文版

可能跟石黑的特殊身份有关，他的小说时常出现漂流和旅行的主题。一旦离开了自己的裔地(石黑一雄5岁离开日本)，就失去了故乡，即使他再次回到裔地，也还是漂流的感觉。故而他的作品总是时不时地充满了身份的不确定和风景的变换。当然，还有一种音乐流浪者在路上的气息。这很容易让人想起美国20世纪60年代的嬉皮士文化，如鲍勃·迪伦的《像一块滚石》。虽然石黑早年模仿过嬉皮士在美国的大地上穿行，但他的这种“在路上”式的旅人小说显然不是透着禅境和洒脱的反省和刻意追求，相反，通过作品中的“*remains of the day* ”的铺染，缓解凝滞生活中的一些矛盾并且寻求心理乃至精神上的安慰。

石黑是热爱音乐的，早年音乐创作对他的影响，尤其是文学创作上的影响是不言自明的。从语言形式上说，石黑认为自己的小说擅长描写“心理的流动性”。这种流动性的转换，在某种意义上与音乐本身的节奏和旋律是类似的，这类音乐性小说在很多情况下都是直觉的产物，正如他所说“就像有些人解释为什么独唱在下午听起来比上午好听，那是没有理由的”(德国《时代报》访谈，2000年)。石黑通过直觉体验表述自己的故事，反而获得了不一样的独特性。从内容上说，《小夜曲》集中的角色，不是音乐独特趣味的欣赏者就是青春已逝的流浪歌手，“我”旁观着一个个音乐青年的沉沦，或者一对对夫妇或情侣深深陷入不能再

“相视一笑即能会心”的尴尬处境。这些无疑是石黑对音乐与往昔的一种回敬和缅怀。作品中提到的很多音乐并非虚构，而是历史的一部分，想必那些熟悉音乐作品的读者，能够从文体的音乐性之外，找到过去许多英美的音乐主题。

约翰·卡瑞在为《上海孤儿》(2000 年)撰写书评时说：“石黑一雄之抛弃现实主义并不是脱离现实，而是其反面……石黑一雄使得记忆、想象和梦幻水乳交融般无法分离，将我们带入被现实主义简单化的现实的迷宫。”这一判断似乎适合于石黑一雄的任何小说，他的写作方式能给我们现实主义之外的另一种现实性探索上的“精确性”，尤其是在目前文学写作已经为其他媒体和新技术大肆挤压的阶段，则更应该开拓文学自身的可能空间，使之更加独立、自由。

《作者，作者》：在结构与解构张力下完成的詹姆斯肖像画

高继海

戴维·洛奇的小说《作者，作者》很难分类，尤其是很难把它划归小说或传记，当然也可以说它是一部关于19世纪末、20世纪初的英国社会文化史。这部作品写的是著名小说家亨利·詹姆斯的生平与创作。我用研究型传记小说来界定这部作品，在作品中，传记的因素和小说的成分一方面水乳交融，另一方面又泾渭分明。洛奇的作品一直都是被视为小说的，虽然他的小说，从较早的《看电影者》《大英博物馆正在倒塌》，到中期的《换位》《小世界》，再到后来的《好工作》和《作者，作者》，可以被视为从自传到他传的一个过程。洛奇写作《作者，作者》时已经年近70岁，与詹姆斯相比，他身上学者和理论家的味道更浓一些，但是他的主要成就恐怕还是在小说创作方面。洛奇对100年前这位作家的研究，是否也是对自

戴维·洛奇

己作为作家一生的检视，抑或希望后世有人也对他的一生做类似的研究？

学界对亨利·詹姆斯的研究已经有了很丰富的成果，洛奇研究詹姆斯的新意何在？洛奇选择詹姆斯作为研究对象，一方面是兴趣促动，一方面是利益驱动。首先洛奇对詹姆斯作为前辈作家怀着深深的敬意，有意对他的生平做一番研究和梳理；其次，他把自己的研究与小说家的虚构本领结合起来，希望写一部畅销书，赢得更多的读者和银子。

亨利·詹姆斯

在书的开头，洛奇说："有时，给小说加个前言以说明情节和人物纯属虚构或诸如此类的话好像很明智。但对本书，作者似乎得作一个不同的声明。几乎所有在作品中发生的故事都建立在事实基础上。除了一个无关紧要的例外，一切有名有姓的人物都是真实的。从他们的专著、戏剧、文章、信件、日记等引用的，都是他们自己的话。但在再现他们所思、所感、所说时，我行使了小说家的特权，我想象了一些被历史记录忽略的事件和个人细节。因此，本书是一部小说。"在书的结尾，洛奇列举了他在"研究"过程中参考的一系列书目，并指出小说中的虚构之处。

许多文献认为詹姆斯终生未婚是因为其同性恋倾向，而洛奇的小说则认为詹姆斯未婚是出于对文学创作的执着追求和对名望的向往。书中多次提到詹姆斯对法国小说家放荡行为的不屑、对王尔德同性恋的反感、对一些行为举止轻佻之人的蔑视，认为詹姆斯作为严肃的艺术家，其崇高的追求使他摆脱了庸俗的、低级的肉欲享乐，虽然他作为一个凡夫俗子，也有七情六欲，对男女性事也曾经有过好奇和兴趣。据文献以及洛奇的叙述，他与其表妹米妮·坦普尔曾经有过一段类似爱情的关系，而坦普尔的早亡使他决心独身终生。实际上，詹姆斯一生中女友甚多，不过他与这些女友保持的是一种纯粹精神的、文学的友谊，比如他与小说家伊迪丝·沃顿的友谊，他的家人就看不惯。在他的嫂子和妹妹眼中，伊迪丝·沃顿是一个不道德的放荡女人，与詹姆斯一向反对的王尔德、莫泊桑等人是一丘之貉。

在洛奇的叙述中，詹姆斯与另一位女友费尼莫尔的关系相当微妙，这位女友后来自杀身亡，给詹姆斯留下无尽的懊悔与惆怅。他在她笔记本里发现这样一段话："设想一个天生没有心的男人。他人品不错，至少心不狠；他不放荡，品行端正；但是他没有心。"詹姆斯认定，费尼莫尔说的这个没有心的人就是他，这使他回忆起福楼拜谈到其母亲指责他的话："你对文章词句的迷恋早已使你的内心干涸。"詹姆斯知道，他和福楼拜一样，痴迷于那些工整平衡、结构复杂、音律精巧、把意义严严实实包裹起来的句子。他扪心自问，这样的痴迷真的能让人内心干涸吗？这是不是人为了艺术成就不得不付出的代价？

为了艺术的追求而放弃了俗世的享乐，甚至放弃了常人具有的天伦之乐，他得到了什么呢？他为了名声而活，可是他的名声在他活着的时候并不十分显赫。他的小说有很高的艺术造诣，但从来也没有十分畅销过。他对戏剧一直很着迷，还是小孩子的时候就着迷，他感到小说不能给他带来显赫的名声和收益，就打算在戏剧上一显身手。这是19世纪80年代末90年代初的事情。他倾注大量心血创作了戏剧《居伊·多姆维尔》，演出却失败。观众一致认为，演出失败的原因不在于演员的演技，而是剧本太糟糕，他们在落幕时大声起哄，高喊"作者，作者"。詹姆斯不知就里，以为演出成功，居然来到舞台中央与观众见面。“他正要转过脸去面对观众，准备优雅地向他们鞠躬，一阵暴风骤雨般的呸声从诸座位中响起，砸在他毫无准备的头上。呸、呸、呸，其间也有嘘声和嘲笑，但满场最响的声音就是这瀑布般一阵阵倾泻而来的拖长了元音的呸声。詹姆斯呆若木鸡，大惊失色，完全不明白发生了什么事情，也不知道该如何反应。”

可以想见，对于詹姆斯这样一位视名声、名誉为生命的谦谦君子，这样的遭遇未免太残酷了。与他的境遇形成对比的是，此时王尔德的戏剧正在伦敦热演，且卖座率很高。他志在经过辛勤努力，成为像巴尔扎克、狄更斯这样的大作家，在自感失败、自叹不如的背景下，转向戏剧以求突破。可是他的转向导致的是这样惨烈的失败，以致他平生第一次产生了自杀的念头。他偶然翻阅妹妹的日记，看到她对自己无条件的一贯支持，引发他对自己的反省，认识到自己的自私、虚荣、狭隘和自我为中心，心中充斥着内疚感。

《作者，作者》英文版

詹姆斯从心灰意冷中振作起来，彻底放弃了戏剧创作，回到原来的小说创作，在20世纪初接连写出《使节》《鸽翼》《金碗》，均被列入20世纪最优秀的100部小说中。这些现在被认为是现代心理小说奠基之作的作品，在当时并不被看重。人们对这几部作品，不是在敬仰中掺着迷惑，就是完全的漠不关心。每一部作品都只卖几千册。最后给詹姆斯致命打击的是，他耗费多年心血精心挑选、修改校对的24卷本作品集，在纽约竟然没有销路。如果说他40多岁时转向戏剧创作，遭受失败时还可以恢复的话，那么他在60多岁时遭受的这次打击彻底把他击垮了。他虽然没有尝试自杀，却陷入深重的抑郁之中不能自拔。他焚毁了所有来往信件、日记，销毁了一切涉及隐私的东西，打算弃绝尘世。

洛奇的小说向我们展示了一个醉心文学、矢志献身文学的文人形象。詹姆斯对艺术孜孜以求，脚踏实地辛勤耕耘，在私生活方面对自己要求严谨得近乎苛刻；但他同时追逐名利，有某种程度的自私和虚荣，以自我为中心，在人情世故方面显得有些冷漠。关于詹姆斯独身的原因，洛奇写道："结婚的义务和对文学造诣的追求是不可比拟的，这就足够了。他需要自由，自由到自私的地步，也就是说，忘我地投入艺术。他要自由地旅行，自由地寻找新的体验，而且当缪斯女神召唤他时，能自由地将自己几小时几天地关闭起来进行写作，不用操心考虑妻子和孩子在情感和经济上的需要。"实行独身主义也好，与亲友相处也好，詹姆斯都是如此。一个人要想有所成就，大概总要自私一些。

《作者，作者》分成四部。第一部和第四部较短，都是约40页的篇幅，分别描写的是1915年12月詹姆斯重病在身和1916年1月到2月28日他去世前的情景。

小说开篇第一句话点明地点和时间："伦敦，1915年12月。"接着描写72岁的作家在自己的家里"渐渐走向死亡，步子虽缓但确凿无疑"。一位老作家的缓慢死亡与战场上无数青年人的迅速死亡形成对照。小说接着向读者逐个引见詹姆斯周围的人。他的男仆伯吉斯·诺克斯、园丁乔治·加蒙、女仆明妮·基德。当然，最重要的是他的秘书西奥多拉·鲍桑格小姐。她受过正规的大学教育，文雅、稳重、得体，对詹姆斯尊敬有加，深得詹姆斯信任和赏识。像雇主一样，她也选择了独身。一个月中詹姆斯两次中风，他的嫂子匆匆从大洋彼岸赶来，嫂子对鲍桑格小姐擅自将詹姆斯的病情告知伊迪丝·沃顿不满，决定疏远鲍桑格小姐。

一个值得注意的细节是，女仆明妮听到詹姆斯在幻觉中说出“丛林中的野兽”，就向鲍桑格小姐提出借阅詹姆斯的这个短篇小说，可是她怀着强烈的好奇心开始读，却越读越迷茫，最后不得不绝望地放弃。故事开头的第一句话，明妮知道所有单词的意思，可它们组合起来后她却无法理解。第二天她还书时，直率地告诉鲍桑格小姐她读不懂，鲍桑格小姐说，詹姆斯先生的作品初读确实有些难度。他对读者的要求很高，但是阅读的收获也很大。洛奇这里用这个例子，说明了詹姆斯作品不受大众欢迎的原因，也为后面叙述詹姆斯屡遭挫折埋下了伏笔。他的小说如此，戏剧亦如此。这个对艺术的唯美追求与普通大众欣赏能力的差距是无法弥补的。詹姆斯不愿意放弃前者而迎合后者，这是他痛苦的根源。

小说第四部在时间顺序上紧接第一部，叙述 1916 年 1 月到 2 月底詹姆斯去世的情形。詹姆斯获得国王颁发的功绩勋章，但是詹姆斯无法去白金汉宫接受国王的嘉奖，只好在病榻前领受勋章。伊迪丝·沃顿邀请鲍桑格小姐担任她的私人秘书被婉拒。小说的这一部分大量引用了鲍桑格小姐对詹姆斯的评价。鲍桑格小姐 1907 年开始做詹姆斯的秘书，此时詹姆斯已经过了创作生涯的盛年，而且很快就陷入生平第二次最深重的精神危机。鲍桑格小姐目睹了詹姆斯晚年的种种失意，希望詹姆斯九泉之下有知，看到他的名气、影响远远超过很多同时代人。

在小说第二部和第三部中，洛奇回过头描写詹姆斯从 1880 年正值盛年到他 1915 年生命垂危之间 35 年的经历，与第一部在时间上相衔接。第二部和第三部的时间划分是在1893年底，此时詹姆斯转向戏剧创作，成败未知。第二部从詹姆斯与杜默里埃的友谊开始，回溯了此前詹姆斯小说的创作。詹姆斯是1878年义无反顾地决定在伦敦开展文学创作的，时年35岁。他风华正茂，相继写出《美国人》《戴茜·米勒》《欧洲人》等。但是詹姆斯的作品从来也没有像伊迪丝·沃顿、狄更斯、萨克雷、艾略特、哈代的小说那样畅销。到1890年，詹姆斯感到创作灵感枯涸，开始把目光转向剧院，跃跃欲试地开始创作戏剧。可是，舞台戏剧更要求语言的简练易懂、风趣幽默、机智双关，与大众生活密切相关，而詹姆斯那冗长沉重的语言风格、幽深细腻的心理描写，与舞台语言的要求相去甚远。

洛奇曾经写过一本关于伊夫林·沃的小传，他早期小说的风格也与伊夫林·沃颇为相像：离奇的情节，辅之以嬉笑怒骂、冷嘲热讽。《换位》和《小世界》为他赢得了讽刺小说家的名声，讽刺的对象就是像洛奇本人那样的学界教授、名流。而《作者，作者》与前期作品有很大不同，讽刺的锋芒锐减，夸张也几乎不见了踪影，代之以平实的叙述风格，大众化的素朴词汇，依旧严谨而巧妙的结构和略带研究性质的、追根问底的态度。他力图再现一个真实的亨利·詹姆斯，尽管他清楚，在后现代语境下，在“真实”本身是什么都受到质疑的今天，这是何其困难。这位精通结构和解构的大师，在结构与解构的张力作用下，完成了对亨利·詹姆斯的一幅肖像画，为我们了解亨利·詹姆斯提供了一扇新窗口，开辟了一个新视角，也为我们理解人性的坚韧与脆弱、崇高与虚荣提供了新的例证。

安·布拉谢尔《我的名字叫回忆》：爱是记忆，也是信仰

高　兴

初春，晴朗的早晨。光，那么充裕，又那么亮丽。我需要眯起眼，才能看清眼前的字：我的名字叫回忆。这几个字，在光的作用下，竟仿佛是在舞动。它们舞动着，舞动着，又融进了光中。

这是部小说的名字，美国女作家安·布拉谢尔的长篇小说，极为动人。它讲的是爱情，但又不仅仅是爱情。在我看来，它首先是记忆。

记忆，让爱情持久地留存在心间。可生命有限，记忆也就有限，它最终会随着生命的消逝而消逝。因此，所谓永恒的爱情，只是个相对的概念。一生一世，兴许就算是永恒了。文艺作品里，兴许才有所谓的永恒。

然而，假如一个人能带着记忆，穿越时空，生而复死，死而复生，生死不息，一世又一世，那么，他便有可能拥有真正意义上的永恒的爱情。

《我的名字叫回忆》中的男主人公正是这样的人。我们就叫他丹尼尔吧，这也确实是他最终给自己选定的名字。他已活了一千多年，在生与死之间，不断转世，连他自己都不记得究竟活了多少回，又死了多少回了。千年轮回中，他自然积累了非比寻常的回忆。但作者强调："他的回忆非比寻常，却并不完美。他是个凡人。"凡人，才有七情六欲，才有是非曲直，才让他的故事有种种的看头，并具有人性的光芒。我们也才

安·布拉谢尔

乐意倾听。

是丹尼尔在说，也是记忆在说。一段绵延千年的爱情故事，仅仅凭那辽阔幽深的时空维度，就足以让我们期待。不同于大多数爱情故事，这段爱情故事却肇始于罪恶。那是在北非。身为军人的丹尼尔，在误导下，火烧一座又一座房子。就在那时，丹尼尔看见了她，那个少女，幽怨而无奈地望着他，随后走进屋子，被大火吞没。从此，他再也忘不了她："我的每次生命都是从对她的回忆开始。她，是我的原罪。因为她，我才认识自己。"

他要寻找她，一世一世地寻找她，刚开始出于赎罪心理，可渐渐地就演变成了爱情。于是，寻找索菲娅，便成为贯穿全书的主线。无数的轮回，无数的转世，记忆不变，爱情不变，可在不同的生命中，心中的索菲娅，却要靠男主人公凭超凡的目光，在不同的女人身上发现。作者着重写了不同时期的三段故事：与索菲娅的故事，与康斯坦斯的故事，与露西的故事。她们实际上是同一个女人。

公元8世纪，在小亚细亚帕加马，哥哥带着嫂子索菲娅回到家里。丹尼尔看到"她"时，顿时惊呆了：这就是北非那个少女。哥哥并不爱索菲娅，一直虐待她。丹尼尔却爱她。哥哥赌博成性，输光了家产，扔下老母和妻子跑了。丹尼尔安顿好母亲，同时决定将索菲娅送到一个安全的地方。他骑马带着索菲娅穿越沙漠。沙漠之旅，成了一次心灵之旅、情感之旅，忧伤、含蓄、诗意般美好，是丹尼尔多次生命中最幸福的时刻。然而，多年后，索菲娅却在一场火灾中失去了生命。丹尼尔不得不继续寻找。

20世纪初，在英国哈斯伯里顿庄园，丹尼尔伤势严重，住进了战时临时医院。年轻护士康斯坦斯走了进来。他立即认出，她就是索菲娅。他给康斯坦斯讲述了种种奇特的往事，还向她展示了种种超凡的才能。渐渐的，康斯坦斯相信了他所说的一切，并爱上了他。但他们的爱忧伤、凄美，让人悲痛欲绝。丹尼尔在弥留之际，和康斯坦斯，也就是索菲娅，相约来世一定相互寻找，再度聚首。不久之后，康斯坦斯也离开人世，随他而去了。如此，原先一个人单方面的寻找，变成了两个人的互相寻找、互相呼唤。爱，也就有了深情的回应。

而与露西的故事是整部小说的重中之重，成为全书的主干。故事发生在21世纪，美国弗吉尼亚州。似乎所有前世的苦苦追寻，所有前世的曲折故事，都是在做必要的铺垫、准备和注解，以便将露西和丹尼尔的故事推向极致。露西从一开始就对丹尼尔有着深深的迷恋。丹尼尔也凭超凡的洞察力认出露西就是索菲娅的转世。关键时刻，他热切地呼唤着索菲娅，这让露西无比沮丧，以为丹尼尔误将她当作了别人。在灵媒、梦境等的启示下，她开始领悟丹尼尔所说的一切。而丹尼尔也改变了思维方式和追求方式。小说中，丹尼尔是爱的化身。而他的哥哥约阿希姆却是恨的化身。约阿希姆始终是作为丹尼尔的对立面出现的，也是丹尼尔的某种衬托。约阿希姆同样有着千年记忆，也曾不断转世，但始终没有改变他残酷、贪婪、自私、嫉妒的本性。就在露西准备

《我的名字叫回忆》英文版

接受丹尼尔的时刻,约阿希姆冒充丹尼尔邀请露西去墨西哥旅行。丹尼尔闻讯后,立即前去营救露西。经过种种曲折甚至惊险后,丹尼尔和露西终于拥抱在了一起。于是,一首千古爱情绝唱便有了令人欣慰的结果。

这三段故事,既各自独立,又相互补充,相互支撑。将它们合在一起,便是一段纯净、动听、唯美而又完整的爱情篇章。

《我的名字叫回忆》无疑有着巧妙的构思和丰富的想象力。对于作家而言,想象力其实就是创造力。由于作者的奇特构思和大胆想象,爱情,一下子获得了无比辽阔的发展和展示天地。小说中,时空不断转换,人物不断变化,过去与现在交错,从 6 世纪到 21 世纪,从北非、小亚细亚,到英国、美国和墨西哥,给阅读带来了许多丰富感、画面感、变化感、立体感和历史感。而重点显然又落在了当代。这无疑让读者感到巨大的贴近,同时还为未来埋下了伏笔。只要记忆存在,这一爱情故事就会一直演绎下去,直到永远。在此意义上,这又是部无限敞开的小说,只有开端,没有结尾。

《我的名字叫回忆》中文版

爱是个博大的主题,有着深刻的内涵和外延。因此,它自然而然地生发出诸多其他主题,比如寻找、等待、思念、孤独、爱、恨、牺牲、殉情、拯救、记忆、善与恶、遗忘,等等。所有这些,在《我的名字叫回忆》里都能读到。这就让它显得更为饱满、复杂、厚重,充满各种意味和韵致,好读而又耐读。

这部独特而又感人的小说告诉我

们:只要你相信记忆,就会相信爱的永恒。如此,小说中的爱情故事便有了宗教的意味,便上升到了信仰的高度。爱,在相当程度上,就是信仰。当今时代,我们尤其需要爱的信仰。

《恐怖分子》与《回声制造者》：美国后“9·11”小说中的反省

刘建华

“9·11”事件是美国当代历史和文学史上一个极具标志性的时间。按美国人自己的看法，它标志着美国神话（理想隔绝、善之榜样等）的破灭，标志着“美国时代”开始走向终结。“9·11”事件发生当天，不少人宣称：“昔日的美国从此将一去不返。”美国时事评论员亨特·S. 汤普森在事件发生的第二天这样说道：“双塔现已消失，变成一堆血淋淋的废墟，随之而去的还有在我们的时代、在美国或任何其他国家获得和平的一切希望。必须清醒地认识到：我们正处于战争状态——与某种人，而且我们会在余生里一直与那种神秘的敌人处于战争状态之中。”美国当代小说家唐·德里罗这样谈论“9·11”事件的深远影响：“那个事件已经改变了最寻常时刻的基质”，包括“在哪里居住、如何旅行、看待孩子时应想些什么”。也有人说，“9·11”事件也是美国文学的一个分水岭，“9·11”之后的美国文学更关注暴力、战争、身份、历史、宗教、文化、道德，更关注文学的社会责任和认识、教育功能。

近几年，不少美国作家的作品都直接写了“9·11”事件或以“9·11”事件为原型的恐怖活动，其中当然不乏反思。但也必须看到，很多写“9·11”事件的作品的反思在篇幅和深度上还比较有限，读者关注度也不高。但通过比较不同作品的不同写法，我们还是能够对美国后“9·11”小说中的反省有大致了解。

约翰·厄普代克的《恐怖分子》(2006年)和理查德·帕沃斯的《回声制造者》(2006年)两部作品里的核心事件都发生在“9·11”事件之后的第二年，但在内容和写法上有不少对应的差异。《恐怖分子》是直接写恐怖活动，而《回声制造者》则是间接来写；《恐怖分子》侧重外部，《回声制造者》侧重内部；《恐怖分子》里写历史较少，《回声制造者》写历史多；《恐怖分子》不写自然，《回声制造者》多写自然；《恐怖分子》中没有涉及反战内容，《回声制造者》则有不少反战言论；《恐怖分子》主要写偏激的他者，《回声制造者》主要写健忘的自我；《恐怖分子》里的美国依然强盛，《回声制造者》里的美国则迷失了方向；《恐怖分子》以胜利结尾，《回声制造者》的结尾却一片彷徨。

约翰·厄普代克

理查德·帕沃斯

有人说相当畅销的《恐怖分子》写得很糟糕，这并非没有道理，但书中也有很多反省的内容。小说以多视角来讲述(有着一半爱尔兰血统和一半埃及人血统的高中生 Ahmad 的视角，一位年长的黎巴嫩移民的视角，他生在美国的儿子 Charlie 的视角，Ahmad 的伊斯兰教导师 Shaikh Rashid 的视角），梳理了历史（Charlie 就向 Ahmad 谈到美国的现状，还回顾了乔治·华盛顿 1776 年至 1777 年间所指挥的战斗）。书中也不乏对美国的批评。

Ahmad 有信仰、责任心、同情心，是书中最有见解和道德感的人物，作者借他的眼光批判美国的物质主义和道德堕落，没有父亲、精神匮乏的家庭使得 18 岁的 Ahmad 不得不向外寻找指导。尽管在语言和解经技巧上他比不上导师 Shaikh Rashid，但信念比导师更加纯洁和坚定。这个缺乏社会经验而又渴望证明自己的青年，轻易地被导师交给了恐怖分子，受命去炸连接新泽西与曼哈顿的林肯隧道。

Ahmad 的学校辅导员 Jack Levy 与 Ahmad 的母亲信仰不同却成为情人，他最终成功说服 Ahmad 放弃爆炸行动。小说以此表明，只要不同文化互相理解，暴力和恐怖主义是可以避免的。

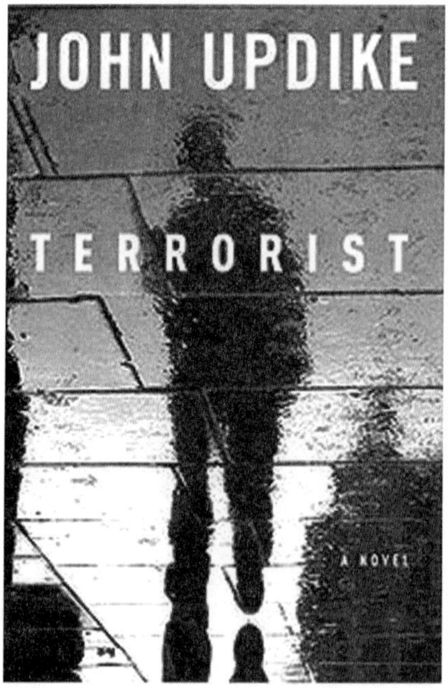

《恐怖分子》英文版

《恐怖分子》中有陈词滥调、俗套形象和种族歧视的倾向，有评论认为该作品属于一种由陀思妥耶夫斯基、康拉德、马尔罗开创，由唐·德里罗、理查德·帕沃斯和萨尔曼·拉什迪发展的探讨极端分子内心的文学传统。由此，厄普代克与帕沃斯又在探讨极端分子内心的文学传统上联系在了一起。

帕沃斯被称为“最为著名却又知者最少的美国小说家之一”，他非常博学,作品经常涉及遗传学、生物化学、神经科学、虚拟现实、人工智能、音乐艺术等。他的小说思想丰富,又充满强烈的感情和真实的人性。《回声制造者》是帕沃斯的第 9 部小说,获 2006 年美国国家图书奖。作者自己说该书写的是大脑、自我以及创造可靠性和持续性的途径,写了生态以及我们疏离其他生物的原因,还写了"9·11"之后的美国生活。作品始于恐怖袭击发生后不久,美国终于入侵伊拉克的第一天,因此书中人物重新寻找自我的努力,呼应着美国国家在新形势下对自我的重新定位。小说中得了卡普格拉斯妄想症的马克能够辨认任何人,就是不认识自己的亲人,他的理性认知能力与情感认知能力出现了脱节。马克看着前来照顾他的唯一的姐姐说,这个人相貌像姐姐,声音像姐姐,但就是感觉上不是姐姐。由于缺少情感认知能力,马克断定姐姐是伪装者。而书中其他人物都发现自己对于 2002 年的美国有着同样的感觉:国家的相貌像美国,声音像美国,但就是感觉上不是美国。小说写出了"9·11"事件给美国人造成的深刻身份危机。

马克的病症表明,认为自我是完整的、稳固的、永恒的这一观点是一种幻觉。相反,如同其他人物所发现的,自我是脆弱的即兴创造。这种即兴创造总要依靠他者。我们的自我创造是一个不断与我们遇到的任何人协作的持续过程。所以,小说探讨了移情:是否有可能通过别人的眼睛观察世界?在美国,自"9·11"以来,出现了许多关于恶的言论,似乎恶是一种矛头指向我们的外在力量。《回声制造者》则想指出这样一种可能,即恶或许就是我们拒绝在他者身上发现我们自己,拒绝认识我们的自我创造在多大程度上依赖于有关他者的故事。

厄普代克《恐怖分子》中的恶基本是外在的,包括 Ahmad、他的导师和恐怖组织。Ahmad 在外在大恶的诱骗之下,在恶的道路上越走越远。当然《恐怖分子》中也有对恐怖分子眼中美国文化的描写,似乎也在提醒人们，美国文化内部的极端世俗化倾向确实导致了一些问题，给恐怖分子的袭击提供了口实。而帕沃斯《回声制造者》里的恶基本是内在的。患卡普格拉斯妄想症的虽然只是马克一人，但几乎所有人都不能恰当地认知、对待他人和自然，都需要不断地回忆、反省和改造自己，而大多数人都还没有认识到这种自我反省和改造的必要性和重要性。

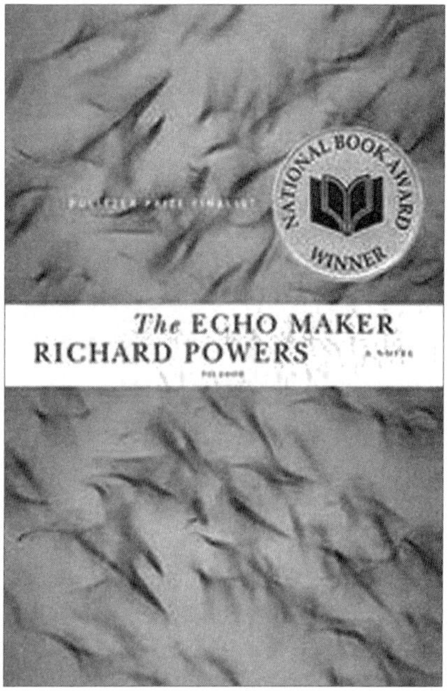

《回声制造者》英文版

《回声制造者》中的核心隐喻是沙丘鹤一年一度的迁徙。进化中的祖型重现现象在内布拉斯加州平原的巨大鹤群中上演了五百多万年之久。沙丘鹤没有意识方面的负担，它们只是根据古老的记忆行事，生生不息。而人类却总是健忘，危险不断。“回声制造者”来自切罗基族土著人对沙丘鹤的称谓。远古的回声制造者召唤着今天的回声制造者，今天的回声制造者则凭本能的认知回应着，而这种本能的认知能力则是马克和后“9·11”时代的美国人所没有的。

蒂亚·奥布莱特《老虎的妻子》：战乱下的东欧，万花筒般的世界

张运恺

迅速蹿升的文坛新星

蒂亚·奥布莱特1985年出生于前南斯拉夫联邦塞尔维亚共和国首都贝尔格莱德，父亲是波斯尼亚人，母亲是波斯尼亚人和斯洛文尼亚人的后代。蒂亚·奥布莱特原名蒂亚·巴里亚克塔列维奇，但她的外祖父斯特凡生前希望她用母系姓氏奥布莱特写作，故有现名。前南斯拉夫联邦位于有"欧洲火药桶"之称的巴尔干半岛，20世纪90年代初爆发内战后，年仅8岁的奥布莱特就随家人辗转流浪到了塞浦路斯和埃及等国。1997年，12岁的她随母亲移居美国，现居纽约市，是一名塞尔维亚裔美籍女作家。蒂亚·奥布莱特天资聪慧，中学时连跳两级，16岁就高中毕业，被誉为天才少女。20岁从南加州大学毕业后，她进入美国"常春藤名校"之一的康奈尔大学创意写作班学习，2009年毕业，获艺术硕士学位。

蒂亚·奥布莱特的第一部长篇小说《老虎的妻子》（又译《虎之妻》《虎太太》《虎妻》）写于她在康奈尔上大学期间。2011年6月8日晚，第

蒂亚·奥布莱特

16届橘子文学奖(英国三大重要文学奖之一,其余两个是布克奖和科斯塔图书奖)在伦敦公布结果,26岁的奥布莱特凭借该部处女作成为该奖项自创立以来最年轻的获得者,可谓该届文学奖上最大的黑马,并获得了3万英镑(约合人民币31.6万元)的奖金。在2010年,年仅25岁的奥布莱特就已成为《纽约客》评出的20位40岁以下优秀小说家中最年轻的一位。同年末,在《转吧,这伟大的世界》的作者科伦·麦凯恩的推荐下,奥布莱特入选美国国家图书基金会5名35岁以下优秀作家之一。在短短一年内,英美两地的读者清晰见证了一颗迅速蹿升的文坛新星。

创立于1996年的橘子奖,其初衷是针对1991年布克奖名单里清一色男作家的反击,旨在为时常被重大文学奖所忽略的女性作家争取更多关注。橘子奖是英国首个专门为女作家设立的文学大奖,主要鼓励和推广女性作家的虚构类作品,凡以英文写作的任何国家的女作家均有资格参评。对于奥布莱特这位初出茅庐的新秀,国外评论界对她此次摘取橘子奖桂冠的作品各有说辞。有评论家认为虽然《老虎的妻子》里不时闪现精彩的片段或情节,但在建构一部如此磅礴的传奇长篇时,年轻的奥布莱特仍缺乏控制力,就像加拿大作家迈克尔·翁达杰所说:"小说是一个大口袋,里面可以放钉子、芦笋及其他一切。它可以容纳任何东西,只要你找到某种方式把它们架构起来。"《老虎的妻子》虽然有了"钉子、芦笋"等丰富奇特、引人入胜的内容,但作者没有找到真正把它们组合起来的方式,各条线索间的联系薄弱生硬,像一盘大杂烩,缺乏内在更绵密精巧的凝聚力。确实,该书出版时销量并不理想,仅为6400册,是获奖候选名单上销量最差的一部作品。但橘子奖评委会主席贝塔尼·休斯说:“《老虎的妻子》是一本非常出色的书,蒂亚·奥布莱特是名副其实、令人激动的新秀。她对世界的洞察和理解不同寻常,她充满技巧地将一系列具有魔力的故事串联起来,用活泼俏皮的语言给大家呈现出巴尔干半岛长期冲突带来的悲剧。这部作品提醒我们,人类是如此容易陷入残暴,但同时也让我们记得人类的爱是多么宽容和深厚。”此外,全球各大报刊如《纽约时报》《观察家报》《卫报》《华尔街日报》等都给予了《老虎的妻子》很高的评价。总之,无论褒贬与否,能让读者有所触动,引发思索,完善自我,文学作品的目的也就达到了,这就是文学的魅力所在。

介绍东欧的半自传体小说

作为一名塞尔维亚裔的美国人,蒂亚·奥布莱特的东欧身份对她的创作起了重要作用。苏联解体后,东欧地区的经济发展状况在整个欧洲地区乃至全世界都相对滞后,政局也不稳定,尤其是巴尔干半岛地区,内忧外患不断,战祸连年,由于相对闭塞,外界对该地区的认识也不多。奥布莱特虽然很早移民美国,但她在巴尔干半岛生活了近10年,当地的风俗习惯潜移默化地影响着她。时隔多年,她故地重游,昔日点滴记忆涌上心头,进一步增强了她的身份认同感,因此在创作《老虎的妻子》时,她把故乡的风土人情、历史状况、民间传说等都写了进去。从某种意义上说,这是一部详细介绍东欧地区的作品。对此,有评论家说:“东欧地区的历史错综复杂,难以书写,而在年轻的蒂亚·奥布莱特笔下,一切都变得如此明晰,这不得不说是一个奇迹。”在该书扉页上,奥布莱特点明写这部小说主要是为了纪念自己的外祖父斯特凡。她与外祖父的关系非常密切,如同书中主人公娜塔丽娅与外祖父一样,其中很多情节都与作者的亲身经历相似。《老虎的妻子》是一部半自传体小说,准确地说是一个融合了民间传说、家族秘密,以及探讨死亡的追寻故事。整部小说的叙事不是按照有序的时空顺序进行,而是时空交错,历史与现实重叠,现实与虚构交织,让人觉得仿佛在时空隧道中穿梭遨游,回味无穷。

一个万花筒般的世界

小说开篇,主人公娜塔丽娅回忆了小时候外祖父带她去动物园看老虎的经历,动物园位于奥斯曼土耳其帝国苏丹住过的一个城堡里,外祖父对老虎的喜爱深深地影响了娜塔丽娅。随后小说讲述东欧地区一种盛行的风俗习惯,即人在死后 40 天里,他曾经住过的地方、用过的东西等都必须完好无损地保留,不能移位,更不能丢失,否则他的灵魂会找不到家而变成孤魂野鬼,给后人带来厄运。

接着作者的叙述回到了现实中,作为一名年轻的医生,娜塔丽娅与好友左拉正前往巴尔干半岛的一个偏僻小村镇,文中说她俩来自巴尔干某城市,有评论者认为这里影射的就是前南斯拉夫联邦首都贝尔格莱德,这一猜测不无道理。前南斯拉夫联邦在 1992 年解体之后多次爆发战争,而这些战乱作者都亲身经历过,在该小说中也有所影射——娜塔丽娅和左拉去的那个小村镇与她们的家乡之间已经画上一条国界线,成为了另一个国家的领土。

娜塔丽娅和左拉是去给那里修道院的孤儿接种疫苗,而这些孤儿都是战争遗孤。刚刚到达目的地,娜塔丽娅就接到外祖母的电话,说同为医生的外祖父在来帮助她开展工作的路上去世了,娜塔丽娅早已知道外祖父身患癌症，所以对他的死并不感到意外，使她真正感到意外的是外祖父并没有直接去她工作的小村镇，而是绕道死在了一个极其偏僻的地方，更让她不解的是外祖父随身携带的物品也不翼而飞，尤其是他最钟爱的英国作家吉卜林的小说《丛林之书》。如果在40天内找不到这些属于外祖父的遗物，那么他的灵魂将得不到安息。

《老虎的妻子》英文版

一波未平，一波又起。在她到达孤儿院后，自己作为医生的科学观与当地的迷信风俗又发生了冲突。当她在实施接种时，一群衣衫褴褛的人却在修道院后面的葡萄园里挖掘土地，他们不是在耕作，而是在寻找12年前战争期间曾被遗弃的一个表兄弟的尸骨。他们深信，如果能够找到尸骨并按照仪式重新安葬，那么全村的疫病就会缓解。娜塔丽娅试图说服这些人允许她为他们的子女检查和治疗，却遭到拒绝。在与这些人广泛接触后，娜塔丽娅逐渐理解了他们寻找和尊崇死者遗体的需求，她觉得自己也负有同样的义务，查明外祖父神秘死亡的原因。她偶然听到有人提起外祖父神秘失踪的地方，决定毅然前往揭开这一秘密。在路上，娜塔丽娅回忆起了外祖父曾多次给她讲的两个故事——“不死之人”（*deathless man*）和“老虎的妻子”（*tiger' s wife*）。此后小说的发展就是围绕这两个故事展开，讲述了外祖父成长过程中的神奇经历。

“不死之人”讲的是一位自称是死神侄儿的人，他拥有一个神奇的杯子，可以预知人的死亡，并把将死之人带到死神面前，他曾有过心爱之人，但却因为对方即将离世而痛苦万分，两次想尽办法保全女孩的性命而最终惹怒死神，被诅咒永远不会死，一辈子都听从死神差遣。这个“不死之人”先后三次与外祖父打交道，展示了各种神迹，但作为医生的外祖父，始终对此半信半疑。“不死之人”的故事本身就令人难以置信，而外祖父与它的调侃、打赌、夜聊、对酒畅谈等更是让人觉得不可思议。奥布莱特在一次访谈节目中说这一形象来源于东欧斯拉夫人的民间传说，为了写好这一人物，自己还曾经回家乡做过调查。“不死之人”的故事为整部小说增添了魔幻色彩，一定程度上缓和了小说压抑、沉闷的基调，反映出作者面对死亡的豁达。

“老虎的妻子”是小说的重点，与书名遥相呼应，讲了“二战”期间德军轰炸当地动物园，老虎逃到了外祖父曾经生活过的村庄。当地村民非常恐惧，视老虎为敌人，一心想把老虎置于死地。而外祖父却十分兴奋，因为他知道这就是《丛林之书》中的老虎形象。另一个对老虎感兴趣的是当地一位屠夫的聋哑妻子，她每天晚上喂老虎吃肉，不希望它受到村民的伤害。后来人们发现聋哑女子的肚子一天天变大，于是谣言四起，认为她怀上了老虎的孩子。小说作者在这一情节上的构思非常独到，想象力丰富。奥布莱特说有关“二战”期间德军轰炸动物园一事确有发生。1941 年，德军轰炸了贝尔格莱德动物园，其间有许多动物逃了出来。而聋哑女子与老虎的故事则源自她看过的一部纪录片，讲的是一位俄罗斯妇女用声音驯服老虎。通过这一故事，作者展现了人的两面性，即宽容与残忍，正是大多数人的愚昧无知、残忍的行径才导致了人与人之间的矛盾冲突和流血伤亡。如果人类多一些宽容和理解，那么世界历史就可能被改写。

整部小说的情节看似零散，但作者想要表达的主题思想却很明确，小说中提到的奥斯曼土耳其帝国苏丹的城堡、“二战”期间德军对当地动物园的轰炸、小镇与家乡之间画上的国界线、修道院里的遗孤、战争期间被遗弃的尸骨等无疑勾勒出了东欧地区的一幅幅战争画面，有“一战”、“二战”期间的外敌入侵，有冷战后的内战不断、局部冲突。残酷无情的战争给当地的居民带去了无尽的痛苦，人与人之间失去了信任和宽容，充满了仇恨和冷漠，环境闭塞，经济落后，这些都是战争遗留下的恶果，作者通过亲身经历和虚构成分向读者表达了自己的反战情绪。

詹妮弗·伊根《恶棍来访》：传统的“后后现代”小说

薛玉凤

2011年普利策小说奖获奖作品《恶棍来访》一经问世，便好评如潮，不仅入选《纽约时报》《时代》周刊和《出版人周刊》三家媒体2010年度好书，而且获得美国国家书评奖。美国HBO电视网正着手将其拍为电视剧。尽管人们对它的评论五花八门，有些甚至相互矛盾：“一部令人眼花缭乱的元小说”、“先锋小说”、“后后现代小说”、与狄更斯的作品一样“传统”等等，不一而足，不过似乎公认这是一部“实验性极强”，“在各方面都很成功的大胆的实验小说”。

《恶棍来访》是美国女作家詹妮弗·伊根的第5部长篇作品。之前她出版过一部短篇小说集和4部长篇小说，其中两部长篇小说的中译本已出版：《风雨红颜》（2001年）和《塔楼》（2006年），《风雨红颜》还曾入围美国国家图书奖。伊根生于芝加哥，在旧金山长大，先后就学于宾夕法尼亚大学和剑桥大学圣约翰学院，现与丈夫及两个儿子居住在纽约布鲁克林。她常在《纽约客》《哈泼斯》等刊物上发表短篇小说，也为《纽约时报》撰写新闻稿。伊根是个创新意识极强的作家，讨厌重复已有的经验，追求新奇，《恶棍来访》即是一例证。

《恶棍来访》围绕音乐制作人伯尼及其女助手萨莎的故事展开，主要描述20世纪七八十年代到未来2020年一群朋克摇滚乐手30多年来的生活变迁，展示音乐工业由盛而衰的辛酸流变。在表现空间上，小说从纽约到旧金山，从意大利到非洲再到神秘的第三世界专制小国，仿佛在时空隧道里自由穿梭。伊根运用不同的叙事技巧，捕捉“每个人心底自我毁灭的暗流与渴望救赎的人性本能，在艺术与音乐里逃避时光的无情流逝”，探索时间、记忆、荣誉、爱、失落、救赎、命运、延续与断裂等诸多主题。

詹妮弗·伊根

“时间”无疑是《恶棍来访》最重要的主题之一，“恶棍”（Goon Squad）指的就是时间。主人公伯尼不止一次说过：“时间是个恶棍，对吧？你想让这恶棍随意摆弄吗？”的确，时间像个十恶不赦的恶棍，无情地夺去人们的青春、美貌、健康、纯真、成功、亲人朋友……人们可以怨它、恨它，却又对它无可奈何，只能眼睁睁地任由这个“恶棍”随意摆弄。

除了时间，“恶棍”还可指其他摧残人生的外力。“Goon squad”是美国俚语，直译为“打手队”，原指为专政机器效命的暴力团伙，他们恐吓、绑架、强买强卖，拆房子、掀摊子、行私刑，无恶不作。而在伊根看来，“时间是个无形的恶棍，你常常对它视而不见，因为你总在担心眼前的恶棍们”。“恶棍们”显然指的是与无形的时间相对的有形恶棍，除了打手队，还可能是环境、命运、亲戚朋友的背叛等个人无法左右的外力。这些“恶棍们”依次造访故事的主人公，夺走他们的青春，消耗他们的梦想，回望逝去的激情、爱情与友情，读者不禁与人物一起唏嘘不已。

小说人物众多，除了两个最主要的主人公伯尼和萨莎，还有他们的亲朋好友、恋人、导师、老板、医生、客户、采访对象等，分分合合，人物关系必然中有偶然，偶然中又有必然。小说开篇，主人公萨莎35岁，由于其偷窃癖愈来愈严重，不得不求助于心理医生。第2章回到几年前，萨莎是伯尼的性感女助理，而44岁的音乐制作人伯尼不仅事业一落千丈，且刚离异不久，最糟糕的是他性欲全无，因而沮丧不已，经常回忆起年轻时的荒唐经历。第3章又回到20多年前——20世纪70年代末的旧金山，当时还是贝司手的伯尼与原吉他手斯科特等酷爱朋克摇滚的同学组建乐队，放荡不羁的音乐制作人卢大哥是他们的偶像。第6章描述斯科特与多年不见的好友伯尼相见，本想叙旧，却不欢而散。斯科特现为小学门卫，早与音乐无缘，其失意人生更凸显伯尼的风光无限。而此时伯尼35岁，事业如日中天，儿子3个月大，家庭美满幸福。第7章的故事发生在几年后，儿子7岁时，妻子发现伯尼有外遇，婚姻破裂，为第2章的故事提供了注解。小说末尾的故事发生在2020年，年近花甲的伯尼极力鼓动斯科特重整旗鼓，举办音乐会，几经周折，音乐会获得极大成功。

《恶棍来访》英文版

随着故事的发展，人物渐次出场，看似不经意的小人物成为后面某个章节的主人公，如伯尼、卢大哥、斯科特、伯尼的妻子等，就像浏览Facebook，你在朋友的网页上看到某个链接，情不自禁地点击，于是走进朋友的朋友的另一片天地。尽管所有人物的故事都断断续续、模模糊糊，但所有人物身上都倾注了作者无限的感情与同情，却同时也都是作者奚落与讽刺的对象。

通过这群人物，作者试图表明“叛逆者如何变老，掌权者如何腐败，习惯如何变瘾，朋友如何变敌”。这种片段化、去中心、拼贴画似的叙事手法也许是小说被称为实验小说的原因之一，但《恶棍来访》的实验性更多地表现在小说与众不同的结构上。

《恶棍来访》中文版

小说分 A、B 两部分，共 13 章(只有序号，没有“章”这个词)，讲述了 13 个独立又彼此关联的故事，仿佛老唱片的 A、B 两面，上面有 13 个曲风不同、风格迥异的曲目。没有一以贯之的叙事线，每一章从故事到结构都相对独立，各章主人公、叙事视角、语气、风格又极为不同，因此很难界定它究竟是一部长篇小说还是短篇小说集。实际上，作者伊根认为这是本“没有体裁”的书，她不想被任何体裁所约束，而是最大限度地采用“复调”叙事，众多人物“众声喧哗”。从常见的第一、三人称叙事，到罕见的第二人称叙事，伊根仿佛都信手拈来，运用极为娴熟。从短篇小说到出自监狱的报纸文章，从科幻小说到 PowerPoint 幻灯片展示，应有尽有。叙事最为奇特的第 12 章由 76 张幻灯片组成，背景是 21 世纪 20 年代初，萨莎的 12 岁女儿艾莉森介绍一家四口的情况，特别是迷恋摇滚乐的哥哥。这些幻灯片五光十色，各种几何图形及图表琳琅满目，甚至还有空白页。像其他章节一样，故事中无数的“休止符”与空白给读者留下无限想象的空间。小说的叙事看似一盘散沙，细看却发现它们都串在音乐、伯尼和萨莎组成的细丝上，形散而神不散。

普利策奖评委会认为,《恶棍来访》创造性地考察了数字时代人们长大和变老的过程,“对飞速发生的文化变迁有着炽热的好奇心”,这也许是小说被称为“后后现代”的又一重要因素。在书中描述的数字时代里,电子信息充斥生活的每个角落,科学技术飞速发展,知识大爆炸,人们好像无所不知,又仿佛一无所知。社交网络、手机短信、ppt幻灯片、流行音乐……科技似乎改变了一切。小说最后一章描述的极具未来主义色彩的纽约城里,任何人只要点击鼠标就能购买下载音乐,包括三个月大的婴儿,而人们在30岁就被称为“老年人”。荒诞不经的故事背后,作者似乎暗示,冷冰冰的数字时代不仅摧毁了音乐,而且摧毁了人们的生活与希望,爱情与激情早已破灭,时间无情地吞噬了一切。

正因如此,小说的字里行间弥漫着一种失落、挫败和无奈感,但书中也不乏精妙的黑色幽默。斯科特在受到污染的纽约东河钓到一条漂亮的大鲈鱼,自己舍不得吃,把它作为礼物带去富丽堂皇的办公楼拜访失去联系多年的好友伯尼,读者在忍俊不禁的同时,却又不免心酸。好时光——年轻、幸运、强壮的时光,一切都可以从头再来的时光——一去不复返,但好在尽管“一切都会结束,但还没有结束”,因此书中人物并未对生活失去信心与希望。

人们在关注《恶棍来访》“后后现代”特征的同时,也没有忘记它“非常传统”的一面。首先,“伊根巧妙地运用元小说的技巧,却没有牺牲老式的讲故事方式”,小说的大部分篇幅故事性强,引人入胜,“像狄更斯的小说一样老派”。其次,小说对数字时代及其如何影响人们对时间的体验“有着无比锐利的洞察力,作者痴迷于时间对人物的影响,这种痴迷显得非常老派”,“像19世纪的经典小说一样”传统。而伊根觉得“归根结底,我是个传统主义者”,而所谓的“后后现代不正是传统吗,不正是形象逼真吗”?

乔纳森·弗兰岑《自由》：“帝国”的中年危机

孙健敏

新世纪之初,《帝国——全球化政治秩序》成了第一本在全球引起轰动的理论著作,它与其说是对“帝国”的颠覆性研究,不如说是一个宣言,以批判的形式宣告了一个新“帝国”的到来。此书的两位作者麦克尔·哈特和安东尼奥·奈格里认为,“正是在美国宪法的全球扩展中,帝国得以诞生”。对“帝国”将在全球迅速占据上风这个趋势,两位西方左派虽满怀沮丧,却也断言不可阻挡。

非常凑巧,美国小说家乔纳森·弗兰岑也在世纪之初发表了一部超过40万字的大部头《纠正》(2001年),在小说中,他通过对日常生活和个人欲望之细微处的观察,预言了这个想象中的“帝国”所面临的内在危机:它在瓦解。果然,新世纪第一个10年结束的时候,我们惊异地发现,“帝国”确实没有迅速取得胜利,反而深陷各种泥潭,遭遇到“中年危机”。而在新世纪第一个10年的结尾,弗兰岑又发表了另一部超过40万字的大部头《自由》(2010年),在上一次的预言之后,又用同样的方式为这个10年作了总结:“自由”无法为“帝国”带来幸福和安宁。

理论家总惯于高屋建瓴,站在意识形态、政治和经济的角度指引历史发展的方向,仿佛只要看到滚滚东流的长江水,便可以假想它是一个

乔纳森·弗兰岑

无限的奔涌过程，存在着一个直接的源头和另一个直接的去处，全然不顾它实际上是无数涓涓细流的暂时汇聚，最终也将分散到无数的涓涓细流和毫无方向可言的海洋中。在这一意义上，意识形态并非意识形态，它不过是无数个人欲望博弈和叠加的过程，体制也并非体制，而是无数日常生活的汇聚。或者说，只有深入到个人的内心欲望和日常生活中，历史才会展现其真实而鲜活的面貌。这正是文学，尤其是小说的工作重点。弗兰岑干了一件漂亮活儿，在理论的时代，在新闻占据统治地位的文字空间里，捍卫了小说的独特价值。

从内容上看，弗兰岑在新世纪10年发表的这两部小说至少有着两个共同点：第一，它们发生的起点不在繁华喧闹的东部大都市或者热闹奢靡的西海岸，而是在美国中部；第二，它们都以一个中产阶级家庭为叙述对象来展开故事。

选择圣裘德和圣保罗这两个名不见经传的中部城市，弗兰岑显然有其用意。在这里它们不仅仅是地理学意义上的中部，也是文化社会学意义上的腹地和核心。纽约或者洛杉矶总是因其鲜亮招摇而被人看作是美国的象征，但正如我们在中国生活的经验所展现的那样，大都市的声音虽然能通过报刊、网络、校园和会议被放大，但事实上它们只是在曲折地反映一个国家的价值取向和文化面貌，它可能是前瞻的，但不是决定性的，广阔的内地才是真正的主体，才是决定一个国家历史走向的真正力量，前者是用来表演国家性的，后者才是真实的国家性。

因此，选择美国中部作为《纠正》和《自由》的出发地，弗兰岑显然是以空间作为腾挪转移的手段，深入到历史和社会的深处，然后再从根部，走向枝繁叶茂之处。譬如在《纠正》中，那对作为源头的老夫妻生活在圣裘德，而他们的子女则从那里出发，分散到了纽约、费城乃至立陶宛；而《自由》中的那对中年夫妻，后来也离开了圣保罗，分别到达了美国政治之都——华盛顿和经济文化中心——纽约。在从美国腹地到达前沿的小说之旅中，我们看到，所谓全球化，更像是大都市之间的一场游戏而已，即使在“帝国”的核心地带，全球化也似乎不曾发生过。日常生活中的美国社会更像是一个物质发达但观念保守的乡村社会，人们更关心自己的房子、婚姻、子女以及与邻里之间的各种交往和纠纷，对它们之外的世界似乎并不在意，或者说是漠视的，所谓进取的美国，不过是政治和经济精英们的夸大其词或者生意策略。

同样，小说选择以白人中产核心家庭为观测点，也深具匠心。在美国，甚至税收制度都是以鼓励核心家庭建设为准则而设计的。同时，核心家庭也是调和个人自由和社会秩序的最佳黏合剂，是美国社会得以成立和稳固的基石。在主流的好莱坞神话中，核心家庭不断以爱情、婚姻和子女的面目反复出现，成了英雄们总是能打败各路反派的精神支柱和力量源泉。在某种意义上，自由只是美式价值观的门面，在其内部真正起支撑作用的其实是核心家庭实践。因此，核心家庭是最适合用来解剖美国社会的标本，其中

《自由》英文版

以白人和中产为特征的核心家庭又代表了这种美式价值体系的主流，弗兰岑非常精准地抓住了典型，让他的微观史诗得以顺利展开。

相比《纠正》，《自由》所选取的这个核心家庭更具象征意义。这一家子的女主人帕蒂，按她邻居们的观察，在温柔和善的表面下，藏着个冷酷、自私、好胜的"里根分子"，她真正在意的不过是她的孩子和房子，邻居、穷人、祖国、父母甚至她的丈夫都算不了什么。很显然，她身上浓缩了共和党式的保守倾向。而她的丈夫沃尔特，则表现出更多的民主党色彩。他是个环保主义者，对少数族裔怀有好感，甚至爱上了一个印度裔女孩，同时对穷人怀有同情，虽然他无法和他们在实际中沟通，虽然为了自己的政治抱负最后还是把他们给牺牲了，但他的中左派倾向显而易见。这样一对家长，正好暗合于美国主流社会的两种主导性政治立场。而他们的儿子乔伊则是个崇尚自由的个人主义者。在帕蒂看来，他天赋异禀，从十一二岁起就在追求个人自由，试图跟父亲平起平坐，为了赢得经济独立，还乐于给人打短工，做点"骗钱"的小生意，帕蒂显然将他当成了自己的继承人。女儿杰西卡是个勤勤恳恳、活得认真的乖乖女，她似乎与父亲更为亲密。设计这样的一个核心家庭，作者应该不是一时兴起，而是做了精心布局。

和《纠正》相似，《自由》也用了一多半篇幅，描述了一个来自中部的核心家庭走向瓦解的过程。在《纠正》那里，瓦解更多是出于自然原因，老一代白人男性家长在走向衰老，他得了帕金森病，即将老年痴呆，作为家庭秩序的绝对核心，他的衰老直接导致了秩序的瓦解。但在《自由》中，家庭的核心是两个人，而且都正当壮年，身体和事业至少在小说开始时还正处于上升趋势。因此这个核心家庭的瓦解显然不是自然原因的衰朽，而是一场中年危机，它是欲望和心理层面上的瓦解。

瓦解首先开始于乔伊这个被帕蒂用自由放任的方式培养起来的骄

子。在追逐自由的过程中，他终于偏离了帕蒂预想的轨道，让帕蒂第一次意识到，乔伊想要的自由并不是她为他设计好的那种自由。但问题是，自由一旦被给出之后，便再也没有收回的借口了，于是这位被帕蒂寄予厚望的骄子和家庭决裂了。这对帕蒂的打击几乎是毁灭性的，她原来以为自由是一种继承性的关系，是一种可以在先辈和后人之间被无限传递的普世价值，但儿子的背叛让她认识到，自由成了一种纯粹的个人体验，它是不稳

《自由》中文版

定的，是无法达成共识的。儿子的这个革命性举动，一方面是一种背叛，另一方面又似乎是一种解放，她心中另一个被社会性角色压抑的帕蒂被唤醒了。她想起多年以前，她曾暗恋过丈夫的好友、摇滚乐手理查德，这个男人也是个把自由当作个人体验的先锋派。作为社会性动物的沃尔特和帕蒂当年都不约而同地被他深深吸引，只不过最后在以婚姻和养育后代为目的的社会性选择中，帕蒂牺牲了她的个人欲望，挑选了更有责任心和爱心的沃尔特作为配偶。儿子的背叛，间接地将她从社会性的链条上解脱了出来，她终于主动和那个魔力非凡的摇滚乐手偷了情。如同多米诺骨牌效应，她的背叛，也让沃尔特有了追求他的个人自由的借口，两人因而顺理成章地分了手。这分裂看似是家庭内部的分裂，某种程度上也投射出美国社会深处的分裂，这个以自由为凝聚力的社会，却正在因为自由而失去凝聚力。

而另一方面，当自由不再作为一面虚构的旗帜，而成为一种具体的个人体验时，每个实践自由的个体时时处处感受到的却是不自由。帕蒂的自由无法忍受理查德的自由，乔伊想尝试其他可能性的自由，又被康妮痴心的自由所威胁。只有当一个人真正实践自由时，才会突然发现自由的不可能，或者说，人们在乎自由，只是因为他们自身的不自由。

最后，沃尔特和邻居之间关于猫和鸟的纠纷似乎是弗兰岑对《自由》做的一个总结性发言。沃尔特爱鸟，他有保护鸟的自由。邻居爱猫，他们有养猫的自由。但问题是猫要去抓鸟，于是两种自由变成了一对激烈的矛盾。斗争的结果是双方都失去了自由。这时帕蒂忽然从天而降，以乞求的姿态与沃尔特和解。当沃尔特接受了帕蒂之后，帕蒂又用她女性的社交才华，与邻居打成一片，沃尔特和邻居之间的矛盾也随之迎刃而解，在双方消除了对立之后，当自由不再成为一个问题的时候，自由反而轻易地来临了。或许，这才是人类生活的真相，所谓自由不过是一种虚构，正如“帝国”也不过是一种虚构，自由与否可能不重要，“帝国”是否存在也不重要，所有这些故事不过是一些借口，大家真正要做的，不过是想尽办法一起活下去。

朱丽·大塚《阁楼上的佛》：阁楼上的“她们”

张　莉

2012 年 3 月，美国笔会/福克纳小说奖揭晓，日裔美国女作家朱丽·大塚的作品《阁楼上的佛》最终获奖，捧走了 1.5 万美元的奖金。

笔会/福克纳奖是美国文学界一项重要奖项。它创设于 1981 年，基金来自美国著名作家威廉·福克纳捐赠的一部分诺贝尔文学奖奖金。获得过福克纳奖的作家中不乏像菲利普·罗斯、约翰·厄普代克和 E. L. 多克托罗等大名鼎鼎的文坛大佬。与他们相比，朱丽·大塚自然是小字辈的文坛新人。然而，这一结果也并不让人感到惊讶：《阁楼上的佛》在前一年就以极大呼声进入美国国家图书奖的决选名单，只不过，最终美国国家图书奖却以奖项空缺的结果让所有的人大吃一惊。

朱丽·大塚生于加利福尼亚，曾在耶鲁大学学美术，30 岁的时候开始小说创作。2002 年出版的处女作小说《皇帝曾为天神时》以日裔美国人在第二次世界大战期间的经历为背景，叙述了住在伯克利的一家人被拘禁于拘留营的故事。《皇帝曾为天神时》广受好评，为她赢得了亚裔美国文学奖等重要奖项。而正当人们对这位文坛新秀充满期待的时候，朱丽·大塚却“沉默”了起来，接下来的几年里，她一直没有重要作品发表。直到 2011 年，她的第二部小说《阁楼上的佛》问世，人们才发现，原

朱丽·大塚

来她依然钟情于“二战”这段历史，新作可以说是追溯了《皇帝曾为天神时》的主人公在拘留营故事之前的经历。

然而，这两部作品也并非真正意义上的姊妹篇。《皇帝曾为天神时》写的是个体经历，是“小”叙事，是独奏，《阁楼上的佛》则回忆了群体的历史，是“大”叙事，是和声；前者不断转换叙述视角，父亲、母亲、女儿轮番成为故事中的主角，后者最引人注目的则是它从头到尾的集体式叙述声音，“我们”——那些从日本舶来的“照片新娘”始终吸引着读者关注的目光。故事分8个章节，按照时间顺序追溯了“我们”在船上的辛苦与对未来的憧憬、下船之后见到丈夫时的失望以及紧张无奈的“初夜”、田间繁重的劳动、对白人雇主的屈从、学习语言以适应环境的努力、生儿育女的艰辛、与子辈越来越多的隔阂以致最后战争引发的种族迁移与隔离。性别、种族、文化、身份、战争、代沟、历史、记忆，少数族裔文学中几乎所有常见的主题均浓缩在短短100多页的故事中。

《阁楼上的佛》以一种精致的“宏大”吸引着读者。严肃的种族历史大框架之下，一个个平凡的生命所划出的轨迹更能勾动柔软的心灵产生共鸣。小说采用含蓄的、有节制的、诗一般的语言陈述了在生活的重重考验、折磨之下的“我们”的希冀、隐忍、痛苦、努力。这种集体式叙述的声音既勾勒出群体共同的感受，又照顾到个体独特的经历，收放自如、视野广阔。这种独特的叙述视角成为小说的一个亮点。在这种全能视角之下，一个女人，不，一群女人的一生立体式地展现在读者面前。

怀揣着从未谋面的丈夫的照片和对美好生活的向往，来自日本各地的小姑娘们踏上了遥远的赴美之旅。然而，在目的地迎接她们的并非照片上英俊的男子们和她们被承诺的美好、舒适的生活。打击是沉重的，但她们选择了接受，或者说她们没有选择，只能接受：

“当我们第一次听到对岸那些人叫着我们名字的时候，我们中有个人用手捂住了眼睛转过身去——我要回家，但其余的人都低下了头，整整我们的和服，走下跳板，走进了还泛着暖意的日子里。这是美国，我们对自己说，什么都不必担心。但我们错了。”

还没有等她们做好任何心理准备，打击就接踵而来。艰苦的生活条件、陌生的文化语境，她们以惯有的顺从承受着来自性别的、种族的、精神的、肉体的重重伤害和折磨。“我们忘掉了佛，忘掉了上帝。我们内心生长出来的冷漠到现在都融化不了。我们不给妈妈写信了……我们不做梦了。我们什么也不要了。我们只干活，就这样。”这种“卓绝的”忍耐力自然是来源于这些女人自幼所接受到的日本文化的熏陶，但它也是在作为“先行者”的丈夫们的教导之下得以强化的结果——“反抗的唯一方式，我们的丈夫告诉我们，就是不反抗”。于是，她们听任丈夫摆布、听从女主人的吩咐、顺从男主人的要求，又独自承受着一切后果和打击。生活让她们变成了“空心人”、“隐形人”。

《阁楼上的佛》英文版

艰苦的生活造就了麻木的心灵，却也让“我们”迅速地适应了陌生的环境。接下来，生儿育女的经历多多

《皇帝曾为天神时》英文版

少少改变了生活的基调。添丁进口使生存的压力变得越来越大，而麻木的心灵却在婴童们的啼哭声中慢慢软化。母亲，成了这些女人们新的身份——一种确定无疑的、让人安心的身份。她们竭尽所能照顾好这些孩子，呵护这灰暗生活中的一丝希望和光明。孩子慢慢长大了，在与她们相同却又不同的环境中。他们上了学，学会了英语，接受了美国的生活方式和文化，却反而忘记和疏远了自己的母语和母亲。“通常，他们都以我们为耻。”“我们”养大了孩子之后，又失去了他们。

她们失去的还不仅仅是孩子。战争的消息传来。他们远隔重洋的母国日本再次给他们带来灾难，原本艰难却正在慢慢稳定下来的生活再起波澜。仿佛一夜之间，他们成了“叛徒”，成了不受欢迎、应被驱逐的人。不断有人的丈夫被抓走、孩子辍学，不断有人被调查、被恐吓、被威胁，直至终于有一天，他们被要求集体迁移，迁移到无人知晓、前途未卜的远方去。渐渐地，他们淡化在邻居们的记忆里……

而挖掘这段被淡忘了的历史，表达被噤声了的声音，成为作者的追求。朱丽·大塚以小说家的细腻表现出历史学家的宏大关怀。作品表面冷峻，底下却激荡起狂乱的回声。小说的标题“阁楼上的佛”，很容易让人们把它同“阁楼上的疯女人”这一女性主义的经典批评之作建立起联系。然而在笔者看来，朱丽·大塚将叙事的声音给了深受各种歧视、遭遇各种挫折、称得上是命运多舛的这一群“她者”，也许不仅仅是旨在替这一弱势群体申冤叫屈，或者唱响女性抗争的颂歌，反而是表现了超越性别的宏大历史主题：“美国梦”的破灭、少数族裔的生存和身份危机、面对战争的思考等等。“佛”是许多日裔美国人的信仰，但他在小说中鲜有露面。被遗忘在阁楼上的“佛”是一种俯视的视角，他始终在角落里笑着，旁观着人类在他身边的忙忙碌碌，或睿智、或愚蠢的各种抉择……

在沉重的历史面前，人们也许应该低下高贵的头颅，听一听被我们放置在阁楼上的那些“沉默”的述说。

杰丝明·沃德《拾骨》：源自创伤的写作

薛玉凤

天灾人祸等极易给人造成挥之不去的精神创伤，而用写作的方式直面创伤是修复创伤的有效手段之一。研究表明，“表达性写作对创伤治疗的效果比任何人想象的都要明显”，其疗效表现在生理、心理、行为等各个方面。创伤患者通过写作表达自己的情感，宣泄心中的恐惧、焦虑、抑郁、孤寂等种种复杂的消极情绪，快速调整自我，从而达到康复的目的。这与弗洛伊德的精神分析法如出一辙，可见，语言是治疗精神创伤的主要手段，口头与书写两种方式都有明显疗效。

在古今中外的文学作品中，有相当一部分可称为创伤文学，它们或多或少都与作者的创伤经历有关。2011 年美国国家图书奖的小说奖获奖作品《拾骨》（2011 年）就是一个典型案例。

《拾骨》是非洲裔女作家杰丝明·沃德的第二部作品。沃德出生在密西西比州的德莱尔，是家里的第一个大学生，她在密歇根大学获得艺术硕士学位，在斯坦福大学学过写作，曾是密西西比大学驻校作家，现在南阿拉巴马大学任教。她的处女作《哪里疼痛》（2008 年）讲述一对双生子在海边小镇的成长经历，出版后颇受好评，获得过多个大奖。

《拾骨》与创伤有着不解之缘。首先，沃德的写作生涯源自弟弟的早亡。在获奖感言中,沃德坦承自己之所以成为作家,是因为弟弟的突然死亡。2000 年秋,沃德大学毕业那年,弟弟被一名醉酒的司机撞死。突降的灾难使沃德意识到生命是一种“脆弱而不可预测的东西”,而写作是一种“缓和死亡不断迫近这一幽暗事实”的有效方法,因此她决定用书写对抗死亡创伤。她认为,在艰难的世道面前,书籍是力量的证明。

杰丝明·沃德

尽管开始写作是为了纪念早逝的弟弟,但在南方海湾小镇长大的黑人女性沃德之所以选择写作,也是因为她“想做点有意义的事情”。她说自己“知道我要写的是穷人、黑人、南方乡下人的故事”,是边缘人的经历。“从那些被我们忽视的边缘文化中,可以看到我们的故事具有普遍意义,我们的生活和他们一样忧伤、有趣和重要。”可见,沃德所谓“有意义的事情”实际上是为边缘人发声,而边缘人生活中的创伤源比主流社会成员更多,他们被忽视、被噤声本身就是一种创伤经历。

《拾骨》的故事背景设在被卡特里娜飓风袭击的虚构海湾小镇布瓦索瓦(也是其处女作《哪里疼痛》的故事背景),其原型是沃德的家乡小镇德莱尔。飓风等自然灾害对人类社会所造成的危害往往触目惊心:一方面,自然灾害通常对人类生活造成破坏性的影响,如断水、断粮、断电,居住条件被破坏,传染病流行等,导致大量的人口迁徙,从而引起一系列社会问题;另一方面,自然灾害会引起压力、焦虑、压抑以及其他情绪和知觉问题,这些问题可能持续一两年甚至更长时间。美国是一个自然灾害高发的国家，飓风、洪水、热浪、地震、海啸、泥石流等给美国造成巨大困扰，每一次严重的自然灾害都会造成巨大的经济损失与人员伤亡。卡特里娜飓风是2005年8月出现在美国南部的一次五级飓风，在新奥尔良附近地区造成严重破坏。飓风的整个受灾范围几乎与英国国土面积相当，导致至少1836人死亡，直接经济损失约1250亿美元。灾情发生前，美国政府要求新奥尔良百万人撤离飓风可能抵达的地区。密西西比州、路易斯安那州、亚拉巴马州和佛罗里达州至少有230万居民受到停电的影响。另外也造成大规模的通讯故障。有些城市甚至90%的建筑物遭到毁坏。这些在《拾骨》中或多或少都有描写。

沃德明确表示，她之所以书写卡特里娜飓风，一是因为她是那次可怕飓风的幸存者；二是看到有些人指责那些选择待在家乡和飓风后返回密西西比州墨西哥湾沿岸的幸存者，她很气愤；三是因为她对卡特里娜飓风在公众意识中的消退感到不满。

《拾骨》讲述15岁黑人少女艾什未婚先孕的故事，是一个不折不扣的"穷人、黑人、南方乡下人的故事"。故事开头，飓风将至，女主人公艾什却发现自己怀孕了，而在导致她怀孕的19岁邻居男孩曼尼眼里，她只是个玩偶。自始至终，艾什一直在期盼曼尼"一旦得知这个秘密"会爱上她，但她知道自己相貌平平，不可能获得曼尼的真情。艾什还是个中学生，但她早熟、多情、敏感、善良、勤快、有爱心。作为家里唯一的女性，她实际上扮演着母亲的角色，弟弟就是她带大的。7年前弟弟出生时，母亲因难产而死，而父亲又是个酒鬼，很少有清醒的时候，对家里的事也很少上心，两个哥哥各有所好。没有母亲的指导，父亲又对家不管不问，艾什只有自己苦苦追寻爱的含义。然而尽管母亲早逝，她的影子却无处不在，关于母亲的伤痛记忆始终缠绕着艾什。

除了艾什不得不面对的情感创伤，小说中形形色色的其他创伤源也随处可见。母亲难产、斗牛犬产仔、斗狗等血淋淋的场面，父亲不幸失去三个手指，飓风中艾什一家的身心创痛，家园被夷为平地，二哥视为珍宝的斗牛犬及其幼仔在飓风中失踪，低端的贫困，等等，天灾人祸，不一而足。美国南方乡村孤独、野蛮、封闭的生活现实和乡村黑人，尤其是艾什兄妹在苦难中挣扎的形象，栩栩如生，仿佛呼之欲出。

然而，尽管故事中充满忧伤，沃德传递给读者的却不只是创伤，更多的是爱与希望。艾什渴望的男女之爱、灾难中四兄妹不屈不挠的手足之爱、二哥与斗牛犬的人畜之爱，都令人动容，不时拨动读者心中最柔软的神经。小说开头，16 岁的二哥在爱犬临产前，每晚都睡在狗棚里，而艾什每晚都等二哥关灯睡觉之后，悄悄来到狗棚前，查看二哥是否睡好。“每次，我都发现他已睡下，他的前胸贴着爱犬的后背。他卷曲着拥着它睡觉的样子就像指环绕着指端。”爱犬生育之后，二哥和爱犬爱怜地盯着狗仔，“就像一对骄傲的父母”。飓风中二哥不顾生命危险，跳入水中寻找爱犬，在已成为一片废墟的家园坚守，等待爱犬的出现。而艾什等其他兄妹劝不动二哥，就陪着他等待，期盼奇迹来临。兄妹之爱胜似母子，而人畜之爱犹如情侣和父子，作者借用别出心裁的比喻，淋漓尽致地表达了人与人、人与动物之间难分难舍的爱的力量。天灾人祸更能激发人们爱的潜能，而爱有助于人们对付各类精神创伤。

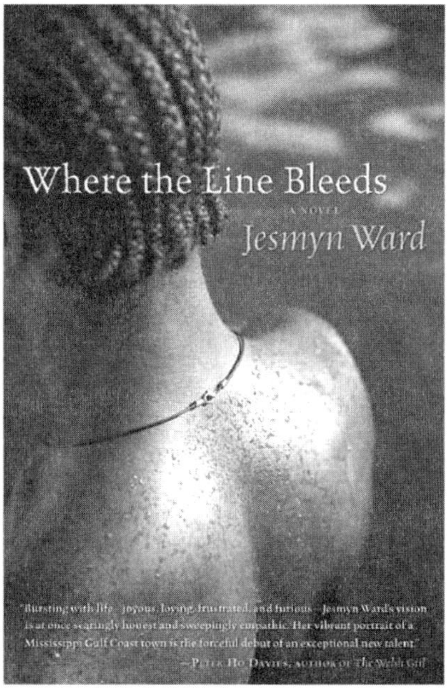

《哪里疼痛》英文版

希望的主题贯穿小说始终，从首尾两章的标题中即一目了然。小说首章题为“第一天：孤灯下的新生命”，指7年前艾什弟弟的诞生，以及家里的宠物产仔。末章名为“第十二天：活着”，指飓风过后，尽管损失惨重，但艾什一家五口都还活着，而活着就有希望。小说书名中也蕴含着希望。沃德说“salvage”（打捞）与“savage”（野蛮）发音相似，家乡的年轻人对这个词有一种敬畏感。它告诉你无论地狱或洪水、卡特里娜飓风或漏油事件、饥饿或炎热，只要你坚强、勇猛，你就拥有希望。飓风过后，沥青从地面上卷起，加油站、房屋和杂货店消失得无影无踪，栎树被连根拔起，没有任何文明能够帮得了你——没有电，没有自来水，没有政府的安全网——你所拥有的只有双手、双脚和大脑，还有你不屈不挠的决心，于是你做了唯一能做的事：活下去。可见作者通过小说标题传递的是充满希望的信息：尽管创伤过后，你一无所有，成了一个原始人，但你还有自己的双手双脚和大脑，你还可以思考，可以劳作，生活就可以继续。

爱与恨、生与死、美与丑、人与自然、激情与暴力、贫穷与希望、创伤与心理弹性，这些主题在《拾骨》中都有突出表现。小说以艾什的第一人称视角叙述故事，充满各类令人惊叹的意象，语言鲜活精练，各种卓尔不凡的比喻（尤其是明喻）比比皆是。据统计，在仅有18页的《拾骨》第一章中，比喻就多达近百条。《拾骨》之所以获奖，正是因为它“富有洞察力的暗喻和明喻”，显示出高超的叙事智慧。故事中的主要人物不多，但个个活灵活现，真实可信，从艾什兄妹四个，到他们的父亲，再到他们死去的母亲以及邻居等，甚至到他们饲养的斗牛犬及其幼仔。小说写的是黑人的故事，但在个性鲜明的黑人特殊性中，故事所展示的人性和普遍性不容置疑，希腊神话和《圣经》频频出现，极易引起读者的共鸣。小说分为12章，集中讲述飓风来临前后12天发生在艾什身上的故事，一天一章,结构非常紧凑。

没有弟弟的早亡,就没有作家沃德;没有卡特里娜飓风中令人心悸的伤痛经历,就没有《拾骨》的诞生。沃德将小说题献给弟弟,并对小说的自传性质毫不隐晦,她坦言:“这是一部关于我生命的作品。这只是开始。”写作是沃德疗伤的独特方式,而《拾骨》可谓天灾人祸造就的大奖作品。

《拾骨》英文版

“没有创伤,就没有成熟;没有理解创伤的能力,就不会真正地长大成人。”人生,总是在创伤中不断成长。这也是沃德和《拾骨》给我们的启迪。

路易丝·厄德里克《圆屋》：印第安文化的温暖与困境

吴艳虹

纽约当地时间11月14日晚,2012年度美国国家图书奖颁奖仪式在西普里亚尼酒店举行,印第安裔女作家路易丝·厄德里克凭借一部感人至深的小说《圆屋》击败了胡诺特·迪亚兹及戴夫·伊戈斯等人极受好评的新作,获得了2012年度美国国家图书奖小说奖。

创建于1950年的美国国家图书奖是美国文学界的最高荣誉之一,2012年竞争比往年更加激烈。往年都有许多不知名作家入围,但今年的评委将许多知名作家选入最后短名单,除了路易丝·厄德里克,还有前普利策奖小说奖得主朱诺·迪亚兹的入围小说《这就是你失去她的道理》、戴夫·易格斯的《国王的全息像》和凯文·鲍威尔的《黄鸟》。最终厄德里克的小说《圆屋》获此殊荣。

厄德里克是以描写美国原住民部落成名的小说家、诗人、儿童小说作家,其作品主要关注美国的印第安文化遗产。她也是当代美国最多产、最重要、最有成就的作家之一,曾先后获纳尔逊·阿尔格伦短篇小说奖、苏·考夫曼奖、欧·亨利短篇小说奖、全国书评家协会奖。2008年译林出版社出版发行的中文版小说《爱药》是她的成名作和代表作,也是第一部被译成中文的当代美国印第安长篇小说。

《圆屋》是路易丝·厄德里克的第14部小说,展现了奥吉布瓦人和白人居住在同一个社区中的艰辛。在厄德里克的获奖感言中,她用印第安人的奥吉布瓦语说获得国家图书奖是对美国原住民语言的肯定,也是对“原住民女性优雅和坚韧”的肯定:“这部作品是对原住民保留地还在发生的大量不公正事件的控诉。感谢你们让更多人知道。”通过描写这些贴近生活的人物角色,厄德里克充分展现了生活中的悲剧性和戏剧性,评论家齐亚巴塔里说《圆屋》是厄德里克所创作的最优秀的一部小说,“冲突集中、充满悬疑并且道德意义深远”。

路易丝·厄德里克

小说中的故事发生在1988年春天的北达科他州奥吉布瓦人的居住地。故事的叙述者乔是一位快乐纯真的孩子,他的母亲杰拉黛茵·库茨是一名奥吉布瓦女性,她意外遭受强暴,心理上的创伤使她不愿将细节向外人透露,反而将自己封闭起来,陷入了越来越深的孤独。儿子乔为了帮助母亲,和他的3个朋友一起,决定自己找出真相。事情的棘手之处在于罪行发生的确切地点:圆屋是聚居地进行族群祭祀仪式的一个古老而神圣的地方,而案件发生在圆屋附近的某处,因此无法确定强奸案发生在部落地、州属地或者是联邦属地。

厄德里克的故事都是基于历史的,但是对于一名13岁的男孩来讲,历史似乎并不相干,乔只看到他母亲陷入紧张而神经质般的痛苦中,他觉得自己要去拯救母亲，却由此过早地被推入了悲伤、幻灭的成人世界，因此，《圆屋》也是一部反思印第安内部暴力文化的作品。它既像一部侦探小说，又像一部成长故事，厄德里克在其中展示了自己精确描绘家庭中爱、恨、需要、同情、责任等种种情感的能力。

厄德里克说她喜欢用乔的眼睛看这个世界，乔所面对的是一个黑暗而棘手的问题，没有一个明确的解决方案。在乔的母亲杰拉黛茵终于能说话的时候，乔发现犯下这个罪行的是一位白人，而且这个白人也有可能谋杀了另一位女性。这些罪行有可能发生在聚居地，但是因为白人在部落的法律系统中不能够被起诉，也因为并不清楚案发现场是在州领地还是联邦领地，白人的法律体系也没有充足理由拘留强奸犯，因此犯罪嫌疑人很快逃脱，继续逍遥法外。

如何寻求公正的法律帮助是《圆屋》这部小说的核心，厄德里克想要在《圆屋》中展现出印第安人聚居地错综复杂的问题。公正在那里并不明晰，厄德里克因此说："聚居地这种独特的法律体系使得司法公正变得困难，我觉得罪恶会在任何一个地方发生。西方法律系统不能够解决这种实际发生的情况，传统的法律公正系统是唯一的出路。"

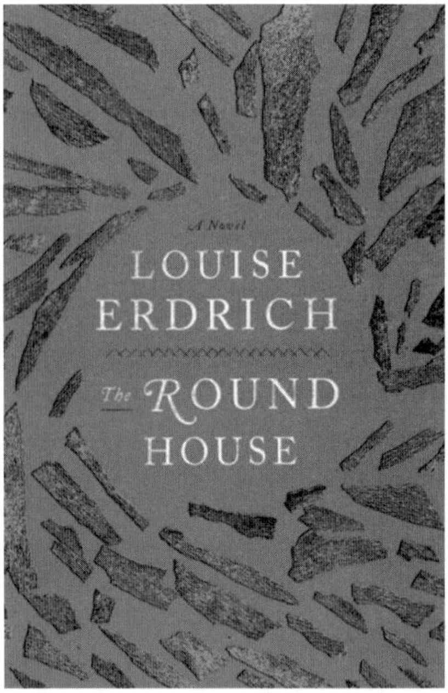

《圆屋》英文版

在她构思这本书的时候，厄德里克调查过有关印第安女性的非法交易以及其他一些真实生活中的悲剧故事，这些对她塑造《圆屋》

中的女性人物极有帮助:“我看到了印第安女性令人难以置信的顺应能力、忍耐能力,还有她们的幽默感和同情心,我非常敬重她们所具有的一种求生本能,这使得她们的家族能够一代又一代地富有生机。”

《圆屋》中令人感到温暖的一个地方就是对印第安人聚居地的描写。尽管那里充满了毒药和时不时的暴力事件,但是聚居地却始终是一个相互关爱、相互支持的社区集体。厄德里克在写作《圆屋》时被诊断出患有乳腺癌,她把自己在家庭中感受到的那种温暖亲情也写入了书中:“(这本书中)充满着人们是如何珍爱彼此、尽全力去保护彼此的描写。虽然有时候那样的尝试会失败,但是爱始终在那里。我的丈夫、孩子,还有我的父母给我的关心照顾,我在自己家庭中感受到的安全感和归属感在这本书中也都有所体现。我能够感受到孩子们是如何保护我的,我能够看到那种感觉。”

《今日美国》的评论员裘拉鲁认为,《圆屋》用一种独特的方式展现了公正和救赎,没有巨大的苦难就没有援助,暴力的方式会招致进一步的暴力。这显然是一个悲剧性的素材,但是面对伤痛,厄德里克笔下的角色充满了信念、力量和恢复力。“我们继续生活”,这是小说中的最后一句话——或许这更接近作者想要表达的一个主题。

厄德里克1954年出生于美国明尼苏达州,在北达科他州长大。尽管她被认为是印第安人,但其实只是印第安血统的混血儿:她的父亲是德裔美国人,母亲是北美龟山原住民保护区的奥吉布瓦族人,双亲皆长年服务于部落居留地的印第安事务学校,外祖父曾任部落酋长。

厄德里克从小酷爱读书,深受托尼·莫里森、薇拉·凯瑟、简·奥斯丁、乔治·艾略特和福克纳等人的影响。在厄德里克的童年,奥吉布瓦丰富的口述故事传统是她生活中的一部分,她的外祖父外祖母为她讲了许多关于奥吉布瓦民族聚集地生活的故事。厄德里克的父亲则把莎士比亚的作品介绍给她，并鼓励他所有的孩子们写故事，每写一个故事给5美分，厄德里克后来开玩笑说这些5美分是她最开始的稿酬。她的母亲同样支持她童年的创作，为她的手稿制作封面。1991年厄德里克接受《作家文摘》采访时说："我们家族里的人把每一件事情编成一个故事，我们喜欢讲一个好听的故事。我们大家就坐在那里开讲，然后故事就一个接着一个。"厄德里克认为，她的家族故事在许多方面是她最重要的文学萌芽。

奥吉布瓦的印第安文化是厄德里克的文化之根，其家族赖以生存的土地以及他们的生活经历都是她创作的源泉。就像学者马克·安东尼·洛罗所指出的那样，对于厄德里克来说，"美国印第安文学通常是关注于'回归'的，回归到古代传统的土地、语言和热爱中——这是与西方文学完全相反的主题，西方文学通常是关注于一场超越原始而向外的旅程"。

《爱药》英文版

1984年，厄德里克发表了第一部小说《爱药》，取得空前成功，获得多个奖项。托尼·莫里森对厄德里克的作品有过如此评价："《爱药》中的美丽使我们不会被书中的力量所压抑。"菲利普·罗斯则评价厄德里克的作品充满了"原创性、权威性、柔和性以及一种狂野而原始的智慧"。

《爱药》是厄德里克描写20世纪初到80年代年间在北达科他州"阿格斯"小镇上3个奥吉布瓦家

族几代人故事系列中的第一部。因为厄德里克对多视角叙述的运用、非线性时间结构的讲述以及她的人物对于土地的紧密联系，其作品常常被拿来与美国南方作家威廉·福克纳相对比，而她虚构的“阿格斯”小镇也仿似福克纳笔下的约克纳帕塔法郡。“阿格斯”系列小说的第二部《甜菜皇后》出版于1986年，作品中，厄德里克探讨了白人、印白混血以及印第安人之间的相互关系。

厄德里克重视本民族文化的传承，她从90年代末便开始学习和了解奥吉布瓦语、奥吉布瓦部落文化和传统，还有民族里一些具有神秘主义色彩的事件，她也教她最小的女儿学习奥吉布瓦语。作为一名混血儿，厄德里克一直在寻找其自身文化定位的含义，在1986年的一次访谈中，厄德里克表示：“我的希望是人们能够在未来10年或者20年里把我当作在美国多样性文化中描写美国经历的作家。”她做到了。

安妮·泰勒《初学者的再见》：告别悲痛过去　珍视幸福当下

孟宪华　李亚琳

安妮·泰勒被誉为美国现代婚姻家庭问题的解析者，虽已年逾古稀，却仍然保持着高产。2012 年 4 月，她的第 19 部小说《初学者的再见》由兰登出版社付梓发行。在这部小说中，泰勒以她清新细腻的语言、独特睿智的视角以及幽默生动的叙述，为读者勾勒出了一个关于告别悲痛过去、珍视幸福当下的故事。小说一经出版，就受到众多评论家和读者的关注与青睐，再一次印证了她在当今美国文坛的地位和影响力。约翰·里维斯说："安妮·泰勒、约翰·沃特斯和大卫·西蒙三个人并驾齐驱，堪称当今巴尔的摩文坛上最具创造力的三剑客。"《出版者周刊》写道："《初学者的再见》不是哥特式鬼神体小说，也不是一个男人克服悲痛的纪年体，而是一个关乎爱与宽恕的振奋人心的故事。"

泰勒出生于明尼阿波利斯市，20 世纪 70 年代初期来到马里兰州巴尔的摩市。1964 年，她出版了第一部小说《如果早晨曾经到来》。随后出版的小说《时钟发条》（1972 年）和《寻找卡莱布》（1975 年）都反响平平。直到 1982 年，她的第 9 部小说《思乡餐馆的晚餐》获普利策奖提名，并最终摘取福克纳文学奖，她才被大众接受并认可。1985 年《意外的旅客》受到广泛关注并引发热烈好评。1988 年她凭借《预产期》获普利策文学奖，从此蜚声文坛。

安妮·泰勒

在《初学者的再见》一书中，泰勒采用倒叙的手法，描绘出男主人公艾伦·伍尔科特走出丧妻之痛、勇于面对新生活的全过程。小说开篇就描写邻居对亡妻“回归”的视若无睹，主人公对此感到惊讶无比。就这么一句话，实则蕴含了大量的信息。妻子是怎样离开人世的？为什么能再次“回来”？为什么邻居对她视若无睹？泰勒熟谙细节描写之技巧，她用短小精悍的一句话，就吸引住了读者的眼球，也给读者留下了巨大的悬念和无限的遐想空间。随着故事情节的慢慢展开，艾伦的故事也渐渐变得清晰起来。艾伦经营着自己的出版公司，编辑出版一套名为“初学者”的丛书。他时常口吃，幼时的一场疾病又使他的右手和右腿麻痹。尽管如此，他仍然是一个充满魅力的中年男子。母亲对儿子的身体状况自责不已，总是想方设法给他补偿，而她认为最好的补偿方式就是将艾伦保护起来，免得他受到外界的伤害；姐姐南迪娜武断专制，试图掌控艾伦的生活，但实际上，她也是想保护处于弱势的弟弟。毫无疑问，家人都很爱艾伦，只是爱的方式出了问题，才令亲情的温暖变成了自由的桎梏。艾伦不得不挣扎在自我价值和家庭期望的矛盾旋涡中：一面是对个性自我的渴望，一面是对家庭成员的责任，厚重的亲情因此盖上了一层压力与无奈的冷霜，让艾伦悲苦交加、喜忧参半。对亲情细腻入微的刻画，是泰勒小说的一大亮点。在其早期作品中，她对于这一主题的处理就早已达到了炉火纯青的地步。她笔下的家庭关系，远非和谐和睦、相敬如宾，而是充满了冲突与紧张。读过《预产期》的读者，肯定会对小说中父母围绕儿子学业和爱情问题所引发的激烈争吵记忆犹新。在处理家庭这一主题时，泰勒采用黑色幽默的手法，让读者在哭笑不得中领悟家庭成员之间的相处之道，也引发读者对目前美国家庭关系的思考。

在《初学者的再见》中，令人欣慰的是，艾伦看上去脆弱，但内心坚强、乐观向上。在他看来，身体上的残疾只意味着自己和常人稍有不同而已，自己也许稍微有点不幸，但是却比常人开心得多。最令他开心的莫过于与医生多乐茜·罗塞的相遇、相知和相恋。多乐茜个头娇小，身材平庸，却活泼开朗，坦诚率真，令人动心。她的出现让艾伦原本平静的心灵荡起了层层涟漪。艾伦过惯了循规蹈矩的生活，看到多乐茜的特立独行，心中对自由的渴望也自然而然地被激发了出来。在多乐茜身上，他看到了那个把抗争、自由和桀骜不驯压在心底的自己。无独有偶，在泰勒的小说《意外的旅行者》中，男主人公马康抛弃20多年的老妻，选择现任女友，也是因为她与自己的性格截然相反，能让他见识自己的另一面及其独特的魅力。

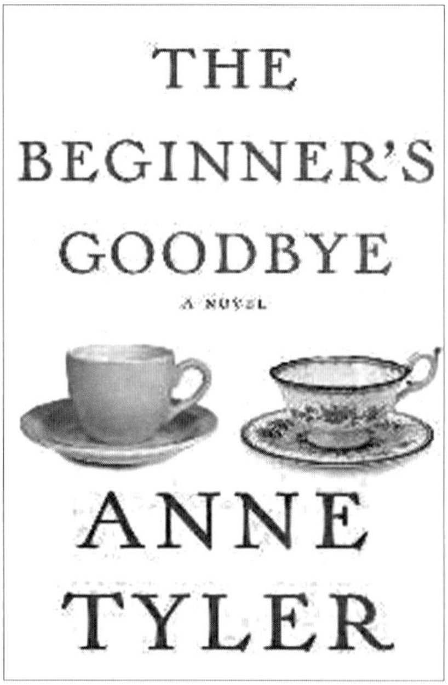

《初学者的再见》英文版

性格上的反差，会令彼此产生强大的吸引力，但也会在相互磨合过程中产生矛盾，甚至冲突。2007年8月的夏天，燥热而烦闷，多乐茜因为艾伦重感冒时秘书佩吉无微不至的照顾而耿耿于怀，艾伦也毫不示弱，两人就这样争吵了起来。这种无谓的争吵本来只是他们婚姻生活里的小插曲。然而争吵之后，艾伦听到多乐茜所在的房间发出了巨大的声响，一种不祥的预感瞬间笼罩在他的心头。当他踉踉跄跄走过去时，才发现房侧巨大的橡树已然倒塌，压垮了房子的阳台，也把多乐茜狠狠地压在了废墟之中。就这样，一场横祸从天而降，不仅夺走了多乐茜的生命，也带走了艾伦的快乐生活乃至灵魂。这是泰勒小说中最富有戏剧张力的场面。面对这场突如其来的意外事故，艾伦陷入悲痛无法自拔。他想用工作救赎自己，每天早出晚归，甚至忙到废寝忘食的地步。思念成疾，相思成灾，在没有多乐茜的日子里，艾伦度过了一个又一个无眠之夜。读书、看报都不能让他入睡，他脑海中回想着关于多乐茜的点点滴滴。也许是他的诚意感动了上帝，多乐茜终于在离开几个月后再次“出现”在他的生活里，这样偶然的“出现”给他原本已然苍白的生命瞬间添上了亮丽的色彩。他期待她的“归来”，害怕她的“离去”。在多乐茜每一次回归的鼓励下，艾伦也开始渐渐尝试新的生活，结交了新朋友，和家人的关系也融洽了许多。就这样，他的生活又重新明朗起来。最终，艾伦意识到，多乐茜并没有真正“回来”，那只是自己思念过度而臆想出来的幻影。到这里，读者终于明白，为什么开篇时邻居对多乐茜的“回归”漠不关心，所有的线索贯穿始终又浑然天成。值得庆幸的是，艾伦在大悲之后也有了大悟，他对生活中的很多问题进行了反思：与朋友的相处，与家人的沟通。更为重要的是，他终于顿悟到，过多地沉溺于过去只能徒增伤感，纪念亡妻的最好方式就是好好地活下去。于是他决定开始一段新的恋情，珍视当下的生活。

“初学者的再见”，是整本小说的点睛之笔。读罢深思，初学者学到了什么，需要与什么再见？艾伦不仅仅体会到了初为鳏夫之痛，学会了与心爱的亡妻说再见，更体味到了颇多的人生哲学。在人生的旅途上，我们每个人都不可避免地要成为各种生活经历的初学者，也都该学会挥手告别过去，尤其是悲痛的过去。泰勒用她细腻传神的笔法，将一个悲喜交加的故事娓娓道来,她无疑是智慧且深刻的。心灵的启迪,积极的力量,是该书赐予读者最好的礼物。愿这位睿智的老人能继续写下去,继续用她的文字感动全世界的读者。

米洛斯拉夫·潘科夫：只有通过写作，他才能走进故乡

杨　靖

米罗斯拉夫·潘科夫1982年出生于保加利亚的加布罗沃，4岁时随家人迁居索菲亚首府并在当地第一英语学校高中毕业。2001年进入美国阿肯色大学，先后获得心理学学士和文艺学硕士学位。2011年短篇故事集《西方以东》先后赢得BBC国际短篇小说奖、欧·亨利小说奖等知名奖项。作家本人将小说译为保加利亚文出版，成为保加利亚2012年畅销书。迄今为止，该书已在德国、法国、西班牙在内的11国翻译出版。

在2012年度“BBC国际短篇小说”颁奖现场，出生在保加利亚、现在美国生活的获奖作家米洛斯拉夫·潘科夫禁不住流下了眼泪：“以前我时常嘲笑那些获奖时哭泣的家伙——想不到结果我也和他们一样。”令他激动的显然不只是1.5万英镑的奖金，更是因为作为一个移民作家，他长达10余年的英语小说创作终于获得了英语世界的广泛认同。

潘科夫目前任教于北得克萨斯大学，教授创意写作课程，同时兼任《美国文学评论》杂志编辑。迄今为止，潘科夫在美国国内获得的全国性文学奖项已多达10余项，包括2008年由《南方评论》发起评选的“尤多拉·韦尔蒂小说奖”，同年还获得“全美最佳短篇小说奖”，2011年又

米洛斯拉夫·潘科夫

以小说《西方以东》荣获“欧·亨利短篇小说奖”。

鲜为人知的是，如今在美国文学界崭露头角的潘科夫初来之时根本就没想过要成为一名作家。作为一名外科医生的儿子，他小时候并不喜欢读书，也不喜欢父母讲的那些老掉牙的保加利亚民间故事。不过后来，他喜欢上了斯蒂芬·金，并摹仿金的风格写了若干冒牌的美国故事，结果发现不过是浪费时间，因为这些“赝品”毫无文学价值可言。所幸他在阿肯色大学遇到了莫莉·吉列斯这位美国好导师，后者一眼发现了他擅长“讲故事”的天赋，并鼓励他阅读更多有关保加利亚民族、历史和文化的书籍。随着阅读的深入，潘科夫对祖国民间传说和历史故事的看法有了根本改变，他的文学道路也随之改变——“我为什么不写点像这样充满英雄与背叛、勇气和怯懦、自由与死亡的故事呢?”——于是，便诞生了短篇故事集《西方以东:一个故事中的国家》。

这部包括《马其顿》《西方以东》《购买列宁》等8篇故事的小说集的共同主题，可以归结为战争、饥荒、婚恋、流亡以及对爱与自由的向往。这些故事从不同侧面刻画了背负沉重历史、又不得不在严酷现实中苦苦挣扎的当代保加利亚人的生存状况。小说集中贯穿始终的人物是男孩和他的祖父。男孩的曾祖父是村上的富人，因不肯上缴田庄和牛羊被红军镇压，而男孩的祖父却阴差阳错加入了游击队，革命胜利后成了战争英雄。他入党、进城、分房、娶妻，顺理成章成了这个国家的掌权者——

直到1989年东欧剧变,红色政权被推翻,他又独自一人黯然还乡。如果说对蛰居乡下的祖父而言,恢复拜占庭帝国或苏维埃政权是他毕生的光荣与梦想;对男孩而言,逃离这片禁锢的土地、奔向自由的“西方”才是他最大的愿望。为此他刻苦攻读英语,将别人玩耍的时间全部用于学习——终于考过了SAT,并成功考入美国著名大学(巧合的是,男孩来到了阿肯色大学,而且攻读的是心理学学位——尽管潘科夫一再声明小说集绝非他的自传)。

最能全面展示整部小说集共同历史背景的是标题小说《西方以东》。在小说开始,潘科夫虚构了类似柏林墙的一道河流,将村庄隔成两半:西部属塞尔维亚,东部仍属保加利亚,沿河都有实枪荷弹的卫兵巡逻把守。但人为的阻隔并不能完全断绝绵延数百年的两岸亲友的来往。主人公诺思便常常偷渡到对岸和心爱的表妹薇拉一同玩耍;而对岸的塞族青年也如法炮制——来和诺思的姐姐幽会。不久,姐姐怀孕让诺思一家在全村人面前丢尽了脸面;而消除丑闻的唯一办法,只有让她与塞族青年早日成婚。在婚礼前夕,姐姐告诉诺思她要偷渡到对岸塞族领地,然后从那里和男友一同私奔到德国或任何一个西方民主国家,开始他们梦想已久的生活。不幸的是,二人会合将要上岸时被值班卫兵发现。一阵枪响,诺思在岸边亲眼目睹了姐姐他们为自由付出的生命代价。母亲在哀恸中

《西方以东》西班牙文版

逝去，父亲终日与酒为伴。薇拉也远走贝尔格莱德，嫁人、生子，留下诺思一人坚守故土，靠在矿上劳作艰辛度日，直到科索沃战争爆发。薇拉的丈夫在战争中死去，她写信要诺思赶到她身边，开始他们童年起就渴望的生活。病重的父亲拒绝治疗，临终前希望诺思用积攒的钱逃出去寻找薇拉。父亲的去世，也斩断了诺思与这片土地的最后一丝联系。他满怀希望，向着魂牵梦萦的薇拉飞奔而去。然而，当他历尽艰辛见到昔日恋人时，发现她已另嫁他人。他梦想的生活到底在哪里？他该何去何从？

显而易见，小说标题中的西方决不单单是地理方位，更是一个隐喻、一个政治符号：在村民们眼里，它象征着繁荣富庶和民主自由。所以小说中的年轻一辈，都会拼命向着西方逃亡，因为他们对自己脚下属于东方的这片土地，根本不抱任何希望：它承载的只是长达一个半世纪以来的奴役和屈辱："我们保加利亚人从未输掉战争，只是两次战争中我们都选错了盟友。"祖辈犯下的过错注定要由下一辈来承当吗？小说中的人物用他们的勇气和行动告诉了我们答案："谁能够将人束缚在土地上——除了他自己？"但问题是：美国或西方，真的是东方人理想中的乐土和天堂吗？

《德沃什美》对上述问题给出了明确答案。小说中的保加利亚人彩票中奖，获得全家去美国定居的绿卡。然而到美国不久，妻子就带着未成年的女儿跟当地的美国医生同居了。他找不到工作，被迫接受医生的友谊，以保持每周一次探视女儿的机会。对他而言，美国不是天堂，更像是地狱，每周给女儿讲述故乡的传说故事，就成了他生命中唯一的慰藉和全部的意义。

相比而言，《购买列宁》给出的答案虽不十分明确，但无疑更发人深省。小说中的祖父 20 世纪 40 年代便投身革命，是一位不折不扣的老布尔什维克。到1989年执政党下台后，他返回乡下，继续从事未竟的革命事业：先是被选为村党支部书记，然后又提议将村庄改名为列宁格勒，并野心勃勃地计划建立一座革命历史博物馆，用于收藏领袖塑像以及革命时期的各种文物。他特别崇敬列宁，甚至在孙儿很小的时候就要求他背诵列宁语录。正因为如此，当孙儿初到美国，别人递给他一本《圣经》，告诉他这是"主"的言行语录时，他的第一反应是这该是一本《列宁选集》！为增强他在海外的免疫力，祖父开出的药方仍是列宁著作——《与亲友书》。这是列宁在慕尼黑、布拉格等地流亡期间写给母亲和其他亲人的书信，信中描述了他四处流浪、饥寒交迫的悲惨情状，还有无法排遣的孤独寂寞，但同时也表达了布尔什维克最终必定胜利的坚定信念。通过阅读这些书信，原本以为已经告别革命的孙儿居然发现了他与列宁的共通之处：一样流落他乡，一样落寞凄凉。他这才明白原来信念或信仰对一个人是如此重要——没有信仰，便没有生活。祖父的信仰虽然看起来未免荒谬可笑，但他自己对西方民主自由的迷恋，又何尝没有可笑的成分？小说结尾，孙儿在易购网上竞拍到了躺在水晶棺里的列宁遗体，并将它捐献给即将落成的革命博物馆。

潘科夫在自己的小说《烟草婚礼》(2008年)的序言中曾谈到，在他的家乡，人们迷信缪斯女神，认为文学创作只要灵感附体，便能一挥而就；后来到了美国，进了创意写作班，才明白一切好的作品都需要经过反复修改和锤炼。尤其是短篇小说，虽不能说字字珠玑，但绝容不得任何拖沓冗赘——简洁的风格成为他孜孜以求的目标，评论家也认为他酷似以简洁明快文风见长的伯纳德·马拉默德。就小说集《西方以东》而言，潘科夫的行文清晰朴素、优雅节制而不失幽默，堪称大家风范。一个场景、一种思想，别的作家可能要大段叙述才能充分表达，而在他笔下，往往只需寥寥数语。比如形容男孩在美国大学校园感受到的浓烈思乡

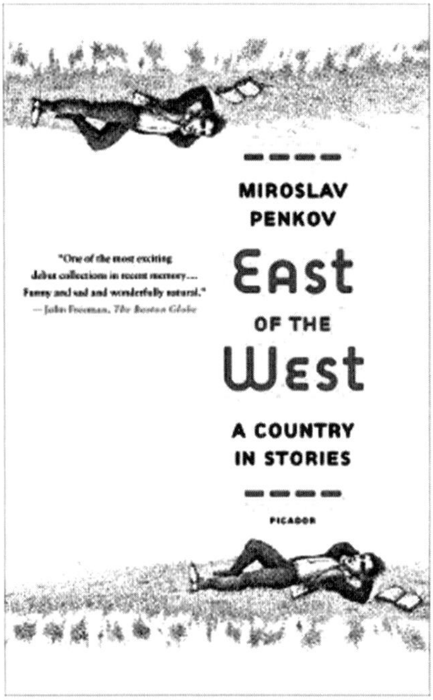

《西方以东》英文版

之情:“孤独之感从我体内油然而生,仿佛贫瘠的土地上冒出的水汽”;描写人在异乡的落寞惆怅:“看着那一轮疲惫不堪的月亮,向着天边外缓缓游去”;还有恋人之间痛彻心扉的领悟:“她的言辞击中了我,好像锄头击中爬上脚踝的蛇。”还有许多意象,从英语民族的角度看,绝对是新颖别致的独创,如身处保加利亚的女孩想象梦中的泰晤士河:“像西瓜一样甜美!”年迈的祖母蘸着口水翻动书页,“好像手指上沾着蜜糖”。

另外,小说中随处可见的幽默不仅体现出潘科夫的艺术才华,也体现出他对人物心理的准确把握。如形容好不容易攒够零钱换回一条牛仔裤的男孩:裤子过于肥大——“在我的两腿之间感受到多少西方的自由!”描写偷渡青年倾其所有贿赂哨兵:“在保加利亚,假如用钱无法买到一些东西;用许多的钱,一定可以。”当然,这种幽默更多时候是基于作家对人性的洞察:“你用手指对着某人并不有助于你了解别人;但如果某人用手指对着你的鼻子,你可以对他有所了解。”身在专制威压下的普通民众对政客虚伪的口号和假惺惺的道歉深恶痛绝,“人们能从政客那里学到的是:你可以胡说乱做任何事,只要随后道歉。”主人公奉命去劝说一位移情别恋的男人,他的内心其实很纠结:“当一个男人对一个女人的爱大过亲生儿子的时候,还能对这个男人说什么?”潘科夫一再宣称:凡是与爱关涉之处,人们都应当多几分理解与宽容，毫无疑问，他所指的显然不只是个人情感，更是长期专制高压政治下的自由与宽容。

“今天，有上百万保加利亚人旅居异乡，我见过无数父母（包括我自己的）鼓励他们的孩子离开家，去外面追求更好的生活：我见过保加利亚人改名换姓，抛弃他们的母语，接受新的信仰、新的意识形态和身份认同，忘记他们是从何而来……我写这本书，是为了要铭记（过去）。”或者，用他自己在访谈时所说——写作，只有通过写作，他才能走近他的故乡和人民。借助于《西方以东》集颇具代表性的8篇故事，潘科夫不仅向世人讲述了这个国家的过去，从某种意义上说，也指明了这个国家的未来。

“那些词语自我解放出来。我沉醉其间，欣喜若狂。”作为移民作家的代表，经过10余年不懈努力，潘科夫终于找到了属于他自己的表达方式，在英美文坛发出了自己独特的声音。他和其他许多来自不同母语背景的移民作家一道，不仅进一步丰富了英语语言，也为全球化背景下不同民族、文化之间的沟通和交流提供了更大的可能性。

莉迪亚·戴维斯：
“她在思考我们思想边缘的东西”

吴永熹

莉迪亚·戴维斯（1947 年 7 月 15 日— ），美国作家，以写短篇小说为主，也是长篇小说作家、散文家。在作品风格上戴维斯主要受到米歇尔·福柯等的影响，近年来作品偏向仅有 3 页至 4 页的短篇小说形式，且具有简洁幽默的故事风格。

最初知道美国作家莉迪亚·戴维斯的小说，是因为 2009 年在《纽约客》上读到的一篇书评。那时著名的 FSG 出版社刚刚将戴维斯主要的小说结集出版，收录了她从 20 世纪 80 年代到 2007 年出版的四部小说集，《细细地算》（1986 年）、《几乎没有记忆》（1997 年）、《塞缪尔·约翰逊很愤慨》（2001 年）和《困扰种种》（2007 年）。这篇书评出自著名的文学评论家詹姆斯·伍德之手。伍德的评论我之前读过不少，他是鉴赏力极高、感觉敏锐且文笔漂亮的评论家，他的文章我大多是很信服的。在这篇近万言的长篇评论中，伍德极为详细且富有感情地介绍了戴维斯小说的艺术特色，并对她的作品多有引用，尽管评论中只能看到戴维斯作品的吉光片羽，但我立刻被这些机智、独特的片段吸引了。当我用了几乎两个月的时间读完 700 多页的《莉迪亚·戴维斯小说集》时，我意识到，这是一种全新的、极具原创性的写作，我必须将这些作品介绍给更多的中文读者。

莉迪亚·戴维斯

在获得2013年的布克国际奖之前，戴维斯并不能算一位拥有国际性声誉的作家，甚至在美国她都算不上一位家喻户晓的作家，所以伍德才在评论中写道："我怀疑这本《莉迪亚·戴维斯小说集》迟早会被看成美国文学中一种伟大的、特殊的贡献。"此前，戴维斯的声誉主要局限在作家圈和评论圈中，她的作品经常出现在知名文学杂志《巴黎评论》上，一些名作家如乔纳森·弗兰岑和乔伊丝·卡萝尔·奥茨都是她的拥趸，朱利安·巴恩斯在一篇文章中写到他的一位美国作家朋友告诉他"戴维斯是'作家的作家的作家'"，但另一位英国知名小说家A. S. 拜厄特却从未听闻戴维斯的名字。

影响戴维斯获得更广泛关注的部分原因是她基本上只写短篇小说，迄今为止她已经出版过7部短篇小说集，却只写过一个长篇《故事的终结》(1995年)，而这个长篇基本也是按照短篇小说的叙事节奏和密度来写的。不可否认，无论是横向地从世界范围来看，还是纵向地以历史眼光来看，相对长篇小说，短篇小说一直不那么受重视。中国作家苏童在接受采访时就说过："无论是文坛还是出版社还是市场甚至一般的读者心态，对于小说门类都有一种长篇沙文主义。所谓的长篇沙文主义，长篇为大……短篇是一个寂寞的文学门类。"其原因，苏童认为是由于篇幅所限，短篇能够提供的信息量有限，它主要是供人回味，而不像长篇那样能成为生活经验、社会经验的补充。

戴维斯甚至是短篇小说家中的异类。她的很多作品仅有一页纸，有些甚至只有一段话，以至一个句子。例如，一篇叫作《春日的怒气》的作品是这样的：“我很高兴叶子这么快地在长大。很快它们将会挡住邻居和她吵闹的小孩了。”还有一个叫作《热带风暴》的故事是这样的：“就像一阵热带风暴/我，同样，或许有天会变得‘更有条理’。”再比如《关于一部纪录短片的想法》只有这样一句：“不同食品加工厂的代表们试着打开各自产品的包装。”这样的例子还有很多。布克奖官方网站上颇有深意地引用了戴维斯的一个“超短篇”中的一句话：“我最近被一个写作奖拒绝了，因为他们说我很懒。”然而，布克奖的评委们一致认为，恰恰相反，创作出这些作品的戴维斯绝不能被指为“懒惰”，他们意识到，这些作品是极具创造力的、精巧的、警觉的，它们创作起来需要很多的时间、技巧和努力。而现在，极具世界影响力的布克国际奖将两年一度的大奖颁给了这样一位专写短篇甚至超短篇的作家，令人鼓舞。

《几乎没有记忆》英文版

有人将莉迪亚·戴维斯的一些小说称作“微小说”（flash fiction），这个英文名词是如此形象，因为它们就像手电筒的一束光一样简短、迅捷，就像一个飞逝的思维片段的定格。不过，当一个小说剥离了几乎所有的传统叙事元素，只剩下一个片段之时，它还能被称之为小说吗？所以布克奖评委会也承认戴维斯的作品是难以归类的。就像评委会主席克里斯托弗·里克斯追问的那样，要怎样归类戴维斯的小说呢？里克斯问道："我们是否应该简单地服从官方定义，将它们称为小说？或是微型画？趣闻逸事？散文？笑话？寓言？短信？格言，甚至是箴言？祷文，或者是智慧文学？或者我们干脆叫它们'观察'好了。"

将戴维斯和其他所有小说家区别开来的，正是她对于小说创作常规和疆界的突破。这种突破最浅显的证据即是她小说的长度，这些故事短则一两行、一段话、一两页纸，长的却也有几十页。从形式上来看，戴维斯对于传统的小说写作方式，对于认真编织一个有开端、发展、高潮、结尾的故事，对于塑造一个丰满的甚至仅仅是有些典型的人物形象，基本上毫无兴趣。阅读戴维斯的小说，我们会发现，"观察""沉思"或"分析"更贴近这些作品的性质，而这些"观察"和"沉思"所涵括的范围是如此之广，一只老鼠、一只鱼缸里的鱼、一些雪松树、一本旧字典、一个奇特的行为、一些状况或者关于愤怒、有趣、无聊、好品位这样的概念都可以进入戴维斯的视线，成为一篇短故事的主题。

在一个只有一段话的故事中，戴维斯向我们提供了这样一个情境。在这个叫作《走开》的故事中，一个没有名字的男人对一个没有名字的女人说："走开并且不要再回来。"这个女人很受伤，虽然她知道他说的话并不能按字面意思来理解，她开始仔细拆解这个男人的话和他的心理。她想，也许他的意思确实是让她"走开"，因为他很生气所以不希望她在他身边，但她很清楚他迟早还是希望她回来（取决于在她不在的这段时间他多快能够消气）。她进一步想到，虽然他的意思是"走开"，但他的意思与其说是让她"走开"，还不如说是这个词里面包含的愤怒。于是，他的意思仅仅是在表达一个会说这些话的人的愤怒。然而，她又想到，如果他仅仅是说"我对你非常生气"，那么她就不会那么受伤，甚至完全不会受伤，虽然那个男人愤怒的程度（如果它能够被衡量的话）是一样的。她想，如果那个男人选择说"我对你非常生气"，那必须是另

《细细地算》英文版

外一种愤怒，这种愤怒能被当成一个问题与对方分享。而现在那个男人的愤怒是一种必须通过说一些不代表他真实意思的话来表达的愤怒。所以她想，并不是这些词里面的愤怒伤害了她，而是他选择说“不要再回来”这样的词伤害了她，虽然这并不是他的意思。

这是一个颇为典型的戴维斯式“分析性”短故事（让我们姑且称之为故事），它将一个大多数人在日常生活中都会遇到的情境拆解开来——很显然，故事中的男人和女人或者是一对情侣，或者是丈夫和妻子。由于剥除了传统的叙事要素而只是从生活中抽取出一个很小的情境，戴维斯能够将目光聚焦于这个典型情境之上，对其进行深入的分析。我们惊叹于戴维斯在分析时的一丝不苟、她的逻辑性以及其中的哲学思辨张力。有趣的是，这个一段话的短故事却依然是感人的，尽管故事中的无名女人那样理性地分析着自己的境遇和对方的心理，我们却依然能够真切地感受到她的痛苦。

戴维斯的超短篇小说中，这样的思考随处可见。她用极具原创力的形式，以极为清晰和准确的语言，探讨了现代生活中最为重要的主题，例如孤独、焦虑、自我意识、身份的不稳定性、爱、痛苦、疾病、变老、社交、伦理、情绪和思维的运作方式……戴维斯这些简短的思维片段之所以能引起人们的兴趣，是因为就像一位评论者所说的：“她常常在思考我们思想边缘的东西。”在英国著名小说家阿莉·史密斯眼中，戴维斯是独一无二的，她曾说过：“（戴维斯的）一个仅有两行或是一段长的故事能够展现一整个思想的宇宙。”

E. L. 多克托罗《霍默和兰利：一本小说》：美国历史文化的现实与虚构

林　莉

多克托罗被公认为美国当代颇具影响力的犹太裔小说家。自1960年出版小说《欢迎到哈德泰姆斯镇来》，50年来一直笔耕不辍，至今共出版11部长篇小说，多篇短篇小说、戏剧和文学评论文章。目前，他的作品已经被翻译成32种语言。他的小说成为文学评论家深入研究的对象，并获得了美国国家图书奖、美国批评家协会小说奖、笔会\福克纳小说等几乎所有美国文学的重要奖项。

多克托罗2009年的作品《霍默和兰利：一本小说》出版后立刻引起评论界和读者的关注。小说以纽约著名的城市隐居者科利尔兄弟的真实生活经历为原型，形象地反映出美国20世纪重大历史文化事件带给普通美国人的冲击。小说中，多克托罗采用新传记小说的形式再一次在历史与小说、现实与虚构中自由游走。

多克托罗的小说风格独特，突出地表现在他对美国现代历史的关注和对权力政治的抨击。在《比利·巴思格特》中，他通过浪迹于黑社会的主人公比利·巴思格特，将真实历史中的真实传奇人物和虚构人物相互交织，揭露了20世纪30年代大萧条时期黑社会头目与官场的勾结和冲突，以及黑社会内部的相互残杀与对老百姓的掠夺。警匪之战本是通俗小说的常见题材,作者却将它写成现代经典之作,显示出不凡身手。2005 年,在关于美国内战的小说《大进军》中,作者又把美国历史上赫赫有名的林肯总统和谢尔曼将军搬进小说,令读者感到新奇。

科利尔兄弟:美国当代生活的特殊缩影

霍默·科利尔和兰利·科利尔的生活经历比小说还离奇。兄弟俩都曾就读于哥伦比亚大学,却由于参军提前退学。退伍后两兄弟也不工作,住在纽约曼哈顿富人区,靠父母的遗产生活。哥哥霍默早年失明,日常生活依靠弟弟打理。弟弟兰利性格傲慢,有强烈的囤积强迫症,每天疯狂收集各类报纸、书籍、家具、乐器等废弃物。为了防止盗贼,兄弟俩在屋内各处设有自制防盗陷阱和机关。1947 年,兰利不小心被机关绊了一跤,接着被房屋中倾倒的 130 多吨垃圾砸死。失明和瘫痪的霍默因弟弟死后没有食物也很快饿死。

E. L. 多克托罗

科利尔兄弟的故事最早于 1938 年在纽约当地报纸登出,当时他们拒绝了欲出巨资购买他们所住房屋的房地产商。《纽约时报》依据邻居们的传言,说他们一直生活在“东方式的奢侈”中,每天坐在大量现金上,从不愿将钱存入银行。1942 年兄弟俩因拒绝向银行继续支付房子的分期付款再次引起媒体注意,《纽约先驱论坛报》采访了兰利,当问到他们为什么大量收集报纸时,兰利回答道:“我在为我哥哥霍默收集,因为当有一天他恢复视力时,他可以重新读到那些新闻。”

霍默和兰利死后成为文学、艺术创作的素材。早在1947年,兄弟俩的生活就被改编成配音广播故事《艾姬·罗杰斯谋杀案》,在故事中,兄弟俩变成了喜欢囤积垃圾的姐妹俩。1954年,兄弟俩的故事被小说家玛西娅·达文波特改编成小说,叫作《我哥哥的监护人》。1991年弗朗茨·里兹写成关于科利尔兄弟的回忆录。1995年,电影《神经质的主人公》完全模仿科利尔兄弟的生活方式和公寓的原型而拍摄成功并公映。2003年,弗朗茨·里兹再一次以科利尔兄弟为主题,写成全名为《幽灵人:科利尔兄弟和我的叔叔,纽约最伟大的囤积者的奇怪却真实的故事(一部城市历史)》的小说并出版。此书叙述的是完全模仿科利尔生活方式的弗朗茨·里兹的叔叔阿瑟·里兹的生平故事。

《霍默和兰利》:重现美国发展史

《霍默和兰利》从形式上和内容上都有点像笛福的《鲁滨孙漂流记》。小说采用第一人称自传体叙事,叙述者即是哥哥霍默。霍默是个瞎子,英文Homer恰与《奥德赛》的作者荷马完全相同,盲诗人通常都有出色的叙说技艺,选择这样的叙述者,多克托罗可谓匠心独运。此外选择霍默做主角,似乎也意在突出盲人所独有的特殊感受力和领悟力。就像《旧金山新闻》所说:“这部小说最显著的特色是将失明和洞察力、感观世界和思想世界相结合,以从未有过的简朴而可爱的方式,将美国当代生活在我们面前展开。”

小说的另一突出特色就是传记叙事和具有历史真实感的细节描写。例如代表着19世纪末20世纪初的美国富裕家庭的房屋内部装饰和装修,20 世纪初美国普通民众流行阅读杰克·伦敦的书,1918 年第一次世界大战期间美国发生的流行感冒,美国无声电影的出现,黑人爵士乐的兴起,电视、打字机的发明,嬉皮士的出现,纽约公共设施的改进,美国汽车业的飞速发展等等,这些美国历史和文化发展的细节都在小说中通过真实人物科利尔兄弟和其他虚构人物展现出来。

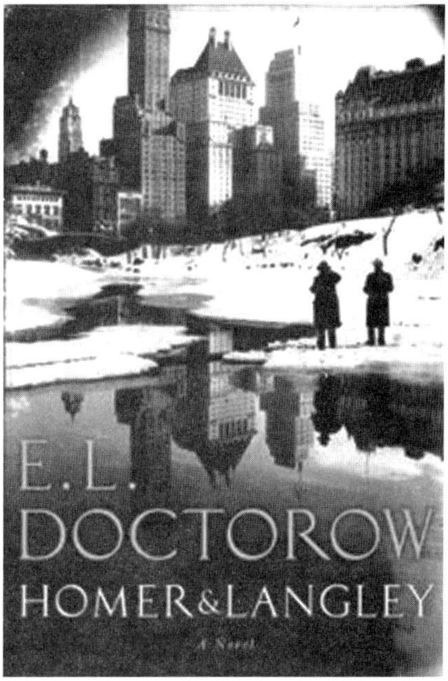

《霍默和兰利》英文版

此外,有趣的是,多克托罗似乎很喜欢在小说中借助垃圾的意象来深化主题。在他的小说《但以理书》《世界博览会》《雷格泰姆》和《上帝之城》中都有垃圾箱、垃圾桶的意象出现。垃圾作为被人们充分消费后的弃置品,在小说中可以辅助作者表现后现代美国社会生活的种种荒诞离奇。在小说中兄弟俩与垃圾为伴,甚至被垃圾夺去生命,正好表达了消费社会中人与物的"主仆"关系。垃圾不仅可以变成表现文化和历史的符号,甚至成为人类生活的同伴乃至主宰。

一部新传记小说

E. L. 多克托罗的长篇小说一直以其独特的视角、丰富的题材、深刻的透视和高超的艺术手法,不断充实美国后现代派小说、犹太政治小说和新新闻体裁小说。《霍默和兰利》是一部新传记小说,它首先具有传统小说的基本文类叙事特点,在其基础上大量融入虚构因素,形成典型的新传记叙事。

《霍默和兰利》以科利尔兄弟的真实名字命名,传记依据兄弟俩生活的年代按顺序叙述,没有明确章节。传主霍默在作品的开篇直接说出自己的年龄和身份:“我叫霍默,是那个瞎眼兄弟。我不是突然失明的,而是像电影一样,慢慢淡出。当我被告知发生了什么事情时我总是有兴趣去衡量它。我那时十多岁,对一切都十分感兴趣。”在小说的结尾,多克托罗写道:“什么东西轰然倒塌下来,整个房子随之震动。兰利在哪儿?我的兄弟在哪儿?”读者立刻知道传主即将死去,故事到此结束。正像所有传统传记那样,文本达到内容前后呼应,完整地讲述了传主从生到死的人生经历和命运。

多克托罗在作品中还采用了叙事内视点,叙述者的位置在故事发生的场面之内,作者用瞎眼霍默的视角感觉和叙述一切。在《霍默和兰利》中,传主生活的自然环境、社会环境、时代风尚、历史背景和文化传统都是形成传主独特个性和经历的原因,而他在这段时空的活动体现了特有的意义和价值,即它们反映了美国20世纪前60年的时代精神。可以说,霍默和兰利的人生是历史的牺牲品,它们的经历和行动强化了历史的叙述,尤其是依据真实的曾经从科利尔兄弟家里清扫出来的垃圾而列出的物品清单这些真实的细节,进一步强化了文本的主题。同时,作者以霍默的情感为依据,通过对瞎子的心理世界进行深度挖掘,以不落俗套的评议,总结美国人20世纪的经历,同时也是作者对人生、社会和历史观察的结果。

在这部作品中,多克托罗同时采用独具个性的叙述技巧,即在作品中采用场内视点,将追溯叙述和同步叙述相结合,将各种重要、复杂的事件背景安排成明晰、流畅的线型叙述。在传主存在层次和行动层次的叙述中适时、适量地加入了情理层次的叙述，在自我故事之外恰当地加入了非我的故事，展现丰富的美国历史内容，再现了以传主为核心的、波澜起伏的生活流。

《霍默和兰利》在很多地方进行了内容的虚构和形式的创新。作品是关于科利尔兄弟的他传，多克托罗却戏仿自传的写作手法，采用第一人称叙事，作者就是叙述者，叙述者也就是传主，他在叙述自己的亲身经历。多克托罗却在小说的副题中声明："这是一本小说。"在小说封面，多克托罗写道："《霍默和兰利：一本小说》是一部虚构作品。除了叙述中所包括的真实的人、事件和地点之外，所有其他名字、人物、地点和时间都是作者想象的产物。任何与当今的事件、地点、或者依旧健在的人雷同，纯属偶然。"多克托罗开篇就告诉读者，科利尔兄弟的故事只是我这部作品的一部分，虚构的那些人和事也许更有趣，具有更深刻的艺术性和写作目的。

芭芭拉·金索夫：
用小说吸引社会变革和人类正义的眼光

杨建玫

美国当代女作家芭芭拉·金索夫凭借小说《空隙》获2010年英国第15届“橘子奖”。从1988年至今，金索夫已出版6部长篇小说以及短篇小说集、诗集和纪实性散文集各两部。

金索夫的文学主题多种多样，许多小说以她曾经居住过的地方为背景，如非洲中部和美国亚利桑那州，但她的小说并非自传。她的作品常常非常理想化，被称为“激进主义”。她的作品常常围绕社会平等的斗争来写，像表现非法移民、下层劳动阶层和单身母亲面临的生活困苦，其他常见的主题还包括人与生态系统的交互作用及冲突。她还使用散文和叙述手法展现历史事件，如刚果的独立斗争。金索夫以第一人称和第三人称创作小说，并常使用交叉式叙述。许多作品显示出她具有生物学和生态学的全面知识。

政治议题在金索夫的创作中占据重要地位。事实上，金索夫自视为政治小说家。在她的小说中，“政治”指人们之间的权利关系和他们在思想和政策上的斗争。金索夫在创作中为避免说教而专注于构建故事的发展。她认为政治小说在美国不受欢迎，许多美国作家不愿被称作“政治性”的作家，但是她本人乐于接受这一称呼。

金索夫自幼生活在肯塔基州的卡莱尔农村地区,有机会目睹贫富之间和种族隔离下不同社会群体之间生活的巨大差别,这使她意识到社会的不公。成年后,对农场生产和农民资金匮乏的记忆在她充满自由、人道主义和道德感的作品中有所反映。1963年至1964年,在非洲刚果农场的两年生活使金索夫开始关注种族问题。1968年,她质疑越战,为美国政府感到羞耻。从此,她的和平主义思想自始至终没有改变。1969年,14岁的金索夫开始研究肯塔基东部的阶级状况和种族不平等。在一次访谈中,她表达了自己的阶级意识观:"我发现这个世界几乎对'乡下人'一无所知,对他们毫不尊重。想要维护他们的意愿充斥着我的写作和我的生活,我想要寻找边缘人的声音。"这些声音在她的作品中由保姆、铁路工人、矿工、食品厂的计时工、农民和杂货店及快餐店的店员传达,他们成为她小说和非小说作品的骨干力量。

芭芭拉·金索夫

20世纪80年代中期,金索夫开始了职业写作生涯。长篇处女作《豆树》是一部将现实主义与虚构相融合的政治小说。坚强独立的年轻女子泰勒·格里尔以第一人称的视角讲述她到许多地方旅行并寻求身份的历程。《豆树》最明显的政治主题涉及危地马拉国内的动荡。事实上,小说出版时正值危地马拉政局动荡,这使得小说中的政治难民形象更加真实。评论家杰克·巴特勒说,这部小说的"各部分就像一首绝妙的诗一样浑然一体,但是读起来又像是现实主义作品"。

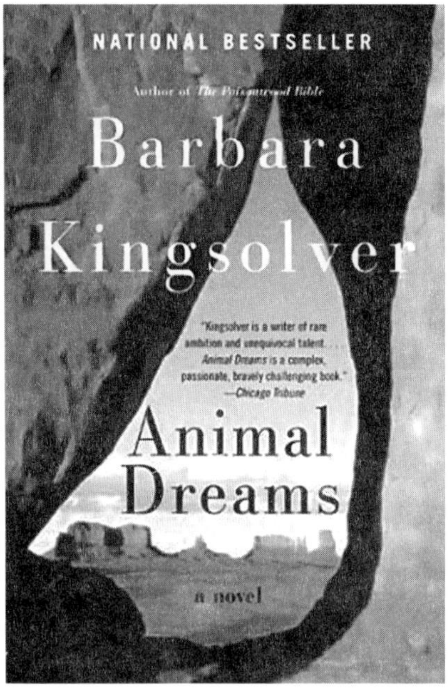

《动物梦想》英文版

时隔两年，出于对里根政府在中美洲穷兵黩武行为的失望，金索夫出版第二部小说《动物梦想》。金索夫在小说中表现了与以前作品相同的主题：本土美国人、美国在尼加拉瓜的行动、环境问题、父母关系问题、女性的自主生活等。金索夫说，这些主题是"对我们的将来和我们作出的政治选择负责和我们应当怎样开始偿还我们一直在借用、欺诈使用多年的河流、空气、海洋和土壤"。

1993年出版的小说《天堂的猪》被认为是《豆树》的续篇，它沿用了《豆树》中的一些主题、背景和人物。小说通过描述女主人公泰勒对土著孩子斑鸠的监管权的斗争，体现了白人中产阶级的个体主义价值观与土著美国人的群体传统价值观的冲突，探讨了白人家庭收养美国土著儿童的问题。

在《空隙》中，金索夫使用虚构和真实的报纸报道，小心翼翼地将小说家哈里森·W.谢泼德插入到一些有史可查的历史时期，记载了他从墨西哥到美国珍珠港的人生经历，带领读者进行了一次史诗般的旅行。20世纪20年代，谢泼德跟随母亲到墨西哥生活，在街上偶遇女画家卡洛买鹦鹉，成为其丈夫里维拉的泥瓦匠和厨师。在墨西哥，他又遇到了逃脱斯大林的迫害来寻求避难的列夫·托洛茨基，成为托洛茨基的厨师和秘书。在卡洛与里维拉分手、托洛茨基被谋杀之后，谢泼德回到美国，成为一名作家。在20世纪50年代冷战白热化时，谢泼德受到美国政府反美行动委员会的迫害。

通过谢泼德在两个地方寻找身份的故事，读者仿佛经历了 20 世纪最喧嚣的历史事件。金索夫从 1929 年谢泼德少年时期在墨西哥度过的生活写起，直至 50 年代他成为描写冒险家的隐居作家。该作品是一篇宏大的史诗，关注 40 年代美国国会发动的东西方阵营的对峙，涉及墨西哥革命和 20 世纪 50 年代美国狂热的麦卡锡主义时期的反共高潮。金索夫通过令人信服的人物、逼真的现场感和历史与公共舆论对人的影响，塑造了一位令人难忘的艺术家形象。在描述谢泼德跨越美墨边界时，金索夫探讨了美国的艺术与政治之间令人迷惑的历史关系、现实生活和媒体报道的生活之间的差距。在《空隙》获得橘子奖之后，颁奖人黛西·古德温认为这部小说“激动人心”。《芝加哥论坛》认为，在这部小说中，政治与艺术占据了主导地位，它们之间的联系令人耳目一新。

作为一位长期关注政治问题、主张正义的作家，金索夫获得了一系列荣誉。1994 年，她获得母校迪堡尔大学授予的文学博士荣誉称号和杜克大学授予的人文博士荣誉称号。2000 年，金索夫设立了“领头羊奖”，以支持“社会变革小说”。这个奖项旨在给予那些支持积极的社会变革但是作品未能出版的作家以资助。金索夫曾说，她想要创立一个文学奖项，“以鼓励作家、出版商和读者认识到，小说怎样吸引住社会变革和人类正

《空隙》英文版

义的眼光”。2010 年,在接受《卫报》采访时,金索夫表达了她淡泊名利的态度:“我从未想要出名,现在也不想。这个世界给予了我最害怕的东西。”

尼尔·斯蒂芬森《瑞密德》：虚拟实境　亦真亦幻

苗　青

2011 年 9 月，美国“赛博朋克”（Cyberpunk，Cybernetics 与 Punk 的结合词）流著名科幻小说家、短篇故事作家、散文家尼尔·斯蒂芬森携其新作《瑞密德》再次回归。继 1984 年出版第一部小说《大学》以来，尼尔·斯蒂芬森先后共出版了十余部“赛博朋克”类小说，几乎每部作品都受到读者热捧。因此，《瑞密德》的出版对于尼尔·斯蒂芬森的拥趸来说，无疑是个好消息。斯蒂芬森又一次让我们对虚拟世界和信息储存进行思考，又一次使阅读变得生动有趣。

“赛博朋克”小说是 20 世纪 80 年代在科幻小说内部诞生的新的分支，以计算机或信息技术为主题，所描绘的往往不是一个美好的未来，而是受计算机网络控制的黑暗世界；其中，炫目的高科技通常深植于贫民窟、黑帮等种种不良社会形态中。从主题方面来看，此类小说的作者们试图从侦探小说、黑色电影和后现代主义中汲取元素，描绘 20 世纪后 20 年数码化社会不为人知的一面。因此，有观点认为，“赛博朋克”是一种悲观的预言，警示了网络可能对社会结构所带来的负面影响，让人们对渐渐深入生活每一个角落的计算机心生警惕。但正是这类小说中疯狂的未来世界，以及栩栩如生、顽强不屈的人物形象，让我们更加深刻地

尼尔·斯蒂芬森

思考未来的人生,同时也对未来世界充满期待。

尼尔·斯蒂芬森笔名为斯蒂芬·伯里,1959 年 10 月 31 日出生于美国马里兰州的米德堡。在家庭的影响下,他对地理学和物理学产生了浓厚的兴趣,并为以后成为一名优秀的"赛博朋克"作家奠定了基础。

1977 年,斯蒂芬森毕业于埃姆斯高中,之后在波士顿大学开始了他的大学生涯。1981 年他毕业时获得了地理学学士学位。然而,刚刚毕业的他发现,身为一名毫无社会经验的本科毕业生,很难找到理想的工作,于是他尝试了多条发展道路:修车、电脑编程以及写作等。1984 年他的处女作《大学》出版,并在 2001 年得以重印,遗憾的是,该书出版后并没有引起很大的轰动。他的第二部作品《佐迪亚克》于 1988 年出版,为他带来了荣誉。

但斯蒂芬森真正成为一名作家还是在 20 世纪 90 年代。1992 年出版的小说《雪崩》奠定了他"赛博朋克"宗师的地位。该书一经出版,就引起了空前的轰动,同时引发了一股"赛博朋克"流的阅读与创作热潮。

1995 年,斯蒂芬森出版了小说《钻石时代》,该书获得了 1996 年雨果奖长篇奖;1999 年出版了《编码宝典》;2003 年出版了《巴洛克记》(共三卷)的第一卷《水银》,获得英国科幻小说奖"阿瑟·C. 克拉克奖";2004 年出版《巴洛克记》第二卷《混乱》和第三卷《世界系统》;2008 年出版的《走出围墙》曾登上《纽约时报》畅销书单榜首,被认为"娱乐性和哲思性"俱备。2011 年 9 月,新作《瑞密德》一经出版,便登上了《纽约时报》畅销书行列。

2011 年 8 月，在美国国家公共电台评选出的幻想文学作品前 100 名的名单中，尼尔·斯蒂芬森的《雪崩》《钻石时代》《编码宝典》和《走出围墙》均榜上有名。《时代周刊》对他的评语是："自从发表了小说《雪崩》之后，他塑造了一批网客。"他以洋洋洒洒、亦真亦幻的创作风格闯入了网络创作的主流。

《雪崩》是"赛博朋克"小说的新典范。在书中，斯蒂芬森提出了"虚拟实境"的概念，并描绘了一个超现实主义的数字空间，使地理空间受阻隔的人们可以通过各自的"化身"相互交往，度过闲暇时光。小说从佩着武士刀的比萨速递员开始，将一个混乱到有些滑稽的未来社会写入作品：私人公司群雄割据、美联邦政府定居在高速公路旁搭建的帐篷中；同时，一个个活灵活现的角色穿梭于故事情节中，比如：专门用吸盘从汽车上窃取动能的"滑板客"、随身携带核弹到处与人斗殴的恐怖分子等。斯蒂芬森很会讲故事，他穿越时空，感受历史，体验未来，将"赛博朋克"的世界、复杂的语言学理论和后现代主义的讽刺强行结合在一起，从而形成了自己的创作风格。

《瑞密德》英文版

继《雪崩》之后的《钻石时代》《编码宝典》和《走出围墙》等作品基本延续了斯蒂芬森一贯的创作风格与特点。小说中丰富的想象力、独到的创见与思考、传神的语言、紧张刺激的情节令读者折服。很少有人能像他这样涉猎如此众多的领域:历史学、考古学、语言学、地理学、哲学、密码学、数学、宗教、金融等等。高科技在他的小说中已成为必然存在的背景,但是,他关心的并不是科技本身,而是科技的延伸,是后工业时代社会的混杂秩序以及科技对人类活动的影响。

那么,《瑞密德》讲述了怎样一个奇特的故事呢?

理查德·福斯拉斯特曾经是一名毒品走私贩,他利用其非法的收入创办了一家名列世界500强的视频游戏公司。他收养了一名叫祖拉的年轻女孩,她出生于东非,并经历了很多苦难。理查德的公司发行了一款名为“地形夺宝”的大型多人在线游戏,它使“魔兽世界”也变得黯然失色。祖拉的男朋友彼得向理查德借了一个存储装置,用以储存窃取的信息,然后卖给俄罗斯黑手党。然而,令人没有想到的是,该存储装置染上了一种由“地形夺宝”玩家制造的名为“瑞密德”的病毒,它是英文单词“自述文件”偶然或者有意的错误拼写,在这里具有一定的讽刺含义。该病毒使俄罗斯黑手党人的电脑瘫痪,他们开始用极端的方式寻求帮助。

在彼得和祖拉的帮助下,这些俄国人非法飞入他国境内,企图找到并杀死制造这种病毒的黑客。在行动中,他们无意中接触到了一个圣战组织,领头人阿卜杜拉·琼斯是一名被通缉的恐怖主义分子,他虽然是英国籍黑人,但是却把别的国家当做合适的藏身之地。琼斯劫持了祖拉,并用飞机将其带往不列颠哥伦比亚省的荒野……

该作品围绕“瑞密德”病毒构建故事,情节精彩,场面很视觉化,当读者进入小说的时候,就好像书中的人物进入了“虚拟实境”,一切都立体化起来。斯蒂芬森是一名出色的情节魔术师和信息驾驭者,虽然小说难免有狂热色彩,故事情节中有太多枪杀与死亡的极端画面,但是这种狂热是有其思想深度的。

该书最出色的部分有两个方面。首先，对于理查德·福斯拉斯特和他的公司以及“地形夺宝”游戏的描写十分精彩。两个因素确保了该游戏的商业成功：其一是按照实际地质规律进行编程，并对地形地貌进行管理（该游戏的名称来源于此）；其二是游戏使用了基于真实货币的货币体系，即从游戏中采集的财宝可以转换为现实中的货币。这正是“瑞密德”病毒侵入的原因，当不幸的玩家进入了黑客控制的领域时，他们被虚拟地杀死，钱财却被抢走。

其次，斯蒂芬森在小说中描述了一个猫和老鼠的双重游戏，那些在网络游戏中被跟踪的人同时在现实生活中也被跟踪着，这是该书最出彩的情节之一。

《瑞密德》中丰富的想象力和高科技相当吸引人的眼球。尽管延续了“赛博朋克”的行文特点和虚拟网络的老套路，但是斯蒂芬森聪明地把虚拟空间对人类的冲击成功地引入真实世界。现实世界和虚拟世界的交汇融合、人在不同界面上的思想与行为，成为这部小说的亮点。

或许新作中的未来社会又一次陷入了几近崩溃的边缘，未来世界似乎过于混乱悲观；然而，斯蒂芬森在预言悲观未来的同时又一次点燃了每个人心底的希望。重要的是，读者看到了不屈奋斗的人和改变命运的勇气与信心。在亦真亦幻的作品中，他揭示出个人意志和集体潜意识所形成的一个坐标，并跨越理性的限制，到达信念的彼岸。

加拿大

迈克尔·翁达杰：现代人心里的“英国病人”

孙健敏

“……他的眼角里有一道皱纹，在他的眼镜后面。”生于斯里兰卡的加拿大小说家迈克尔·翁达杰在小说最后这样说。如果不读小说，对《英国病人》的印象一定会保留在那部奥斯卡获奖电影里，以为那是关于死亡和战争的爱情篇章，然而小说的内核与外延，要远远大于这一切，它是一部现代心灵的探秘史。英国病人既是一个忘记了自己身份的烧伤病人，同时也是那场残酷战争留在幸存者心中的阴影，在更深层面上，他还是起源于英国的现代文明的象征，是欲望和理性杂交的产物，是每个现代人心里爱欲和痛苦并存的记忆。

小说开始于一座废弃的别墅，战争让它变得残破，别墅周围隐藏着上一队占领者留下的地雷。四个主要人物一一出场，每个人都戴着神秘的面纱。那个浑身因烧伤缠满纱布的英国病人不知来处，丢失了姓名、身份和个人经历，唯一清晰的是他的创痛和渊博的知识。

与他同时登场的是护士汉娜，她沉默寡言，有点偏执，竟然为了这个显然不可能活太久的英国病人，不肯跟大部队一起离开，提出的理由荒谬到根本站不住脚。在这座曾经是修道院的别墅里，她不是电影里的那个天使，而像一个藏着秘密和疯狂的修女。

迈克尔·翁达杰

后来,卡拉瓦乔来了,他是个小偷,以小偷的方式参与了战争,并失去了一对拇指。他是汉娜父亲的老朋友,曾是她少女时代的梦中情人,他对她似乎也有很深的牵挂,但谁也不知道他为什么来这里,是为了汉娜,还是为了英国病人?

地雷把排雷兵基普引来了,他是来自印度的锡克教徒,喜欢包个大头巾,虽然住在别墅里,却刻意与所有人保持距离。战争前,他打算做一名医生。他本与这场战争毫无关系,作为一个被奴役者,要他为奴役者之间的斗争而战,他无法找到对这场战争的认同,所以只好沉醉在扫除地雷的纯技术体验中。

四个人在这个封闭空间中互相试探,在寻找英国病人身份的过程中,每个人藏在心底深处的创伤慢慢显露,其中,英国病人既是他自己,也是其他三个人内心共同的阴影。

汉娜的记忆首先被公开了。在这场战争中,她孩子的父亲死了,她自己的父亲也死了,她还不得不亲手杀死自己怀着的孩子。同时,作为护士,她亲眼目睹了太多年轻生命死在面前,她说:“每个该死的将军都应该干我干的活……把人送往谁都不愿意去的地方,还要想办法让他们心里舒服。”在看到这么多死亡后,她开始自暴自弃,甚至想死,这正是她毫无畏惧地留在地雷遍布的别墅的理由。但是和基普共同经历一次死亡威胁时,她产生了可以和一个年龄相仿的人一起去死的爱情。这爱情把她从死亡制造的孤独和虚无中拯救出来,她终于在给继母的信里透露了她的秘密,她对英国病人那近乎偏执的关爱,只是因为她深爱的父亲在法兰西就是被烧成这样的,但她无法赶去陪他度过最后的时光,这让她痛悔终身。她决定不再相信将一群人杀死另一群人合理化的现代理性,认定在个人和公众之间将有一场永远的战争。

卡拉瓦乔也在英国病人这面死寂的镜子里照见了自己。躺在床上的英国病人解读了他的名字大卫·卡拉瓦乔。同名意大利画家卡拉瓦乔晚年曾画过一幅《擎歌利亚之首级的大卫》,画家将自己年轻时的脸放在了大卫身上,又将自己衰朽的容颜给了歌利亚。这是青春对衰朽的审判,隐喻年老的卡拉瓦乔失去了汉娜以前对他的迷恋,败给了正当青春的基普。鉴于小说对这两个人物种族身份的安排,它又进一步隐喻了殖民的老帝国和被殖民的新东方在“二战”结束时那种微妙的关系变化:大卫终将杀死歌利亚。卡拉瓦乔这个在现代社会中始终找不到位置的漂泊者,因为拥有小偷这样一项专业技能,在战争中被招纳为间谍,所受的训练就是不断去假想他的敌人,然后伪造自己的身份,在战争期间,他获得的一切信息都是谎言。这无疑揭穿了战争的本质,每个人都在和自己的幻影作战,每个人都在被自己所欺骗。

《英国病人》中文版

扫雷兵基普虽然把自己隐藏得很深,但眼睛里总会显露出他曾有过的恐惧经历。他有严重的强迫症,老想跟踪那些让他不安的人,并下意识地想开枪射击。然而汉娜偶然而无我的爱把包裹在他身上的硬壳给砸开了,他被打开的不仅是个人的记忆,也是种族和历史的记忆:他有个被忽视的童年,这是亚洲的传统,父母从不轻易向子女表达爱,所以他感受到的最强烈的爱是来自下层阶级的保姆。9岁时他母亲就去世了,在他心里留下了难以磨灭的阴影。他的哥哥是个反对英国殖民的民族主义者,被关进了监狱。哥哥对民族、地域的认同胜于对个体生命的认同,认为一切西方人都是亚洲的敌人,在这一意义上,基普的哥哥虽然是"英国病人"的反对者,但他同时又是"英国病人"在被殖民者心里制造的另一个"英国病人"。

为了揭露"英国病人"对被殖民者进行的规训和造成的心灵创伤,翁达杰这个被殖民者的后裔以原子弹爆炸为契机,借基普之口控诉道:"我在我自己国家的传统中长大。但是后来……你们的风俗习惯、你们的书、你们的行政长官、你们的理性,把世界其他地方都变成和你们一个样。你们的一举一动代表标准。我知道如果我搞错了该用哪根手指握茶杯,我就会被赶出去。如果我打错了一个领结的结,我就出局了。就是那些舰船给了你们这样的权利吗?还是……因为你们有历史和印刷机?……你们打仗就跟斗蟋蟀一样频繁,你们是怎么把我们骗进来的?"同时,在排雷过程中,基普也切身感受到现代西方文明这个"英国病人"的种种变态,为了保证将人杀死,交战各方在一切可能的地方埋设地雷,甚至将地雷布在象征优雅的钢琴里,在引信的设计上也竭尽一切聪明才智,而这聪明不过是为了更好地将人杀死。随着基普的创伤被挖掘,他不仅和自己达成了和解,也和作为"英国病人"继承者的汉娜达成了和解,"他们俩的大洲在一个小山城里相遇",爱终于发生了。

在这个过程中,英国病人的身份逐渐显露,他原名艾尔麦西,是一个在殖民地进行探险的西方地理学家。他邂逅了英国间谍克里斯顿的妻子凯瑟琳,后者对语言有着难以遏止的迷恋,这正好与英国病人不谋而合。在语言和欲望的召唤下，他开始和凯瑟琳偷情，克里斯顿发现后，两个“英国病人”因此在非洲展开了一场死亡的冒险。克里斯顿开着飞机，要和妻子与情敌同归于尽，事发后，克里斯顿死了，凯瑟琳身受重伤，而英国病人因为被疯狂的理性所迷惑，没有留在爱人身边陪她度过最后的时光，而是想着要找一架飞机把她救回来。结果找到那架飞机再回来找凯瑟琳时，已是3年以后……他自己也被疯狂所误，在坠落的飞机上烧成了重伤。一个弗兰肯斯坦式的悲剧，以爱之名制造的魔鬼。

很明显，翁达杰对英国病人这个意象的选择并非偶然，作为现代国家制度、市场经济、工业革命和全球殖民的发源地，英国正是西方现代理性的集大成者。但这个现代理性在创造辉煌文明的同时，也制造了殖民和掠夺，世界大战、原子弹和大屠杀，给自身也给整个世界带来了巨大的灾难。按照英国历史学家霍尔斯鲍姆的说法，现代史上的被杀者，超过了以往历史阶段所有战争被杀人数的总和。如此说来，这个现代理性一定是生病了，才会把那么辉煌的物质文明和死亡联系到一起。在小说中，英国病人正是这个生病的现代理性的象征。他不仅是英国病人，也是德国间谍，同时在原子弹爆炸时，作者借着基普之口说出，美国人继承了英国病人的病。它几乎是一切现代悲剧的隐喻。

在对英国病人这个现代理性进行揭露的同时，翁达杰还对它作了深度剖析。在小说中，这个英国病人对语言和历史总是充满迷恋，喜欢反复阐释希罗多德的《历史》，他和凯瑟琳之间的恋情也是出于对语言文字的迷恋，而转而迷恋身体，这揭秘了现代理性以语言为其中心的特征。语言本是用来记录事实的，但西方现代理性却要用语言去统治事实，在翁达杰看来，这显然是英国病人的病因所在。

此外，翁达杰还对现代理性的历史血脉进行了梳理。他把英国病人身处的那座别墅安排在意大利，要知道这里既是古罗马的中心，也是基督教的中心，同时还是文艺复兴的发源地，而别墅前身还是座修道院，英国病人最爱读的是一本古希腊的著作，现代理性的内在联系在这些断断续续的意象和叙述中渐渐清晰起来。

《英国病人》电影海报

那么英国病人的病是否有被治愈的希望？翁达杰对此提出了自己的解决之道。在这部小说里，存在着两个三男一女的四人结构。英国病人的前史里，英国病人、凯瑟琳和她丈夫，还有作为旁观者的麦多克斯是第一个四人结构；在现在部分的四人结构里，英国病人成了那个旁观者，卡拉瓦乔成了英国病人，基普和汉娜则取代了那对英国夫妇。这显然是翁达杰有意为之的轮回结构，不过，尼采所谓“永恒轮回”的悲剧，却在小说里被解决了，四个人物在对自我记忆的梳理中，逐渐认清了自己的本来面目，前一个结构里被反复提及的希罗多德《历史》中的坎道勒斯故事，成了后一个结构的预言，基普这个被统治的东方人，终于进入到西方的内部，老迈的卡拉瓦乔失去了吸引力，“英国病人”的病在两个年轻人未被语言和自我沾染的爱里终结了。同样是东方人的翁达杰显然认为，那个被殖民的东方将在西方文明内部复活，将成为西方文明治愈疯狂的清醒剂。他对基普身份的安排显然也不是偶然的，在战争中，这个印度人是清理险情的排雷兵，战争结束后，他没有回到印度，而是留在基督教文明的传统地带意大利，成了一名治愈创伤的医生，西方和东方在他身上融合了，就像基普自己所说，他的身体里也装着他的英国教练萨福克勋爵。

耐人寻味的是，小说作者翁达杰的身份和小说中两个年轻人的身份正好暗合：他来自斯里兰卡，那是古印度的一个组成部分，这和基普的身份不谋而合；而现在他又是个加拿大人，那正是汉娜的祖国。作者身份的双重性和小说人物的双重性显然形成了某种意味深长的对照。

虽然最后，东方的基普没有选择和“英国病人”的后人汉娜生活在一起，但是在小说家的叙述中，他对她的爱却从来没有消失过，那正是他眼镜背后的那道皱纹。

英国

朱利安·巴恩斯：
叩问存在的“佩涅洛佩”

张　莉

对于英国作家朱利安·巴恩斯而言，2011 年是收获颇丰的一年。他先是荣获了具有终身奖性质的“大卫·柯恩英国文学奖”，而后又凭借小说《终结的感觉》成功捧得布克奖。这部小说在市场上也有不俗的成绩，在英国问世的最初两个月间，就已经创下近 3 万册的销售量。布克奖评委会主席斯特拉·里明顿在颁奖典礼上称，《终结的感觉》是一部可读性很强的作品，认为它“具有英语文学经典作品的品质”，是“一本写给 21 世纪的人类的书”。

面对荣誉和称赞，巴恩斯表现得相当“淡定”。他以标志性的“巴式幽默”对自己的获奖进行了一番调侃：他认为获得布克奖无异于中彩，但同时也不忘向评委们的“智慧”表示感谢。他坦承自己此刻如释重负，因为终于可以避免作家班布里奇那样的“悲催”命运。后者曾 5 次入围布克奖提名，却至死也未获得这一荣誉。

巴恩斯绝对有资格如此调侃布克奖。熟悉当代英国文坛的人知道，巴恩斯的中奖决非运气使然，他是一名实力派作家。早在 20 世纪 80 年代，巴恩斯就被视为与马丁·艾米斯、伊恩·麦克尤恩等齐名的文坛大腕。凭借《福楼拜的鹦鹉》（1984 年）、《英格兰，英格兰》（1998 年）、《亚

朱利安·巴恩斯

瑟与乔治》(2005年)等小说,巴恩斯的名字曾三度出现在布克奖决选名单之上。而2011年他最终获奖,可以说早已是众望所归。

现年65岁的朱利安·巴恩斯的创作榜单上有11部长篇小说、3部短篇小说集、3本散文集以及其他一些作品;此外,在20世纪80年代,他还以丹·卡瓦纳为笔名发表了4部侦探小说。巴恩斯获得过包括法国"美第契外国作品奖"(1986年)和"费米娜外国小说奖"(1992年)在内的一系列重要文学奖项。美国艺术文学院授予他"福斯特奖";法国文化部授予他"法兰西文学艺术骑士勋章"。在中国,我们对朱利安·巴恩斯的译介还很不充分。在由人民文学出版社和中国外国文学研究会联合举办的"21世纪年度最佳外国小说2005年度评选"中,他的《亚瑟与乔治》荣膺榜首。

获奖小说《终结的感觉》延续了巴恩斯写作中的一个重要主题——对历史和记忆的审视和拷问,或者说是历史与记忆的不可靠性。这一主题在故事开篇已经显露无遗:

我记得这些,并不按特定顺序:

——闪着光的内手腕;

——笑着把一个热煎锅扔进水池里,蒸汽升起;

——一团精液沿着排水口盘旋,之后顺着一座高房子的下水道被冲走;

——一条河荒唐地流向上游，五六把尾随的手电照亮了它的水波；

——另一条河，宽阔幽暗，强风吹皱了水面，隐匿了水流的方向；

——一扇锁上的门，里面浴缸里的水早已变冷。

最后一项并不是我亲眼所见，但是，最后你记忆中的东西，通常都与你亲身经历过的不一样。

这些支离破碎的片段，构成了小说叙述者托尼·韦伯斯特对高中和大学生活的回忆。依靠这些记忆，托尼追溯了20世纪60年代走进自己生活中的那些人、那些事：高中最后一年，艾德里安转学到了托尼的班级，两人很快成了好朋友。与托尼的其他两位好友一起，他们组成了“四人组”。他们在一起度过了“性饥渴”和“知识饥渴”的青春期时光。艾德里安是四人中的佼佼者，他聪慧、博学，富有独立的思考精神和哲学家的气质。高中毕业后，托尼进入布里斯托大学学习，而艾德里安不出所料地拿到了剑桥大学的奖学金。朋友们分道扬镳，生活开始沿着不同的轨迹向前发展。托尼结识了维罗妮卡。维罗妮卡将托尼带回家中，托尼却感受到了维罗妮卡一家人的傲慢，只有维罗妮卡的妈妈对他比较友

《终结的感觉》英文版

好。通过托尼，维罗妮卡认识了“四人组”中的其他三位成员。可两人之间的恋情却迅速告终。让托尼感觉不爽的是，维罗妮卡很快就成了艾德里安的女朋友。托尼逐渐与他们断绝了联系。没过多久，托尼得到了艾德里安自杀的消息。

这就是小说的第一部分。巴恩斯用粗线条为我们勾勒出人物形象、故事情节。记忆“勉为其难”地为我们建构起还算清晰的故事轮廓。然而，到了小说的第二部分，好不容易才建立起来的记忆框架遭遇挑战摇摇欲坠，对记忆中空白之处的追踪和补充使事情的真相变得更加扑朔迷离。时间已经是40年以后。托尼已经退休。回顾起大半生的生活，似乎一切都很平静、祥和：他结过婚又离了婚，同前妻还保持着友好的关系；他们的女儿也已经为人妻、为人母，与父母关系和谐。然而，一封不期而至的信把托尼拽回到了回忆之中。托尼在一封律师来信中得知维罗妮卡的母亲在去世之际给自己留下了两样遗产：一笔500英镑的款项和一本艾德里安的日记。托尼开始重构自己的记忆。而为了重构记忆，他迫切地想要拿回现在被维罗妮卡保存着的艾德里安的日记。几经周旋，托尼得到了一些日记的片段、一封自己当年写给艾德里安和维罗妮卡的书信，他甚至还与维罗妮卡见了面，又随她见到了似乎是艾德里安的儿子的年轻人……然而，让人沮丧的是，所有“证据”和历史资料的存在不但不能帮助托尼找回他缺失了的记忆，却反倒让他越来越找不到问题的答案，越来越质疑自己的记忆。一切都变得不确定，而他唯一所能确定的，大概就是记忆的不确定性了。

记忆是小说的主题，也是贯穿故事始终的主线，还是推动小说向前发展的动力。记忆使人物和情节突破了时空的限制，使过去、现在以至将来多重视角得以同时展现；记忆即是存在。实际上，巴恩斯对“记忆”这一主题一直情有独钟。从第一部作品《伦敦郊区》开始，巴恩斯的主人公就同过去、同历史建立起了纠缠不清的联系。在2008年出版的随笔集《没有什么好怕的》中，巴恩斯声称，“身份就是记忆，记忆就是身份”。记忆关乎个体身份建构，也关乎历史的书写。然而，遗憾的是，记忆总是不尽如人意。人们不但会随着时间的流逝渐渐失去记忆，甚至还会主动地对记忆进行“审查”，筛选出对自己有利的部分，而摒弃掉对自己不利的内容。因此，无论在生命中的哪一个阶段，我们的记忆都经常会是模糊的、矛盾的，甚至是缺席的。《没有什么好怕的》中的“我”与哥哥在关于父母和童年生活的记忆上就表现出很大的差异。外公和外婆在日记中对一些所谓的“事实”的记载也总是互相抵触。在《终结的感觉》中，巴恩斯发出了如下感慨：“我们把简单的假设视为事实，不是吗？比如，记忆就是事件加时间。但事实要复杂得多。是谁说过记忆就是我们以为自己忘掉的那些内容？显然，我们应该明白，时间不是黏合剂，它是溶剂。”记忆是一种自欺欺人的伎俩，它部分地充当了困苦生活中一剂舒缓剂的作用。

记忆不可信，历史同样具有很强的主观性。记忆并不缝合和构建历史，反而掩饰和消解历史——无论是小写的个体的历史，还是大写的人类的历史。这两种历史时常交织在一起，大写的历史由一部部个体的历史组成。在1989年出版的《10 $\frac{1}{2}$章世界史》中，巴恩斯探讨的是大写的历史，揭示出历史如何由权力话语的执掌者书写和解释，历史与真实之间界限不清。“历史不是发生过的事情。历史只是历史学家告诉我们的事情……精心编织的故事一个连着一个。”《终结的感觉》谈论的则是个体历史的书写，是个人如何被动地在别人残缺不全的回忆中复活。故事在开始之际即已确立了质疑历史、叩问存在的基调：一位同学的自杀引起了大家的诸多推断和猜测，也引发了历史课上对历史这一基本概念的思考。艾德里安语惊四座:“历史就是不完全的记忆遭遇不充足的记录时所产生的确定性。”我们不难看出这一论述所隐含的意思,既然记忆不完全、记录不充足,所谓确定性也就成了无稽之谈,成了不确定性了。这一情节安排显然为以后托尼对艾德里安的故事的追溯、记忆的整合所遭遇的困境埋下了伏笔。记忆遭遇困境,可在追寻记忆的过程中,托尼却增进了对身旁的人与事的理解,甚至也增进了对自我的认识。他主动放弃了对艾德里安日记的所有权,这一放弃的姿态却似乎宣告着他对某种确定性的追寻获得成功。

历史、记忆、爱情、死亡、老年、婚姻,这些有关个人生存的话题,正是巴恩斯始终关注的主题。巴恩斯在作品中体现出深切的人文关怀和忧患意识:爱情不可企及、婚姻令人窒息、老年生活让人沮丧、死亡不可避免、记忆不能信赖、历史终是虚幻。巴恩斯是揭示与表现人与人之间复杂关系的高手,可在他所绘制出来的画卷中,个人就如茫茫大海中的一叶孤舟,丧失了信仰、隔绝了联系、削弱了信心,处境堪称悲凉。然而,生活在后现代荒谬语境下的个人,在绝望中寻求着希望,在死亡的威胁之中坚守着对生存的渴望。因此,他的作品往往在质疑和消解了一切价值和意义的同时,又留下一寸光明的尾巴,而这一尾巴又往往还是对他刚刚消解过的传统价值的肯定和坚持,比

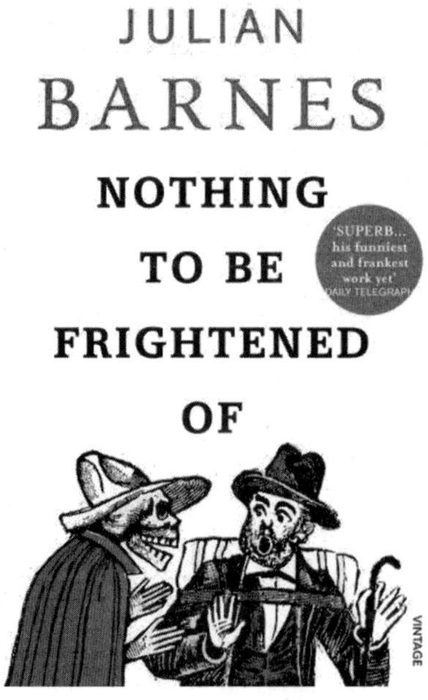

《没有什么好怕的》英文版

如爱情、比如信仰。还是在《$10\frac{1}{2}$章世界史》中，巴恩斯在对爱情表示怀疑、进行责问之后，仍然把爱情作为信仰和实现救赎的手段，“我们必须信奉它，否则我们就完了。我们可能得不到它，或者我们可能得到它而发现它使得我们不幸福；我们还是必须信奉它”。他就像织锦的佩涅洛佩一样，在拆了又织、织了又拆的游戏之中，守望着一份希望。

因此，从某种意义上来讲，巴恩斯是矛盾的：他是一个浪漫的现实主义者，是一个理智的感性主义者。这一矛盾性在他的写作风格中也有明显体现。巴恩斯是一个学者型作家，他智慧、渊博、思辨性强、发人深省；但另一方面，他文风清透、亲切和蔼、诙谐幽默、富于感情。巴恩斯带领我们进行了一次次深刻的思想之旅。他是一名令人愉悦的旅伴，他以“巴恩斯式”的幽默和激情帮助我们获得面对幽暗话题时的优雅和从容。巴恩斯是一个存在主义者，他在作品中塑造的是后现代语境下的海明威式的英雄，是一个个西西弗斯式的背影。

近几年来，巴恩斯似乎正经历着创作的黄金时期，自 2008 年至今他出版了 3 部作品：《没有什么好怕的》《律动》和《终结的感觉》，这些作品均获得了评论界很高的评价，也受到了读者的热烈欢迎。我们有足够的理由对朱利安·巴恩斯充满更多的期待。

A. S. 拜厄特：
文学地重述历史

陈姝波

A. S. 拜厄特早在 20 世纪 90 年代就已经走进一些中国学者的视野，那时，她因小说《占有》获得 1990 年英语文学最高荣誉布克奖而"一炮走红"，蜚声海内外。之后，随着她的作品逐渐被介绍、研究，特别是 2002 年由小说《占有》拍摄的电影（中文片名《迷梦情缘》）的发行，她被越来越多的中国读者所熟悉。A. S. 拜厄特全名安东尼娅·苏珊·拜厄特，1936 年出生在英格兰谢菲尔德的一个书香门第，父亲是律师，母亲是勃朗宁研究专家，妹妹为著名小说家玛格丽特·德拉布尔。她先后在牛津、剑桥大学求学，毕业后曾在大学执教多年，80 年代初她辞去教职，专事写作，迄今已有 20 余部作品问世。拜厄特获奖无数，并先后得到大英帝国司令勋章（CBE）和大英帝国女爵士勋章（DBE）。2008 年，她被《泰晤士报》评为"1945 年以来英国 50 名最伟大的作家"之一，是当今英国文坛最具影响力的"宿将"。

作为一个学者型作家，拜厄特的作品具有广泛的兴趣关怀和浓厚的历史文化底蕴，尤以睿智、思辨见长，这既与她博古通今，在人文、艺术、社会、自然科学等多领域的素养有关，也与她的创作思想密不可分。拜厄特主张小说不仅要有引人入胜的故事情节，还要包含丰富多元的思想，使读者在享受故事乐趣的同时，获得智慧和思想的启迪。因而，她有当代乔治·艾略特之称，与艾丽丝·默多克、多丽丝·莱辛一起被称为英国文坛善于写理念小说的女作家。

A. S. 拜厄特

在题材选择上，拜厄特表现出对历史和女性话题的偏爱。其中有涉及维多利亚时代英国人情世态、被称为“新维多利亚小说”的《占有》（1990年）、《天使与昆虫》（1992年）和《传记家的故事》（2000年），也有描写战后五六十年代英国社会思想文化景观、被简称为“四部曲”的系列小说《花园里的少女》（1978年）、《静物》（1985年）、《巴别塔》（1995年）和《吹口哨的女人》（2002年）。在历史书写上的热情和成就使她有“英国战后社会历史的编年史家”的称谓。拜厄特表示，自己书写历史，不是因为怀旧，或所谓的“逃避现实关怀”，而是出于她自身的美学追求和思想认识。在学术散文集《论历史和故事》（2001年）一书中，她专门论述了英国20世纪六七十年代以来历史小说“复兴”的背景和原因，如“书写彩色的和隐喻性的语言，保持过去文学的鲜活和歌唱”的审美需要；“为当代形势寻找历史的范式”，以及“书写被边缘化、被遗忘、不见经传的历史的政治欲望”等，这也表达了她自己创作的初衷。总之，作为一个有思想和社会责任感的作家，拜厄特试图将自己对于历史和传统文化的那份深厚情感延伸到当下，并借历史的慧眼，观照当代知识和文化的气候，以引领读者认识当下世界的局限，反观现代人类的生存状态和质量。

小说《占有》是一部极富想象力的天才之作。它集侦探故事、浪漫爱情史、学院小说、神话史诗和童话故事等多种文体于一体，囊括英语小说几乎所有的叙述手法，以时而风趣幽默、时而古雅庄重的语言，演绎一个扣人心弦的历史传奇。它从一位叫罗兰的现代青年学者在伦敦图书馆查阅资料时意外发现的两封书信手稿开始，围绕他联手女学者莫德共同探寻手稿作者维多利亚时代诗人艾什（虚构）的情感世界的经过展开。小说呈现古今双重故事结构和情节线索，其中最吸引人的当属那个被历史尘封了百年的浪漫爱情故事：一个视自主、独立为生命的隐逸女诗人拉莫特，在一次文学聚会上邂逅当时最负盛名的大诗人艾什。她出众的才情和不凡的谈吐深深吸引了当时已有妻室的艾什。他们冲破重重阻力，鸿雁频传，共同探讨艺术、人生、信仰、科学、诗歌，最后冒着世俗道德的风险，共同踏上了浪漫而危险的激情之旅。然而，短暂的“蜜月”过后，为了保持自己独立的身份和创造力，也为了不伤及相关的人，拉莫特毅然决然地提出此后不再相见，他们从此天各一方，杳无音信。此后，拉莫特瞒着艾什生下了他们的女儿，并托付自己的姐姐抚养，自己只以孩子的姨妈相称。相见却不能相认，相爱却不能相守，自称“住在角楼的女巫”的拉莫特孑然一身，在孤独、思念和愧疚中打发漫漫余生。30 年后，获悉

《占有》中文版

艾什行将去世，她谦卑而又绝望地希望爱伦——艾什的妻子——转交自己写给艾什的信。然而，那封承载了她无尽思念和愧疚、特别是那个隐瞒了对方30年秘密的信终于没有被开启，她日夜苦等的回应石沉大海。而艾什则在当年疯狂追寻爱人和孩子下落无果后，一直承受情感、责任、良心的折磨和煎熬，最后带着无限的牵挂抱憾而终，至死也不知道自己爱人和孩子命归何处。

在这个凄美的爱情故事中，这位维多利亚的弱女子敢作敢为，自主地选择自己的生存方式和命运（包括最后孤独凄凉的晚年），并甘愿为自己的爱情及其后果独自承担责任。尽管她追求的“独立”和“自主”看似不近人情，但她内心的强大、自足、自尊，以及一生对艺术的不懈追求令人肃然起敬。

相比前辈激情浪漫的爱情，现代爱情显得有些无精打采、干巴无趣。一个是研究艾什诗歌的罗兰，一个是女性主义学者、拉莫特研究专家、拉莫特后裔莫德，他们在共同的探秘过程中朝夕相处，似乎也日久生情，然而，就如小说的叙述者所说的，“他们成长在一个不信任爱情的时代与文化氛围中”，爱情对他们来说“是一个值得怀疑的意识形态的建构”。尽管这对后现代学者满脑子充斥着那套性爱语言，却似乎难以激起两情相悦、心心相印的美好情感。他们不知道爱情为何物，甚至连“自我”的概念也变得虚无缥缈。虽然作家给了这对现代情侣一个“新生”或“重生”式的大团圆结局，但与那对古代先辈的爱情相比，后者虽以凄美的悲剧告终，但更加动人心弦，感人肺腑。这也证明了拜厄特在接受采访时所说的话：“小说的整个笑话是，死人实际上比活人更有生机和活力。”

拜厄特的“四部曲”，融汇现实主义传统与后现代叙事技巧，以翔实的史料实证和丰富的文学想象生动地再现了英国“二战”后二三十年间一个错综复杂的历史时期。它以约克郡一个姓波特人家的家庭生活，特别是他们儿女的成长历程为主线，展示了英国知识分子在20年间的命运遭际和心理、思想的变迁。由于贯穿各小说的中心人物是波特家的小女儿弗拉德里卡，因此它又常被简称为“弗拉德里卡成长四部曲”。拜厄特以满怀同情的笔触描述了几个知识女性，特别是弗拉德里卡从青少年到成年、中年，在学业、事业、情感和婚恋等方面的曲折经历，突出表现了她们在历史转型时期所经历的心理、情感和道德危机。

由于“四部曲”涉及的历史“跨度”大，内容“海量”，有评论家称之为“战后最有野心和最艰巨的创作工程之一”。实际上，它确实也倾注了作家几乎毕生的精力。自60年代末构思创作到2002年最后一部《吹口哨的女人》问世，它前后花费了拜厄特近30个年头。它不仅见证了一个作家的成长和不断走向成熟的创作历程，而且，作为一个描写女性成长历程的文本，它凝聚了作家对女性生存状态和前景长期不懈的思考和智慧。

A. S. 拜厄特这位今年已76岁高龄的文学老将，依然保持着旺盛的创造力。访谈中她透露自己眼下正在创作一部有关她父母生活的那个时代，即20世纪上半叶的小说。美国文化史家彼得·盖伊曾说：“在一位伟大的小说家手上，完美的虚构可能创造出真正的历史。”我们有理由相信，也祝愿她能用她的生花妙笔为我们创造出更多的历史传奇。

伊恩·麦克尤恩《追日》：我们不喜欢别尔德，因为他就是我们自己

黄昱宁

一

2005年挪威境内的北冰洋之旅，在5年后被亲历者伊恩·麦克尤恩反复提及——直到小说《追日》的宣传期告终为止。那是格陵兰岛费尔韦尔角的一个环保组织发起的考察旅行，旨在邀请各国知名科学家和艺术家见证气候变化问题。“那是我去过的最美的地方，”麦克尤恩对记者说，“但是，同样让我难忘的，是我们一行人聊起气候变化以及相关的社会问题时激烈的不和谐音，以及越来越喧嚣混乱的更衣室。”事实上，麦克尤恩要强调的是，正是更衣室里的一片狼藉，以及这种狼藉与科考旅行的宏大主题之间形成的强烈反差，照亮了他对下一部长篇的构思。他突然想到，对于“理想主义”，其实可以有一种“喜剧性”的表现方式。

更衣室里究竟发生了什么事？我们可以在《追日》中找到详尽的描述。在那一段里，小说主人公——年轻时拿过诺贝尔物理学奖，此后却渐渐沦为学术花瓶的迈克尔·别尔德也受邀登上了一艘封冻在北冰洋

伊恩·麦克尤恩

的科考船，那里“设施完备、供暖舒适，走廊上铺着华美的地毯，墙上镶着橡木，挂着流苏缀饰的壁灯”，人们耳边时时萦绕着“理想、人类、星球”之类有魔力的字眼；然而，在舱壁另一面的更衣室里，“到礼拜三为止已经丢了四顶头盔、三件重重的摩托雪橇服外加好多小配件了，同时待在外面的团员再也不可能超过三分之二了，要想出门就非偷不可。”于是，别尔德暗自发了一顿犬儒式牢骚：“四天前，这个房间本来秩序井然，所有的装备不是挂在编过号的挂钩上，就是堆在挂钩下面。在那个并非很久以前的‘黄金时代’里，资源有限，人人平分。如今成了一片废墟。等到房间里到处散布着被多余的手套、围巾和巧克力条塞得半满的背包、旅行袋和超市塑料袋时，就更难在屋里立什么规矩了。没有人的行为是卑劣的，每个人都是出于眼前形势的考虑，急着想出门到冰原上去，于是，他们以绝对理性的态度在出人意料的地方‘发现’了他们遗失的大衣或手套……他们怎么才能拯救地球呢——假设它真的需要拯救的话，对此他深表怀疑——地球可比这更衣室大好多好多啊。”

“比更衣室大好多好多”的地球的命运，是这部小说要探讨的深层主题。麦克尤恩正面强攻科学界内部的“生态环境”和“意识形态”，考察科学家与科学家之间形成的关系网与食物链，他的潜台词是：无论目标多么宏大，门槛多么教人高山仰止，只要是人类所涉足的领域就必然受制于人性的弱点。于是，“温室效应”这个干巴巴的科学名词，在小说里就与人物和情节构成愈缠愈紧的麻花辫——最后我们得到的，竟然是一幅详尽、严肃却不无黑色幽默意味的政治图解。学术剽窃、环保业的派系纠葛、能源业的利益纷争、现代传播业的荒诞效应、性别政治的异化乃至英美关系的微妙……这些关键词其实无法概括小说的全貌，真正有趣的、构成小说主体而又无以名状的，是它们如何像暗流般潜伏在枯燥的学术会议、新闻报道、推导计算下面互相作用，改变人物——这些人物碰巧是看起来能主宰地球命运的那一拨——的行动轨迹。

虽然小说对于环保业光怪陆离的世相不做评判，但小说之外，麦克尤恩本人的态度还是清晰而鲜明的："有些人在意识形态上全盘否定这种理论，他们相信所谓的人为的全球变暖只是个神话。有些怀疑论者则左右摇摆，随着数据陆续出台而改变看法。还有一些是警告者——他们看过数据材料，感觉到问题确实令人忧虑。最后，还有一些对灾难深感恐惧的人，觉得一切到下礼拜就会完蛋，我们统统会被一锅端进地狱去。我应该算是个'警告者'，原因很简单：我不是科学家，在我看来，那些数据实在是太沉重了。有人认为环保业背后隐藏着巨大的阴谋，还说这个行业能催生出太多的工作或高校基金，这样的念头未免有些离谱。"

二

虽然早在《无辜者》之后，麦克尤恩已经显示了与其早期作品（封闭环境之内的心理分析）划清界限的决心，但也许真的要到这一部《追日》，你才会觉得他切割得如此彻底，彻底到让他的很多老读者为之怅然若失。没有怪力乱神超自然，少有盘桓犹疑多愁善感，去掉一切虚妄空洞宿命的喟叹，麦克尤恩不仅要挑战题材上的极限，更试图在谋篇布局上贯彻更为技术化的观念：一切都照应得缜密周到，没有什么是溢出他部署之外的。

这种多少流露着智商优越感的写法其实相当冒险。首先，这意味着在小说中重建一个高度仿真的科学界，构成故事背景的所有物理、生化方面的专业术语、人物和事件都是真实的。如是，便引出“冒险”的第二重含义：如此苦心经营，是否仅仅为了炫技？材料的丰富完整，是否反而破坏小说的戏剧感，让小说不像小说？实际上，你很难说麦克尤恩没有在这个问题上用足心机。小说只截取别尔德的三个人生阶段（2000年，2005年，2009年），这种三段体结构本身就是为了高度浓缩戏剧效果而设置的。第一部开场便是别尔德的第五任老婆红杏出墙、与家里的装修工公然上床的通俗桥段，难得的是这老桥段只用最经济的笔墨便通往最意外的效果。在一个典型的“麦克尤恩式瞬间”，桃色转成血色，偷人变成杀人，故事进而急转直下，既惊悚又合理地盘活了别尔德本来大势已去的人生棋局。那久违的理想之光，居然通过一场卑劣的阴谋，再度照进了他心灵的暗室——于是，好的、坏的、阴差阳错的、啼笑皆非的，都被迫在读者眼前曝光。这不正是麦克尤恩在更衣室里悟出的道理——理想主义也可以用喜剧性的表现方式？

《追日》中文版

第一部撒下的所有线头，在第三部都被一一收回。意外事件直接促成别尔德坐收渔利，投身太阳能研究并大获成功，眼看着就要成为一场新的工业革命的奠基人：“8年一路走来，从缓慢甄别、解读文件，到埋头于实验室，再完善，突破，勾画草图，田野试验，这一切必须有个了结。最后一幕是领受喝彩。"有经验的读者都知道,麦克尤恩不会让他的主人公领受喝彩,他照例要在此时翻过手掌,让别尔德在第一部种下的祸根赶在最后一幕前的24小时内,突然怒放出恶之花来。只是,高潮的来临并非简单的因果报应,而是一种螳螂捕蝉式的逻辑引爆,那只狡黠的黄雀,在第一部里只是个排不上号的小配角——谁也想不到,他身后的身后,居然站着英国女王。

就情节的连贯性而言,第一部与第三部可以实现无缝对接。也就是说,这部小说的整体节奏在第二部中被大大延宕了——如果对第二部加以精简乃至删除,《追日》会不会更紧凑好看,或者至少更讨巧一些呢?不过,第二部的存在至少有一个好处:它凸显了本书的一大文本特色。整部小说虽然使用第三人称,但几乎全以主人公别尔德的视角展开。那是一双科学家的眼睛。出现在小说中的诸般事物——从伦敦舞蹈用品商店到北极圈冰原再到新墨西哥州的房车——麦克尤恩都借着科学家的视角用文学化的语言重构了一遍,其表达效果每每出人意料。你几乎可以透过文本,看到在访谈中自称"迷恋名词、热爱'格物'"的作者手舞足蹈的样子。而这些奇峰突起的意象,格外集中在情节进展缓慢的第二部中。对于这些描写,麦克尤恩曾不止一次地强调过炮制它们的快感:"我发觉某些科学语言极富音乐性,因而我在创作《追日》时,常常觉得自己是一个19世纪的诗人。科学语言对我有某种深深的魅惑力。"

三

科学对于麦克尤恩的"魅惑力"确实由来已久。《爱无可忍》中的叙述者是个科普作家,《星期六》的男一号是成功的神经科医生,这些人物的职业特征,渗入整个小说架构的毛细血管,在关键点上成了直接推动情节发展的引擎。到了《追日》里，这种手段就更被运用得淋漓尽致，以至于有些评论家表示无法理解麦克尤恩近年来的“科学主义、理性至上”的倾向。

也许，对于这项指责，麦克尤恩最好的回答就藏在小说文本里。在《追日》第三部分中，别尔德回忆自己追求第一任妻子时的往事，后者当年与别尔德同在牛津求学，但攻读的是文学专业。于是，一大段暗讽人文科学与自然科学之间微妙关系的情节就此展开。为了讨梅西的欢心，别尔德耗费“漫长的一周”，突击恶补弥尔顿的诗歌（有关《光》的描述浓墨重彩，无疑又是对小说标题的隐喻）和传记，再从以前曾受惠于他的文科生同学那里临时批发来几条观点，就在约会时成功地让梅西对他刮目相看，进而以身相许。于是，别尔德发出感叹，敏感的读者应该能从中感受到作者——文科生麦克尤恩的自嘲：“追求梅西的过程不依不饶，有条不紊，不仅让他志得意满，也构成了他成长道路上的转折点，因为他知道，没有哪个三年级文科生——哪怕他再聪明——能够只用功一星期，只需跟别尔德那些学数学、物理的同学们混混，就能蒙混过关的。这是条单行道。突击弥尔顿的那一周让他怀疑这些玩意就是天大的骗局。读这些东西是挺辛苦，但他并没有碰到什么能稍许在智力上构成挑战的东西，没有什么能跟他每天在自己的课业中遭遇的困难等量齐观。”

然而，当别尔德的混世之道最终被更老谋深算的“混世魔王”暗算，掀翻了整个棋盘时，当他那虽然“动机不纯”但毕竟与“理想主义”沾边的追求都被以某种滑稽的、荒诞的方式消解时，科学救不了他，智力也救不了他。这一刻的别尔德，与多年前那个自负地嘲弄人文与宗教，以为靠智力优越感就能包打天下的别尔德构成鲜明的对照和反讽。一个还想做点事的混混也是难免要幻灭的——当理性变得苍白甚至荒诞时，自称“理性主义者”的麦克尤恩终于亮出了他暧昧的文学底色。某种程度上,人性中半明半昧的灰色地带和那些永远无法解释清楚的悖论正是文学存在的理由。

《追日》是麦克尤恩近年来野心最大也最受争议的小说。事实上,在我看来,恰恰是别尔德这个很不可爱的人物,这个到最后声名狼藉却仍然对赶来拥抱他的女儿无法表达情感的男人,承载着作者最深沉的悲悯。一个相信自己能拯救地球的人,其实连自己都无法拯救——这就如同我们宣称要保护地球,却从来管不好一个小小的更衣室一样,还有什么比这样的“喜剧”更可悲?真相大抵是这样的:我们当然不喜欢别尔德,因为他就是我们自己。

霍华德·雅各布森《芬克勒问题》：思考犹太问题的悲喜剧

胡亚敏

2010年，英国最负盛名的年度书奖布克奖颁给了霍华德·雅各布森创作的小说《芬克勒问题》。布克文学奖自1969年设立，每年颁发给在当年由英联邦或爱尔兰公民创作出版的优秀英语长篇小说。获奖小说《芬克勒问题》对当今英国犹太人的身份认同问题进行了深入思考。

雅各布森出生于英国的曼彻斯特，在剑桥大学师从著名学者F. R. 里弗斯学习英国文学，先后在悉尼大学、塞尔温学院、剑桥大学、伍尔弗汉普顿工艺学校任教。在伍尔弗汉普顿工艺学校的任教经历促使他完成了处女作——半自传体小说《从幕后走出来》。他还创作了获得波林格·艾弗里曼·沃德豪斯奖的《伟大的瓦尔兹》，另两部小说《现在谁还感到遗憾?》和《卡鲁奇的夜晚》先后入围2002年和2007年布克奖的初选名单，此外，他创作的《爱的行动》颇受好评。目前，雅各布森为《独立报》撰写每周专栏，并做过几期电视纪录片。

一名犹太喜剧作家

雅各布森的犹太身份在其创作生涯中有着重要的意义，促使他走上了创作之路。在一次访谈中，他说："在开始写作前，我知道自己是犹太人，但对之并不真正感兴趣。我在伍尔弗汉普顿教英国文学时，感到自己生命似乎就此结束了。我想，或者我感觉自己是伍尔弗汉普顿唯一的犹太人时，我意识到这很好笑，有点荒诞喜剧的意味，因此，我开始写作《从幕后走出来》。"从此，贯穿雅各布森各部小说的一个共同主题是讨论犹太人和犹太身份，而在他的第11部小说《芬克勒问题》中，这一主题得到了最充分、最直接的表现。

霍华德·雅各布森

犹太文化的熏陶也对雅各布森的写作风格产生重要影响。尽管他被不少人誉为"英国的菲利普·罗斯"，但他更爱将自己比作"犹太的简·奥斯汀"。如同奥斯汀的小说，他的作品也风趣、机智而幽默。他认为："关于我们犹太人最棒的一点是我们讲很好的笑话，部分原因是在别人还没有开始取笑我们时，我们就讲笑话来取笑自己。"

获奖前夕，雅各布森在《卫报》上撰文，力图为喜剧正名："当今小说有一种对喜剧的恐惧……我们在笑声与思想之间、在喜剧与严肃之间、在伟大小说在其最幽默时给予读者的愉悦与我们认为我们想从文学中所获得的感受之间划分了一条错误的界线。"虽然以创作喜剧作品闻名，雅各布森却说："我不认为自己是个喜剧小说家。我写喜剧，对我来说滑稽很重要，因为我是个腼腆的男孩。但我想还喜剧的本来面目，它应该源于日常生活的悲剧。我的幽默不会让你笑，却会刺痛你。这不像被人按倒在地上挠痒那样，而是像被人按倒在地上，然后被刺中心脏。”

获奖小说《芬克勒问题》同样体现了这种风格。虽然不少人认为小说是布克奖42年历史中第一部获奖的喜剧小说，其幽默活泼的风格和布克奖一贯的严肃与“彬彬有礼”有些格格不入，但雅各布森对此并不认同。他说：“金斯利·艾米斯的《老魔鬼》于1986年获奖，那本书非常滑稽。甚至萨尔曼·拉什迪（其《午夜的孩子》获奖）也清楚他的写作沿袭了拉伯雷和塞万提斯的喜剧传统。”因此，有人认为，将《芬克勒问题》划分为喜剧小说，只是出版社的一种销售策略而已。今年的布克奖评委会主席、前任英国桂冠诗人安德鲁·莫逊在《芬克勒问题》中看到了喜剧元素和悲剧元素的交织。他认为这“是一本非凡的书，既幽默又睿智，既悲伤又微妙……他（雅各布森）当然了解莎士比亚的秘籍，即悲剧与喜剧总是紧密地交织在一起”。的确，这部被称为是“喜剧小说”的作品并不像看似的那么活泼轻快，它蕴含着严肃的主题和思想。

《芬克勒问题》与反犹太主义

《芬克勒问题》是对犹太身份认同进行严肃思考的小说，标题本身就意味深长。芬克勒是小说主人公特里斯洛夫认识的第一个犹太人，他在沉思中一直将所有犹太人都称为芬克勒。特里斯洛夫在小说中一直追问：作为犹太人，究竟意味着什么？因此，小说标题《芬克勒问题》也即“犹太问题”之意，小说中的人物也在不断思索着这一问题。

小说开篇，BBC广播前制片人朱利安·特里斯洛夫与两个犹太朋友在一起聚会。山姆·芬克勒是特里斯洛夫幼年的朋友和同学，是一名颇有名气的通俗哲学家，妻子刚刚去世。另一位朋友是两人多年前的老师、捷克犹太人利伯·塞维克，他曾是著名的记者，写过多部名人传记。

年逾九旬的利伯·塞维克还在摸索着如何面对刚刚失去爱妻的生活。特里斯洛夫虽不是犹太人,却痴迷于犹太姓,渴望了解犹太人,甚至希望自己变成犹太人。他一直单身,虽然生活平静无忧,却总是幻想自己的恋人能像奥菲莉亚一样,年轻美丽时就死在自己的怀中,这样他就能有机会哀悼她,感受到“与她最后进行告别时的幸福”。亲人的离世使三个男人有更多的时间相聚,谈论过去的生活和他们的友谊。

聚会结束后,特里斯洛夫离开利伯的公寓,就在这时,戏剧性的场面发生了:他被一个女人抢劫了,女抢劫者在掏他的口袋时,还说了一句类似“You Ju!”这样的话。被抢后,他不断地揣测着这句话的含义,究竟是指“你的珠宝”、“你的朱诺”,还是“你这个犹太人”。最后他认为由于自己刚与犹太朋友聚会,抢劫者肯定将他误认为是芬克勒,她说的一定是“你这个犹太人”,而这一抢劫行为则沾染上了反犹太袭击的色彩。就是这一发现,让特里斯洛夫狂喜不已,他思索着自己为何被误以为是犹太人,身为犹太人意味着什么以及英国的诸多反犹事件。

抢劫事件后,特里斯洛夫开始不断地与利伯和芬克勒讨论以色列、加沙、纳粹的万十字章和大屠杀历史。他与犹太女友赫弗齐芭交往同居,在她的建议下,不再去靠模仿名人为生,而要做真实的自我。他开始学习犹太人的意第绪语,阅读犹太经典,了解犹太历史文化,在英-犹文化博物馆工作,访问实施包皮修复手术的博客,思考着是否施行割礼,希望自己能成为真正的犹太人。

雅各布森对犹太问题的关注除了通过特里斯洛夫这个将犹太文化理想化的非犹太人来表现,还通过犹太人芬克勒来深入探讨。芬克勒傲慢自大、追逐名利。他虽然身为犹太人,却竭力回避与犹太人相处,甚至公开宣称反感犹太人,并加入名为“羞耻的犹太人”的反犹太复国主义组织。该组织称一些犹太人用暴力掠夺了巴勒斯坦人的家园,因而,他们应该为以色列感到羞耻。芬克勒成为组织的发言人，在报刊上宣称，他们并不因身为犹太人而羞耻，而只是为犹太人的某些行为感到羞耻；他们并不仇恨自己的犹太姓，相反，他们是在将犹太人公正和富有同情的传统发扬光大。芬克勒最初认为，犹太人大谈反犹情绪，将自己描述为受害者，是在制造不必要的焦虑情绪。然而，在小说的最后，芬克勒对“羞耻的犹太人”组织的主张产生了疑惑，也开始进一步思考身为犹太人的含义。

一方面是芬克勒与“羞耻的犹太人”的反犹太复国主义，另一方面则是各类铺天盖地的反犹事件。特里斯洛夫在被抢后，到网上搜索“反犹事件”，弹出了100多页的搜索结果。其中很多事件发生在自称为文明的国度。就在现代都市伦敦，时常有犹太孩子被打；有人在犹太公墓上画纳粹的万十字章；有人把熏猪肉包在赫弗齐芭的英－犹文化博物馆的门把手上，以此来侮辱、威胁犹太人。由于诸多的歧视，与特里斯洛夫一起在BBC工作的犹太人都假装自己不是犹太人。他们的穿着举止都与其他白人无异，如果别人谈到以色列，他们会避之唯恐不及。

《芬克勒问题》英文版

与芬克勒以犹太文化为耻、特里斯洛夫则一味将犹太文化美化不同，利伯对犹太文化有着深入的了解，他睿智的见解常令人茅塞顿开，因而经常是芬克勒和特里斯洛夫倾诉的对象。他对反犹事件的态度也很有启发性。他年轻时代的女友艾米22岁的孙子在伦敦被人刺瞎,行凶者在刺杀时,还叫嚷着:“让所有犹太人去死吧!”艾米来寻求利伯的帮助,希望他能撰文在报刊上呼吁,让人们警惕正在重返的仇犹情绪。然而,年迈的利伯已经无力提供任何实质性的帮助,他对艾米说:“一个犹太人让一个阿拉伯人在巴勒斯坦失去了家园,另一个犹太人就必须在伦敦被刺杀。犹太人必须自食他们种下的果实。”利伯年轻时,妻子莫基的父母曾坚决反对两人的婚姻,让他吃尽了苦头。他认为:“世上只要存在像莫基父母这样的犹太人,就会有人仇恨犹太人。”利伯虽然并不赞同芬克勒的反犹太复国主义,但似乎认为,面对各类反犹事件时,犹太人应该对自己的行为有一些反省。

小说行文轻快,不乏雅各布森的智慧和幽默。由于有着大量对犹太人和犹太身份的严肃讨论和思考,有评论者感叹,小说由人物对犹太问题的“一系列悲喜剧的沉思”组成。小说表现了雅各布森的担忧:反犹太复国主义会发展成反犹太主义。在当今英国,一些人认为通过犹太人在以色列的所作所为,他们就能理解反犹太主义,这使得雅各布森意识到反犹太复国主义即使是从犹太人口中说出,也可能导致反犹太主义的蔓延。然而,令人遗憾的是,当前英国只有极少数人在关注这一问题,因此,雅各布森说:“我认为一个犹太人不去关注这个问题,就是不负责任,对一个布克奖的得主来说尤其如此。”《芬克勒问题》这部“喜剧小说”对如此严肃主题的探讨,正表现了雅各布森身为一个作家的责任感。

安东尼·伯吉斯：后现代叙事的魅力

李桂荣

英国文学的发展从现代主义走向后现代主义的历程大体上分为三个阶段。19世纪末20世纪初，现代主义文学以与传统不同的方式出现，在艺术手法上也被称为实验主义，尽管对此艺术风范有很多批评之声（“奇怪的东西不会长久”、“猎奇不是正道”），但它却以不可阻挡之势扩大了势力范围，在20世纪20年代前后成为一种显著的文学现象，其卓越代表就是乔伊斯、劳伦斯和伍尔夫等。到20世纪30年代末，由于欧洲政治局势的巨大变化和法西斯主义带来的巨大威胁，文学艺术上的现代主义受到强烈批评——说这些作家“不睁眼看世界”、“只沉溺于混乱的内心世界”、“只会玩弄文字”、“逃避文学的社会责任”，等等。于是现代主义便藏匿了自己，成了一种暗流。一批对社会充满责任感的作家、现实主义作家、反乌托邦作家和评论家一时间在英国文学领域成了主流。其卓越代表就是奥威尔和赫胥黎等。他们主张“人是动物，但首先是社会动物”、“作家不仅要希望实现美好社会，还要积极地协助实现这样的美好社会”。到了50年代，暗流中的现代主义重新复出，唱出了嘹亮的歌，但是这种歌声已经和早期的现代主义有很大差别，被称为是后现代主义的先驱，终于在60年代迎来了后现代主义的辉煌。

后现代主义以思想上“非常深刻”、“非常入世”，艺术上“非常艺术”、“非常奇异”而著称，其代表人物有约翰·福尔斯、戴姆·爱丽斯·默多克、茉莉尔·萨拉·斯帕克、多丽丝·莱辛、威廉·杰拉德·戈尔丁、安格斯·威尔逊、金斯利·艾米斯、安东尼·伯吉斯、玛格丽特·德拉布尔、戴维·洛奇等。因此说，后现代主义是在现代主义和20世纪的现实主义基础上长成的艺术之花，主题思想上继续沿着20世纪现实主义的道路发展，艺术方法上继续沿着现代主义的道路发展，确实有一定的道理。但尽管可以在后现代主义作品中找到现代主义和现实主义的痕迹，后现代主义至少也是现代主义和现实主义生成的新东西，已经是新的艺术形式。后现代主义在60年代成为欧美文学的主流之后，在70年代至90年代继续发展，一直走进21世纪的今天，其代表人物有：玛吉·吉、伊恩·麦克尤恩、肯·福利特、阿兰·霍灵赫斯特、朱利安·巴恩斯、扎迪·史密斯、卡里尔·菲利普斯、希拉里·曼特尔、科斯蒂·葛恩、斯特拉·达菲等。如今，后现代主义不仅仅是英国文学的主流，其叙事技术早已成为文学“常识”，成为当代作家普遍使用的叙事手段，并且在被不断推陈出新，甚至对其他领域的叙事方法也产生了一定的影响，已经在很大程度上被大众所熟知和接受。

安东尼·伯吉斯

安东尼·伯吉斯在中国被公认为是后现代主义作家，他的《发条橙》被看作当代经典。他的大多数叙事作品中主题和艺术手法都具有突出的后现代性。戴维·洛奇在为论文集《安东尼·伯吉斯及其现代性》写的序言中说:“……现代性和现代主义是一个艺术或文化术语,它已经成为历史概念或者历史现象,所以我们提出的问题是:伯吉斯属于晚期的文学现代主义者,还是早期的后现代主义小说家?好像学者们的共识是他两者都是——我觉得这也是对的。他拥有艺术创新和实验的现代主义属性,具有强烈的互文性,崇尚写实主义,崇尚语言媒介;但是他没有发展到非人格性和对艺术追求的近乎宗教似的感觉,而这种非人格性和对艺术追求的近乎宗教似的感觉是高级现代主义的特征。安德比(伯吉斯小说中的人物)可以说是个晚期现代主义者,或者说是一个迟来的现代主义者——安德比的诗使人想到威廉·燕卜荪和迪伦·托马斯,安德比对自己艺术的追求到了极限的程度——但是伯吉斯的小说赋予了安德比滑稽讽刺剧似的风格。伯吉斯自己的写作风格是实用主义的、职业性很强的、讽刺荒诞的。他喜欢利用自己的创造和读者玩元小说游戏,他急切地捕捉流行文化为自己的创作提供思想营养和艺术形式。他作品中的所有这些特征都是典型的后现代主义特征……作为作曲家,伯吉斯以同样的后现代风格,毫不客气地从各处随意取材,把浪漫主义的元素、爵士乐的元素以及一些不确定的调子糅在一起。”

《发条橙》英文版

洛奇对后现代主义艺术形式和本质的观点是:后现代主义是艺术形式掩盖下的“入世”。纵观伯吉斯的所有叙事作品,不能不说洛奇对伯吉斯作品的见解是“一针见血”。

叙事作品的后现代性可以从两个方面考察:叙事内容和叙事技术。伯吉斯叙事作品主题的后现代性非常突出。叙事作品的后现代性在主题上表现为现实性、普遍性、政治性、跨文化性、历史性、社会前沿性等,在叙事技术上表现为:黑色幽默、潜文本、元叙事、涂抹、延宕、闪回、时空交错、梦语、醉言、疯语、自由间接引语、自由直接引语、视角转换、语言游戏、戏仿(逻辑和语言)等。这些后现代叙事技术在伯吉斯叙事作品中起着非常重要的作用。如果把伯吉斯叙事作品的艺术性除去,它们可以变成历史著作、管理学著作、跨文化研究著作、心理学著作、外交学著作、政治学著作、社会学著作。这恰好是伯吉斯创作的重要特色和重要创作目的。研究伯吉斯的学者爱伦·拉弗里说:“显然,尽管伯吉斯享受创作的快乐,但是伯吉斯绝不仅仅是为了享受创作的快乐而进行创作,他是为了表达他对他生活的世界的思想、情感、信念、观点:他作品中对讽刺、类比和戏仿的强烈偏好表明他写作的目的不仅仅是‘为艺术而艺术’。”伯吉斯自己在他的艺术论文章《成功》中说:“如果有人读了我的书——通常是这个人处于弱势,比如在医院——在书中发现了对生活本质的新的启迪,感觉快乐和钦佩,这就是我写书的成功。毕竟,书不是写给批评家而是写给民众的,特别是当他们处于弱势状态的时候。真正的成功就是要同时给人愉悦和启迪……无论一个作家多么差,如果他写的书改变了某个人的生活,他就实现了唯一值得拥有的成功。”在他的文章《再吮〈发条橙〉》中,伯吉斯说:“事实上,如果小说不能激发道德的改善或者智慧的增加,写小说就没有什么意义。”

伯吉斯的作品是艺术掩映下的哲学的、道德的、伦理的、社会的、人性的追问和深邃思考。如果把伯吉斯叙事作品的艺术性除去,他的作品还会是思想深刻、充满智慧的作品,只是经过那样的变化,他的作品大多数都可能被当地当局列为禁书,因为它们太有颠覆性和杀伤力。第二次世界大战之后,英国当局对文学创作的检查和控制是世界知名的,新闻检查对作家的影响也是公认的后现代作品产生的重要原因之一。

后现代作品对传统价值体系的颠覆性在伯吉斯的叙事作品中表现得非常突出。《比尔德的罗马女人》颠覆了现代社会关于夫妻关系、男人、女人和生死的价值体系;《发条橙》颠覆了关于政府执政、人的成长、人之本质的价值体系;《世间力量》颠覆了关于上帝、伟人、霸权、爱情的价值体系;《城垛映像》颠覆了战争、霸权、英雄主义的价值体系;《老剑》颠覆了英雄、战争、上帝、爱情的价值体系;《意图颤栗》颠覆了战争、爱情、爱国主义、国家关系的价值体系;《安德比》颠覆了家庭、爱情、文学的价值体系。所有的颠覆都是致力于使人们对现实事物、对已有观念、对真实世界有更清醒的认识和更理性的分析,都是为了人们能够有更合理、更聪明的生活。

除了由于对已有观念和现存势力发起挑战而带来的风险之外,就作品自身是否被接受的规律而言,后现代叙事作家采用后现代的叙事形式也很好地适应了读者的期待。传统的叙事方式人们已经见识过,人们期待新的东西。人们厌倦的东西、已经形成常规的东西容易被人忽略,文学作品也一样。后现代叙事形式应运而生,并成为叙事领域的潮流,正是这种规律的表现。就像伯吉斯在《世间力量》的开头写道:“那是我 81 岁生日的下午,我正在和我的娈童在床上睡觉,埃利宣告说主教大人来看我了。”这是给读者不期的信息,不期的含义,也是给读者当头一棒。伯吉斯后现代艺术的魅力昭然纸上。文学创作的真谛之一就是:作品要首先能够吸引读者,打破传统,开辟新的叙事途径,吸引读者,这也是后现代叙事技术的重要作用之一。

伯吉斯的叙事作品中使用了大量的后现代叙事技术,这些叙事技术往往是相互协作、相互配合的。叙事者的叙事是元叙事,阅读者的阅读是元阅读。在进行元阅读的过程中,读者实质上是在进行“读者写作”。在进行“读者写作”的过程中,读者实质上是在进行智力游戏。通过智力游戏,读者体验了愉悦,获得了智慧。这是后现代叙事作品的重要功能和魅力。

珍妮特·温特森：“我创作的是真实的生活”

王　杨

珍妮特·温特森这个名字在中国可能还很“小众”，但对于喜爱她的读者来说，她的每一部作品甚至人生经历都是如此丰富、如此独特。她被英国《独立报》称为是“我们这个时代最好也是最有争议性的作家之一”。

“对自己坦诚相待”

在外人看来，温特森的人生就像一部文艺电影。她 1959 年生于英国曼彻斯特，从小被收养，生活在兰开夏。养父母是虔诚的宗教信徒，这对温特森影响很大，养母希望她能够研读《圣经》，将来传教布道。而温特森在物质贫乏的家乡却发现了一座宝库——镇上的图书馆，于是，从排在字母表前面的简·奥斯汀开始，阅读和文学逐渐改变了温特森的生活。

改变温特森生活的还有青春期的爱情。19 岁时，温特森爱上了一个女孩。她告诉母亲，这令她欢乐，母亲反问道：“正常就好，为什么要欢乐？”如今，她正在写作的书就以母亲的这句话命名：《正常就好，为什么要欢乐》。温特森与同性的恋情为家庭环境所不容，她离家出走，曾先后在殡仪馆、精神病院等地生活和打工，最困难时住过汽车后备箱。关于这段经历，温特森认为“相比身体上的痛苦，更难忍受的是精神上的痛苦”，她坦然地说：“生活中确实有改变人生的事情，但没有人能够事先预见，也无法事先规划。我们要做的就是与自己和解，对自己坦诚相待。”

珍妮特·温特森

1985 年，温特森出版《橘子不是唯一的水果》，获英国惠特布莱特新作奖。这部作品恰恰可以看作她青少年时代的“自传”，虽然叙述者是第一人称“我”，但作者本人却在写作过程中，从旁观者的视角审视了自己曾经“无法处置的境遇”。温特森笃信，生活在复杂社会，要真诚地面对自己，因此她在创作中也逼着自己要真诚，有时甚至超出了令自己舒服的程度。在书中，温特森把自己年少时的生活现实与虚构交织，她直言：“这并非事情的全貌，但故事就是这样讲的，我们依循心愿编造故事。听任宇宙不被详解，这就是解释宇宙的好办法，让一切保持鲜活生猛，而不是封存在时间之中。”

在写出《橘子不是唯一的水果》之后，温特森又陆续写出了《激情》《给樱桃以性别》《写在身体上》《艺术与谎言》《宇宙的均衡》《苹果笔记本》等重要的作品。2006 年，温特森以其杰出的文学成就被授予英帝国勋章。可能与一直以来的经历有关，温特森的生活和写作态度颇有些“自我中心”，她习惯于先料理自己的心情，然后再去管别人的期待，她有 5 年没有动笔写小说，只写了两本儿童读物，余下的时间就是自己种菜和环游世界。温特森感激现在生活中拥有的一切，希望自己不要裹足不前，但也不会给自己太大压力，“什么时候感觉写不动了，我就会停下来。”

“写作无规则可循”

读温特森的小说，会发现她的每一部作品在语言、叙事等方面都有创新，令人惊喜连连。在《橘子不是唯一的水果》中，温特森以《摩西五经》来命名每章的标题，每章末尾的童话、寓言则融入叙述主线，贯穿起“我”的成长以及对人生思考的逐渐成熟。在《出埃及》一章的末尾，温特森讲述了“四面体国王”的故事。一天，一个女子带给国王一个由侏儒操控的舞台，侏儒同时表演悲剧和喜剧，所幸四面体国王有多张脸，他可以绕着戏院踱步，同时观赏悲剧和喜剧。温特森写道：“他走了一圈又一圈，终于明白了无价真理：悲喜交替，没有终点。”这也是她在若干年后回顾年少时光得出的感受。在《写在身体上》中，温特森描摹了纯洁而炙热的激情状态，探讨关于爱情婚姻和欲望的痛与乐。《激情》则以拿破仑战争作为宏大的历史背景，讲述有关战争、有关战争中的个人行为、有关幸存、破碎的心、残酷与疯狂的故事……在温特森看来，写作、艺术是唤醒想象力、释放自由的活动，小说不应千人一面，写作也不应遵守某

《橘子不是唯一的水果》中文版

种规则。

温特森在作品中对语言的重视程度甚于对小说故事性的重视，甚至有点迷恋。毫不夸张地说，是语言掌控着她的故事的魅力。温特森承认自己对探索和解放小说的空间和语言更感兴趣。在她看来，以英美为代表的传统西方文化中，小说只是负责讲故事。而在当代，电影、电视载体在叙事上已经做到很好，难以超越了；而电视的大行其道又削弱了语言的纯洁性。不过温特森对此信心满满，新媒体、新技术的出现不一定是对小说的威胁，反而可以成为一种替代和机会，小说可以像诗歌一样去探讨人们内心的感受，这就需要保护和加强语言。很长一段时间，温特森将创作重点放在语言上，探讨内向而非外化的东西，希望就小说来思考小说。

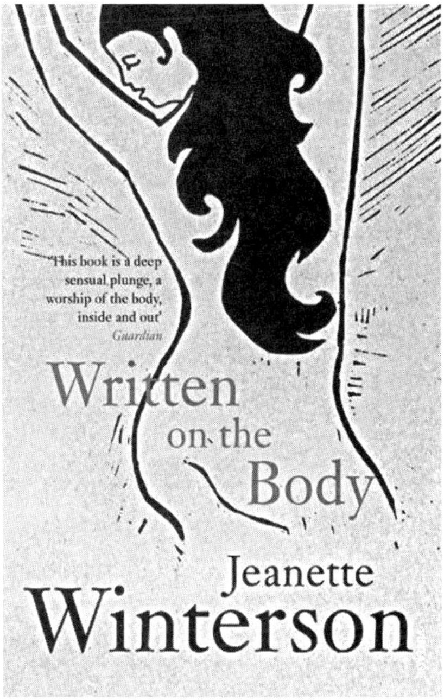

《写在身体上》英文版

其实，对于小说的“破”与“立”、对于文学，温特森的看法与现代社会格格不入。她热爱独立的私人书店，痛恨连锁超市式的图书卖场；她呼吁爱书的人能保住纸质书市场，在生活越来越便利的时候也不抛弃以往的文化；她说自己这代人传承了莎士比亚、简·奥斯汀、弗吉尼亚·伍尔夫等人的文化传统，责任就是“把书带给下一代，由他们做选择，而不是让他们没得可选”，想法颇具使命感又不乏无奈。她眼中的小说有着类似的装帧，但包装下面的核心却充满不确定性。她发现，世界上人们的思想和趣味越来越相似，而小说的功能就是给这一切打上一个问号，它揭示人们心中很隐秘的部分,并向人们发问:你真的想这样选择吗?“小说的作用就是打破固有思想的不稳定力量”。因此,温特森说:“我们不为市场创作,也不为跨国公司工作,创作也不是生产产品。我们创作的是不能以GDP衡量的东西——我们真实的生活。”虽然这番话看起来很“阳春白雪”,但温特森很理解如今很多年轻作家的困境:他们的生存压力很大,为了成功,不得不将写作市场化,但他们写出来的作品并非是他们想写的那样。这也说明社会对于作家的不信任,“要是足够信任作家,就要给他们机会去失败”。

“希望我们都曾改变世界”

温特森从来不希望自己是自我重复型的作家,所以她在每本书中都寻求突破。25年的创作至今,她的身上被贴满标签:“女权主义者”“同性恋”“后现代”……内心却变得充盈丰满,并非褪去了棱角,只是更加坚定平和。她说:“能够感受爱和被爱,随心所欲地生活,这于我而言是最重要的。而随着年龄的增长,我发现自己的创作头脑依然敏锐,这是非常美妙的事情。”温特森把现在的社会潮流称为“升级文化”,人们在一两年之内不停地更换手机、电脑,而在她看来,有了冰箱、汽车、手机、电脑,生活只是变得更方便了,但并没有变得更好。“升级文化”影响到了我们的个人关系和两性关系,人们受不了长时间和一个人相处,所以会舍旧而取新。在“升级”的社会潮流中,温特森很注意厘清金钱与创作的关系,她认为挣大钱和随心所欲地创作不可兼得,“每件事都要花时间,而生命只有一次”。

作为女作家,温特森对于女性感受的表达非常细腻:“我们经常会让头脑逃离身体,用一种感受去代替另一种感受。女性有很多的感受,但也会很快地让自己逃离感受,以保证关系的稳定和舒服。但在这个过程中,我们忽略了自己是否真的被爱、被爱了多少。”面对这个问题,温特森的态度是毫不含糊:“越是想抛弃的感受,越要把它抓住想透。这虽然很痛苦,但在自我剖析、了解自己的真实感受之后,我们和别人的关系就会发生变化。人与人之间不再是相互利用,而是两个真实的人在了解和相处。”

温特森很有责任感,觉得自己可以成为年轻一代的向导,就要勇敢去做。世道艰难,年轻女性面临工作和两性关系上的更多压力,温特森希望自己的作品能够给她们帮助,让她们以自己的思想、视角,用自己的方式去创造,发出不同于男性的自己的声音,为社会注入自己的价值观。“再过 25 年,希望我们都能发现自己曾改变世界”。

扎迪·史密斯《N. W.》:重回伦敦

杨 靖

“N. W.”是 North West 的缩写。故事发生在伦敦西北角的一个小镇维尔斯登。这里有一处属于市政委员会的房产,名为考德威尔,是 20 世纪 70 年代的建筑。考德威尔田庄分成五个结构大体相同的单元,分别用哲学家的名字命名为:霍布斯、斯密、边沁、洛克和罗素。小说中的四位主人公:莱亚、娜塔莉、菲力克斯和内森全都生于斯、长于斯,然而在他们成年之后,却不约而同选择了离开——尽管在精神上,他们对考德威尔的依恋似乎一刻也没有停止。

扎迪·史密斯 2012 年的新作就讲述了这四个人的故事。莱亚是家中次女,通过个人努力上了大学,毕业后在市区一家慈善机构当管理员。她的丈夫米切尔是法国籍,有尼日利亚血统,职业是发型师。二人婚后在城里租了一套房,生活并不宽裕。后来,又因为孩子的问题,加剧了双方的矛盾:米切尔渴望儿女成群,莱亚却一直偷偷服用避孕药。没完没了的解释,无休无止的争吵,莱亚既觉得自己孤独无助,又觉得生活枯燥乏味——直到 4 月的一个午后,一位陌生女子闯入她的院门,大声求救。

这位名叫夏尔的女人挣扎在社会底层:丈夫离家出走,母亲无钱治病,她也无力供养儿女上学。通过交谈,莱亚得知她们居然来自同一个社区，上的同一所小学！出于同情，莱亚试图尽自己所能捐钱帮她解脱困境，不料却遭拒绝。后者决意要去找寻丈夫和她自己的独立生活。但捐钱这件事本身，却加剧了莱亚和米切尔的矛盾：他觉得社会上到处都是骗子，怎么能如此天真，如此轻率，将自己辛辛苦苦挣来的钱送给素不相识的人？

扎迪·史密斯

后来在小说第二部分，莱亚才发现夏尔找寻的菲力克斯原来正是她幼年的玩伴。这是一位时运不济的天才，自幼热衷于机械装置，酷爱摄影，胶片冲洗技术一流，长大后当了汽车修理工，业余从事地下二手车交易。他也曾满怀理想，却不幸堕落为瘾君子。他在城市中游走，辗转于地铁公交，看不到前途，却又不愿重回考德威尔的贫困生活。年迈的父亲整日与酒相伴，喝多了就开始骂娘，菲力克斯宁愿在伦敦街头鬼混，也不愿回去，因为他知道在那里除了进监狱，他没有其他选择。

小说第三部分是莱亚的闺蜜娜塔莉的故事。她原名盖莎，自幼聪颖过人，一路上到法学院，毕业后数年打拼成了律师。成年的娜塔莉改变的不仅是她的名字，更是她的个性：自信、刚强，不达目的决不罢休。她在校时，最初和同乡罗德利恋爱，已到谈婚论嫁的程度。但一次舞会与"哲学王子"法兰克的邂逅却改变了她的命运。法兰克有意大利血统，家境富裕，毕业后当了银行家。工作之余，娜塔莉最大的喜好是上网聊天，还有就是和莱亚聚会——因为在这个陌生的城市，她们都没有太多朋友——只能以此来相互慰藉。

娜塔莉时常怀念从前的生活——很多时候，怀旧也可以成为人的精神慰藉。可是当她鼓足勇气重回考德威尔时,迎接她的却是狐疑、冷漠的眼光,甚至不乏敌意。她的姐姐希瑞尔生了一堆孩子,目前仍和母亲生活在一起,尽管生活窘迫,却不愿接受她的施舍与同情,也不欢迎她回去。因为在她们眼里,她是外部世界的成功人士,是闯入她们家园的陌生人。

小说结尾,一次与盛气凌人的法兰克争吵之后,娜塔莉愤而离家,却偶遇儿时伙伴,也是她当年心仪的对象内森。他的公开职业是向路人兜售旅行卡,私下却是与黑社会有染的皮条客。在漆黑的夜里,他带领娜塔莉重回老宅,共同回忆当年的美好时光,然后匆匆道别。

第二天,在和莱亚一家聚会闲谈时,娜塔莉听说昨晚临近街区发生的凶杀案,凭着律师的直觉,她立刻拿起电话向警方报案。她一贯的信念是绝不能让任何一个罪犯逃脱法律的制裁,哪怕他来自社会的底层,哪怕他是她的朋友。

扎迪·史密斯 1975 年 10 月出生于英国伦敦郊区的汉普斯特德,父亲是英国人,母亲是牙买加人。她在伦敦郊区多元文化的大熔炉威尔斯顿长大,14 岁时给自己改名(此前一直是萨迪)。1994 年,扎迪进入剑桥大学国王学院并于 1998 年获得英国文学学士学位。在校期间,她定期给学生文学刊物《五月文集》投稿,其中一篇引起了文学经纪人的注意。在收到出版商预支的 25 万英镑稿费之后,扎迪将原先的一篇短篇故事拓展为一部长篇小说,这就是后来被《纽约时报书评》列为“2000 年十大好书”之一的《白牙》。

《白牙》是一部具有浓郁的多元文化色彩的文学作品。它广泛涉及民族、宗教、种族、阶级、性,以及传统和文化等主题,并以优美的文笔和高超的叙事技巧展现了 20 世纪 70 年代到 21 世纪英国不同阶层的生活画面。扎迪在谈到这部小说时说,她的目的是“试图写一部爆发了种族问题的小小的英国喜剧性家庭史诗”。其中主人公萨马德教育孩子时说的话“传统就是文化,文化就是我们的根,能够拯救我们的灵魂”,可能也代表了她本人在面对英国多元文化语境中各民族及文化之间的冲突时所秉持的立场。用批评家多米尼克·海德的话说,小说以其诙谐幽默的文风、错综复杂的故事、漫长的历史跨度和对移民生活的全方位描述,堪称“当代英国多元文化的代言书”。

《签名收藏家》是扎迪的第二部长篇。讲的是一半华人血统一半犹太血统的阿列克斯·李,从向各类名人索要签名的普通粉丝发展到靠收藏名人签名然后转卖为生的故事。由于他的执着,他实现了众多签名收藏者梦寐以求的愿望——不仅见到了他长期以来一直追捧的昔日明星,得到偶像的亲笔签名,还和当下走红的名人成了朋友,并以此大赚了一笔。这一部关于“追星族”的故事,就其思想性而言,与《白牙》可谓一脉相承,比如小说家对犹太教、佛教、禅宗等各种宗教所持的怀疑和戏谑的态度,甚至显得有几分滑稽;同时就其艺术性而言,篇幅更为短小精悍,叙述语言更加简洁,大有雷蒙德·卡佛的韵味。此外,小说中时常出现的速记符号以及每章标题下方的关键词索引和趣味盎然的小插图,也颇具实验色彩。小说并没有赢得评论界的一致赞誉,却出人意料地收获了巨大的商业成功:像女作家塑造的主人公阿列克斯一样,他成功地吸纳了影像消费时代的惠赠,并将它发挥到极致。

完成第二部小说之后,扎迪获得出访美国的机会,在哈佛进修一年。这一段经历不仅提升了她的学术素养,也为下一部小说的美国背景埋下了伏笔。小说《论美》当年一经推出便进入布克奖决选名单,2006 年更为她赢得奥兰治小说奖。这是一部自称文坛新人的小说家向前辈文学大师致敬的作品:不仅情节安排和小说结构刻意模仿《霍华德庄园》,连叙述风格也带有作者福斯特的痕迹,另外作家也坦承从伊莱恩·斯卡瑞的《论美和秉公》中获取了灵感。《论美》延续了前两部小说的成功模

《N. W.》英文版

式,只是将小说的主要发生地由伦敦北区搬到了纽约东岸,以喜剧性的语言,喧闹的故事情节,围绕两个家庭的纠纷,诠释了爱与美的真谛。小说中扎迪对福斯特的戏仿几乎无所不在,甚至连若干细节也不例外。福斯特的主人公霍华德受到音乐的感染和洗礼——音乐将他带回到魂牵梦绕的故乡:“伦敦的荣耀!在此济慈散步,贾曼做爱,奥威尔振作衰弱的心肺,康斯坦丁总能捕捉到神圣的画面。”扎迪可能也借此表达了她本人对伦敦的思念与热爱。

小说《N. W.》场景由此又回到了女作家眷念的故乡伦敦——据说没有人比扎迪更熟悉当下伦敦中下层人民的生活,也没有人比她更富有表现力。一个真实的伦敦西北角小镇的生活场景:富人穷人(阶级),男人女人(性别),英国人少数裔(种族),各种复杂的人际关系和感情纠葛交织在一起,但作者的叙述冷静而客观,没有夸张和渲染。从表面看,小说颇难归类:社会?伦理?情爱?悬疑?似乎多种元素并存。另外,小说的主题似乎也难以概括:个体在现代社会的孤立无援?少数族裔的文化身份与自我认同?人与人之间是否需要相互信任?当然,贯穿始终的主线还在于:四个出身环境相似的人为何日后发展道路迥异?除了个人方面的原因,政府、社会和家庭是否还需要更多的担当?著名评论家詹姆斯·伍德曾将包括扎迪·史密斯、唐·德里罗、托马斯·品钦、大卫·

福斯特·华莱士、萨曼·拉什迪、乔纳森·弗兰岑等在内的一系列小说家的风格，归纳为“歇斯底里现实主义”，他们的作品都体现了平淡叙述之下蕴含的那种难以遏制的愤怒和无奈。

此外，《N. W.》的篇章结构也独具匠心，首尾呼应，连细节也环环相扣。作为学院派代表，扎迪的笔法老练，不温不火，各种俚俗语运用自如，而且多有隽语，时常能在庸常的生活表象之下体现出英国人独有的冷峻幽默，如“他们的友谊出了意外，变成了婚姻”以及“两个好友，互以对方的生活衡量自己的幸福”等等。种族、宗教问题在许多作家那里，往往是沉重的话题，但在扎迪·史密斯笔下，却显得轻松、另类，甚至饶有趣味，这种举重若轻是否也预示着她的小说创作渐入佳境，开始迈向她所仰慕的福斯特、拉什迪、麦凯恩等文学大师的行列？

希拉里·曼特尔：
穿越都铎王朝

王　飞

2012年布克奖评选结果于10月16日揭晓，曾凭借小说《狼厅》荣获2009年布克奖的英国女作家希拉里·曼特尔凭借新作《提堂》再次夺此殊荣。在布克奖历史上，曼特尔是首位连续两次获奖的女性作家，也是首位连续两次获得布克奖的英国作家，更是首位凭借同一题材的作品两次获奖的作家。在如此短的时间内两获布克奖，这位作家的魅力不可小觑。但对于大多数中国读者来说，希拉里·曼特尔还是一个略显陌生的名字。

1952年出生的希拉里·曼特尔，1973年从谢菲尔德大学毕业。曼特尔的写作主要涉及名人传记和历史小说。1985年，她发表处女作《每天都是母亲节》，从此开启了她的文学创作生涯。1992年发表的《更安全的地方》重现了法国大革命的宏伟场面，获得了周日快报年度小说奖。2005年的作品《黑暗深处》则入围2006年英联邦作家奖，并获得2006年橘子奖的提名。

《狼厅》和《提堂》是曼特尔的"都铎三部曲"中的第一和第二部，以英国历史上著名的都铎王朝为故事背景。亨利八世是英格兰都铎王朝的第二位国王，骁勇健壮，多才多艺，但同时也被认为过度自负，脾气无常。为后人津津乐道的不仅仅是他在位时的政绩，还有他一生中所迎娶的6位妻子。但曼特尔的“都铎三部曲”系列不落窠臼，选择了一个时常被忽略的角色——当时的国务大臣托马斯·克伦威尔为主角，从他的视角出发来讲述一段都铎王朝的故事。《狼厅》主要讲述了克伦威尔从一个铁匠的儿子一步步奋斗成为亨利八世最信任的国务大臣的故事。克伦威尔帮助亨利八世摆脱了天主教会的管制，和第一任妻子凯瑟琳皇后离婚，迎娶第二任妻子安妮·博林，并创建英国国教，赢得一定的王权自由。

希拉里·曼特尔与其获奖作品《提堂》

2012年，都铎三部曲第二部《提堂》面世。这部作品出版一周后，便在小说类精装本排行榜飙升至第一位。根据最新数据显示，《提堂》的销售已经超过10万本，比其他11部入选布克奖长名单的作品的销售总和还要多。本年度布克奖评委会主席彼得·斯托瑟德爵士赞誉曼特尔说：“她重塑了英国近代历史上最著名的一段时期，我们这位最伟大的当代英语作家重新书写了一段最为人熟知的英国历史。”

这部新作品的故事开始于1535年的秋天，安妮·博林已如愿以偿取代了凯瑟琳，成为亨利八世的新皇后，但此时的亨利八世已经开始对安妮感到厌倦，因为她同样无法替他生出男性继承人，并且有很多和其他男人通奸的谣言。在到狼厅的西摩家参观期间，亨利八世盯上了西摩家的女儿简·西摩，想要像摆脱凯瑟琳那样将安妮·博林抛弃，但安妮·博林并不是凯瑟琳那样的软弱女子，阴险狡猾的她决心阻止亨利八世的阴谋。在罢黜凯瑟琳皇后的斗争中，克伦威尔将安妮·博林捧上了后座，而他自己也成为一人之下万人之上的国务大臣，应该说，这两个人多多少少算是“盟友”。但衷心护主而又急于保住自己地位的克伦威尔这次选择了和安妮对抗，他们成了水火不容的敌人。克伦威尔想尽一切办法寻求一个“合理”的理由废掉安妮的后位，而安妮也倾尽全力进行反抗，这场血腥残忍的斗争最终以安妮皇后的失败告终：安妮被指控犯有叛国罪和通奸罪，被判处死刑。简·西摩成为了亨利八世的第三任妻子，登上了英格兰的后座。而《提堂》这个标题指的就是将安妮皇后的同党们从伦敦塔中“提堂”候审，也暗示了这场宫廷斗争的血腥可怖。

历史小说是一种介于历史和小说之间的杂合小说，在文坛一直是毁誉参半。书评家拉里萨·麦克法夸尔认为：“对一些人而言，历史小说因为是小说，所以可以无所不言。但也有人觉得，如果历史小说肆意篡改人们熟知的史实，就是不可原谅的，这不仅破坏了小说和读者之间一种不言而喻的‘契约’，也是对那些历史人物的一种背叛。但令人感到讽刺的是，倘若历史小说遵循了这些严格的批判标准，往往会看起来更像谎言。”但曼特尔却绕开了这些历史小说容易掉入的圈套，书评家詹姆斯·伍德就说：“许多历史小说都会掉入极力模仿史实的陷阱，而曼特尔的作品却没有。她将历史史实当成了魔术而非一门科学，她知道一部历史小说的关键不在于准确的细节，而在于生动而富有活力的描写，小说家不是历史人物的‘验尸官’，而应该是‘创造者’。”曼特尔的小说不会为了营造历史氛围而使用晦涩难懂的古英语，但也不会用太过于现代化的英语语言，而是在标准英语中时不时加入一些古安格鲁撒克逊英语，让读者易于读懂的同时又不失历史韵味。

托马斯·克伦威尔是英国近代社会转型期的一位重要政治家，在他执掌政权期间，促进了英国宗教和政治的一系列改革，极大地强化了英国皇室的政权和地位，也为英国向近代社会转变奠定了一定的基础。然而,大部分文艺作品都将克伦威尔刻画成了亨利八世身边“丑陋的”、“奸诈的”走狗型人物,但曼特尔却独具匠心地选择了这样一位“小”人物作为作品的主轴,以克伦威尔的视角来重新审视和讲述这个历史故事,同时给予了克伦威尔一次“正名”的机会,让读者从新的角度来了解这些过去已经被“定型”的历史人物。

曼特尔的历史小说在人们熟知的历史背景之上,通过全新的情节建构,将小说和历史相融合,为读者带来新鲜的视角和感受。查尔斯·麦克格拉斯说:“《提堂》这部作品既凝练而又纯净,它剥离了历史的圈套和虚饰,也去掉了古装戏类型小说老套的模式和浮夸的多愁善感,让一段过去的英国历史重新变得新奇生动,焕然一新。”

总而言之,曼特尔的都铎王朝系列与其说是为读者展现那个时代,倒不如说是提供了一扇门,读者可以从中“穿越”,回到那样的场景中,自己去寻找关于那段历史的见解和关于那些历史人物的评价。曼特尔善于通过史实去探究到现在还仍未改变的人性的弱点,而通过她的书写,读者也会将历史和我们的现实相结合,对社会中存在的种种斗争和人性的冷漠进行反思。麦克格拉斯认为,都铎王朝系列是对权力和影响力的探讨,如何获得和使用权力,是我们当今社会所关注的话题之一。这本书会让你意识到,服侍一位任性的君主和我们今时今日在职场上努力获得生存并无两样,唯一的不同是你的上司不会把你关入伦敦塔,而只会将你解雇。由此看来,曼特尔的历史小说魅力不仅仅在于她为我们同时创造了两个逼真的平行世界,提供了解读历史的新思维,同时书中也隐含着许多深刻的社会意义。

在一次访谈中,曼特尔已承诺都铎系列的第三部作品,暂定书名《镜和灯》,很快便会出版。这部作品将以克伦威尔 1540 年的死亡告终,为三部曲画上一个句号。

乔恩·麦格雷戈《即便是狗》：即便身处炼狱，也要想着光

刘 晗

2012年6月,英国作家乔恩·麦格雷戈凭借自己的第三部小说《即便是狗》斩获当年都柏林文学奖。今年,该奖项由来自全世界45个国家的162家公立图书馆参与提名,而麦氏的《即便是狗》即是由莫斯科Rudomino国立图书馆提名,从其他146部作品中脱颖而出的。乔恩·麦格雷戈的前两部作品《如果没有人谈论惊人的事物》和《这么多开始的方式》也曾在2002年和2006年获布克奖提名,这使作者成为该奖项当时最年轻的竞争者。而其处女作《如果没有人谈论惊人的事物》还曾获得萨默塞特·毛姆奖和贝蒂·特拉斯克奖等多项殊荣。这一次,麦氏新作将关注的目光聚集在一群吸毒者和无家可归者身上,对这些生活在社会底层的边缘人物投注了自己的心血和热情。不过即便如此,《即便是狗》在都柏林文学奖的评选中大获成功仍使作者本人感到吃惊:冷门题材加上碎片化的叙述方式使得此前的很多小说评论者认为,《即便是狗》发人深省,却很难赢得众多读者——毕竟,无论内容还是形式,《即便是狗》带给读者的都绝对不是轻松的阅读体验。

"斩断希望,我们活在欲望之中。"《即便是狗》的扉页题词引自但丁的《神曲·炼狱》,成为对这部底色阴暗的小说的绝佳注解。在英国某

座城市的圣诞节和新年之间的冬夜，一具中年男子的尸体在一间逼仄肮脏、混乱不堪的无人公寓里慢慢腐烂。死者是小说的主人公罗伯特·拉德克利夫，一个挣扎在社会底层的酗酒者。全书围绕罗伯特的死亡展开叙述，从发现尸体的无人公寓到运送尸体的货车、停尸间、宣布尸检结果的法庭，再到火葬场，中间穿插着死者生前对离他而去的妻女的回忆，以及一群曾经寄住在死者公寓里的吸毒者破碎的意识流和经历片段。作为罗伯特生前死后的拜访者，他们在故事的叙述流程里一一现身：丹尼，来自伦敦的吸毒者，一个缺乏经验的“新手”，带着要找到罗伯特女儿劳拉的执念，在警察赶来之前就发现了死者，却没有报警，在惊慌中逃跑；来自利物浦的麦克是丹尼的意识流中经常闪现的另一个人，用毒品来缓解自己的精神分裂倾向；希瑟，海洛因和可卡因吸食者，曾经是摇滚乐迷；史蒂夫，曾经在福克兰群岛和北爱尔兰驻扎的军人；昂特，一个从阿富汗回来的退伍老兵，战争夺去了他的一条腿，也夺去了他对生活的信念，只能依靠毒品度日；一个年轻的男孩本；罗伯特的女儿劳拉，一个有过戒毒经历的海洛因吸食者。在领取救济金——买毒——吸毒——等待下一个领取救济金的日子到来的恶性循环里，他们被社会遗忘，深陷自己的欲望泥潭，如同挣扎在但丁炼狱里的魂灵。

乔恩·麦格雷戈

“他们在12月底破门而入，带走了那具尸体。”乔恩·麦格雷戈冷峻客观的叙述开启了这一“炼狱”的旅程，但是这不是全部。作者对吸毒题材的处理并非泛泛而论，他拒绝进行说教并竭力避免宣扬任何先在的观点。他以冰冷的笔触感受社会边缘人的生命温度，试图从他们的生活和命运里发现真理,而不是预设一个真理,并以此去衡量他们。因此,这部小说选取了颇为独特的叙述声音和视角,叙述者在罗伯特的瘾君子朋友们和一个第一人称复数的“我们”之间切换。在叙述的开始,“我们”无声无息、无影无形地蜷缩在死者公寓的门口,看人来人往。接下来,“我们”又目睹了警察破门而入发现尸体的过程。从死者公寓、送葬车,到停尸房、法庭和最后的火葬场,“我们”一直如影随形地跟随着罗伯特,成为他凄凉身后唯一的送葬者、哀悼者和吊唁者。于是幽灵般的“我们”为读者提供了近乎全知的叙述视角,以片段式的回忆追溯死者与妻女曾经幸福的过往,用割裂的、碎片化的方式记录罗伯特死后的遭际。但“我们”唯一不得而知的是罗伯特临死前的状况,这使得他的死因成了谜团,却也迫使我们追问,究竟谁应该为这已然发生,却可能通过些许努力而避免的悲剧负责?

《如果没有人谈论惊人的事物》英文版

幽灵般的无名叙述者穿越时间和空间,使小说情节得以不断在现时和回忆中跳荡回旋。“我们”还担负着如同古希腊悲剧中的歌队的角色,对眼前所发生的一切进行评论。在开往太平间的运尸车上,“我们”陪伴着罗伯特的尸体,却为其设想着更为得体的送葬方式,而开头往往是:“不应该是这样的。应该有所不同,应该像从前那样,我们亲自抬起他的遗体,将他举上由枯枝搭建的火葬柴堆……”抑或是“或者要是我们生活在海边，要是我们是该死的维京人之类的，我们会把他放进船里送他到波光粼粼的水上。然后我们船上的所有人，他所有的家人和朋友，会将他抬到岸上，带着他这最后的旅程所需要的一切，例如他的盾牌和剑、他的盔甲、他的头盔、他的护胸甲以及……”读者的视角被“我们”牵引着，看到不可能踏足的远方：“或者要是我们生活在一个炎热的国家，我们大概只是用些粗麻布把他裹起来，再把他放到由橄榄枝、柳条箱和旧车胎搭建的火葬堆上，托举到中间，我们所有人会站成一圈做祈祷……而不是这样，而不是把他藏在货车里，潜入杳无人烟的地方。”所有的虚拟语气似乎都在证实着幻想的徒劳，然而这些生动鲜明具有画面感的场景却构成了另外一种叙述空间，呼唤着死者的尊严。

“幽灵”的群体叙述有时又和罗伯特的朋友们的声音重合，或许他们就是死于罗伯特之前的朋友们。他们是被正常社会所遗忘的“隐形人”，如同幽灵一样徘徊在不被注意的暗角。当警察进入罗伯特的公寓进行检查时，蜷缩在角落里的“我们”重新复活了对往昔的记忆，使之与现实并置：“在某一刻房间里重又变得拥挤不堪了，拥挤得就像上次我们聚在一起而罗伯特总是像在夜里那样直挺挺地躺在地板上，带着只有他入睡以后才会有的表情……我们中的一个，也许是希瑟，身体向前探着去拉他的外套……我们其余人都睡着。丹尼和本和劳拉和麦克和昂特和任何刚巧在那儿的人。也许并没入睡而只是闭着眼睛，倾听从厨房的卡带里传来的音乐声……”

除了独具匠心的叙述者，乔恩·麦格雷戈在小说题目的处理上也意味深长。“即便是狗”在小说中出现了两次，与史蒂夫的叙述有关。这个无家可归的退伍军人曾经想把一车援助物资送往一个波斯尼亚小镇，却被警察拒绝，并告诉他：“那里，即便是狗都会丧命的。”而后警察的“即便是狗”的说法在史蒂夫的回忆里又出现了一次。而这个说法更使

《即便是狗》英文版

人联想到《新约·马太福音》里面的故事。一个迦南妇人请求耶稣为其医治被鬼附身的女儿，耶稣试图婉拒她，称“不好拿儿女的饼，丢给狗吃。”而那妇人恳切道：“主啊，不错。但是狗也吃它主人桌上掉下来的碎渣儿。”在一次专访中，乔恩·麦格雷戈坦承自己成长于基督教的宗教传统之中，而《圣经》故事中的比喻和暗示对他的写作具有不可忽视的影响。小说的题目含蓄地将读者引向《圣经》，借以表达作者对于小说中人物近乎节制的同情。在由“我们”的叙述所复活的过去时光里，作者也巧妙地将《圣经》故事中的意象嵌入其中——当厨房的卡带里传来混着杂音、破碎不堪的摇篮曲时，“我们”却依然可以乐在其中：“我们舒适的碎渣散落在地板上。我们张开的手。”“狗”的隐喻请求耶稣能够施恩于全体，因为即便是狗也有分享生命的权利。

“狗”的隐喻在小说中与“幽灵”的叙述群体一样，无疑都暗示着挣扎在欲望与痛苦中的人。乔恩·麦格雷戈摒弃了对吸毒者的程式化描写，而以融合纪录片的精准和表现主义的同情的叙述，还原他们生活中那些绝望中的希望和希望中的绝望。这生活中有冰冷的现实，也有温暖美好的回忆和幻想。罗伯特怀着与妻子、女儿相见的希望，丹尼带着找到劳拉的愿望，而史蒂夫则念念不忘他的波斯尼亚小镇……而在昂特的意识流里，作者巧妙地将其早年在阿富汗从军的经历与现在吸食的毒品相联系。幻想中昂特再一次被空降至阿富汗的罂粟地里，目睹了阿富汗儿童种植罂粟来换取生活所需，以及被制成毒品的罂粟又如何通过各种非法手段从阿富汗被带到英国的城市。猩红的罂粟花与昂特肌注毒品时从血管回流至注射器中的鲜血同样使人触目。当人们将目光聚集在毒品所带来的罪恶时，乔恩·麦格雷戈却试图发掘那被罪恶所遮蔽的人们，以及他们因生活的艰辛而不幸沉沦的人生。而在希望未到来之前，除了叙述，"我们"唯一的行动便是"等待"。在小说《即便是狗》中，"等待"似乎变成了故事情节的一部分："我们聚集在房间里，坐着，站着，依靠着墙，我们等待。等待早晨。等待某个人回来。等着某件事发生。等待是我们所擅长的，就像现在所发生的一样。我们已经做了很多练习。我们有的是时间。我们有全世界的时间。"或者"像我们最后一次见到丹尼，在米勒斯阿姆的公用电话亭旁边。仍旧等在那儿，在黑暗中，夜晚的火车呼啸而过，而酒吧的门在他身后的某个地方打开又关上。"或许"等待"已经变成某种重复性的习惯动作："我们站着，我们坐下，我们靠在墙上。我们等待。除此之外我们还能做什么。我们看着时钟，我们看到它的指针伸向早晨。我们听见脚步声和钥匙叮叮当当的声音。门没锁而被打开，灯都开着，房间里挤满了人。"罗伯特等待着伊冯和劳拉有一天可以重新回到他的身边，丹尼等待着劳拉曾经承诺的美好生活，而他们所有人都在等待救济金发放的日子，等着毒品交易的日子，用布满针孔与伤痕的身体去换取一份瞬间的快感与错觉。然而在小说的终章，"我们"等来了法庭上验尸官宣读的尸检报告结果，却没有等来罗伯特的死因说明。

《即便是狗》选择意识流风格的语言，用碎裂不完整的句子体现人物的跳跃思绪和阴郁心境。通过虚拟语气、双重否定的运用，通过以断句和连词结束某些段落，甚至完全忽略一些段落的停顿，使小说的书写风格与主人公落魄潦倒的境遇以及混乱不堪的环境保持一致。小说中大量使用了有关吸毒的俚语俗语,尽管生动再现了当时的语境,但也给一般读者的阅读造成了一定困难。不过这样的遗憾却完全可以被全书不时出现的散文式语言和具有画面质感的生动文字所弥补,正是这些为这部底色阴暗的小说增添了不可或缺的些许亮色。另外,由布鲁姆斯利出版社 2010 年 2 月出版的英文精装本选取以淡黄色野花为背景的清新图案做封面也得到了乔恩·麦格雷戈的赞许:“因为不管是从隐喻的层面还是仅仅取字面意,种子与野花在险境存活的意象都使我特别感兴趣。”也许这也是对《即便是狗》最好的诠释——即使身处炼狱般黑暗的所在,心也要想着光。

萨瑟兰：
文学界的福尔摩斯

艾　黎

打开某周的《泰晤士报·文学副刊》，头篇就是萨瑟兰的长篇书评《威佛利街——从苏格兰方格的发明到布列维克：沃尔特·司各特奇怪的遗产》。虽说评的是别人的书，但熟稔维多利亚文学且写过司各特评传的萨瑟兰可不愿掖着自己的包袱不抖。挪威杀人魔布列维克称自己是秘密组织"圣殿骑士"的成员，该组织的发起人是别名叫"狮心王理查"的英国人。英国记者百思不解。广闻博见的记者居然不知道在自己的国家有这样一个组织能够在别的国家煽动起一场如此血腥的杀戮。结果发现，布列维克竟是受到司各特的小说《艾凡赫》的影响。书中的坏蛋布赖恩向其奸而不成转而敬慕的姑娘丽贝卡说，要比狮心王理查更强悍，要组建自己的秘密组织"圣殿骑士"来统治世界。

一部出版于1820年、已经鲜有当代读者的英国历史小说，一场发生在21世纪的挪威令全世界瞠目结舌的屠杀，貌似风马牛不相及的一本书和一件事就这样被萨瑟兰搭上了线。这番探查蛛丝马迹、寻藤摸瓜的功夫正是萨瑟兰的趣处之一。

萨瑟兰是学者，是学院里的教授：从英格兰的莱斯特大学到苏格兰的爱丁堡大学，再到美国西岸的加州理工大学，又回到英国，在伦敦大学

萨瑟兰

学院做荣誉退休教授。但他所做的却是拨开各类主义、理论的迷雾,让文学不再仅仅是让人敬畏的经典——书架上发黄的书页、学生手上的必读书单,而且活色生香,能配下午茶、雪茄烟、威士忌,不论是寻常人家的客厅还是大学的高桌晚宴,都是可以让所有人在谈完天气之后又能随口提起的那一有趣话题。就像前面的例子提及的,他是文学界的福尔摩斯,著作中最知名的是一系列"文学探案":《希思克利夫是不是个杀人犯:小说中的谜案》(1996年)、《简·爱会不会快乐:经典小说中更多谜案》(1997年)、《谁背叛了伊丽莎白·班奈特:再探经典小说中的谜案》(1999年)……读者的兴趣推着这一系列出了一本又一本,从1996年到2000年的5年时间里共出了6部。

在萨瑟兰的笔下,通俗探案的形式和文学经典的探讨自然地结合起来。无论高低、雅俗,都可以是阴雨天孩子最大的乐事或是大人们辛苦一天之后最好的逃遁和享受。的确,万言一日的写作结果所带来的令人欢愉的阅读体验,很可能和呕心沥血十年而成的作品不相上下。萨瑟兰坦承,尽管其他文学教授床头放的可能是《芬尼根守灵》或是普鲁斯特,他的安慰读物却是最新犯罪小说。以阅读之乐为乐,正是有这样不拘一格的开阔视界,才有了被大卫·洛奇称为"失眠的书痴最佳床头读物"的《文学趣谈》。洛奇说完这话一定是眨了眨眼睛的——是治愈了失眠呢,还是让漫漫长夜不再难挨?

《文学趣谈》原文书名是"Curiosities of Literature"。"Curiosities"的

意思不仅仅是"趣",更在"奇"。前段时间网上四处转载美加出现食人狂的事,令人惊愕。在讲述"诡异的文学吃食"那些章节中,萨瑟兰就提及了文学作品中数例这类令人惊悚的吃人场景。虽说不是司空见惯,但这些梯厄斯忒斯风格的故事居然也有不少出自名家的先例可循。重读这段文字时,刚好是 2011 年的伦敦骚乱期间,巡逻的直升机嗡嗡地在屋顶盘旋,从玻璃天窗泻下来的夏日阳光也挡不住再读这段文章时滋滋冒出来的森冷之气。既然谈文学中的吃不忌讳食人,接下来谈出恭也是顺理成章。学院里的教授从语体学、修辞学、精神分析等等理论派别研究亨利·詹姆斯绵延数行的长句时,忽然想到这竟然可能是詹姆斯便秘之苦的投射,定然会"扑哧"一乐吧。

《文学趣谈》英文版

当代中国文学界谈文论书的散文小品中,董桥当属著作最丰、名气最大的。在他的笔下,书必是香的,旧书的积尘成了岁月的黄金碎屑;谈吃食都多了烟火气,只有清茗才配得上书香。同样谈到维多利亚时期文人圈的情事,董桥描绘珍妮·莫里斯和罗塞蒂的缠绵,继而蒙太奇成了罗塞蒂背景阴郁的画作;而萨瑟兰则是直接把"SEX"三个字母写上标题,不无戏谑地讨论卡莱尔夫妇、拉斯金夫妇的笨拙尴尬的新婚之夜和由此而来的流言传说。不同寻常的奇突之趣是萨瑟兰的趣处之二。读书能找到颜如玉确是美妙,但是看到傻大姐这样的人物也别有乐趣吧。

这些听似文坛八卦的说法，不免让人心生疑窦，可信不？萨瑟兰的行文虽然少了佶屈聱牙的学院气，却保持了治学的严谨，原文还附上学术书式的索引，让人觉得拾牙慧都放心妥当。

2012年6月的《文学评论》也见萨瑟兰的书评，评的是一部狄更斯的传记。萨瑟兰引用亨利·詹姆斯的话："我唯一的愿望是尽量让那些死后来刮我一层的剥削者不得逞。"19世纪的作家不愿公众知道他们太多，尤其是诸如大腿根处"说不明道不白的痛楚"这类事。可惜，事与愿违，这些事不仅过了一个多世纪还在流传，而且传过了重洋。作为读者，对这些巨匠大师在敬畏之外，还能知道他们也不过凡俗肉身，因此咯咯一笑，也未尝不是分享到了一份奇怪而有趣的遗产。

爱尔兰

梅芙·宾奇：
用温柔和慈悲烛照人世

李玉瑶

自从梅芙·宾奇在43岁时凭借长篇处女作《点燃一支小蜡烛》在爱尔兰文坛一跃而起，她的创作便一发不可收拾。她接下来的作品——《丁香公车》《回声》《萤火虫夏天》《银婚》《山毛榉》《朋友圈》《镜湖》《晚间课程》《塔拉路》《红羽毛》《山楂林的故事》等——本本都是重量级的大部头，且佳绩不断，让她声名远扬。梅芙·宾奇日渐成为爱尔兰的国宝级作家、英语世界的畅销书女王。尽管有些评论家对宾奇颇有微词，认为她的语言如邻里聊家常般，过于简单直白，但这一点儿也没有妨碍她广受追捧。1998年，爱尔兰曾经统计过20世纪最畅销的100本书。宾奇不仅有7本书上榜，而且分别占据了第一、第三和第四的位置。她不仅超过了爱尔兰的老一辈大家：奥斯卡·王尔德、叶芝、詹姆斯·乔伊斯和塞缪尔·贝克特等，也胜出众多当代作家如谢默斯·希尼、罗迪·多伊尔、埃德娜·奥布莱恩等。她以厚实的作品做根基，为自己在文坛树立了不可动摇的高位，得到了整个英语世界的认可。

梅芙·宾奇1940年5月28日出生在爱尔兰都柏林外一个小村庄，父亲是律师，母亲当过护士，有一个弟弟和两个妹妹，童年时代在小镇达尔基生活。宾奇在这个幸福的家庭里长大。她曾说："在我的记忆里，

梅芙·宾奇

我有一个快乐的家庭，那里充满了欢声笑语，比世界上任何一个地方都要快乐。”这段成长经历对她有着深远影响，在后来作品对乡郊生活的描写中都能找到印记。孩童时期，宾奇在都柏林基利尼女修道院学习，1960年获得都柏林大学历史学学士学位。之后的8年，她曾先后在几所女子学校担任教职，教授法语、历史和拉丁文。在一所犹太学校教书期间，学生家长对其教学工作十分满意，赠予去以色列的机票作为感谢。生命中永远充满了不可思议的转折，正是由于这份礼物，宾奇从此踏上了写作旅程。她在以色列的集体农场找了份工作。这期间，她每星期都会给千里之外的老父亲写信，倾诉在这个濒临战火的国家的所见所闻。宾奇的父亲将其中一封书信投给《爱尔兰时报》，并得以刊发。就是这封公开发表的家书，令梅芙·宾奇的写作才华得到了认可，随后她辞去教职，成为《爱尔兰时报》的专栏作家。她幽默风趣、自我嘲弄的笔触赢得了许多读者的喜爱。1973年，追随未来的人生伴侣，宾奇申请调至《爱尔兰时报》伦敦分社，4年后，她幸福地嫁给了儿童文学作家戈登·斯内尔。在《爱尔兰时报》供职的同时，宾奇也进行戏剧和短篇小说创作。1976年，收集了宾奇的报纸专栏作品的《我的第一本书》出版，她的短篇小说集随后分别于1978年、1980年出版。

但真正让梅芙·宾奇家喻户晓的，是1982年出版的小说《点燃一支小蜡烛》。该书虽然是梅芙·宾奇的第一部小说，却初步展示了她独特的写作风格：精准的地点、美好的故事和令人感动的角色。我们能够在该书中遇到她后来所有小说中的典型人物：能干的家庭主妇、慈爱而粗心的父亲、善良的医生、修女、神父、被宠坏的孩子等等。这部作品连续位列畅销书排行榜前10位达53周之久。

梅芙·宾奇部分作品英文版

随后出版的《丁香公车》和《回声》两部小说曾被改编成电视，《朋友圈》被拍成电影。1997年问世的《晚间课程》在《星期日泰晤士报》畅销书排行榜上曾连续17周蝉联首位，而1998年出版的《塔拉路》则令宾奇的创作事业达到一个高峰。1999年，美国前第一夫人芭芭拉·布什在接受采访时表示，梅芙·宾奇是她最喜欢的作家，令后者在美国声名大振，《塔拉路》也入选美国著名脱口秀女王奥普拉·温弗瑞的每月推荐好书。根据美国伊利诺伊大学图书馆与信息科学学院提供的数据，该书当年在美国售出了95万册，是当年美国销量第10名的虚构类图书；而在加拿大和英国，这本书的销量也分别达到了惊人的110万本和66万本。就在当年，梅芙·宾奇获得了英国图书奖评委会颁发的终身成就奖。随后几年，《塔拉路》每年都能卖出上百万册，并被翻译成将近20种语言，还被改编成电影，宾奇自此成为全球知名的作家。

近几年，深受关节炎和心脏疾病困扰的宾奇仍坚持写作。“我清楚地知道自己是一位流行作家，人们常在度假时买我的书。”宾奇在采访中说，“很幸运，我生活在平装书有大量市场的时代”。

2010年，《小心弗兰克》面世，同年，她获得爱尔兰图书奖终身成就奖。她的最后一部作品《冬季里的一周》将于2012年晚些时候推出。

梅芙·宾奇犹如现代版的简·奥斯丁,用女性特有的细致入微的观察力去探究人性的本质;然而她却没有奥斯丁下笔时的那份犀利与嘲讽,她是完全的温柔且慈悲。

宾奇是温柔的,她为读者讲述一个又一个平常人的不平常故事,不哗众取宠,不添油加醋,也不扭曲真相,碰触到众多现代女性自处的问题。她的作品虽然大众化,却不乏深度。结婚、离婚、流产、风流韵事、财政问题和破产都是她写作的主题。她主要描写随处可见的小人物,背景也几乎是由居住的都柏林为底。她的浪漫故事将温情、幽默和戏剧性融于一体,用一种很直接的铺陈和很错综复杂的角色互动做出一种繁复似万花筒的效果。读者不要期待她的小说会有扣人心弦的情节、惊天动地的壮举或是轰轰烈烈的爱情,她的故事贴近你我的生活,从不同的视角来挖掘生活的细部。宾奇始终坚持不写性爱也不写暴力,安静恬淡地讲述犹如身边发生的平凡故事,温柔地指引我们向前。

《山楂林的故事》中文版

宾奇又是慈悲的,她的作品凸现了一个人对隐藏在这个丑恶世界里的美好事物的真诚信念,要做的只是换一个角度,换一份心境。她和读者探讨严肃的社会问题,告诉他们生活里的危机和信仰的重生。她的爱不是无力而苍白的,因为她不是在说一个个虚构的故事,而是在真诚地让读者去相信,她是在耐心地引领我们去看那些美得让人惊诧的东西。那充满理想主义和人情味的作品，总是含蕴着一种高度的诗意美，展现了蕴藉在日常生活之下的爱尔兰民族精神。宾奇笔端流露出来的细腻、热诚与力量，于平凡中蕴含着哲理，打动着读者的心弦。她笔下的世界细致而富有质感，随处都可以找到我们每天在为之烦恼哭笑的生活和一个个特点鲜明的梅芙·宾奇式的角色。梅芙·宾奇让各个人物说出自己的故事，也说出了人心中的爱，那些微微发亮的灵魂在文字的丛林里，如同萤火虫般扑朔出动人的光芒。

宾奇不是文学大师，也没想过要成为文学大师。她只是想持着这样温柔而慈悲的心讲故事给大家听。“人们总是认为小说家要有风格。我一点儿也不是谦虚，我就没什么风格。”她曾这样说，“我不会像玛格丽特·阿特伍德或费伊·韦尔登那样写作，我不会像其他任何人那样写作。我的写作就像聊天，那对我很有益。就好像聊着聊着，你就到了离真理、离自我最近的地方。我写作就像讲个故事给朋友听”。

2012 年 7 月 30 日，梅芙·宾奇在都柏林与世长辞。爱尔兰总理肯尼沉痛地表示：“我们失去了一个国宝。”爱尔兰总统希金斯也说：“宾奇是一位杰出的小说家、专栏作家，全世界数百万人为她的作品着迷。”在 30 年的创作生涯中，宾奇共出版了 16 部长篇小说、4 部短篇小说集和一部戏剧等。目前，她的作品已在全球售出超过 4000 万本，被翻译成 37 种语言。宾奇的代表作品《朋友圈》《镜湖》《塔拉路》《红羽毛》早在 2005 年就由上海译文出版社引进出版，2009 年，上海文艺出版社出版了她的《山楂林的故事》。讲故事的人离开了，但她讲的故事长留人间。

爱玛·多诺霍《房间》：不在房间里了，我还是我吗？

苗 青

小说《房间》是现居住于加拿大的爱尔兰女作家爱玛·多诺霍的作品，被评为“2010年讨论最多、评价最高的话题小说”“《纽约时报》畅销小说、年度十大好书”“邦诺书店年度最佳小说”“《图书馆月刊》年度十大好书”等，并入围了2010年英国曼布克文学奖。除以上提及的荣誉之外，该书还获得了加拿大罗杰斯作家信托小说奖、爱尔兰年度小说大奖、加拿大总督文学奖、英国国家银河图书奖等，同时荣登独立书商联盟选书榜首。《房间》售出了超过30种语言版权，中文简体版已于近日由人民文学出版社出版发行。

该书出版后，全球主要媒体给予了很高评价。《独立报》评价道：“透过杰克的叙述和他勇往直前、大刀阔斧运用他小世界的语汇来创造意义的努力，本书自成一格，不能用任何既有的分类归纳……杰克新创的这种一针见血而富有冲击性的语言，以惊人的力量与兴味，掌握他备受限制的生活……本书经常在深邃的黑暗与近乎喜剧的亢奋情绪之间穿梭自如。”《科克斯评论》报道：“多才多艺的多诺霍，用一个5岁男孩的声音，叙述这个在伤痛中求生与康复的故事……多诺霍巧妙地展示母亲与儿子在适应自由生活时，需要克服各自截然不同的难题……全书中最令人心碎的一刻，似乎是妈再也无法面对她为了保护杰克所做的抉择。但杰克的叙述却足以证明，她养育了一个聪颖、敏锐、任性的孩子——有点古怪，这是当然，但也很有韧性，而且妈一定会发现，那韧性就是来自她身上……”

爱玛·多诺霍

爱玛·多诺霍出生于都柏林，作品以当代及历史小说为主。她曾经出版长篇小说《炒》《头罩》《荡妇》《生者面具》《着陆》和《封缄的信》；以及短篇小说集《亲吻女巫》《生兔子的女人》《敏感话题》。此外，多诺霍还撰写文学史、舞台剧与广播剧。

《房间》何以拥有如此大的魅力呢？首先，爱玛·多诺霍的文字具有强大的魔力，能够把天真转为恐怖，又将恐怖化为温柔。她以悲悯的文学风格，巧妙地构思了一个匪夷所思、狂野而纠葛的故事。其次，该书以令人赞叹的想象力、扣人心弦的故事情节、独特的叙述视角，使读者心甘情愿地为它沉沦直到最后一页。此外，它引发了人们关于忠贞、勇气、希望与爱、获得救赎的人生思考。更重要的是，这是一本可以从心理学、社会学、伦理学、政治学等多角度进行深入解读的书。

《房间》以一个名叫杰克的 5 岁男孩的有限视角以及 12 英尺长、12 英尺宽的物理空间为立足点，讲述了一个 19 岁少女遭到绑架和监禁长达 7 年的故事。绑架少女的是一个名叫“老尼克”的中年男子，他将少女关在一个小房间里，只为她提供生活必需品和食物。在被绑架两年后，少女生下一个男孩，取名为杰克。对杰克来说，只有一个天窗的“房间”是他世界的全部，因为他和母亲从没踏出过“房间”一步。

整本书以“礼物”、“吐实”、“濒死”、“事后”、“活着”为小标题，主要分成两部分。前半部分叙述杰克和母亲在“房间”的生活：“房间”里有衣橱、床、地毯、电视和简易小厨房等，长宽各12英尺的小空间是杰克认知里的“世界”；母亲教他唱歌、画图、数数、识字、绕地板跑步和蹦跳，用各种简陋的工具来确保杰克发育良好，但是不希望老尼克看到他。后半部分讲述了杰克与母亲从“房间”逃脱、回到真实世界后的生活。或许，读者会因为母子二人成功地重返真实世界而深感欣慰；然而，从心理学角度分析，母亲与杰克都曾经历过，并仍将继续经历性格的失衡与身份的迷失。

澳大利亚裔美国精神分析学家奥托·费尼谢尔将性格定义为“自我的惯用模式；使外部世界的要求与内在世界的个人冲动和需求和谐相处”。对于母亲而言，无论她身处“房间”，还是回到真实世界，外部环境的要求与其内心世界的冲动、需求始终是相背离的。而5岁的杰克在逃脱“房间”后，之所以莫名地怀念“房间”里的生活——“我最想要的东西就是待在房间里……”并痛感“妈说我们会自由，但现在这样一点都没有自由的感觉”是因为真实世界对他的要求与他内心的渴望、需求相背离，而恰恰只有在“房间”里，杰克的性格才是平衡的。

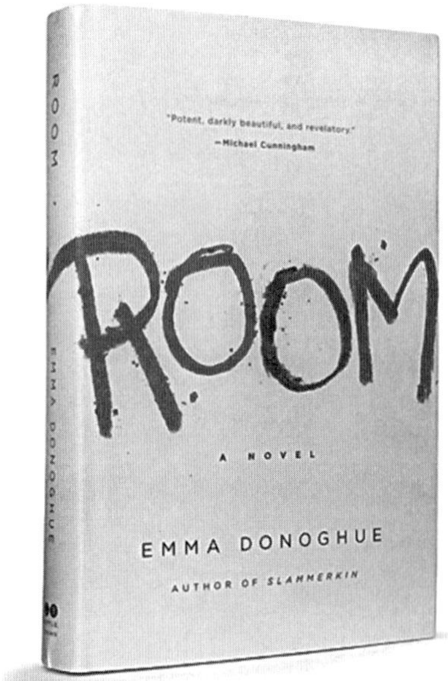

《房间》英文版

美国社会心理学家马斯洛将人的基本需求划分为5个层次：生理需求、安全需求、交往需求、尊重需求、自我价值实现需求。前两个层次归于人的本能需求；后三个层次归于人的精神需求。守卫森严的“房间”迫使母亲丧失了自由，无论从生理方面还是心理方面，她必须绝对服从于老尼克。绝望的处境无法满足她作为人的本能需求，而精神需求更无从谈起。因此，被囚禁的母亲处于性格的失衡状态，并丧失了作为自由人的身份。然而，当她回到真实世界后才发现，真实世界并没有给予她真正的轻松与自由——媒体的曝光、医院的隔离治疗、记者的追问、咨询者的羞辱等，这一切外部世界的要求又与其内心渴望的自由、平等、轻松、宁静相背离，失衡的性格再次使她迷失了身份。她濒临崩溃，并试图结束生命。虽然在医院的抢救下脱离了生命危险，但是母亲如何重塑平衡的性格，如何找寻明确的身份，如何在伤痛中求生与康复仍是一条很漫长的道路。

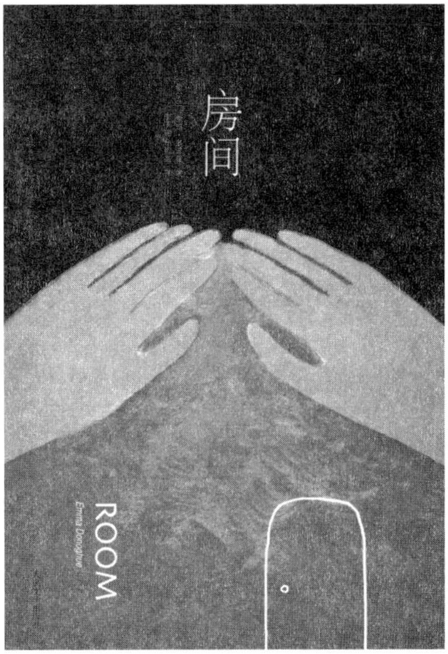

《房间》中文版

与母亲的内心经历不同，小杰克在被囚禁期间过着幸福的生活。对他来说，“房间”就是全世界，外部世界对他的要求就是与母亲待在一起。杰克不需要去适应，因为从他出生那天起，“房间”就如同一个巨大的子宫，这个空间在许多地方就如同母体的真实延伸：一个亲密而充满关怀的有限空间。杰克内心的冲动与需求和外部世界的要求是统一的，其各个层面上的需求都得到了满足。他在“房间”里有明确的身份:“也许我是个人”,“但我同时也是我和妈”。

最终事情发生了转向,当杰克与母亲获救之后,他一夜之间变成了小英雄,还莫名其妙地认识了许多亲戚。但是,更多的角色被引入,这个世界超越了它原本的设定,杰克不能再24小时与母亲待在一起,也不再是母亲的中心。他必须按照别人的时间表生活,必须适应别人的礼数规矩。外部世界要求他独立、坚强地适应复杂、缭乱的环境,而他内心却渴望单纯、安全、只有母亲的二元世界。他失去了前进的方向和自处的地位,失衡的性格使他迷失了身份,他开始怀念“房间”里的生活,开始疑惑自己是与母亲一体,还是独立于母亲之外的个体;开始自问:“如果我不在房间里了,我还是我吗?”他的未来生活充满了种种困难和不确定因素。

《纽约时报》封面专题评价《房间》道:“这是一本难忘的小说,可以用任何想象得到的角度解读——心理、社会、政治。它提出一种真正独一无二的方式讨论爱,同时又让我们用新鲜恢宏的眼光,审视我们生活的这个世界。”

艾德娜·奥布莱恩：叛逆的乡村姑娘

张　芸

几年前,78 岁的艾德娜·奥布莱恩提起笔,开始创作她曾发誓永远不会写的回忆录。她花了 3 年时间完成,书名叫作《乡村姑娘》,与半个世纪前她的首部长篇小说《两个乡村姑娘》,但写那本书只用了她三个星期,用奥布莱恩自己的话来说:“那部小说是自行写出来的,它就等着形诸笔墨的一天。”小说叙述了 20 世纪 50 年代两个在爱尔兰乡村长大的女孩,一起上修女学校,一起到都柏林寻找更广阔刺激的人生和爱情,富有浓厚的自传色彩。奥布莱恩在一次采访中引用詹姆斯·乔伊斯的话:“小说都是幻想的自传。”她亦断言:“任何一部出色的作品必定具有某种自传色彩,因为感情是不能也不可以臆造的……赋予作品生命的是藏在灵魂和内心深处的活动。”50 余年来,奥布莱恩不断用她的小说实践并证明这一主张,而今,她选择用另一种文学体裁——自传揭示她和她人生的另一面。

在《乡村姑娘》第一部分的“阿卜杜拉”一章里,奥布莱恩回忆了童年时被狗咬的一场意外,阿卜杜拉即是那条狗的名字。由于颈部伤口处肿胀的脓包久不消退,医生决定将之切除。父母命其他孩子到屋外玩耍,两个在村里帮工的成年男子走进屋子,加上她的父亲。“我知道有

艾德娜·奥布莱恩

可怕的事即将发生。”“三个男人抓着我的头的不同部位，把它按向一侧。他们的力道巨大。我想到院子里被割喉的猪和它们发出的嗥叫，决心我也要号叫……”“她永远不会原谅我们”，事后其中一位帮工说。奥布莱恩用生动明晰、闪现“小说微光”的语言记述了这次触目惊心的野蛮手术，那似一个耐人寻味的预兆或隐喻，仿佛冥冥中暗示了她日后一生将要面临的枷锁和付出的抗争，以及她与爱尔兰、与家庭之间徘徊在爱、恨与原谅之间的复杂情感。

艾德娜·奥布莱恩 1930 年出生在爱尔兰西部一个保守闭塞的村庄，是家中最小的女儿。和科尔姆·托宾笔下的小说女主人公艾丽斯一样，奥布莱恩的母亲年轻时曾离开爱尔兰，到美国谋生，在纽约布鲁克林一户爱尔兰裔家庭当女佣，但她没有留在美国，而是返乡组建了自己的家庭。和母亲贫寒的出身背景不同，奥布莱恩的父亲家境不俗，不仅拥有一栋两层楼的大屋和上千亩土地，还从几个叔叔那儿继承了一大笔钱。但到奥布莱恩出世时，“我们已不再富有”，土地一点一点被父亲慷慨赠人或抵押还债。郁郁不得志的父亲酗酒、嗜赌、脾气暴躁、夜不归宿，童年的奥布莱恩生活在一个争吵不断的家庭中。

坚强隐忍的母亲是奥布莱恩生命中非常重要的角色，她们曾经亲密无间，在回忆录里有这样一段令人动容的描述：“坐在母亲的腿上，嗅着她的味道，感觉到她扎人的羊毛开衫，她格外高耸的胸部，我仔细端详她的五官，在我眼里那是如此美丽，除了额头，纵横的皱纹像一幅地图，在那张地图上我写下我最初的文字，用来赞美她。”然而她和母亲在文学上产生了不可弥合的分歧，就像她在短篇小说《我的两个母亲》（收入在短篇集《圣徒与罪人》里，这篇不足15页的故事几乎浓缩了她与母亲一生的纠葛）里所写的："她坚称文学是罪孽和下地狱的先兆，可我却相信它是唯一存在的炼金术。"投身写作本就违抗了母亲的意旨，而当首部小说因所谓露骨的性描写在爱尔兰遭禁、掀起轩然大波时，女儿带给母亲的不止是愤怒，还有更多的耻辱。母亲过世后，在清理遗物时，奥布莱恩惊讶而痛苦地发现，在她多年前寄给母亲的那本《两个乡村姑娘》里（事实上，母亲从未提过收到这本书），对文学充满怀疑和敌意的母亲逐行用黑墨水将冒犯不敬的词句涂去。

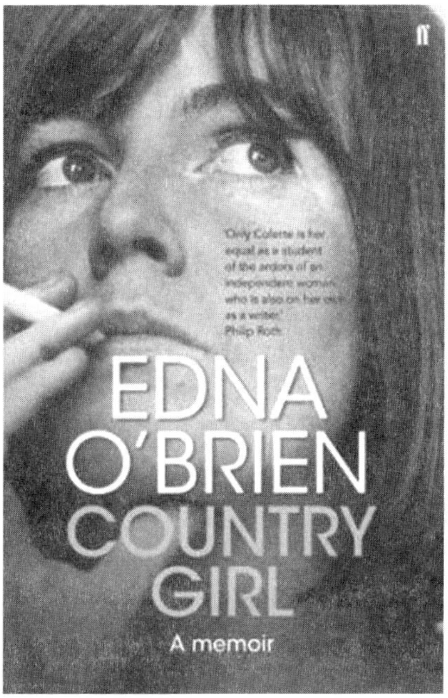

《乡村姑娘》英文版

奥布莱恩生长在一个严厉、虔诚的天主教家庭，家中除了祈祷书和宗教典籍外，没有其他读物，镇上也没有图书馆，但奥布莱恩认为，这种匮乏反而更增强了她对文学的向往和决心。20世纪40年代末，她依照家人的意愿，到都柏林学习药学，在那儿当了一名药剂师。相比偏僻封闭的乡村生活，都柏林令她大开眼界。她结识文学爱好者，定期上剧院观看演出，不懈地给报纸投稿。在清一色男性的都柏林文学圈里，她得了一个"文坛贝西·邦特"（Bessie Bunter，英国童书作家Charles Hamilton笔下的一个人物）的外号。也是在此期间，她遇到了比自己年长16岁的作家欧涅斯特·格布勒。有人写匿名信，将两人的交往告诉了她远在家乡的母亲，家人胁迫她回家的强令，把她推向了另一极端，她决意和格布勒私奔。可事实上,格布勒亦是一个专横、控制欲极强的人,奥布莱恩在回忆录里用“玩偶之家”来形容和概括婚后他们携子迁居伦敦的生活。在读了《两个乡村姑娘》的书稿后,格布勒对奥布莱恩说:“你有写作的才华,我永远不会原谅你。”这一令人破胆寒心的反应,虽然敲响了“已龃龉横生的婚姻的丧钟”,但直到 1962 年 9 月——“我为何迟迟不采取行动,在外人看来也许不可思议,但我不觉得。我吓呆了,我只想我们,我和我的孩子,能好好活下来”——在一次生命受到威胁后,奥布莱恩才只身、空手离开了伦敦郊区的家,“那年秋天,我明白自己正在走出过去,走出父母和丈夫的双重统治,可我的步伐仍然缺乏信心”。

威廉·特雷弗在 1976 年版《当代小说作者辞典》中的艾德娜·奥布莱恩条目下写道:“她富有反抗精神……她来自一个富有反抗精神的国家。可是那里很少有别的女性像她一样敢于反抗,在失去男人的爱后,她们更愿意等待为人母的殊荣,安于母子情谊。”因此,当奥布莱恩“坦白写出女性渴望获得男性的注意和对此做出的回应”时,她的小说在爱尔兰、在她的家乡激起众怒。村里的邮局女局长对她父亲说:“一个对我适宜的惩罚,是将我赤裸着赶出这个镇。下一步大概是用石头砸死我。”而教区的牧师则要求把她的书焚毁。

《两个乡村姑娘》英文版

离婚,争夺到孩子的监护权,20 世纪 60 年代中后期,奥布莱恩的人生展开绚丽多姿的一页。她的小说被改编成电影,她参加各类派对,她在伦敦的家时常宾客盈门,高朋满座,其中不乏光彩夺目的好莱坞明星,如朱迪·加兰、劳伦斯·奥利弗、英格丽·褒曼、马龙·白兰度、简·方达、阿尔·帕西诺。然而在杯觥交错的宴会过后,奥布莱恩写道:“每个星期一早晨,我会上楼,到屋子的顶楼写作。眼花缭乱的派对和作品里的伤痛苦楚,两个世界之间毫无干系。”奥布莱恩强调热闹背后她内心的孤独,那既是天生的,也是身为一个作家必须保持的。她将那段时期内自己的外部生活和内在人生截然割裂开,一面是热情的宴会女主人,招待魅力四射的明星同时也被他们吸引;一面是忠于写作的孤独自我。

和许多爱尔兰作家,如王尔德、乔伊斯、贝克特、特雷弗等一样,自1958年搬到伦敦后,奥布莱恩没有再回爱尔兰定居。而另一方面,这种离乡背井强化了她与故土的联系,加深了她的创作渴求。在谈到初抵伦敦、写出《两个乡村姑娘》时,奥布莱恩说,那本小说既是她在爱尔兰的经历写照,也是她对爱尔兰的告别。“虽然我一直深爱文学,可是,是与爱尔兰的分离,把我推到了非写不可的地步。”特雷弗曾指出:“在探寻艾德娜·奥布莱恩禀赋的根源时,人们被迫一再回到那个在某种意义上将她拒之门外的国度,回到现代爱尔兰所仰赖的教会支柱,回到和旅游海报上全然不同的严酷的乡村背景”。以她最近的短篇集《圣徒与罪人》为例,里面多篇故事皆设置在爱尔兰,爱尔兰的幽魂或影子不时浮现纸上。《铁铲王》刻画了到伦敦干苦工的爱尔兰移民,探讨“回家”的主题;《旧伤》围绕家族宿怨与回归,《黑花》和《劫掠》隐含北爱尔兰暴力血腥的历史一页,聚焦仇恨与伤害。而这些故事,在某种程度上又可以超越其具体的历史和地理环境,升华为更抽象而原始的悲剧与苦难。

离异后的奥布莱恩没有再婚,在回忆录里她追述了两段预言中的恋情。一次是和一个有妇之夫，“他从爱尔兰寄来的信让我欢喜雀跃，我会一遍一遍地反复阅读。信中满篇都是许诺”。一次是和一个英国政客，“我在爱情荡出的高高秋千上，但并非浑然不知事情接下来会有的发展——惊喜的邂逅、取消的约会、吞噬人的嫉妒、恋爱中的销魂与决裂”。奥布莱恩坦言自己在爱情上是个“无可救药的浪漫主义者”，务实的母亲写信劝她不要再和男人搅在一起，“我在活着的每一天里为你祈祷，我跪下，请求基督让你铭记圣保罗的话，‘避免淫乱’”。当时已年过40的奥布莱恩相信，“在我母亲的意志下，我不可能再寻到爱情”。但爱情是她笔下除了爱尔兰以外的另一核心主题。为此，有评论诟病她的作品趋于感伤和罗曼小说的窠臼，奥布莱恩用法国诗人路易·阿拉贡的话回应：“爱情是你最后的机会，除此，绝无别的什么可以把你留住。”在《圣徒与罪人》所收录的故事里，年逾古稀的奥布莱恩用凝练克制的文笔继续勾画女性对爱情不同的浪漫憧憬和失落，《黑花》里的女画家对一名满手鲜血的恐怖分子由好奇而渐生暧昧的情愫，《曼哈顿杂记》和《求赐甘霖，滋养我根》从女性的视角出发，坦露心中隐秘的情感，读来犹如自白。

在回忆录的最后一章，奥布莱恩在伦敦街头偶遇一位爱尔兰裔的退休护士，道别前，那位老妇对她说：“现在我们住在这儿。”“‘是的，’我说，两个国家仿佛在我的体内交战、撞击、结为朋友，如同我交战的自我的两半一样。”1970年在巴黎，奥布莱恩曾向贝克特谈及自己家族位于香农河一座小岛上的墓地，贝克特在诧异之余，用无可奈何的口吻说了一句“实在无需回去”。这不禁让人想起她的短篇《旧伤》，主人公在坐船离开小岛途中自问：“我为什么要葬在这儿？……为什么？那不是出于爱，不是出于恨，而是出于某种没有名字的什么，给它冠名，等于剥夺了其真实的含义。”不过目前，82岁的奥布莱恩仍将继续留在伦敦，享受隐于市的孤独，因为她说："我依旧感到心中有无穷的写作骚动，问题只是如何将它表达出来——找到新的方式，触及那些永恒的激情、执念和恐惧。"奥布莱恩以"最后的筵席"给自己的回忆录作结。

德国

欧根·鲁格《光芒渐逝的年代》：一本被善意解读的小说

黄燎宇

曾撰文称阿尔弗雷德·德布林为“我的老师”的君特·格拉斯，于1979年设立了旨在提携文学新人的“阿尔弗雷德·德布林奖”。该奖针对未发表作品，两年颁发一次。2009年，德国作家欧根·鲁格进入了决赛阶段——朗诵比赛。据说，当鲁格朗诵他的长篇小说《光芒渐逝的年代》时，叼着烟斗的格拉斯听得入神，烟斗熄灭也浑然不觉。最后，鲁格获得2009年的“阿尔弗雷德·德布林奖”。2011年9月1日，小说由罗沃尔特出版社出版。三周后该小说获得德国电视二台颁发给新人新作的“面面观”文学奖。同年10月，《光芒渐逝的年代》获得德国书业协会颁发的颇具影响力的“德国图书奖”桂冠。《光芒渐逝的年代》使鲁格一夜之间成为德国文坛新秀。

《光芒渐逝的年代》是一部家庭小说。它讲述了发生在民主德国的一家四代人之间的故事。全书共20章，各章标题均为年代数字，但小说没有完全按编年顺序叙述，其标题的年份只有11个，全部选自1952年至2001年间（小说的故事时间跨度则将近一个世纪）。其中，“1989年10月1日”和“2001年”分别出现了6次和5次。

这个家庭的组合有些不同寻常。曾祖父威廉·波维莱特和曾祖母

欧根·鲁格

夏绿蒂·乌姆尼策属于再婚。夏绿蒂带来的孩子就是两人的孩子,其中一个儿子库尔特娶了俄罗斯媳妇。这个家庭的成员多半有不寻常的经历。威廉是钳工,参加革命后做过共产国际的谍报员,流亡墨西哥期间先做私人保镖,后来与夏绿蒂一道为《民主邮报》工作,1952 年回到民主德国,先后担任政法学院的后勤处处长、社区书记。夏绿蒂回国后担任政法研究院的语言文学所所长。年轻的库尔特与弟弟维尔纳在流亡苏联期间因为在信中质疑"苏德和约"的明智与正当被判劳教 10 年(受到牵连的维尔纳还死在那里),释放之后被流放乌拉尔山区,认识了他后来的妻子伊琳娜。伊琳娜参加过苏联红军的担架队,出入过枪林弹雨。库尔特回国后成为历史学家,他和伊琳娜的儿子亚历山大生在苏联,长在民主德国。亚历山大先是早婚早育,然后又抛弃妻儿,频繁更换女友,最终逃往西德。亚历山大的儿子马尔库斯跟着母亲长大,跟大家庭若即若离,继父克劳斯·格雷韦是前东德牧师出身的联邦议员。这是一个不太平静也不太和谐的家庭。夫妻关系伴随着猜疑和外遇,婆媳关系微妙而紧张,父子关系充满矛盾、冲突、怨恨。一家子在政治上更是四分五裂,可以大致分为极左派(威廉)、左派(夏绿蒂和库尔特)、中间派(伊琳娜)、右派(亚历山大)以及虚无派(马尔库斯)。

《光芒渐逝的年代》不仅故事好看,写法也高明。小说在打破线性叙事同时也打破了全知视角,增添了叙事的紧张性和真实性。"1989 年 10 月 1 日"之所以用不连贯的 6 个章节来叙述,是因为采用了 6 个人物视角来讲述同一天发生的事情。同时,小说的叙事又力图将散点透视与中央视角融为一体。题为“2001 年”的 5 章只有亚历山大一个人物的视角。“2001 年”既是小说的第一章,也是最后一章。亚历山大就是中央视角——或者说亚历山大就是作者本人。

既然是家庭小说,《光芒渐逝的年代》很快就得到这一体裁在德国所能获得的最高标签——它被称为“反映民主德国历史的《布登勃洛克一家》”,但这一标签有空洞或者有口无心之嫌。站在西德人的角度,其实很难看出鲁格的小说哪点像《布登勃洛克一家》,西德人无法想象一个革命家庭如何没落。事实上,托马斯·曼写的资产阶级贵族家庭的没落与鲁格写的无产阶级干部家庭的没落有异曲同工之妙。布家的没落,体现在越来越偏离市民阶级或曰资产阶级的理想,体现在社会地位和身体素质的逐渐下降。乌家也出现类似现象:威廉健康、高寿而且永远阳刚;他是受人尊敬的老干部,对共产主义事业有着坚如磐石的信仰,不为柏林墙倒塌前夕的各种乱象所迷惑。在他看来,夏绿蒂这一家跟断送社会主义事业的“晓夫和乔夫”(赫鲁晓夫和戈尔巴乔夫)是一丘之貉。库尔特是一个有共产主义信仰的历史学家。他亲身经历和亲眼目睹的政治迫害使他对革命信仰产生过一点怀疑,但是他努力看国家光明和进步的一面,所以他稳住了阵脚,柏林墙倒塌之后他也照样旗帜鲜明地反对资本主义。库尔特也有健康的体魄,但他不如威廉,后者嫌他太文弱。库尔特的儿子亚历山大已是不折不扣的“不肖子孙”。他不肯入党,厌恶部队生活,对革命理想不屑一顾,但无一技之长,他的外表已颓废到西德街头青年的水平,最终还叛逃西德,去戏剧圈里鬼混。值得注意的是,亚历山大的身体素质也不如父亲。第四代的马尔库斯在懵懂岁月就遇上两德统一,红色理想对他犹如天方夜谭。曾祖父讲革命历史,他只觉得可笑。马尔库斯既不相信东方,也不相信西方,还时刻准备用“基本法所保障的信仰自由”来捍卫自己不信宗教的自由。总之,就刻画没落而言,《布登勃洛克一家》与《光芒渐逝的年代》完全可以形成艺术对偶。

好的家庭小说自然具有时代小说和历史小说的品质。《布登勃洛克一家》因为从一个家族的兴衰写出一个时代的兴衰而受到赞誉;《光芒渐逝的年代》好评如潮,是因为人们普遍认为它令人信服地书写了民主德国和20世纪乌托邦的消亡,激活了人们的历史记忆。现代人的一个深刻记忆,便是政治的严肃性和严酷性。在《光芒渐逝的年代》中,乌家兄弟因为一封私人信件就招来牢狱之灾;东德的史学研究充满禁区,库尔特的一位同事因为写信向西德同行透露"统一战线政策"(德国在魏玛共和国后期推行的政策,客观上助长纳粹气焰)是东德的党史研究禁区而被开除党籍,撤销职务。乌托邦时代留下的另外一个深刻记忆就是经济短缺。这一现实在《光芒渐逝的年代》中也得到反映:库尔特所在的科学院缺办公用房,印刷厂则普遍缺纸张;牛奶只能凭票供应;负责做圣诞大餐的伊莉娜,每年都要为做菜的配料烦恼。此外,餐馆出奇地少,在首都柏林也不例外。东德人第三个深刻的集体记忆,是柏林墙倒塌之后的复杂心情。两德统一之后,东德人获得出国自由,物质生活也迅速提升。但是西德人的傲慢与偏见也让东德人感觉别扭。西德官方把原东德地区称为"新联邦州",而对这一表述所流露的区别和歧视意味似乎毫无察觉。对此伊琳娜也大惑不解:"人们仿佛刚刚发现这些'新'州,就像哥伦布刚刚发现美洲。"《光芒渐逝的年代》对民主德国社会的批判和否定是认真而彻底的。它刻画的是一个充满政治高压和经济匮乏的社会,一个生活黯淡而无趣的社会。由于生活在这样一个社会,乌家的喜庆日子(小说近一半的篇幅在描写生日聚会和圣诞聚会)也充满焦虑、争吵、钩心斗角。最后,威廉的寿宴餐台垮了,柏林墙倒了,东德没了,乌家也散了。国破家亡的辩证法由此得到体现。

尽管鲁格通过投奔西德的大胆举动表明了自己的政治态度,他却无意充当西方意识形态的传声筒。小说并未止于对东德社会和社会主义乌托邦进行揭露和控诉,而是显示出一种可贵的艺术品质:公正。《光芒渐逝的年代》中也有诸多不归顺西方主流意识形态的地方。老革命威廉的形象就是一个鲜明的例子。鲁格很清楚威廉在西方期待视域中是什么形象。小说中瑞士女孩卡迪和克劳斯·格雷韦就是西方期待视域的代表:前者听说亚历山大的祖父祖母是共产党时,竟然“噘起嘴巴来了个无声的‘哦’,就像是不小心闯进一个有人的卫生间”;后者不认识也不了解威廉,但“说起威廉就像在说一个罪犯”。诚然,威廉有不少人性的弱点和滑稽之处:性格固执,思想僵化;政治挂帅,爱慕虚荣等等。但如果看看威廉的信仰和为人,我们会觉得他不失可敬与可爱:这位共产主义者对科学和进步怀有绝对的信仰,他依然保持了工人阶级的淳朴,没有做过一件坏事。

小说对夏绿蒂和库尔特同样倾注了大量的同情和理解。夏绿蒂出身贫苦家庭,从小受母亲虐待,经过共产党的培养成为了有文化的干部而不是家政服务员。对于东德的知识分子而言,库尔特的命运具有代表性。两德统一后,东德的社会科学遭受了灭顶之灾。研究人员靠边站,研究成果被彻底忽略。母子俩对政治的残酷性深有体会,内心深处也产生过怀疑,但他们最终还是坚定了信仰,站稳了立场。小说的人性化描写使他

《光芒渐逝的年代》德文版

们的政治选择显得自然而然。

《光芒渐逝的年代》用大尺度的宽容、饱蘸同情和理解的笔触来刻画西方主流不喜欢的共产党干部和有共产主义信仰的知识分子，这多少有些令人困惑。但种种迹象表明，这并非偶然。鲁格提笔写作的时候，柏林墙已经倒塌近 20 年。可是小说既不直接描写柏林墙倒塌这一历史性事件，也不议论他已生活其中 20 年的德国社会。他的沉默让那些期待他谈谈弃暗投明感受的读者颇感意外，他们不会想到他可能有难言之隐。鲁格说过，父亲去世之后他才获得写作的自由和动力。他对父亲的兴趣、感情和敬意不可能不渗透到作品的字里行间。

小说第一章写的是被诊断出癌症的亚历山大回家探望已患老年痴呆的库尔特，以惊人的耐心和细致伺候父亲，场面温馨感人。叛逆者亚历山大不仅跟父亲取得和解，而且要去祖父祖母生活的第二故乡墨西哥做寻根之旅。这无疑是巨大的精神转折，反映出亚历山大或者说鲁格陷入理智和情感的分裂。鲁格的理智认为，东德的社会制度有问题，不值得留恋；他的情感则告诉他，把东德的人和生活与东德的社会制度一同否定的西方思维是不公平的，是错误的。他并没有论证制度、生活、人三者之间的关系，但他无法接受两德统一后西德人有意无意地把东德人降为二等公民的倾向。也许因为存在上述分裂，鲁格本人谈及相关问题时常常语焉不详甚至自我矛盾。他说自己不怀念东德但是很怀念东德人（“我的家乡并不是德国，我的家乡是我的朋友”）的时候，听者要为这种甄别绞尽脑汁；他说《光芒渐逝的年代》旨在证明“东德的生活亦是一种生活，一种值得生活的生活”，而小说文本却没有提供任何证据。人们不得不怀疑这是鲁格的一种补救性说法。最耐人寻味的是，《光芒渐逝的年代》让人难以回避政治，但鲁格却不太乐意人们对其小说做政治阐释。他既不承认自己有清算东德历史的意思，也没觉得自己有多少批判立场,他甚至认为他的书名也“被隐喻化”。(小说的标题源于书中人物娜杰日塔·伊万诺夫娜在秋收季节对冬天即将来临、日照越来越短、光线越来越弱发出的感叹。娜杰日塔·伊万诺夫娜用的是单数,标题用的是复数。笔者问鲁格这书名译为“光芒渐逝”是否过于隐喻化?他回答说:“这话本来没有政治含义,但如果别人做隐喻化理解我也没办法。”)他只希望人们把他的小说当作艺术品欣赏。鲁格左躲右闪,不知是东德时期给他留下的政治疲劳,还是西方的政治正确原则给他造成了太大的压力。

鲁格的矛盾和纠结在小说中化为一种创造性的混沌,他塑造的人物形象是饱满的,是“圆”的,具有见仁见智、各取所需的效果。看见库尔特的形象,鲁格的东德长辈有的夸他对得起父亲,有的骂他丑化父亲。威廉的形象,右派看了高兴,左派看了也能接受。小说在众声喧哗并且比较挑剔的西德评论界赢得一片喝彩。由此我们可以推断,西德评论界要么出现了阅读盲区,要么是睁只眼闭只眼。倘若是后者,那就是唯美主义在作怪。但不论原因是什么,《光芒渐逝的年代》终归是一本被善意接受的小说。

克里斯塔·沃尔夫：
“我们爱过那个国家”

何　宁

2011年12月1日，德国著名女作家克里斯塔·沃尔夫因病在柏林去世，享年82岁。沃尔夫属于少数同时受到原东德和西德读者青睐的作家。作为原民主德国作家，同时也是原民主德国众多文学奖项如亨利希·曼文学奖、民主德国国家奖的获得者，沃尔夫在原东德受到推崇不足为奇，但沃尔夫亦在原联邦德国受到热烈追捧，则值得我们深思。事实上，在柏林墙倒塌之前很久，沃尔夫就成了真正的、跨越东西德界限的全德作家。1980年，她在联邦德国获得德语世界最重要的文学大奖——格奥尔格·毕希纳奖。两德统一后，沃尔夫因为在写于1979年，直到1990年才得以出版的半自传体小说《何去何从》中记述了自己受到原东德秘密机关斯塔西监控下的生活而受到指责，人们认为她作为原东德的“特权阶层”却在两德统一后把自己装扮成“受害者”有投机取巧的嫌疑；1993年初，她更因为被指认曾在1959年至1961年间为斯塔西充任代号“玛格丽特”的非正式雇员而受到铺天盖地的指责，但这并没有改变沃尔夫在德国文坛的地位，她仍然于2002年获得了“德国图书奖”，更多次获得诺贝尔文学奖的提名。

那么，这位写出《分裂的天空》《追忆克里斯塔·T》《童年规范》《茫然无处》《卡珊德拉》《核事故》《美狄亚》等德语文学经典之作的作家，究竟在作品里探究了什么样的主题，表达了什么样的观点呢？大致梳理沃尔夫的作品，能得出这样的结论，以文学来反思社会、探究自我是贯穿她全部文学作品的主题。

克里斯塔·沃尔夫

对乌托邦理想的反思

克里斯塔·沃尔夫1929年3月18日出生于勃兰登堡州瓦尔塔河上的兰茨贝格，第二次世界大战结束后，像当地其他德国人一样，沃尔夫一家被驱逐回德国梅克伦堡，1949年加入德国统一社会党并成为新成立的德意志民主共和国公民。作为曾亲身经历过纳粹黑暗和战争年代的作家，沃尔夫对代表新的社会形态的民主德国可谓充满了热切希望，这种理想为她今后的写作定下了基调，她所有的作品甚至统一后的作品都与原东德息息相关。尽管对原东德的某些现象有着不满与批评，与德国统一社会党的当权者也曾经有过争论，但女作家对社会主义理想、对自己的国家却一直忠诚。甚至在1989年11月，巨变即将发生、柏林墙行将倒塌的前几天，克里斯塔·沃尔夫还在希望自己热爱的社会主义国家能有新的开始，并对涌向西方的东德民众发出“为了我们的国家”的呼吁。随着民主德国最终走向崩溃以及德国统一成为事实，沃尔夫又像很多怀有社会主义乌托邦梦想的民主德国知识分子一样，遭遇了痛苦的精神危机。从她在德国文坛崭露头角的《分裂的天空》一直到最后一部作品《天使之城或弗洛伊德博士的外套》(2010 年),原民主德国社会都好像凸透镜,赋予她的作品以极大的准确性和深度。她走过的思想历程是从对乌托邦理想的坚定信仰到理性思考直至最终告别的过程,对乌托邦信仰的探讨一直是她文学创作的一个中心主题。

撇开影响力有限的处女作品《莫斯科的故事》(1961 年),沃尔夫在文学上的真正崭露头角发生在 1963 年,当年她出版了小说《分裂的天空》,一举成名。该作品通过一对青年恋人不乏感伤的爱情故事,反映了正视矛盾和逃避冲突的两种截然不同的人生态度,赞颂了意志坚定的思想情怀和热爱社会主义社会的意识觉悟。小说女主人公丽塔来自农村,是一所师范学院的大学生,她与化学家曼弗雷德相爱。丽塔对轰轰烈烈的社会主义建设事业深信不疑,曼弗雷德却因为在技术革新上受到教条主义、官僚主义的阻碍,而对民主德国的制度产生了怀疑和动摇,并最终去了西柏林。对于生活价值有着不同认识的丽塔没有答应恋人一同前往西德的要求,她曾买了往返票,到墙那边去看他,但目睹了西方资本主义社会的人情冷漠后,她毅然决定放弃男友、放弃爱情,回到社会主义国家。同当时原东德的很多文学作品一样,《分裂的天空》的主旨也是证明民主德国社会主义社会的先进性和优越性,小说体现出作者对社会主义的信仰和热爱以及对社会主义生活发自

《天使之城或弗洛伊德博士的外套》中文版

内心的赞美和喝彩。但小说并不回避当时社会的矛盾和不足，如教条主义、官僚主义等，力图揭示生活中的问题和不足。克里斯塔·沃尔夫属于经历过纳粹和战争的一代，所以这代人不得不向自己提出这样的问题，究竟一个什么样的社会或曰国家能够避免黑暗历史的重演，而他们的选择就是社会主义的民主德国。克里斯塔·沃尔夫曾经说过："我们这一代人是经由奥斯维辛而进入社会主义的。"所以，作为与民主一起成长的一代人，以沃尔夫为代表的作家与新的时代天然相通，他们是新生活的创造者，他们的心声是讴歌时代的最强音，是火热的社会主义社会的生活激发着他们的创作热情。

但《分裂的天空》中对社会主义的热情赞美很快就被冷静的思考所代替。1968年，克里斯塔·沃尔夫发表了第二部长篇小说《追忆克里斯塔·T》。小说中的叙述人从好友克里斯塔·T的去世讲起，通过对她的思念、回忆、追怀以及对她遗留的信件、日记、稿件、材料等的整理，讲述了一个女性知识分子的人生体悟和感受。作品中主人公的性格忧郁敏感，现实生活的僵化保守、教条主义以及某些人的伪善和投机钻营使她更加郁郁寡欢。在小说结尾，叙述者提出这样一个问题：是否应该给克里斯塔·T这样追求个性的人以发展和实现自己个性的机会。此时的克里斯塔·沃尔夫已经在思考社会主义制度下人如何实现自我，如何调和理想愿望与生活现实的矛盾冲突。

而到了1979年的《茫然无处》时，克里斯塔·沃尔夫对民主德国社会的反思则到达了新的高度。当沃尔夫1979年在《茫然无处》中虚拟了作家克莱斯特和女作家君特罗德的邂逅故事并让两个人都意识到自己的边缘人地位，意识到两人所处的社会对自己而言好比牢笼时，这部作品的现实性实质上是不言而喻的。沃尔夫想展现的是艺术家在刚刚剥夺了著名歌星比尔曼国籍的民主德国受到的种种限制，为了通过出版检查，沃尔夫没有采用直接批判的方式，而是用了巧妙的隐含写作方式。

在对自己的乌托邦理想进行反思的同时，克里斯塔·沃尔夫也在作品中反思了女性问题。虽然她并没有称自己为女性主义作家，但她的作品却洋溢着女性主义的情怀。沃尔夫对女性的关注体现在她对两个神话人物的改写上——卡珊德拉和美狄亚。发表于1983年的《卡珊德拉》叙述的是3000年前的特洛伊战争。战争开始之前，卡珊德拉因预言灾难被从城邦共同体疏离出去，目睹了特洛伊毁灭的全过程。小说取材于古希腊神话故事和英雄史诗，却抛弃了传统的神化规范。在以往神话中被誉为“最伟大的英雄”的阿基琉斯在沃尔夫笔下却是杀人成性的“畜生”，英勇无比的希腊联军将领阿伽门农也不过是丧失自信的“懦夫”。古典神话宣扬和歌颂的英雄业绩，在卡珊德拉看来却是十恶不赦的谋杀行为。沃尔夫透过女性的内心声音，从女人的视角和价值观看待和评价特洛伊战争，战争所造成的恐惧、痛苦代替了以往对所谓英雄的赞美。而在1996年的《美狄亚》中，沃尔夫更是对传统神话中为爱情丧失理智、人性泯灭的神话人物美狄亚进行了彻底颠覆和改写，将美狄亚塑造成为充满人道主义精神的完美女性。但由于她外乡人的身份，她非但得不到当地人的认可和尊重，反而成了人们恐惧和愤怒的发泄对象，最终受到操纵者煽动下暴民的迫害，成为替罪羊。沃尔夫通过演绎，反映了以卡珊德拉和美狄亚为代表的女性在男权社会所遭受的不公以及女性对男权社会的反抗。

探究“我到底是谁”

在反思社会之外，探究自我、关注个体与社会的冲突是贯穿沃尔夫文学作品始终的另一个重要主题。在2010年的一次访谈中，沃尔夫这样说:“我写作是为了尽可能地了解我自己。”这样的主题能够超越意识形态的差异,是任何社会的个体都必须面对的问题。但对于经历了三种国家形态,即纳粹德国、原民主德国以及统一后的德意志联邦共和国,并且一生中受过诸多煎熬的作家本人来说则是痛苦的。在她最好的几部小说中,处处可见个人的挣扎与苦恼:“我到底是谁? 是什么让我不能成为我自己?”她用尽一生,努力回答这个问题。有的时候答案似乎有了,时代却又变了;有时变化的不是外界,而是内心。她身上交织着许多冲突——坚定的信仰与对现实的批判、国安机关长达20年的窃听和监控对象与斯塔西的线人、理想与现实、忠诚与异见……作品见证着她艰难的自我探究和自我理解。她生前的最后一部作品《天使之城或弗洛伊德博士的外套》对自我的剖析和反思则达到了新的高度和强度。故事开始于1992年的天使之城——美国洛杉矶。小说用第一人称叙述了一位德国女作家以访问学者的身份在洛城附近的圣莫尼卡居留9个月,研究已故友人艾玛与神秘的L女士从1945年到1979年间的通信。天使之城似乎是逃离、疗伤、回忆和冥想的绝佳所在,几乎大半辈子生活在社会主义东德的女作家,刚刚经历了两德统一后人类大同理想与革命信念的破碎:她和许多东德知识分子一样,曾经对建设一种全新的社会主义充满了乐观的幻想。然而梦碎得过于轻易,民主德国转瞬间不复存在。

《天使之城或弗洛伊德博士的外套》德文版

但在美国的平静生活很快被打断。德国媒体开始对女作家口诛笔伐,指责她曾为斯塔西充任告密者。她断然否认,因为身为著名作家和“国家诗人”,她曾被国家安全部不间断地严密监视了数十年。她要求查阅国安档案。斯塔西关于她的监视报告多达42卷,她一卷卷看下去,直到手指不经意间滑到其中一份薄薄的绿色卷宗,封面标明了“非正式合作”。她发现里面正是自己与两个特工“约谈”后,承诺志愿为斯塔西担任“非正式线人”的协议。在痛苦的事实真相面前,女作家久久不能释怀:“旧磁带在我脑中,一遍遍不停地转,问着同一个问题:我怎么会忘记?”弗洛伊德的外套掉落,潜藏的记忆裸现,耻辱吞噬着灵魂。

这部作品可谓沃尔夫卧薪尝胆10年的力作,具有绝对的自传性质。1993年初,沃尔夫被指认曾在1959年至1961年间为斯塔西充任非正式雇员,代号“玛格丽特”。最初她完全否认,半年多后,档案将不可辩驳的证据呈现于前,她又改口,说已完全忘却这段往事,并辩称从未对同胞造成实质性伤害。她借助小说讲述自己的经历,也通过写作来剖开身心寻找答案,为了昔日的自己,也为了不复存在的时代。“我们爱过那个国家。”在《天使之城》的朗诵会上,她这样说。这句话中所包含的悲伤、愤怒、无奈,甚至些许的凄凉,就留待读者慢慢体味了。

英果·舒尔策：以东德视角书写统一后的德国

潘　璐

英果·舒尔策1962年出生于德累斯顿的一个知识分子家庭，在耶拿大学攻读过古典语文学专业，大学毕业后在耶拿附近的小城阿尔滕堡的话剧院任职。当时正是1988年东欧局势风起云涌，他和很多民主德国的知识分子一样开始积极投身政治。为了给当地民众提供一个表达自己意见的空间，他放弃了剧院的工作，和几个朋友一起创办了《阿尔滕堡周报》。周报于1990年初开始发行，关注的主要对象是两德统一前后当地的政治和民生，很多是东部德国居民在这一所谓的“转折时期”关心的热点问题。只可惜由于经营不善和资金不足，这份一度颇受欢迎的报纸坚持了两年多就停刊了，但这段经历却使舒尔策跨出了书斋和舞台的范围。作为报人，他接触了社会的方方面面、形形色色，为后来的文学创作提供了丰富的素材。

英果·舒尔策并非早熟的文学天才。他开始文学创作时已过而立之年。1993年舒尔策受人之托赴圣彼得堡创办一家报纸，在这里生活了约半年的时间。圣彼得堡这座只有300年历史的城市却集中体现了俄罗斯民族的近现代史，不管是彼得大帝时期的，还是十月革命时期的、苏联时期的、包括“二战”期间的，不同阶段的历史痕迹在这里混杂、交

英果·舒尔策

错、共存；东欧剧变之后，西方元素越来越多地出现在这一背景之中。这些变化以及在变化之中呈现的人生百态都深深地吸引着舒尔策。后来，他迁往柏林定居，就着手把在圣彼得堡的经历和感触用文学形式表达出来，1995年这些短篇小说结集出版，就是舒尔策的处女作《三十三个幸福时刻》。书中的所谓幸福只能从讽刺的意义上理解，大多数故事从现实开始，最终以荒诞、离奇，甚至惊悚、恐怖结束。舒尔策在书中虚构了这些故事的作者，给他起名叫霍夫曼，仿佛是在提醒读者，他文学想象的灵感正是来源于善写奇幻故事的德国浪漫派作家E. T. A. 霍夫曼。

英果·舒尔策的第一部作品即得到了评论界的广泛好评，为这个文学新人带来了“德布林促进奖”等数个文学奖项。之后，舒尔策开始把创作转向刚刚统一不久的德国，1998年发表了长篇小说《简单的故事》。《简单的故事》被作者称为“一部来自德国东部外省的长篇小说”，故事发生的地点是德国东部图林根州的阿尔滕堡，在这个偏僻落后的小城中，居民们的日常生活在两德统一的背景下开始发生变化，比如他们可以到西欧旅行、开始使用西德马克、合法地接触西方媒体等等。作者避免了对两德统一的政治进程的直接描写，而是使用细节描写取代了宏大的历史叙述，读者要细心体察这些细节才能判断出小说发生的时代背景。小说没有“主线”，没有“高潮”，其中的29个章节是29个互不连贯的故事，这些故事不但情节上没有连贯性，本身也常常无头无尾。只有人物在其中充当着线索：他们是自己故事的主角，在他人的故事里会作为配角出现，或被偶尔提及，但没有一个是小说中的“主要人物”。这些被人物连缀起来的碎片化的情节形成了一种独特的网状叙事结构，这种结构最大限度地容纳了阿尔滕堡生活的方方面面，像万花筒一样为读者展示了一幅统一伊始德国东部社会的全景图。《简单的故事》笔调冷峻，描写“不带同情而且精确”，虽然从整体看是一部长篇小说，但每个章节又酷似传统的美国短篇小说。舒尔策坦言自己在创作时受到海明威、卡佛等美国作家的启发，借用他们的笔法来反映德国20世纪90年代的情况让他感到十分得心应手。《简单的故事》1998年甫一面世，就好评如潮，被媒体称为大家“期盼已久的关于统一的德国的小说”。舒尔策也被君特·格拉斯称为“新的联邦州里最棒的小说家”之一。

从题材来看，《简单的故事》并非标新立异之作，两德统一后不久，就出现了一批反映这一事件的文学作品，它们被统称为“转折文学”，但不少转折小说都免不了自卑自怜、怀恋过去的“哭哭啼啼”的腔调。而舒尔策的文风却显出与众不同。时隔20余年，《简单的故事》仍然被视为转折小说的典范之一，也为舒尔策在德国当代文坛上奠定了不可动摇的地位。

随着时间的推移，德国人对于两德统一的激动心情消失，理性的思考渐渐凸显、成熟起来。英果·舒尔策也对德国的现状形成了自己的观点，这种观点与从西德视角出发的主流看法有所不同。例如他不再认为1989年、1990年发生的事件是两个德国的“统一”，而是东德“加入”了西德。按照舒尔策的意见，两者统而为一，应该产生出一个全新的事物。而东德加入西德则承接了西德体制中好的和不好的东西，同时完全放弃了原东德体制内一些值得保留和借鉴的部分。2005年，舒尔策倾7年之心力写成了他的第二部长篇小说《新生》。书中不再像《简单的故事》一样着力再现统一过程中人物的经历，而是融入了大量的作家对于两德统一的思考。

在这部近800页的巨著中,作家一改《简单的故事》中全景式的写法,集中着墨于一个人物——作家和报纸发行人恩里科·提尔摩,通过他的经历和叙述来再现前民主德国从20世纪60年代到90年代的社会生活。小说中主人公的生平与舒尔策本人十分相似。他1962年出生,从小天资过人,一直梦想着做一个能写真话、有批评精神的作家。但他在两德统一之前的群众运动中表现并不积极。统一之后更是为了赚钱放弃了当作家的梦想,变成了以刊登广告为主的报纸的办报人。他的生意一度很成功,但不久之后却急转直下。债台高筑的他留下一堆书信逃之夭夭。正是这些后来被整理出版的书信记载了提尔摩在两德统一期间的经历和感受,以及他的童年和青少年时期的生活。整理出版这些书信的人名叫"英果·舒尔策",他给这些书信加入了很多注解,主要是解释东德特有的现象和习惯用语,这些详细、有时甚至是繁冗的注解使得小说大大超出了提尔摩的视角,涵盖了更多的东德社会生活的范围。舒尔策在这部小说中采取了18世纪很流行的书信体小说的体裁,对此一些评论家表示不解,但更多的评论者认为《新生》从容量和深度上都超过了《简单的故事》,代表了转折文学的新高度。舒尔策在小说中对于两德统一后出现的市场化对原有人际关系的破坏、拜金主义流行、政治意识的淡漠都进行了揭露和批判。小说的主人公最后不知所终,表现了舒尔策对统一后德国渺茫前景的担忧,以及对西德"顺应市场"的民主的失望。

2007年,舒尔策发表了短篇小说集《手机——十三个旧式的故事》,小说集中的人物生活在世界不同角落,但都怀着对于幸福的希冀,他们在希望、失望、分手、重逢之间辗转徘徊,渴望着爱,而幸福往往在平凡生活不经意的瞬间出现。舒尔策在这部小说集中再次展现了他高超的短篇小说技巧，他从小人物的日常生活中截取最平淡的片段，用最朴实无华的语言进行描写，使每个故事表面上看去都波澜不惊，却把幽默和智慧隐藏在深处，让读者在读完全篇后才恍然大悟，不得不佩服作者的妙笔。小说集获得了评论界的一致好评，甚至有评论家说，只要让英果·舒尔策来讲述，哪怕再无聊的事情也会变得引人入胜。

《简单的故事》中文版

2008 年，舒尔策再次令人刮目相看，出人意料地把一个曲折而幽默的爱情故事呈现在读者面前。这部十分感性的长篇小说《亚当和伊芙琳》仍然以两德统一为背景，主人公亚当是一个生活在东德的天才的女装裁缝，他凭借高超的手艺使女主顾们变得美丽动人，但也与她们绯闻不断。女友伊芙琳一气之下抛下他跟自己的闺蜜西蒙娜以及西蒙娜来自西德的表兄一起去匈牙利旅行。亚当对自己的不忠深感懊悔，开车追逐伊芙琳一行。只因这一切发生在 1989 年的夏末，使得这次逐爱之旅突然变成了一次政治行为。亚当和伊芙琳通过匈牙利边界到达了西方，迎接他们的是很多的可能性以及一堆生活上的难题，而在他们的家乡，柏林墙倒塌了。这部小说情节曲折动人，令人手不释卷，笔调轻松诙谐，让舒尔策文学多面手的才华尽显无遗。

之后，英果·舒尔策又有多部作品面世，如短篇小说集《橘子与天使》(2010 年)，以及散文集《我们想要什么》(2009 年)、《我们美丽的新衣》(2012 年)等。两本散文集特别汇集了舒尔策作为公民和公众人物对德国政治和社会现状的意见和思考,其中不乏振聋发聩的警世之言,这些真知灼见又往往得益于他的东德视角。如今,而这位来自德国东部的作家早已蜚声世界,他的小说已被译成 20 多种文字出版,被评论家戏称为联邦德国最受喜爱的“出口产品”。

费里希塔丝·霍佩：
在想象的镜子中和自己面对面

刘怡宣

5月15日，2012年度德国最高文学奖——毕希纳奖花落女作家费里希塔丝·霍佩，授奖仪式定于今年10月27日在德国黑森州达姆施塔特举行。这位出生于德国西北部下萨克森州哈默尔恩市、现今51岁的女作家闻听这个消息时，自己也颇感意外："很高兴我能获奖，这是对我写作的肯定，但同时也是一种压力"。

毕希纳奖是根据1813年生于黑森州、1837年逝于瑞士苏黎世的革命者和剧作家乔治·毕希纳命名的奖项，于1923年正式运转。1951年起成为纯文学类奖项。2005年，继女作家布里吉特·克罗瑙尔获得毕希纳奖后，7年之间再无女作家得此殊荣。而此次年仅51岁的霍佩得奖，成为近年来获此奖的最年轻的女作家，算是打破了一个记录。"在她的小说和其他作品中，读者能发现诸多角色的人生，从探险家、发现者到伪君子和庸人，形形色色"，毕希纳奖评委会——德国语言与文学协会如此评价。同时，霍佩细腻且忧郁的叙事形式也深受评委会赞赏："这个时代的文学作品中，大家都在讲着自己的故事，而霍佩却用她细腻诙谐又略带忧伤的笔触阐释了'身份'的秘密"。在她的书中，读者可以看到对于个人身份最原始的探索："我是谁，我曾经是谁，我还能成

费里希塔丝·霍佩

为谁?”

现实生活中的霍佩特立独行,常常设想自己的人生有怎样的可能性。霍佩爱旅行,爱音乐,不用手机,不拎手袋,却总是背着背包行走在路上。在她的生命中,音乐是最高形式的艺术,写作次之。当被问到为什么不去做个音乐人而选择写作这条路时,她自嘲地评价自己没有天分,只能退而求其次。

自1980年起,霍佩曾分别在希尔德斯海姆、图宾根、柏林、罗马和美国的俄勒冈州学习文学、修辞学、宗教学、意大利语和俄语。1996年她曾在柏林生活过一段时间,进行自由写作。生于1960年的霍佩和许多那个时代在“铁幕”下成长的作家一样,经历过巨大的历史转型和变革期。他们中的一些人开始发表文章的时候,正是大量需要对那个时期的历史转折进行加工和描述的文学作品的时代,转折文学成为当时的主流文学。

不同的是,霍佩在自己的小说中却尽量避免发表与政治现实相关的感想。《德国世界报》曾在几年前的一次采访中问到,文学创作中到底需要加入多少所谓的“真实”成分,对此,霍佩引用了Peeter Sauter的一句话来作答:“作家就像只失明的母鸡,被困在自己的想象中,选择忽略周遭的环境,中止所谓的冒险,一切只是为了沉湎在自己的梦和想象里”。简言之,在霍佩看来,做梦和幻想是作家不可缺少的资质,而对于文学得对社会和政治变革做出反应的论断她始终不能苟同。霍佩认为自己是一个与社会和时事作对的顽固分子。幸好,除却现实的当下,作家还有许多值得关注的事情。和同时期的其他作品相比，霍佩作品的不同之处与其说是题材，倒不如说是对于内容的处理和手法，借助这些方式，某些对于当时世界的描述包括作者自己都被巧妙地从作品中隐去了。

在1996年发表的第一部短篇小说集《理发师的野餐》中，霍佩运用超现实的手法描写了日常生活的场景和童年的回忆，文中就隐去了具体的时间和地点。当这些历史场景被淡化之后，小说中人物的性格和内心世界反而给读者留下深刻印象，这也恰恰是霍佩想要达到的效果。凭借这部作品，霍佩斩获了当年的恩斯特·维尔纳奖（Ernst－Willner－Preis，是英格博格·巴赫曼奖 Ingeborg Bachmann 的下属奖项）。次年，她就坐上一艘远洋货船，用得来的奖金开始了环游世界之旅。旅途中她共写了7篇文章，并相继在《法兰克福报》上发表。那时候船上并没有互联网，因而这些手稿都是通过传真发到《法兰克福报》的编辑手里。德国电台记者胡伯特·斯皮格尔据此回忆说，旅行和写作在霍佩身上是并存的。

这趟海上之旅开启了霍佩创作中一扇重要的大门，所获的灵感几乎贯穿这之后她所有的作品。与现实最相吻合的要数1999年出版的旅行小说 Pigafetta，这本书可以说是霍佩的突破之作，就是以主人公在货船上的环球之旅为主要题材。

《霍佩》德文版

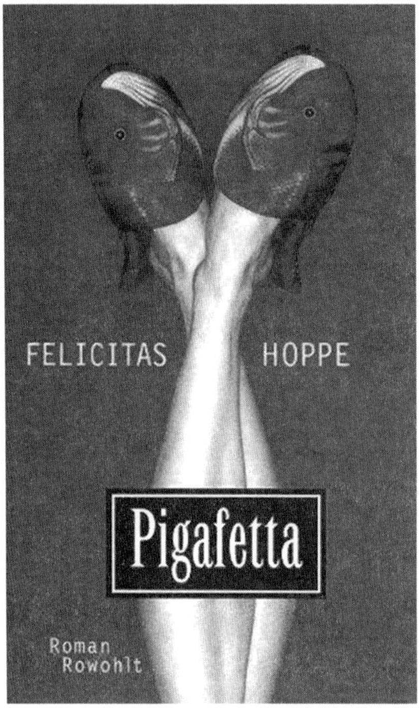

《Pigafetta》德文版

此外，霍佩还创作了几本历史小说，如2003年问世的流浪汉小说《天堂，海外》，2006年出版的以法国奥尔良女英雄约翰娜为原型的传记新编《圣女约翰娜传奇》，2008年的新编骑士小说《狮子骑士伊万》等。

继这些小说之后，霍佩笔锋一转，又于2012年出版了一本打破既定思维的虚构自传体小说《霍佩》。小说里的“霍佩”和现实生活中的霍佩有着大相径庭的人生。“在写了那么多历史小说，刻画了那么多历史人物后，大家都在期待我的下一本书里谁会是主人公。于是我想说，这下该轮到我自己了吧，当然别人也可以来写我，这完全没有问题”，在接受德国电视一台的采访时，霍佩如是说。

《霍佩》这本虚构的自传小说可以说是霍佩描写的一个虚拟人生，小说中她技艺精湛地穿梭于现实和想象、自我认知和角色扮演之间，尝试了无数种构造“自我”的可能性。书中讲述的不是现实生活中在德国哈默尔恩出生的有4个兄弟姐妹的霍佩，而是书中那个有着复杂生命体验、从小和父亲一起长大的独生女霍佩。小说中的父亲是个专利代理，20年来辗转于不同国家，而与之相伴的女儿霍佩因为父亲工作性质的关系体验了多种不同的人生。故事开始于加拿大的布兰特福德，幼年霍佩认识了后来成为冰上曲棍球明星的7岁的Wayne Gretzky，并爱屋及乌喜欢上了曲棍球。随后又在澳洲开始了乐团指挥的生涯,中途遭遇挫败,经历了海上航行,来到美国,教授德语。

在《霍佩》一书的开头,霍佩出人意料地用了维基百科上介绍的女作家霍佩——也就是现实生活中自己的词条作为开头:“费里希塔丝·霍佩,1960 年 12 月 22 日生于哈默尔恩,是一名德国女作家。”文中,她运用第三人称,以一个外人的眼光,冷静且理性地描述“霍佩”,在她看来这种“距离”刚好能让自己更了解自己。

当被问到写作此书有何体验时,她提到:“我发现,这个被我赋予新人生的小姑娘霍佩,这个有不一样童年、被我放之四海各处为家的霍佩,不管被放在何种场景里,她还是费里希塔丝·霍佩。这是个有趣的体验,从中我们知道,其实真正重要的不是所谓的构成我们的‘本质’,不是我们何时出生,在哪里出生这样的‘本质’,而是我们是谁,以及我们在这些不同的环境里如何行为。”“我给霍佩安排了这样一场精彩的人生,本身这样的人生也很对我的胃口。很长时间以来我都在想,人们要怎样描述自己的人生,是什么组成了我们人生的主干?不是生活本身,而是我们如何去设想它、诠释它。而这个我所希望的人生、虚拟的人生、幻想的人生其实才是真实人生的主要构成。因为大多数人总会有这样的瞬间想法,‘我当时要是没有干嘛干嘛,现在就会在做什么’。我自己就给自己设计了这么一款,试图通过创造来发现自己,在想象的镜子中寻找对于自己的认知。”

说到旅行和人生的意义,她坦言:“霍佩其实是个宅女——一个内敛的小姑娘。遇到问题,她不会向外,而是退回到自己的世界里,这让她感到惬意。但同时她又知道这样是不好的,性格会变得乖张。我也如此,我觉得旅行很累,很紧张;但另一方面我又意识到,旅行会打破一些东西,带来新的灵感。”

乌苏拉·克雷歇尔：《上海远在何方》到《地方法官》

王　越

德国女作家乌苏拉·克雷歇尔以“二战”为题材、描述战后返乡难民的小说《地方法官》夺得了德国2012年度图书大奖。德国年度图书大奖由德国图书业联合会颁发给当年最佳德语小说，并在德国最大的书展——法兰克福书展的开幕式上颁出。克雷歇尔的另一部同题材作品《上海远在何方》，描写了“二战”期间在上海避难的犹太人，曾获得2009年德国奖金最高的文学奖——约塞夫·布赖特巴赫奖。

克雷歇尔1947年出生于德国特里尔，先后做过记者、自由作家。《地方法官》讲述一位“二战”期间出逃到古巴的犹太法官科尼策战后回到德国，担任地方法官。他希冀通过战争审判求得公正，洗刷往日不公耻辱，但最终一切都成为泡影。他的家庭在战争中分崩离析，妻子留在了德国，一双儿女则被英国的慈善机构收养；战争结束后，他以为终于可以一家团聚，但却事与愿违。书中还描写了科尼策在古巴的流亡生活，与铅灰色的现实相比，古巴的生活仿佛五光十色的梦幻。在古巴，科尼策有了新的家庭，与现任妻子的关系构成了本书的情感内核。《上海远在何方》则以纳粹时期最后一批逃离德国前往上海的犹太人为主角，围绕几个家庭展开，这些律师、学者、工匠没有护照，身上只有随身的箱子和几十个马克,在全然陌生的国度跌跌撞撞熬过最艰难的岁月。

60多年来,德国人一直在对"二战"这场人类浩劫进行反思。从战争结束伊始的废墟文学,到新一代成长起来后对父辈的历史产生严重质疑和否定的代际小说,德语文学中不断深入反思"二战"、多角度发掘历史的作品层出不穷,其中不乏销量与口碑俱佳者。克雷歇尔的小说是如何从中脱颖而出的呢?

乌苏拉·克雷歇尔

克雷歇尔的这两部作品都以战争中的边缘人、被侮辱与被损害的人为描写对象。《地方法官》中的科尼策,战后回国不仅是为了回到故乡,更是为了洗去之前在纳粹时代受到的侮辱与冤屈,重拾尊严。然而时代并没有给他这个机会,他努力融入战后社会却阻力重重,作为个人,他深深陷入了面对历史和时代洪流的无力与疏离感。《上海远在何方》中,上海的犹太难民身处多重夹缝,流落异国,没有了国籍,没有了家,纳粹的盟友日本也在步步紧逼,达摩克利斯之剑仿佛时刻高悬在头顶,令他们惶惶不可终日。即便如此,他们仍要在完全陌生的文化当中挣扎着生存下去。克雷歇尔在获奖后说,她希望这些小说能唤起人们对于流亡者这样一个群体的关注。

克雷歇尔这两部作品的一个关键词是"家"。《上海远在何方》中有这样一段话,也是这部小说的点睛之笔:

"我们要去上海了。"

“上海？那么远？”
“远？离哪里遥远？”

《地方法官》德文版

这群失了“家”的人，从此失去了地理上和心理上的起始坐标。如果说《上海远在何方》是流亡，是身份认同的危机，与之相对，《地方法官》即是回归，是重塑家庭和身份认同。然而主人公回归后发现他已经与曾经的家乡在社会意义、情感等各个层面都断裂开来，他弥补家庭成员间裂痕的努力也宣告失败。

在《地方法官》与《上海远在何方》这两部小说里，克雷歇尔都采用了纪实和文献式的手法。她本人并未直接经历过“二战”，所有的情节都是基于后天的素材收集。为了写《地方法官》，克雷歇尔用超过10年的时间进行采访、查找旧档案和案宗、搜集文献。这种写作方式有时会导致一个问题，那就是如何在史料与文学化的叙述间取得平衡。克雷歇尔做到了，最终呈现出来的效果非常令人信服。《地方法官》中的纳粹和普通德国人在反犹历史中的种种表现，《上海远在何方》中的历史事件与中国的风土人情，都同主人公们的命运丝丝相扣。她在尊重史实的基础上描摹了人物情感，深入了角色内心，将历史与合理想象完美糅合起来。

克雷歇尔同样表现出了对语言强大的驾驭能力，她游刃有余地游走于叙事、文献、散文和分析等不同文体，时而充满诗意，时而冷静克制。对于书中众多人物的悲惨经历，她尽量采取旁观者的客观角度，只叙述事实，点到即止，决不铺张开来大肆煽情，从而也让小说真实可信。德国当地报纸就对她塑造人物时的这种"理性的移情"及洗练的叙事大为赞扬。

时光流转了半个多世纪,受害者曾经的血与泪,已成了档案馆最深处的发黄卷宗,在孤独的一角落满灰尘。世界几十年来的变化翻天覆地,过去的事情,究竟有没有必要再提起?有人会说,要向前看,不要沉迷于往事,更何况是不堪的往事。但是克雷歇尔这样有良知的作者会记得,那些苦难不仅是历史书上的冷冰冰的数据,也是压抑、背叛、爱、别离、迷茫等人类共通的情感经历。正如克雷歇尔在采访中所说:流亡是一个人性的母题,折射出人性的复杂与多变。那些往事通过作者的笔,穿越了时空,与新时代的读者产生了共鸣。

当然,克氏此次获奖得到的也并非是众口一词的称许。不少评论家认为斯蒂芬·托姆更应当获得这个奖。他们还表达了对评奖标准的质疑:图书奖,是纯文学意义上的奖,还是兼顾其他?技巧、语言、思想深度、社会意义,孰轻孰重?

纵观德国近20年来的小说发展,总体上反思历史的作品较先锋实验的作品更受主流评论界青睐。反思作品不乏思想深度,但总体来说在叙事和语言上趋于传统,如《铁皮鼓》般石破天惊的作品再难觅踪迹。今日之小说,叙事结构与技巧不断发展,花样翻新,德国小说似乎也须跟上世界潮流,求新求变,予以纯文学的实验作品更多鼓励与支持。

《上海远在何方》德文版

西尔克·朔伊尔曼《行为上海》：一场悲哀的行为艺术

李晓晨

“那些站着的女孩脚踩高跟鞋，人们看不到她们的脚，只能看到她们像芭蕾舞者一样缠着丝带的小腿。有些女孩的假发一直长到丝带那儿，假发盖住了她们的胸部，使她们具有了一种特殊的吸引力。”这正是德国女作家西尔克·朔伊尔曼的最新小说《行为上海》中的一幕。如意大利行为艺术家瓦妮莎·比克罗夫特的作品一般，一个个裸体的女孩儿成为女艺术家玛戈特行为表现艺术的一部分。而在玛戈特作品的背后，却隐藏着一段悲哀的故事。

这并不是西尔克·朔伊尔曼的第一部长篇小说，2007 年她的小说《犬狼共处的时刻》出版并凭此获得德国格林梅尔斯豪森文学促进奖，德国文学批评家乌尔里希·格莱那在《时代周刊》上发表评论，认为西尔克凭借此作品可跻身优秀的年轻作家之列。2001 年，西尔克·朔伊尔曼凭借抒情诗集《海鸥二重唱的日子》进入文坛并先后出版多部诗集与短篇小说集，曾获得过德国雷昂那·雷纳奖，赫尔曼·黑塞文学促进奖等多个文学奖项及奖学金。《行为上海》是她的第二部长篇小说，也是她将艺术作为文学创作主题的第一次尝试。该书一经出版就获得了德国文学界的广泛关注，相关报道和评论出现在各大媒体刊物上。德国

西尔克·朔伊尔曼

文学评论家于尔克·马格瑙在《南德意志报》上发表评论，认为它是一本值得一读的艺术小说，揭露了艺术光鲜外表下的阴暗面。但他同时指出，文章选用第一人称的叙述手法并大量出现主人公对记忆的描述使故事的独立性受到一定程度的影响。

这部作品围绕两位女性——玛戈特和路易莎展开。玛戈特作为形体行为艺术家在国际上享有盛誉，而路易莎则是玛戈特的艺术助理，刚刚进入艺术界并将玛戈特这个行业中的偶像人物视为自己未来的愿景。在收到一封来自某个中国画廊的邀请信后，玛戈特决定在上海举办一场行为艺术展，这一决定令路易莎感到诧异，因为中国的艺术市场现在已经不再受到艺术家们的青睐，而且发出邀请的画廊的知名度也与玛戈特的身份不相符。到了上海后路易莎才渐渐发觉，这次上海之行并不像看上去的那么简单，而画廊主人也与玛戈特此行有着千丝万缕的联系。在一系列令人费解的事件之后，一个残疾女孩儿的出现解释了一切——她是玛戈特年轻时在美国与一个已婚中国人生下的女儿，也是画廊老板的朋友。然而这次寻亲之旅并没有因为骨肉相见而圆满结束，玛戈特在尝试接受女儿后却决定为了事业而放弃亲情，这一决定让这次寻亲之旅最终演变成了一场悲剧，而悲剧的种子其实早在上海之行前就已经埋下了。

《行为上海》的故事以路易莎的口吻叙述，作为诗人的西尔克延续了她细腻简洁的语言风格，生动地描述了在国际大都市上海发生的故事。西尔克成功地塑造了行为艺术家玛戈特这个现代女性形象，她在年轻时为了追求艺术事业的发展而抛弃了女儿，女儿由父亲抚养成人。当她事业有成，决定回头来寻回这段亲情时，女儿并没有怨恨她，而阻止她们在一起的，仍然是玛戈特对于事业的执着。作为艺术家，玛戈特需要一个完全独立的自我，而作为母亲，她不得不放弃这种独立性。在艺术与伦理面前，玛戈特选择了前者，这事实上也成为一切悲剧的源头。艺术光鲜的外衣之下却隐藏着人类基本道德的沦陷。事业还是家庭？这也是许多现代女性面临的两难抉择。

《行为上海》德文版

这部作品也可以被视为一位现代女性的成长小说。路易莎一开始无比崇拜玛戈特，将自己视为她"永远的助理"，她尽心尽力地协助玛戈特在世界各地举办艺术展，几乎失去自我。但在上海，在经历了一系列事件之后，特别是目睹了玛戈特在事业和女儿之间毅然选择了前者，并最后导致了悲剧的发生，路易莎意识到自己原来一直都和许多人一样，认同艺术居于传统的道德之上，认同这种"良知的丧失"。她明白："如铁锈一样，艺术让许多东西变得明显，并可以感受到，但却不能够代替生活本身。"于是，她最终选择了离开，重新开始自己"真正的生活"。

这部小说的灵感来自于西尔克 2008 年在上海的一段生活，那时她作为客座作家在上海居住了两个月。在上海双年展上，她与许多中国艺术家进行了交流并参观了众多画廊与艺术工作室，这一切都给她留下了深刻的印象。在书中，她对中国现代艺术状况以及作品的描写可谓不惜笔墨：杨志超的《种草》、中国先锋派艺术的代表人物王鹏以及中国现代艺术市场中的投机买卖都在作品中有所提及。由此可看出西尔克在了解中国艺术状况方面下足了功夫，也使得这部作品在某种程度上可以被看作是中国现代艺术的浮世绘。西尔克也以西方人的视角描绘出她眼中的上海以及中国社会，正如她在接受一次采访中所说的那样，这是一部集旅行纪实、异域小说与艺术小说为一体的作品。

《行为上海》在讲述了一个悲剧的同时，也向人们提出了一系列问题：究竟谁该为这个悲剧负责？是玛戈特，还是在全球化的现代社会中被物质化了的艺术界？是否连艺术也不免被物质化，让越来越多的人如玛戈特一般受之奴役，不仅丧失了人类最基本的伦理道德，也造就了家庭的悲剧？在小说中，作者并没有给出任何答案。或许正如西尔克所说："问题本身往往比答案更有价值。"

奥地利

彼得·汉德克：
“我在观察、理解、感受、回忆、质问”

韩瑞祥

彼得·汉德克被奉为当代奥地利最优秀的作家，也是当今德语乃至世界文坛始终关注的焦点之一。汉德克的一生天马行空独来独往，像许多著名作家一样，他以独具风格的创作在文坛上引起了持久的争论，更确立了令人仰慕的地位。从1966年成名开始，汉德克为德语文学创造出了一个又一个奇迹，获得过多项文学大奖，如“霍普特曼奖”（1967年）、“毕希纳奖”（1973年）、“海涅奖”（2007年）、“托马斯·曼奖”（2008年）、“卡夫卡奖”（2009年）、“拉扎尔国王金质十字勋章”（塞尔维亚文学勋章，2009年）等。他的作品已经被译介到世界许多国家，为当代德语文学赢来了举世瞩目的声望。

汉德克出生在奥地利克恩滕州格里芬一个铁路职员家庭。孩童时代随父母在柏林的经历以及青年时期在克恩滕乡间的生活都渗透进他具有自传色彩的作品里。1961年，汉德克入格拉茨大学读法律，开始参加“城市公园论坛”的文学活动，成为“格拉茨文学社”的一员。他的第一部小说《大黄蜂》（1966年）的问世促使他放弃法律专事文学创作。1966年，汉德克发表了使他一举成名的剧本《骂观众》，在德语文坛引起空前的轰动，从此也使“格拉茨文学社”名声大振。《骂观众》是汉德克

彼得·汉德克

对传统戏剧的公开挑战，也典型地体现了20世纪60年代前期“格拉茨文学社”在文学创作上的共同追求。

就在《骂观众》发表之前不久，汉德克已经在“四七社”文学年会上崭露锋芒，他以初生牛犊不怕虎的精神严厉地批评了当代文学墨守于传统描写的软弱无能。在他纲领性的杂文《文学是浪漫的》《我是一个住在象牙塔里的人》中，汉德克旗帜鲜明地阐述了自己的艺术观点：文学对他来说，是不断明白自我的手段；他期待文学作品要表现还没有被意识到的现实，破除一成不变的价值模式，认为追求现实主义的描写文学对此则无能为力。与此同时，他坚持文学艺术的独立性，反对文学作品直接服务于政治目的。这个时期的主要作品有剧作《自我控诉》(1966年)、《预言》(1966年)、《卡斯帕》(1968年)，诗集《内部世界之外部世界之内部世界》(1969年)等。

进入70年代后，汉德克在“格拉茨文学社”中的创作率先从语言游戏及语言批判转向寻求自我的“新主体性”文学。标志着这个阶段的小说《守门员面对罚点球时的焦虑》(1970年)、《无欲的悲歌》(1972年)、《短信长别》(1972年)、《真实感受的时刻》(1975年)、《左撇子女人》(1976年)分别从不同角度，试图在表现真实的人生经历中寻找自我，借以摆脱现实生存的困惑。《无欲的悲歌》开辟了70年代“格拉茨文学社”从抽象的语言尝试到自传性文学倾向的先河。这部小说是德语文坛70年代新主体性文学的巅峰之作，产生了十分广泛的影响。

1979年，汉德克在巴黎居住了几年之后回到奥地利，在萨尔茨堡过起了离群索居的生活。他这个时期创作的四部曲《缓慢的归乡》,包括《缓慢的归乡》(1979 年)、《圣山启示录》(1980 年)、《孩子的故事》(1981 年)、《关于乡村》(1981 年),虽然在叙述风格上发生了很大的变化,但生存空间的缺失和寻找自我依然是其表现的主题;主体与世界的冲突构成了叙述的核心,因为对汉德克来说,现实世界不过是一个虚伪的名称:丑恶、僵化、陌生。他厌倦这个世界,试图通过艺术的手段实现自我构想的完美世界。

从 80 年代开始,汉德克似乎日益陷入封闭的自我世界里,面对社会生存现实的困惑,他寻求在艺术世界里感受永恒与和谐,在文化寻根中哀悼传统价值的缺失。他先后写了《铅笔的故事》(1982 年)、《痛苦的中国人》(1983 年)、《重现》(1986 年)、《一个作家的下午》(1987 年)、《试论疲倦》(1989 年)、《试论成功的日子》(1990 年)等。但汉德克不是陶醉在象牙塔里的作家,他的创作是当代文学困惑的自然表现:世界的无所适从、价值体系的崩溃和叙述危机使文学表现陷入困境。汉德克封闭式的内省实际上也是对现实生存的深切反思。

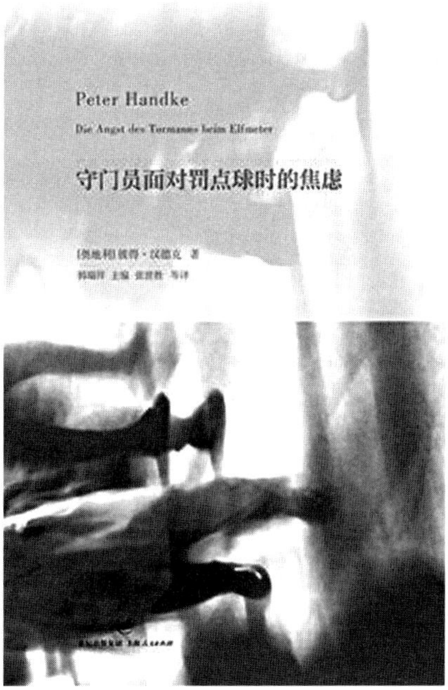

《守门员面对罚点球时的焦虑》中文版

90 年代,苏联解体、东欧动荡、南斯拉夫战争把居住在巴黎乡村的作家及其文学创作推到风口浪尖。从《梦幻者告别第九国度》(1991 年)开始,汉德克的作品如《形同陌路的时刻》(1992 年)、《我在无人湾的岁月》(1994 年)、《筹划生命的永恒》(1997年)、《图像消失》(2002年)、《迷路者的踪迹》(2007年)等中到处都潜藏着战争的现实和人性的灾难。1996年,汉德克发表了游记《多瑙河、萨瓦河、摩拉瓦河和德里纳河冬日之行或给予塞尔维亚的正义》,批评媒体语言和信息政治,因此成为众矢之的。汉德克对此不屑一顾,一意孤行。1999年,在北约空袭的日子里,他两次穿越塞尔维亚和科索沃旅行。同年,他的南斯拉夫题材戏剧《独木舟之行或者关于战争电影的戏剧》在维也纳皇家剧院首演。

为了抗议德国军队轰炸这两个国家和地区,汉德克退回了1973年颁发给他的毕希纳奖。2006年3月18日,汉德克参加了前南联盟总统米洛舍维奇的葬礼,媒体群起而攻之,他的剧作演出因此在欧洲一些国家被取消,杜塞尔多夫市政府拒绝支付授予他海涅奖奖金。然而,作为一个有良知的作家,汉德克无视这一切,依然我行我素,坚定地把自己的文学创作看成是对人性的呼唤,对战争的控诉,对以恶惩恶以牙还牙的非人道毁灭方式的反思:"我在观察。我在理解。我在感受。我在回忆。我在质问。"他因此而成为"这个所谓的世界"的另类。

汉德克早期的小说与该时期的戏剧一样,都是其审美追求的大胆尝试,它们打破了传统的叙述风格,改变了永恒的故事结构,形成了对象与语言、情感与语言和行为与语言之间无与伦比的叙述张力。作者在这里把对现实的观察和感受在艺术表现中凝结成各种各样的生存危机,而每一个象征都深深地印证着这个时代的生存现实和人的精神状态,同样也留下了作者自白的蛛丝马迹。

短篇小说《监事会的欢迎词》是汉德克尝试其叙述风格的处女作。这篇小说已经没有了原本意义上短篇小说的叙事结构和情节;所谓的欢迎词几乎是在毫无情节关联的描写中变成了对危机四伏的恐惧的独白。房梁的嘎嘎作响,暴风雪的肆虐、门卫儿子惨遭车祸的命运构成了欢迎词叙事话语的核心。这些情景在叙事结构中多层交织，相衬相映，象征性地表现出生存环境的悲凉与险恶，让人不寒而栗。叙述者“我”最终因此陷入了无言的境地，这也是留给读者思考的一把钥匙。

彼得·汉德克部分作品德文版

与之相比，《一个农家保龄球道上有球瓶倒下时》虽然没有对危机和恐惧的强烈渲染，但却在冷静和深沉的叙述中让人深深地感到社会环境对人性的摧残和异化；日常语言和修辞形式在这里表现为异变的亲情关系的象征。小说中，两个奥地利年轻人趁在西柏林逗留之际前往东柏林看望久未谋面的姑姑，可亲人之间的相见并没有出现惯常所期待的真情流露，几乎只有陌生的无言相对，缺少亲情的交流。整个叙述中，每个被感受到的物体都成为阻碍交流的象征，人物的失语构成了人与人交往的鸿沟。天气的寒冷与亲人的相见蕴含着叙述的深层结构。小说结尾时，两个年轻人没有赶上回程的末班车让人看到了对亲情的期待，而小说的标题则是作者留给读者去破解的叙述之谜。

《守门员面对罚点球时的焦虑》和《推销员》同样也是汉德克叙述风格的开山之作。尤其是《守门员面对罚点球时的焦虑》一时走红德语文坛，而且很快就被搬上了银幕（1971 年）。这两部小说都具有浓厚的侦探小说色彩，超越了传统意义上的小说划分界限。伴随着语言游戏式的叙述，单一的独白和意识流使得读者在描写语言与描写对象之间的巨大张力中感受着作品表现的内在。

《推销员》是一部没有主线、情节和故事的小说，作者的意愿也不是要写一部新型侦探小说。主人公推销员观察着一切，记录着那一个个哪怕再微不足道的细节，他是无处不在的见证人。这部小说要表现的不是这个主人公本身，而是“秩序与无序”的辩证交替。每个章节分为两个部分：在第一部分中，叙述者对接下来将要发生的事件进行普遍意义上的综述和理论上的构建，介绍提要并加以议论。第二部分就是小说的描写，结构上呈现为句子的马赛克，相互之间似乎没有逻辑关联；对侦探情节只言片语的想象与逻辑上悖谬的荒唐断言相互交织在一起；精确的细节描写伴随着语言与事实的不协调。显而易见，这种叙事形式突破了迄今为止读者习以为常的小说叙事模式，使其表现的可能性成为不可能。但小说所描写的绝不是随心所欲毫无关联的片段，叙事形式和视角的变化也改变了所要描写的事物。小说中的每一个感受、每一个句子都会触及读者的心灵，使其不由自主地寻求在各个片段之间建立起必然的联系：“这部小说既不是发生在洛杉矶或者西柏林，也不是发生在冬天或者夏天：只要读者读到它，它就会发生在读者的内心里。”作者如此意在让读者在其中能够寻找到令自己恐惧的现实故事，因为“每个句子都是一个故事”，会使人“回到现实中来”。

与《推销员》相比，小说《守门员面对罚点球时的焦虑》没有章节之分，结构简单明了，尽管是第三人称叙述，可主人公的视角从头到尾占主导地位。主人公布洛赫是一个当年赫赫有名的守门员。一天早上，他莫名其妙地离开了自己的工作岗位，因为他以为自己被解雇了。他毫无目的地在维也纳游荡，偶然和电影院女售票员格达有了一夜情，却无缘无故地掐死了她。他乘车来到边境上一个偏僻的地方隐匿起来。他在报纸上看到了通缉令,最后驻足在一个守门员前,注视着他一动不动地站在那儿扑住点球。这个凶杀案最终并没有结局,好像被遗忘了。在小说描写中,作者所关注的焦点是布洛赫越来越多地受到感知的困扰。布洛赫没有能力把周围一个个物体、一个个人甚至自己的身体感受为一个整体。他从环境的每个细节中构想出一个个针对他本人的痛苦暗示或者一个个给他设置的陷阱。这些构想又迫使他实施一个个让人不可思议的、自己也无法控制的行为。布洛赫是一个困扰于生存现实中的病态人,他的观察和感知是一个被追踪者的观察和感知。

小说渗透着汉德克的语言批判意识。像布洛赫与其所处环境的关系一样,语言与感知之间的危机始终伴随着小说的叙述。

西班牙

何塞·安赫尔·巴伦特：记忆与目光的国王

汪天艾

何塞·安赫尔·巴伦特(1929—2000)是西班牙战后涌现出的诗人群体“五〇年代”(又称“半世纪一代”)的代表诗人,被公认为是西班牙20世纪下半叶最重要的诗人之一,几乎包揽了西班牙语诗歌界的大奖:西班牙阿斯图里亚斯王子奖(1988年)、伊比利亚美洲诗歌奖(1999年)和西班牙国家诗歌奖(2001年,去世后)。除了诗歌创作,巴伦特还翻译评论了保罗·策兰、卡瓦菲斯、霍普金斯等诗人的作品,并出版数本文学、艺术、哲学评论集。

巴伦特中早期的诗歌(收于诗全集之《零点:诗歌1953—1979》)具有厚重的历史感,常以现代西班牙所经历的流亡、动荡、贫穷和战争为主题,反思性的目光与笔触让他并未止步于此,而是在反映西班牙现实的基础上塑造出现代人类的群像。他是艰难时世里走出的诗人,西班牙内战、“二战”和战后佛朗哥独裁统治都在他的字里行间留下不可磨灭的印迹,1936年佛朗哥与当时的西班牙第二共和国展开了耗时三年的内战,获胜后独裁统治西班牙39年。19世纪西班牙浪漫主义作家拉腊一语成谶:“半个西班牙,死在另外半个手中。”内战和战后的迫害令无数知识分子被迫流亡,那是对人性和信心赤裸的考量。如内战中流亡的诗

何塞·安赫尔·巴伦特

人塞尔努达所言:“佛朗哥的造反不仅造成成千上万西班牙人的死亡,他也应为他们间接挑起的内战另一方犯下的所有罪行负责。众所周知,民众盲目而残酷,所以不应该给他们展现这种盲目的机会,不应该挑起他们的残酷。”巴伦特正是成长于这样残酷的历史时期,西班牙内战爆发时他年仅8岁。战争和独裁统治早期大面积的排查与迫害让他目睹了祖国的自杀和精神传承的破裂,而对历史的记忆造就了他创作早期最有力的诗篇。

在巴伦特以历史为主题的诗歌中,具体的历史事件、个体历史、国家历史与人类历史紧密相连。在《毕加索—格尔尼卡—毕加索:1973》一诗里,内战中将格尔尼卡夷为平地的轰炸与毕加索的画融为一体:“不是太阳,而是苍白/电灯泡可怖/寒冷里生出/格尔尼卡冻结的灰色。//没人能为这样的梦魇披上/夜色的长袍,/没人能停下这嚎叫,/没人能熄灭这灯泡/它照亮/无尽死亡的爆炸,/内心的相机里,记忆不能安息/也无法死在格尔尼卡的/灰色。”而在“二战”中牺牲的西班牙人的墓地前凭吊时,诗人不禁“向着破碎的天空,/空洞的土地”、向着一个个西班牙的地名,将墓碑上的西班牙人名字一一念出:“我把它们儿女的名字交还:/菲利斯……加布里埃,巴布罗……”诗中用13行的篇幅罗列出了9个西班牙地名和9个西班牙人的全名。对巴伦特而言:“其他人也许在这赤裸的十字架下沉睡,/远离祖国,远离记忆,/在这里所有的死人都是/同一具燃烧的身体:/我们的骨肉,词语,/我们所不了解的我们的历史，/属于自由的铿锵鲜血。”面对死去的西班牙人的坟墓，诗人寻找的并不是自由主义者的极端自由，而是力图还原人类作为个体的尊严，一如他在评论卡瓦菲斯诗作的文章中所写：“当人类历史的平台已经在个人英雄的脚下溃败，当这台伟大机器的控制线落入那个人的手中，自由地承担自己的命运是代表纯粹勇气的行为，人类能借此获得尊严，这种尊严并非以他得胜多少而定，而在于他有多渴望胜利又怎样永远失败。”巴伦特相信如果“伟大的人类历史”是一个谎言，剩下就只有“小历史”——个体的历史，那么尊重和记录“小历史”也是一种破釜沉舟的自由。

当无数相似的“小历史”在特殊的历史背景下重叠，就会形成国家历史的一页。在长诗《祖国，它的名字我不知道》中，巴伦特以坦白而动人的词句记述了自己对西班牙内战的追问。全诗以第二人称“你”称呼祖国，喃喃自语开篇：“我不知道我望向你时/是带着爱还是恨/我不知道你对我而言/是否不仅仅是土地”，他看到“这里有你的皮肤/绷紧在灵魂的地图上面，/被鞭笞的、残酷的灵魂”；“这里有被上帝的重量/烧焦的头颅。”内战中“我来的时候鲜血/还在门上/我问为什么。/我是她的儿子……/我来的时候那些死人/还在接近生命的/水平线上搏动/我问为什么。/他们长眠地下：/你曾是他们的真理。”而内战后当一棵新芽独自“在贫瘠的/希望里，在赢来的/希望里”奋力“为了光明生长”，当土地已经“用所有人的鲜血”翻新，诗人铿锵地说出“快乐很难；首先我们需要/真相”，并在全诗最后三节反复追问：“哦祖国，祖国/活生生的站着的/祖国，站在/雪地残缺的白色上面的祖国，/谁有你的真相？”在如此对国家历史的追问背后，我们可以依稀看见诗人反思的目光，那是对人类“大历史”的反思，而他的祖国与当时的社会历史现状是一篇反映“大历史”的启示录。巴伦特在以历史现实为题材的诗歌中刻画了世界的丑陋与人类的悲惨，然而在所有的触目惊心之下，人们依旧能隐约听到希望的低语。

可以说，尽管巴伦特中早期的诗歌语言时常围绕着批判现实主义展开，诗歌中表达的历史现实却始终与对人类群体价值观的思考紧密相连，在这些思考中，死亡是核心的主题之一。在巴伦特1954年出版的第一本诗集《作为希望》中，死亡已经成为贯穿全书的主线；而第二本诗集《给拉撒路的诗》书名即取自《圣经》中起死的神迹。他书写个体的死亡——姨妈路西拉·巴伦特："她曾站立，曾活过，/有过笑声、泪水，/欢乐、痛苦，/但是她爱生命……今天她长眠于此/雨水在欢乐之山/脚下歌唱。/土地下面流水/爱抚她的遗骨。//她爱过生命。"他记叙圣人的死亡："他在一个黄昏死去，/一个黄昏。/（声音：主……）/那是他存在于世/唯一不准时的行为，/他被一道漫长的/充满爱的目光拖延/那道目光看向抛弃了他的一切"；他追问死亡的边界："眼睛睁着/像一个死人，/看不见却睁着，/我指着你。/告诉我/你是谁，/你从何时开始/存在，/为什么我拒绝你/而我相信。/我相信/在真实与梦境之间，/尖锐的那条/隔开生命的线。/你在哪一边"；他从墓碑的铭文里读出"他死了；也就是说，他知道了/真相。"诗人生活的年代，死亡太过寻常，以至于"一个人死了。/人们自然地说到死亡。/无用的安慰词语。很残酷"；死亡又太过不同寻常，甚至"今天世界上/没有人能/自然死亡。"诗人认为对死亡的意识能够赋予世界新的意义，而对死亡的追问本质上是对生命和希望的追问，诗集的题目恰可解读为"以死亡作为希望"。巴伦特用自己的诗句为历史时间的横轴和人类希望的纵轴提供了一个交汇点，毁灭是为了重生，而死亡是希望诞生的床。

巴伦特中早期的诗歌创作尤以简单的语言和日常的写作对象见长，着力从司空见惯的场景中阐发死亡与失去的主题。创作晚期，诗人开始尝试更为抽象、更具有实验性和反思性的诗歌。1980 年问世的《熄灯礼拜三课经文》极具代表性。所谓熄灯礼拜经文是复活节前一周最后三天的早课经和赞美经，依序吟唱古希伯来语字母（同时也包含数字之意），每一个字母之后念旧约《圣经》中《耶利米哀歌》的相应片段，熄灭一支蜡烛，再继续，直至蜡烛全部熄灭，众人静默祷告。巴伦特将《耶利米哀歌》中用字母排列的离合诗形式解读为“完整”这一意念的体现，认为那是对黑暗的模拟与敬畏，有纵横两条线索轴：纵轴是字母，可以依顺序自上而下阅读如同藏头诗，代表着语言的整体全而无尽的可能；横轴是历史，是毁灭、孤独、流亡、痛苦，是先知的哭泣。在这种解读的基础上，巴伦特创作了一组同样以字母为中轴的离合诗。他采用古希伯来语的前 14 个字母为引，由最初的 14 个字母（同时也是最初的 14 个数字）激发出冥想，写出 14 种对万物运动初始的变奏。

古希伯来语的第一个字母是阿列夫，书写如同闪电，同时意为数字一，巴伦特将这个字母的形意交融，写出“第一课经文”之第一首《阿列夫》：“呼吸开始的那点，倾斜的阿列夫如整道闪电劈入宝血：亚当：亚当：噢耶路撒冷。”整首诗多处以冒号相连，初读之下令人几乎被那道闪电击中，仿佛旷野的电闪雷鸣中听见半空中低沉的呼喊……从人类最初的罪责被逐，到圣城沦陷圣殿遭毁，那一声，振聋发聩。而在“第二课经文”中书写字母扎因时，诗人更是将词语、字母、数字中包含的无限可能放大：“……第七天一位神进入休息：你穿上你的盔甲：不是谁的主，神不是你也不是：你自己的造物是你的词语：那个你还没说出的词语：那个你也许不会的词语，而它必须说给你听。”巴伦特认为，熄灯礼拜经文的结尾“耶路撒冷，耶路撒冷，回转向你主”中“回转向主”意味着归向字母，归向字母中蕴含的力量。因此这种以字母为轴的诗歌创作是“发生”之歌、源起之歌、生命之歌。

除了在诗歌创作中的实践,巴伦特还用评论和散文等形式展现他的冥思和哲学思考,关于西班牙黄金世纪灵修大师圣胡安·德拉·克鲁斯的《解释学与神秘主义》和包含一系列文学艺术评论的《鸟与网的变奏》都是不可多得的佳作。在与西班牙哲学家玛利亚·赞布拉诺的交流中,巴伦特对神秘主义的理解逐渐超越了个人信仰的边界,而是与诗歌、音乐、绘画领域的思考相连,形成一套拥有内在思想韵律的冥思系统。

在回答评论家米拉格罗斯·保罗的提问时,巴伦特曾谈到诗歌与隐修的关系,他认为诗人和沙漠里最初的隐修士一样并不属于任何一座城市或地方,"诗人应该在边界上吟唱,他的疆域,和隐修士一样,比人类的疆域更远"。在巴伦特看来,诗人应该"立于两个王国——记忆的王国和目光的王国",这恰恰与他个人的诗歌创作轨迹相符。在经历了中早期基于个人和历史记忆的创作之后,他意识到自己"已没有足够的记忆或遗忘,一切偶然和巧合都可以被解读成命运的结果",因而另辟蹊径,寻求对世界直接认知的目光,成为20世纪西班牙战后诗坛独到而智慧的声音。

《时间的针脚》：真实与虚构织就的历史针脚

柯　艾

西班牙女作家玛丽亚·杜埃尼亚斯的处女作《时间的针脚》甫一出版就售出150万册，在西班牙，这个数字足以说明该书的畅销。诺贝尔文学奖得主巴尔加斯·略萨评价该书是："一本充满阴谋、爱情、神秘和柔情的神奇小说。"

《时间的针脚》通过一个下层女性的视角来切入宏大的历史。小说以女主角希拉的口吻讲述，希拉在马德里的一家裁缝店里度过童年，西班牙内战前夕，她和一个男人离开战争边缘的马德里，来到摩洛哥的得土安。不久男友卷走了她所有财产，希拉被困在得土安无法离开，眼看着前程就要毁灭。为维持生计，希拉开了一家时装定制店，生活悄然发生了逆转。随着希拉经营的时装店声名鹊起，她与当时西班牙佛朗哥政府驻摩洛哥的高级专员胡安·路易斯·贝德贝格尔及其情妇罗莎琳达·福克斯等人往来频繁，由此开始介入并影响历史。"二战"开始后，希拉重返马德里，去往里斯本，而所有这一切都是为掩盖她的秘密身份和不为人知的特殊使命。小说情节跌宕起伏，处处暗藏精心设计的陷阱，真实的历史人物和虚构人物交相登场。整个故事描述了几个缺席"二战"的国家至关重要的影响力，导引出欧洲未来的命运走向。

玛丽亚·杜埃尼亚斯

小说脱胎于西班牙历史，也有很多真实的历史人物陆续登场。故事发生在非洲北部国家摩洛哥的一个城市得土安。1908年至1956年，得土安是西班牙在北非飞地的首都，几十万来自各个社会阶层和背景的西班牙人穿过直布罗陀海峡抵达得土安开始新生活。作者玛丽亚的外公和外婆在得土安结婚并生下了5个孩子，最小的女儿就是玛丽亚的母亲。1956年，西班牙人离开这片已成为摩洛哥领土的土地，但对于摩洛哥的情感却一直浮现于各种文艺作品中，隐约可见西班牙人当年在摩洛哥度过的美好时光。在大学教授语言学的玛丽亚·杜埃尼亚斯最初对小说的情节和人物完全没有想法，只是想把目光重新投向北非，通过写作回忆20世纪初这片土地上发生的事情，由此才设定了小说的空间地理坐标。

“我家人的回忆以及我身边仍然活着的老一代西班牙人的回忆让我感觉到，只是浅显地描述这片土地并不够，我需要进一步去了解到底这片土地上发生过怎样的故事，有着怎样的过去。”为此，玛丽亚·杜埃尼亚斯查阅了各种资料：学术专著、档案、旧报纸，甚至访问了接触过那些历史人物的人。在众多历史资料中，玛丽亚·杜埃尼亚斯发现了一个已然被历史遗忘的真实人物——胡安·路易斯·贝德贝格尔。1936年至1939年，贝德贝格尔曾担任西班牙佛朗哥政府驻摩洛哥的高级特派专员，曾在得土安接待过佛朗哥的小舅子、亲信拉蒙·塞拉诺。西班牙内战结束后，由拉蒙·塞拉诺推荐，贝德贝格尔曾一度出任西班牙外交部长，上任一个月后“二战”爆发。“二战”开始后，西班牙虽然没有正式参战，始终保持所谓的中立立场，但佛朗哥政府实际上却是完全跟德国站在一起。而贝德贝格尔则非常明显地反对自己的政府，同英国人交往密切，由此受到佛朗哥的冷淡和敌视，逐渐处于权力边缘甚至面临死亡的威胁。贝德贝格尔的经历令玛丽亚·杜埃尼亚斯着迷，她发现贝德贝格尔身上无论光明的一面还是黑暗的一面都很突出，而他人生中的许多方面，比如他与情妇罗莎琳达·福克斯的交往等，恰恰改变了西班牙历史的发展轨迹。“一些真实人物曾在西班牙内战和‘二战’中扮演了重要角色。但讽刺的是，他们中的一些人已经被时间消磨得模糊不清。所以我的任务就是把他们带到台前来重现那个狂热年代里的一些重大事件。所以我必须要把贝德贝格尔结合到小说的情节中，把他的人生轨迹作为小说的时间坐标。”

但玛丽亚·杜埃尼亚斯毕竟是想创作一部虚构作品，而非重建历史。她利用了“二战”时期的西班牙同时被英、德等国垂涎，政治阴谋、间谍活动每时每刻都在这片土地上演这一历史大背景，在小说中引入了情报和间谍的因素，给叙事过程增加悬念。完全虚构的女主人公、故事的讲述者希拉，更像是联系各情节要素的纽带，作者让希拉在真实与虚构中穿针引线，缝制出一袭历史的华服。小说中，希拉被曲折而充满巧合的宿命牵引，从一个孤苦无依的裁缝蜕变为一个能够掌握自己前途和命运的女人，

《时间的针脚》中文版

她以特殊的方式加入了战争，并在战争中收获了爱情，在历史的跌宕起伏中演绎出乱世独特的人生道路。玛丽亚·杜埃尼亚斯在接受欧美媒体采访时曾表示："我从一个被卷入战争的女性视角出发，给关于那段历史的传统观念增加了一些新的元素。我认为正是因为一个陌生环境和一种新类型的女主角的结合才使得《时间的针脚》与众不同。"西班牙有评论认为："或许《时间的针脚》的成功是因为它吸引了各种类型的读者：喜欢历史小说的读者会被其中一些典型的场景所打动，喜欢浪漫主义的读者可以读到一个充满激情的故事，纯粹喜欢悬疑小说的读者会被政治谍战所吸引。"

小说自始至终以希拉的视角展开，虽然玛丽亚·杜埃尼亚斯承认在创造希拉这个人物时，某种程度上会将自己内心世界的想法赋予她，但在以虚构方式讲述历史的过程中，作者并没有超越人物对作品做整体把握，而是有意识地把叙事者同故事分离。玛丽亚·杜埃尼亚斯说，她必须克制住要让读者知道更多事情的欲望，始终用希拉的眼睛去看世界和讲述故事。特别是在对重要历史事件的描述上，叙述者视野的历史纵深必须要局限在当时的时代，而且要有前后的一致性。

玛丽亚·杜埃尼亚斯在创作中一直在寻找现实与虚构之间的平衡，她形容这样的写作过程就像走钢丝。虚构的故事要以历史为基础，但偏重历史也会拖累虚构的故事，使之变成枯燥的历史梳理；而放任感情发展，为了某种虚构的结局而忘记历史又会有损故事的真实性。从历史细节处捕捉灵感，将真实与虚构交织，玛丽亚·杜埃尼亚斯在这部处女作中以一种独特的方式梳理了现代欧洲历史的脉络。

小说标题"时间的针脚"充满隐喻。女主人公希拉是一个裁缝，针脚出现在她做的每一件衣服上；与此同时，希拉的每一个针脚都代表一个莫尔斯密码，被她当作一种间谍情报活动中的工具，具有重要的意义。

小说所讲述的只是主人公人生的一段经历,相较于遥远的历史而言,这确实是一段“时间的针脚”。在小说结尾,希拉这样说:“我们的命运可以是这样,也可以是完全不同的结局,因为我们的生活没有在任何地方被记载下来。也许我们甚至没有存在过。或者存在过,但没有人知道。不管怎么样,我们永远都在历史的背面,在密密麻麻的时间的针脚中,真实而隐形地活着。”这或许可以看作是对小说标题和内容的最好注解。

阿尔韦特·桑切斯·皮尼奥尔：“我的小说有点悲观”

王　杨

“我不清楚自己是一个人类学家在写小说，还是一个小说家在研究人类学。”西班牙作家阿尔韦特·桑切斯·皮尼奥尔这样界定自己的身份。

阿尔韦特·桑切斯·皮尼奥尔1965年出生于西班牙巴塞罗那，最早从事人类学，专注于非洲人类研究，曾在刚果长期考查其社会结构和当地人的生活状况。后来开始写小说，以加泰罗尼亚语进行创作。处女作《冷皮》出版后，加泰罗尼亚语文学开始走向世界，该书受到读者和文学批评界的一致认可，被誉为是融合了康拉德、史蒂文森和霍华德·菲利普·洛夫克拉夫特作品元素的佳作。凭借该书他于2003年和2005年先后获得了“评论之眼”小说奖和“Grinzane - Francesco Biamonti”奖。《冷皮》现已被翻译成35种语言，2009年译林出版社引进出版了该书的中文版。从这部作品开始，皮尼奥尔从专注于非洲人类研究的学者成功跨入小说创作领域。

《冷皮》讲述无名主人公为从北爱尔兰共和军发动的战争中逃离出来，自愿报名到南极附近的一座孤岛做气象员。上岛之后，他发现岛上气氛诡异，前任气象员不见踪影，只有一个半疯的灯塔看守人巴蒂斯。

在岛上的第一晚，主人公就遭到了一种冷血海怪的攻击，为了避免葬身怪物之口，主人公与巴蒂斯联手，坚守灯塔，与海怪日夜厮杀。在这场“战争”中，主人公日益模糊了暴力与良知、人性与兽性的界限，几乎变成一个杀戮机器。在与巴蒂斯驯养的有着冰冷皮肤的美丽女海怪安内里斯和小海怪“三角”的接触中，主人公发现海怪和人类一样拥有感情，他试图与它们和解，但巴蒂斯的丧心病狂却使主人公的努力失败，并最终断送了自己的性命。一年后登上小岛的新任气象员见到的主人公，也变成了一个同巴蒂斯一样的冷血野蛮人……

阿尔韦特·桑切斯·皮尼奥尔

小说中，孤岛、灯塔、两个人和一群海怪，构成了一个微型社会，作者在这个人类社会模型中展开他的实验——揭示绝境中人性的本真面目，书中对以往文学大师的既有结论颇多颠覆，对人类与暴力、战争的关系进行了全新的拷问。

《冷皮》所讲述的故事，很容易让人联想到《鲁滨孙漂流记》，同样以第一人称叙述，讲述主人公荒岛求生的经历，但与《鲁滨孙漂流记》侧重冒险和个人奋斗不同，《冷皮》更多着眼于对于人性和人类存在的追问。皮尼奥尔自己将作品的主题定义为“战争”，他认为，与鲁滨孙同自然的斗争相比，主人公与海怪和巴蒂斯的斗争更加困难，因为这是人与人之间的战争。在这场战争中，主人公处于被动的地位，他上岛是为了寻求平静的生活，当他发现岛上有暴力，迫于生存才被卷入“战争”。皮尼奥尔在小说中不断地追问:战争的原因是什么?

无名主人公最初认为海怪就是一种野兽,与自己所代表的人类是不同的,所以他加入了这场战争。而随着故事的发展,主人公发现,海怪也有喜怒哀乐,会唱歌,会劳动,它们可能不是真正的野兽,尽管它们表现出来的是与正常人性相对立的偏激的一面。此时,主人公需要作出判断:海怪是否具有我们所谓的人性,是否能够在某些层面与人类沟通。在皮尼奥尔看来,这是所有战争中最基本的部分。“在战争中,如果我们把对手当作‘异类’,我们就容易变成嗜血的动物;而如果对手和我们有相通之处,那么他就属于整个文化的一部分。所有的战争在这方面都是一样的。”

《冷皮》中的主人公曾试图与海怪沟通和解,但最终没能与之建立稳定的关系。这一细节充分体现了皮尼奥尔对战争和人性的看法,他坦承:“我的小说有点悲观。”他想以此来说明人类在解决战争的问题上并非特别成功。主人公与海怪的战争同所有战争一样,总是面临很多阻碍和平实现的因素;主人公从一个战争逃出,却陷入另一个战争,重复的战争在当今世界也不断上演。皮尼奥尔认为,战争不会改变人性。在人类存在的漫长历史中,战争也一直存在。所有人在打仗的时候都以为这将是最后一场战争,但其实并非如此,人们总能找到理由或借口去发动另一场战争。

《冷皮》加泰罗尼亚文版

《冷皮》的残酷特质源于皮尼奥尔在刚果的经历。在写作《冷皮》的时候,他刚刚走出刚果内战的硝烟,内心充满悲伤。皮尼奥尔在刚果目睹数百万人被种族屠杀夺去生命。回到了西班牙,他发现,在相对和平的西方,人们对刚果发生的一切漠不关心,因此想用象征的方式把悲观失望的情绪表达出来,而不是用纪实的方式来记录自己在刚果的经历。尽管皮尼奥尔对刚果的情况并不乐观,认为刚果虽然暂时停战,战争的隐患却仍然存在,但他仍旧抱有希望:"时间能够治愈一切,过去的就让它过去吧。"

皮尼奥尔去刚果是为了寻找和体会距离最远的一种文化是什么样的。"我们当然可以理解那些其他的文化,在内心深处我们都是人类,是相像的,虽然我们的外表和生活方式看上去有很大差异。更主要的是,你从不同的文化中可以学到更多的东西。你会发现,人们可以用各种方式来生活,有可能另一种生活方式会比你现在的更好。"面对可能很强势的不同文化,皮尼奥尔一方面固执地热爱着故乡加泰罗尼亚的文化,坚持用加泰罗尼亚语翻译他的作品;一方面也承认:"即使是你最讨厌、最糟糕的敌人,你也能从他们那里吸取到好的东西。我们已经足够成熟,应该知道我们需要什么。"

《冷皮》中无名主人公被革命和主流社会背弃而主动来到海岛,可以说是一个"边缘人"。皮尼奥尔认为"怎样定义边缘人"这个问题值得探讨。他在非洲中部地区考察时,发现那里几乎所有人都生活在一起,他们的社会关系非常密切,人们像远古部落一样群居。他们并不了解钱的意义所在,如果他们离开自己的社会圈子,就会失去生活来源,变得更加穷困,"那么对于他们来说,到底是失去财富还是失去伙伴才是称其为边缘人的关键呢?"皮尼奥尔说,人类应该是一种群居动物,是社会中的人。如果只有几个人被认为是在社会的边缘,那可能是这些人自己的问题，而如果一个社会中有成千上万的人都被视为边缘人，那一定是这个社会出现了问题。

《冷皮》中文版

除了《冷皮》，皮尼奥尔还以自己在刚果的所见所闻为素材，创作了小说《刚果的潘多拉》，写小说已经成为他现今的主要工作，但他对自己的人类学背景颇为自豪，认为自己是作家中比较特殊的一个。皮尼奥尔并不认为人类学与文学之间存在明显的界限，在他看来，文学是在人类学的基础上建立起来的，人类学主要研究不同的文化，而他的小说也反映了不同文化的冲突，二者殊途同归。所不同的只是在写作过程中按照创作文学作品的规则来写，故事的情节由来自幻想的虚构元素构成。这些虚构的元素恰能帮助他更好地展示真实。皮尼奥尔认为，小说创作同样需要提出新鲜的观点，而人类学则可以为有趣的观点提供基础。他说，《冷皮》的畅销就说明建立在人类学基础上的小说能获得更多成功。

作为一个人类学学者，皮尼奥尔不介意称自己的小说为通俗小说，他认为通俗文学与严肃文学并非泾渭分明。他举例说，中国的道家思想广为流传，即使在西方也有很多人理解，可以说是比较通俗的，但它所蕴含的思想同时也是很严肃的，所以二者并不矛盾。皮尼奥尔认为，文学过于严肃，读者就会减少，“如果没有人能读懂，没有人愿意读，那你为什么要写呢？我的小说可以是非常流行、通俗易懂的，这是所有小说家的想法，我当然希望小说有很多读者。文学只有通俗易懂，才能更好地沟通读者与作家。《冷皮》是一部通俗小说，但确实是建立在道德的基础之上”。

法国

诺曼·马内阿的“巢穴”

余中先

诺曼·马内阿(Norman Manea),1936年生于罗马尼亚布科维纳。1986年,他前往西柏林,后定居于美国纽约,是当今作品被翻译得最多的罗马尼亚作家,其作品获得过不少文学奖。

诺曼·马内阿的《巢》(罗马尼亚语原文为Vizuina)描写了一些生活在美国的东欧知识分子(显然是作者所熟悉的罗马尼亚人)的生活和言行。

这些流亡知识分子大致可分为三个年代的人:最老的一代以科斯敏·迪玛教授为代表,他的弟子辈以该小说的一号主人公奥古斯丁·戈拉教授为代表,还包括米赫内阿·帕拉德教授、科齐大夫等人。再下一辈的,就是另一个主要人物彼得·加什帕尔。

最早来到美国的,是大师迪玛。后来,帕拉德经过在美国的迪玛和在国内的戈拉的帮助,也来到美国。再后来,帕拉德教授在美国被人杀害。这位米赫内阿·帕拉德在罗马尼亚当大学生时,曾跟戈拉教授一起参加过地下读书会,即小说中经常提到的“阁楼上的嫌疑者聚会”。他本以为在美国能过上好日子,却不料被人莫名杀死。

戈拉后来也来到了美国,他是靠妻子露德米拉(简称露)的家族在

诺曼·马内阿

国内的影响力得到护照的。但露没有跟来。戈拉来美国时,一开始靠富尔布莱特奖学金,后在“美国之音”工作,再后来在州立大学获得了一个临时岗位,再后来当了大学教授。

早年,戈拉教授娶露之前,跟一个叫爱娃的女人有过一段婚姻。爱娃后来嫁给了社会主义制度下的检察官大卫·加什帕尔(早年的钟表匠),生了儿子叫彼得。

彼得·加什帕尔也是这篇小说的主要人物,他跟表姐露(即戈拉的前妻)一起来到美国,一度共同生活。彼得·加什帕尔到美国时,曾有一份纽约大学博士学位奖学金,但他没有利用,而是靠打工过着艰辛的日子。他翻译过航空公司的菜单,开过出租车,在加油站打过工,后在阿瓦建院长和戈拉教授的推荐下,当了大学教授。

露在美国也干过种种零活,后来在科齐大夫的诊所工作。而这位科齐大夫,跟戈拉教授是小时候的同学。于是,后来发生了戈拉教授到科齐大夫诊所找寻前妻露的故事。

彼得当上教授后,曾给一个没交考试作业的女学生好分数,结果引来了该女生一系列充满“反讽”意义的信件。但令人料想不到的是,后来,他跟这位叫塔拉·内尔森的女学生之间发生了一系列故事。

彼得就帕拉德之死写了一篇文章,估计得罪了一些人,后来,他收到了匿名的死亡威胁明信片,疑心此事跟他的文章有关。为此,他曾经几次打电话给智者戈拉,向他求解,不过,戈拉更多的是倾听,而不是给他答案……

在小说后半部分中,彼得·加什帕尔神秘地失踪了。失踪之前,他去了一趟科齐的诊所,留下了一个圆筒,里面是一头大象创作的绘画艺术品。他到底去了哪里,是不是被震惊世界的"9·11事件"夺走了生命,还是去什么神秘的地方隐姓埋名了,小说一概没有交代……

而戈拉,则受到心脏病的不断折磨,几次动手术,又几次发作……

至于小说中若隐若现的叙述者"我",应该也是一个罗马尼亚流亡者,至少他跟奥古斯丁·戈拉、彼得·加什帕尔有着亲密的关系,小说最后是"我"和露同居在一起。

诺曼·马内阿是1986年离开祖国罗马尼亚来到西方的,而小说《巢》中,主人公所经历的事大都也发生在20世纪80年代之后的美国,很明显,《巢》在相当程度上可被看作是一部传记小说。它着重描写了主人公戈拉、彼得等在所谓的"自由世界",也就是作者马内阿所经历的第三种社会制度下的生活。

《巢》法文版

当然,出于交代人物关系、铺垫人物思想脉络的需要,作者马内阿在《巢》中还是回顾了戈拉、彼得等人出国之前的经历,这也从一定程度上让作者不无忧伤地回忆了他更熟悉的第二种社会制度——中央集权的封闭的社会主义社会中的机械生活,另外,为交代彼得·加什帕尔的家庭背景,小说还稍微涉及了第二次世界大战中纳粹对犹太人的大屠杀的情景。

战争期间大屠杀带来的阴影创伤、封闭的集权社会带来的沉重精神桎梏,还有无序的自由世界带来的心灵迷惘,这前后持续的三段历史,恰恰构成了作者诺曼·马内阿迄今为止亲历的一生。而小说《巢》以回忆、提醒、复述等写作手段,反映了主人公经历的这三段错综复杂的历史过程,使得小说成了真正意义上的自传小说。

当然,《巢》的主要背景还是在美国的流亡生活。而透过这段自由、混乱、艰辛、充满诱惑与威胁、迷茫的国外生活,作者对人类命运、民族命运、个人命运,对往昔与未来,对生老病死,对故国文化与人类文明之间关系的思索跃然纸上。

小说中,流亡美国的东欧知识分子大多处境坎坷,他们意识到,自己选择流亡生活,就等于陷入到了一个"极端的环境"中,他们得重新学习"更新的策略"。一方面,他们得努力融入美国社会,而另一方面,还要跟在罗马尼亚的家人保持接触,不敢轻易抛弃对往昔的记忆。

从罗马尼亚来到美国后,主人公们既感受到了思想的自由,也感受到了语言的困惑,既体验到了自由竞争的种种机会,也面临着生存的种种危险,甚至有人死于非命。帕拉德被谋杀就是例子,而彼得也因为写了分析帕拉德被害的文章,而感到来自暗处的威胁,随时都会有生命危险。彼得因此而失眠,他陷入了"两难境地",不知道应该继续"装聋作哑",还是"高喊着冲向现实"。

总之,他们在美国活得并不比在国内更轻松,更自在。

小说的题目叫《巢》,这是个富有象征意义的名词。被称为奥古斯丁的戈拉教授就生活在某种"巢穴"中,他离群索居地独自生活,处在书籍的包围中。而在与现实隔绝的巢穴深处,他一方面为其同时代人撰写讽刺性的悼文,一方面则时时回想起他的罗马尼亚往昔,尤其是他的前妻——美人儿露。

这“巢穴”既安全，又有危险，既是在自己家，又是在别处，活在巢穴中的人既想有所作为，又处处受到限制。巢穴，它缺少一点人性的价值，有的只是生活的基本条件，而且这基本的生存条件还常常受到威胁。

小说还对希腊神话中牛头怪弥诺陶洛斯把忒修斯关在迷宫中的故事作了影射。古代的迷宫和现代的巢穴由一根谜语之线连了起来。我们不妨这样联想：小说主人公彼得也一样，渴望在现代的美国“巢穴 - 迷宫”中复仇，这迷宫，用人物自己的话来讲，就是“快乐而又繁荣的地狱”、“迷恋神话的极权的殖民地”。

多年之后，为逃避那样一种流亡生活（不然，那是为了什么别的目的呢？），彼得·加什帕尔失踪了。很可能，他认识到了，这个美国并非完美的理想国，也不是流亡者的避风港。他得选择一个终结：神秘主义？为艺术而艺术？死亡？

彼得·加什帕尔还不是唯一的一个醒悟者，奥古斯丁·戈拉也时时在反思。

另外，作者还通过一个从小说一开始就很活跃，而到小说结尾时依然很活跃的次要人物之口，说出了当年的纳粹德国、后来的东欧兄弟国阵营以及当今美国社会的一致本质。他就是一个来自前苏联，在纽约开出租汽车的司机波尔坦斯基，他为读者留下了一段至理名言：

“我们全都在变成登记号。不是烙在胳膊上的印，就像在奥斯威辛那样，而是在一个信用卡上。Visa 卡、万事达卡、白金卡。社会保险卡、医疗卡、地铁卡。居留证。外来人居住证 0298 号。加什帕尔的号。”

很明显，社会制度虽然不同，但制度对个人的控制依然存在，只不过是换了一种方式而已，它从意识形态转到了商业，从上层建筑转到了基本生活。小说中戈拉教授突发心脏病时，连连打电话给医生，但都得不到丝毫回音。这一故事插曲,是对“人即号码”的社会的一个精彩描述。

小说《巢》也充分体现了马内阿的一些写作特色。

一是采用了时空倒置的叙事手法。二是故事情节多枝节、多层面充分展开。这一特色持续地体现在他的多部作品中。追求复杂,喜爱错综,这兴许跟他当年上大学时的理工科学历有某些关系。三是他对一些文学名著作了直接援引和间接影射。这里就不得不提一下德国作家托马斯·曼的《魔山》。《巢》中主人公彼得的外号明海尔来自它,彼得在国内赢得的文学名声也得益于它,而且,《巢》的总体故事线索也从《魔山》中获取了启发。当然,小说涉及的文学名著,还有豪尔赫·路易斯·博尔赫斯的小说,尤其是《死亡与罗盘》,正是阿根廷盲人博尔赫斯的这部小说,为“致彼得的威胁信”,提供了谜语的引文。

从某种意义上说,整部《巢》的情节和线索,都是由《魔山》和《死亡与罗盘》给串联起来的。马内阿的这部作品,似乎很好地阐释了在西方红极一时的所谓“互文性”的文学理论。

顺便提一下,大象的形象在书中被多次提到,“大象”不仅是主人公彼得的外号之一,还是他最后留给友人的艺术作品的“作者”。另外,作品花费了不少笔墨,多处仔细地描写达利的那幅“天空中的细腿大象”,以串联主人公的梦境、想象和实际故事情节。

阅读和翻译马内阿,很自然地令我联想起捷克人昆德拉和阿尔巴尼亚人卡达莱。这三个人都是流亡在外的文学家,文字中时时流露对母语、对祖国文化、对故乡文明的深切感情,对流亡生活的辛酸,对在外语环境中生活的异化,在我看来,他们的这一类情感如出一辙,尽管他们使用了不同的语言:捷克语、阿尔巴尼亚语、罗马尼亚语。

阅读和翻译马内阿,还很自然地令我联想到贡布罗维奇、埃里亚德、米沃什……他们同样地有思乡、异化、迷惘等情感。由于他们本身的才华,他们的语言天赋,还由于他们特殊的政治生活经历,他们或流亡或受迫害的复杂生活,这些东欧文学大家的作品,丝毫不比西方一流的作家来得逊色。

《我十五岁，还不想死》：找寻关于“人”的真相

袁筱一

事实上，对于克里斯蒂娜·阿尔诺迪而言，任何《我十五岁，还不想死》文字或许都是多余的。“我十五岁，还不想死”，题目已经将一切包括在内，包括叙述者的视角：一个15岁的，因为“二战”行将结束之际发生的布达佩斯包围战，躲进自家地窖中生活了两个月的小姑娘。

对于这个小姑娘来说，在暗无天日的地窖中，战争的真实状况——它的起因，它所包含的所谓“正义”与“罪恶”，“善”与“恶”，还有所谓政治力量的对峙都失去了意义。小姑娘看到的只有死亡的迫近，还有在死亡迫近的时候，她听到自己内心发出的最真实的声音：我不想死……

所有人都不想死，包括曾经决定他人生死的德国士兵。《我十五岁，还不想死》是对这段“不想死”的生活的真实记录。记录就从地窖生活开始，十几个彼此并不相识的人躲在那里，各自被剥夺了身份、财富，形成了一个奇怪的大家庭，“在同一个极度拥挤的空间里睡觉、吃饭、洗澡甚至拌嘴”。他们忍受着饥饿、恐惧、绝望乃至死亡的威胁：每一秒钟，俄国人和德国人交战的子弹和炮弹都有可能摧毁他们的藏身之所，夺去他们的生命。而在一起共同面对死亡的意义就在于彼此有可能团结在一起共同抵抗死亡，但也有可能在自己的死亡与他人的死亡之间做

出选择。

《我十五岁，还不想死》中文版

15岁的小姑娘冷静地介绍了居住在地窖里的这群人：把自己儿子培养成“知识分子”，并且以此为骄傲的看门人夫妇；被大家戏称为“医生先生”的医科大学学生；坚持自己是“中立国国籍”的检察官夫妇等等，而在这群人中，最具传奇色彩的莫过于皮斯塔，一个“不属于哪里”的匈牙利士兵。一开始，他就为这个混杂的、前途未卜的大家庭充当起英雄的角色，允诺为大家找食物，找水，找药，找医生，甚至带领大家向被炸毁家园的人施以援手，还带回了一对无家可归的恋人。在原本互不相识、彼此戒备的人群中，他的出现就像是一缕阳光照亮了阴暗的地窖。甚至在15岁孩子的眼里，他就像是有神的庇护、永远不会被死神带走的一个传奇。但是，为了给在地窖中举行婚礼的新娘弄一顶头纱，这个英雄却付出了生命的代价——死亡由此变得更为真实起来。

在死亡面前，人性受到了最大限度的拷问，小姑娘并没有回避这一切，同样也没有将这一切过于崇高化。因为在活着都成为一种奢侈的状况下，人性中自然流露的善和美本无须粉饰，同时也可以和卑微、自私并存。小姑娘的笔下，人对于食物、水和生存的渴望是最真实的，例如大家对于皮斯塔允诺拿来的“面粉”的期待。为了也能够分得三分之一的面粉，住在底楼开餐馆的夫妇甚至贡献出了几听罐头，为大家做了一顿

“红烩牛肉”。但是发现皮斯塔拿来的是石膏之后，老板娘爆发了，“你们刚才吃的不是牛肉，只不过是马肉……加纳尔街上有匹死马，我们用从它的腿上割下来的马肉做了这顿饭。现在你们好好享受吧，好好享受你们吃进肚子里的那些烂肉……”同样，一群人跨越死尸，向浴室进发的场景也令人难忘：在那样的时刻，无论是富有还是贫穷，是高贵还是卑微，羞耻心都不再是问题；在最困苦的时刻，他们也都还期待着向神父忏悔之后的解脱：“烛光透过泪水形成的温热水帘，折射成七色彩虹；地窖逼仄的围墙似乎也消失了，变成了一座华丽的教堂，光线越来越绚丽灿烂，就像金黄色的阳光通过穹顶射进来。一些颤抖的声音唱着圣歌，传入我的耳朵；一种纯粹的喜悦之情令我不禁心醉神迷。”

克里斯蒂娜描绘的这段时光的确会让我们想起内米洛夫斯基的《法兰西组曲》：一样的“二战”背景，一样的逃亡画面，一样平静却不乏震撼的叙事，目光也一样直指战争中的人性。不同之处只在于《法兰西组曲》是借助“上帝之眼”看去的关于战争的宏大叙事，而《我十五岁，还不想死》则是在一个孩子的视野所及范围内，关于战争的一幅微缩景观。但是，场面的大小又有什么关系呢？这个15岁的孩子，在地窖中，除了向往一顿温饱的饭菜，不是还心心念念着没有读完的巴尔扎克和狄更斯吗？尽管是一个15岁孩子的日记，我们已经可以从中感受到一个作家的天赋，可以感受到她从巴尔扎克和狄更斯那里接受的文学教育。在这样的写作传统中，中心从来就只有一个：人。《我十五岁，还不想死》中的这群地窖房客和《法兰西组曲》中大逃亡画卷里的法国人有本质的区别吗？的确，同样身处死亡阴影下的人的所作所为又会有什么本质的区别吗？

因此，尽管是一个孩子的简单目光，它并没有承载非理性的仇恨。没有事先的道德评判，也没有所谓德国人和俄国人代表的“正义”抑或

“非正义”的战争的区别。俄国人曾经作为地窖中这群房客的希望存在过,但是这种希望很快就破灭了:俄国人的到来并没有让布达佩斯恢复往日的平静与美丽,甚至这些俄国士兵们,即便并不比德国士兵更罪恶,更凶残,却也不比他们更高尚,更仁慈。劳德瑙先生白白将犹太人的黄色星形标志佩带在身上,俄国人向他开枪的时候,他的脸上写满了“惊讶、恐惧以及愤怒”:虽然作为犹太人,他侥幸躲过了德国人的枪子儿,却倒在了俄国人的枪口下。而对于15岁的“我”来说,布达佩斯包围战的结束远不意味着苦难的结束。地窖生活之后,“我”和父母就开始了逃亡,先是逃到位于巴拉顿湖边的乡村小屋,最终,3年之后,“我”的一家再次踏上逃亡之路,只是这一次躲避的不是荷枪实弹的战争,而是所谓的“政治迫害”。读到这里,我们难道还能够相信,战争会随着“敌人”的失败而消失吗?

我们因而也不会怀疑,在第二次世界大战已经过去了将近70年的今天,在亲身经历人类历史上这一惨痛浩劫的证人都已陆续离世的今天,再重新将这段记忆呈现在人类面前的必要性。只是,我们都知道,记忆书写相对于“经验表达”而言,永远带有强化性质。所以,“强化”些什么早已不再仅仅是一个写作方式的问题,它直接针对的是写作者的道德,进而针对的是文字和文学的道德。在这个意义上,没有经过任何粉饰的《我十五岁,还不想死》才显得弥足珍贵:它是找寻关于“人”的真相的一种努力。

莫迪亚诺：
自己的驱魔人

曹丹红

有人说，要弄清楚一个问题，只有写一本书。那么，要记住一段往事，该写多少本书呢？

莫迪亚诺写了几十本。此人是当代法国最重要的小说家之一，每年九十月份开学季，只要他有新书出来，就一定会被摆在各大书店最醒目的位置。接着他的名字会出现在 11 月份各大文学奖的提名乃至获奖名单中。他是那么的热门。

奇怪的是，他的小说偏偏与各种形式的“热”无关：既不热门，也不热闹，甚至连故事发生的时间，似乎都跟炎热的夏天不沾边。“在巴黎，10 月的傍晚，夜幕降临时分，气氛紧张，人们容易心浮气躁。即使是在下雨的时候也一样。在那个时刻，我并不觉得心灰意懒，也没有时光飞逝的感觉。我反而觉得一切皆有可能。一年从 10 月份开始。”其实巴黎的 10 月并不是特别美好，游人都走了，天几乎总是阴着，偶尔还会飘几滴任何雨具都挡不住的绵绵细雨，萧条的气息一直到 10 月的最后一个周日，随夏令时向冬令时的转换，几乎能够达到令人无法忍受的程度。

莫迪亚诺却独爱寒冷萧条湿漉漉的季节。《青春咖啡馆》女主人公露姬的自杀被安排在了 11 月。《韶光》中年轻的路易在小说一开头就被寒冬的冷雨弄湿了唯一一双鞋子。《暗铺街》中的“我”甫一出场，便是“我正在等着雨停”……这种萧瑟的气氛终于弥漫至整部小说，甚至全部作品：总是阴沉沉雾蒙蒙的天气，总是没有背景的人物，年轻人

莫迪亚诺

居多，才20岁出头，就已经满怀心事。这些平凡的年轻人，偶然相遇于生活。不，不是命运的安排，因为一说到命运，就会联想到必然。这些年轻人的相遇是那么偶然，以至于最激动人心、最令人期待的邂逅似乎都被草草带过。既然不是命中注定，那么不值得夸大其词。以至于读者到最后都在怀疑，这两个人究竟有没有在一起？他们到底是什么关系？不用费劲想了，因为在莫迪亚诺的书中，逻辑派不上用场，这里的人物自己都不讲逻辑。《韶光》中，路易不知道自己的工作究竟是什么性质，却没有萌生过打探的念头；奥笛儿为了找一份工不得不受上司的侵犯，却始终连怨恨的话都没有说过。《地平线》中的玛格丽特一直在躲避一个叫布亚瓦尔的男人的跟踪，一直活在恐惧中，却从来没有想过要倾诉恐惧、寻求帮助……可能他们都已经像莫迪亚诺那样明白，既然整个生活都是一种偶然，那么唯一能做的，可能只是平静地对待任何发生在他们身上的事。平静地对待，然后深刻地铭记，这才是值得在意的事，就像《青春咖啡馆》中某个走失妻子的男人说的那样：“我们试着建立关系，您明白我的意思……”建立关系，编织关系网，固定偶然的相聚，画出坐标，绘成一张图：这就是某某的人生测绘。我们的一生不由我们自己决定，由偶然相遇的人决定，也由偶然离开的人决定，比如露姬的自杀影响了罗兰的一生。

那么莫迪亚诺写这些书，是不是想借此回忆起人生中的一个个坐标，找回自己偶然的一生？有人说，那么多年来，莫迪亚诺其实只写了一本书，一本关于“寻找”的书。其实不然。读读这些书，你会发现人们“寻找”的对象是不一样的。在小说一中，主人公在街头偶遇一个像她母亲的女人，于是尾随着这个神秘女人走了很久很久，最后当然也没能确定她的身份。在小说二中，年轻女子试图躲避坏人的跟踪，年轻男子试图躲避母亲的纠缠，两人偶然相遇，开始相互照顾，一起祈祷没人追踪的宁静生活。随后年轻女子离开了，年轻男子便开始寻找她。在小说三中，失忆的侦探苦苦追寻着自己的身份。小说四因为多重人物多重视角导致“寻找”的对象也产生了裂变：有的人在寻找自己走失的妻子，有的人在寻找回忆，有的人在寻找幸福……

《青春咖啡馆》法文版

尽管现在已经不提倡将作者生平与作品挂钩了，读者还是忍不住想在所有这些有关“寻找”的书中找到莫迪亚诺的创伤。否则他怎么能够数十年如一日地、不厌其烦地重复同一个主题呢？2010年，与“寻找”主题有关的《地平线》出版时，他已经65岁了！这真的跟他从小就处于几乎被父母遗弃的状态，唯一的弟弟过早夭折，自己一次次被送进寄宿学校，父母亲长期分居最终离婚的经历没有关系吗？在小说中，他总是一次次地提到，人物被黑洞一样的过去追赶，这个过去有时幻化为一个神秘的跟踪客，有时幻化为一位没有人性、只知索取的母亲，有时又幻化为少年时代做的一件傻事。这个过去始终无法被埋葬，它一直在窥视着，等待合适的时机，一举将人物吞噬，玛格丽特最终落荒而逃，而露姬纵身跳下了阳台。这是不是莫迪亚诺自己的感受？曲折苦涩的童年始终如影随形，在某些时刻，这个无法抹除的过去令他那么绝望，以至于他求助于笔下的人物，请求他们为他提供一个躯壳，让他以他们的形象选择死亡。在露姬纵身一跳的瞬间，作者是否会感觉到自己肩上的重负竟然好像轻了几分？

《暗铺街》法文版

所以，写作可能不仅仅是追忆青春留住记忆吧。对某些人来说，写作就好像是一种驱魔行为，在将心声吐露到纸上的同时，将心魔也囚禁在了书页之间，从此不必再害怕它会在午夜出现，伸出魔爪向你索要本金和利息。难道不是吗？2010 年的《地平线》，它有一个多么奇怪的书名和结局。《青春咖啡馆》中那本《消失的地平线》对露姬来说象征着幸福。如今它少了一个“perdue”（失去），变成了看得到的《地平线》：“总有一天，他们会离开巴黎，走向新的地平线。他们是自由的。”而《地平线》的结局也是出人意料地温暖人心，与莫迪亚诺很多作品的调子不同。玛格丽特离开很久以后，有一天博斯曼终于打听到了她的消息，他对自己说,以为她已经去世很久了,可是这么想真的没有道理。他满心希望地朝未来出发了。莫迪亚诺似乎也完成了一个疗程。2012 年的《夜草》已经出版,我们是不是可以期待一个始终细腻但更为温暖的莫迪亚诺呢?

迪迪叶·德伦克思：针砭时弊的黑色文学旗手

张迎旋

迪迪叶·德伦克思 1949 年 4 月 27 日出生在法国巴黎大区一个普通工人家庭，家人希望他能够成为小学教师，而他却在 17 岁时毅然辍学，因为一个偶然的机会成为印刷工人，并且一干就是十多年。后来他厌倦了类似机器人一般的工作，转而从事文化活动的推动协调工作。多年以来，他如饥似渴地阅读书籍，最终决定担任地方媒体的记者，按稿件行数计酬。他利用失业赋闲的时间撰写了第一部小说，名为《在第一轮中死亡》，于 1982 年出版。书中描写了一个有些神经质的侦探，这部作品并没有引起人们足够的关注。1984 年，他又发表了纪实小说《为了记忆的谋杀》，小说讲述了阿尔及利亚独立战争时期，在法国的阿尔及利亚移民示威游行时被血腥镇压的事件——而这一事件的真相一直被歪曲。这部被纳入黑色系列发表的写实作品令他声名鹊起，因为作品将黑色小说的情节纳入社会政治背景中，具有较强的现实意义。对于年轻人来讲，德伦克思的名字也并不陌生，他创作过许多连环画，还写过 100 多部短篇小说，许多广播剧和电视剧也是由他来担任编剧。现在，他任职于一家提供资讯和调查报告的网络电子期刊。因为职业的关系，他密切关注时事，对社会上的花边新闻也有独特的嗅觉，善于实地访谈，与当事

迪迪叶·德伦克思

人交流、拍照、记录,以现实作为虚构作品的基础。他认为生活素材的积累十分重要,并把黑色小说定义为现代城市和人类躯体的苦难的写照。因他对社会政治生活的深刻体察,其作品赢得了许多奖项:民众主义作家奖、侦探文学大奖、龚古尔青年文学奖等。1994 年法国作家协会为表彰他所有作品的杰出贡献,授予他大众文学保罗·费瓦尔奖。2012 年 5 月 2 日,63 岁的德伦克思凭借作品《被禁运的希望》获得了本年度的龚古尔中篇小说奖。

对于这位笔耕不辍的多产作家,我们很难判定哪部作品是他的代表作。不同时期的作品都从一定程度上反映了他的创作理念和风格。迪迪叶在 1993 年出版的短篇小说集《其他地方》,讲述了一些地方发生了不同寻常却又不为人知的故事,比如说一起谋杀案,罪行虽然已经犯下,但罪证却随着时过境迁而销声匿迹。而充当监视者和告密者的恰恰就是这些地点本身,因为这些处所已经超越了时间范畴和地理限制,成为某些社会新闻发生的“公共场所”,即使这些地方的具体位置不是翔实确定的,甚至可以说是“无处所”的,但这些事件所产生的影响和所引发的后果却“无处不在”。2005 年 7 月 8 日的《世界报》上发表了格扎维埃·胡森评论该部作品的文章,题目为《关于这些被遗忘了的人和事的短篇小说》。文章中提到,倘若凡事都必须说清楚发生的地点,将会导致许多的人和事都被遗忘,因为许多过往都因为悲惨而变得脆弱,不堪回首。而德伦克思之所以自愿做这些被边缘化的痛苦往事的追述者,是因为这些事件能够和宏大的历史事件接轨，所谓宏大，是指与广大人民群众有关。因此，这部作品成为了声讨对人民不公正待遇的檄文，让读者触目惊心，唤醒了他们的良知和反抗情绪，这样“警世”和“醒世”的深刻意义让这部短篇小说成为德伦克思文学作品的核心。而且，虽然小说中这些地方是僻陋的郊区，但作者并没有把故事叙述成“千斤顶”似的庞然怪物，而是充满了激情和诗意，因为他热爱这些平民百姓，这些凡人也有梦想。整个集子包括8篇短篇小说，每篇只有不到10页的篇幅，但很难一口气快速读完。德伦克思善于打破常规叙事模式，为每个故事量体裁衣，创造“浓缩”效果和抒情氛围，好似一张张照片撒落眼前，令人目不暇接，浮想联翩。

如果说短篇小说集《其他地方》的效果是“警示”世人，那么中篇小说《食人肉者》的效应则是轰动世界。1931年，在巴黎曾召开过殖民展览会，展出法国殖民地的一些有生命的“明信片”。展览会的目的在于展示白人种族“殖民及文明化的能力”。展览会展出的110位喀纳可人，作为“地地道道的食人肉者”，他们其实都是被“邀请”而来的受骗者——被许诺只是来展览会进行民间舞蹈表演从而得以实现文化旅行。在展览期间，他们遭到了侮辱和冷落。而且就在开幕式举行的前几天，池塘里的

《食人肉者》法文版

所有鳄鱼因为食物不适应或中毒突然死亡,美因河畔的法兰克福欧佛乃尔马戏团愿意出借活鳄鱼,但条件是要交换相同数量的喀纳可人。展会的组织者竟然同意了,于是这些可怜的喀纳可人被派去柏林、法兰克福、汉堡、莱比锡以及慕尼黑,像猴子一样被展示出来。而留在展会的喀纳可人则被迫扮演"食人肉者"的角色,啖食生肉,发出号叫,以吸引观者驻足。当时,这段逸闻并没有引起太多的谴责,而且法国人和喀纳可人都在竭力忘却这段既不光彩也不愉快的经历。

时隔50多年,适逢奴隶制废除150周年之际,德伦克思以20世纪30年代的巴黎及其社会政治状态作为背景写了这篇中篇小说。他虚构了两位喀纳可人为了将其中一位的未婚妻从即将开往德国加入马戏团的轮船上解救出来而在城市"丛林"中狂乱逃亡。他的叙述真正建立在历史基础上,除了展会这一时间层次,还有另一个时间层次:20世纪80年代在新喀里多尼亚法国领土上发生的骚乱。两个时间层次看起来没有特别的联系,实际上则揭示了骚乱的根源,预示了这一殖民地的人民终将获得独立。1998年11月6日的《解放报》上有一篇相关的评论文章,题目为《在动物园里的喀纳可人》,其作者克里斯蒂安·托尔泰尔评价说,这部作品除了具有政治意义和文化影响外,还具有历史研究价值。因为不仅法国人对这段"不堪"的历史讳莫如深,就连喀纳可人也不堪回首,所以当地的历史学家在编写新喀里多尼亚历史时也只字不提。但忘记历史等于背叛现实,在德伦克思看来,过去照亮现在,文学可以通过分析过去而解读现在。他希望这部没有历史学家出席的历史审判能够引起各国历史学界研究者的普遍关注。

黑色小说和侦探小说向来有颇深的渊源。《群众演员》这部侦探小说就充满了黑色幽默:男主人公瓦莱尔是个电影迷,对电影的狂热让他卷入了一场冒险行动中。他来到里尔参加一个民间节日,旧货摊的几张电影照片引起了他的关注，是谁拍摄了这部震撼人心的电影呢？他决定把这部电影的来龙去脉查个水落石出。于是，出于对电影的热爱，他拉近了和历史的距离，从电影片头字幕的若干字母展开了调查。在一位旧货商的指引下，他找到了答案。电影中被艺术化处理的残忍画面其实是历史的真实，而片中的群众演员实际上就是一出历史悲剧的当事者。得知真相后，瓦莱尔焚毁了电影胶片，是牺牲还是燔祭？又或许，他已误入了别人布下的陷阱。这部88页的小说在故事进行到40页时开始布置悬疑，到结尾几页才揭秘，行文从容不迫，文笔洗练简约，既表达了对百年电影的礼赞，也揭示了令人心惊胆寒的真相：历史比虚构的作品更加残酷！在这部小说中，德伦克思再一次让历史真实和虚构故事“交相辉映”，勾勒了一幅“浮世绘”，每一笔都有血有肉，读者仿佛可以听到历史的心跳和喘息。由此看来，德伦克思善于戴上手套来击打读者的心灵，看似没留下手印，实际上却力透纸背，发人深省。

《被禁运的希望》法文版

最后，我们再把目光聚焦到他2012年的获奖作品《被禁运的希望》上。这是一部汇集了26篇短篇小说的集子，将读者“偷渡”到世界各地，走私“希望”。那么，人们不免产生疑问：这些故事是真实的还是虚构的呢？事实上，在作者那里，现实和文学是统一体，每个人的现实生活都是一部可歌可泣的文学作品,每一部文学作品都是可圈可点的现实生活的浓缩凝练。而德伦克思创作的目的正是通过对种种社会不公正的揭露来彰显文学的价值:让历史照亮现实,让文学点燃希望!

热罗姆·费拉里《罗马衰落的教训》：对西方世界的没落的反思

张迎旋

传言世界末日在2012年的12月来临，去年"世界末日"前的11月7日，法国作家兼科西嘉语翻译家热罗姆·费拉里凭借小说《罗马衰落的教训》，在第二轮投票中以5票对4票的微弱优势击败了呼声很高的巴德里克·德维尔的小说《鼠疫和霍乱》，获得龚古尔文学奖。这在一定程度上说明了他通过这部作品发出的训诫得到了世人的普遍认可和积极回应。

费拉里1968年生于巴黎，因为祖籍在科西嘉岛，所以童年和青年时代他经常随家人往返于巴黎和科西嘉岛之间。在获得巴黎第一大学的哲学学士学位，并考取了法国教师资格后，他毅然选择生活在科西嘉岛，在当地的中学里教授哲学，并成功地组织过"哲学咖啡馆"的活动。后来他又曾赴阿尔及利亚的首都阿尔及尔教过几年哲学，现任职于阿联酋首都阿布扎比的一所法语学校，担任哲学老师和教学顾问。

费拉里的文学创作之路并非一帆风顺。2001年他的首部作品、短篇小说集《死亡的多样性》得以出版，该作品得到了评论界的关注。但他2002年出版的第二部作品随即遭到冷遇，之后便归于沉寂。直到2009年，小说《一位神明一只动物》获得了法国文学朗德诺奖，这一奖项

热罗姆·费拉里

创立于2008年,旨在表彰不知名作家的优秀小说。

2010年他的小说《我安放灵魂的地方》为他赢得了两个奖项:邦斯多纳大奖和法国电视小说奖。这部作品以阿尔及利亚战争为背景,彰显和平的价值。费拉里在作品中表达了这样的观点:倘若没有和平,只有无休止的战争,那么人们用以安放灵魂的肉体躯壳只不过是一座坟墓。

《罗马衰落的教训》讲述了在科西嘉岛上远离海岸的一座小村庄里,有一间濒临倒闭的酒吧正经历的一场巨变。经营酒吧的两位年轻人马修和利波欧,出乎所有村民的预料,放弃了在法国内陆攻读哲学的大好前程,回到了他们的出生地,并凭着一腔热血和对莱布尼茨哲学教义的笃信,决意要把售卖廉价饮料的酒吧打造成为世界上最美好的"世外桃源"。除了暑假,马修从未在岛上长期生活过,所以他希望在这里重拾童年那无忧无虑、天真无邪的自由时光。利波欧是牧羊人的儿子,他已经不再有梦想,他的理想主义在多年的学习生活中处处碰壁,为了逃避不如意的现实,他选择回到了家乡。最初,正如人们所预期的那样,两位年轻人为死气沉沉的村庄带来了生机。酒吧恢复了以往的热闹,洋溢着节日的欢腾气氛;顾客虽说是鱼龙混杂,却也其乐融融;四个女招待讨人喜欢,一个吉他手也技艺非凡。于是马修飘飘然地认为,这里莫不就是上帝选择的"理想世界",用来实践爱对世间的统治。可是马修的姐姐奥瑞丽却不这么认为,一向冷眼看世界的她对陶醉于幼稚乡村白日梦的弟弟十分恼火。马修的祖父马尔塞尔也是愤世嫉俗之人。他的人生四部曲和整个20世纪十分合拍:出生于1918年第一次世界大战的废墟上,身体孱弱;青年时代在1939年投身第二次世界大战;壮年时代在科西嘉岛上的殖民行政部门工作,过着一成不变的单调生活;晚年生活在愤愤不平之中,认为世界欠了他太多,一切皆不如意。

除了这四位主人公,小说的其他十几个人物也并非微不足道。在费拉里看来,生活就像是一场舞蹈表演,每个人都占有一席之地,重要的是各就其位。通过间接引语,书中有些转瞬即逝的小人物也会被浓墨重彩地写上一笔。在叙事手法上,费拉里将四个故事穿插交织在一起:马修的身世、酒吧的兴衰、马修的祖父马尔塞尔的经历以及马修的姐姐奥瑞丽的遭遇。整部小说的主线是马修的命运,主旨是讲述围绕着酒吧的看似理想的"世界"是如何一点点解体的。华丽的语言所包裹的是冷酷的咒语:因为道德的沦丧,人们苦心经营的世界注定要走向灭亡。酒吧的柜台成了人性地狱之门的入口,曾经的旧伤疤被撕开,凡夫俗子又如何能实现超凡脱俗的幸福理想,到头来一切都成为灵魂堕落的牺牲品。

《死亡的多样性》法文版

若干世纪前,对于罗马帝国的灭亡,圣奥古斯丁曾安慰他的信徒们说:"世与人同,有生有长有灭亡。"他试图告诉人们,尘世的王国是多么的脆弱。费拉里用这一训诫作为小说的题目,再一次向世人证明,人类会亲眼看到,自己煞费苦心构建的世界总有一天分崩离析,万世基业只不过是千古流传的神话而已。

罗马,只是众多世界中的沧海一粟,费拉里用整部小说来探寻一个问题:世界究竟是什么? 每个人都有属于自己的世界,而且不同的人各自的世界之间似乎永远都存在着隔阂。一位老人穷尽毕生精力来追踪历史,却永远也无法跟上历史的脚步;两个年轻人在童年就是伙伴,一起经营着酒吧,却肩并肩地走向了毁灭。“世界究竟是什么?”对于这个问题,一千个人会有一千个答案。每个人的身上都会显现出一个世界的存在或一个世界的不复存在,无论这个世界有多大,存在了多久,即使世界曾经维持暂时的一团和气,最终都会和人本身一样经历诞生、成长和消亡的过程,而人自身正是这一世界起始和末日的见证者。

河流一泻千里,在轰鸣声中劈开了悬崖,上帝在创世纪时弹指一挥就形成了千沟万壑。然而,景物依旧静默,上帝始终缄默。21 世纪人类世界是否会重演公元 5 世纪罗马帝国衰落的历史悲剧? 另外,科西嘉岛上的异教氛围远胜宗教影响,命运是盲目的,历史是无尽的,圣奥古斯丁的宗教思想真的能够普度众生吗? 这也是费拉里思考的问题之一。

该小说七个部分的标题分别是从圣奥古斯丁《上帝之城》中节选的七句话。奥古斯丁在书中说明,罗马的衰退肇因于道德的衰退;基督教不但不是罗马衰退的原因,反而有助于道德的提升。但基督徒所归属的不是罗马帝国或任何地上之城,而是上帝之城。地上之城与上帝之城最根本的差别在于,前者人民的共通点在于对自己的爱,后者则是结合于对上帝的爱和因此而生的对彼此的爱。在对比这两个城从起源到结局的过程中,他对人类的群体生活有深入的讨论,也建构了基督教的历史观。所以,这部小说可看作是圣奥古斯丁训诫的回声,启示人们倘若能在世界末日幸存的话,要更加宽容地去看待人与人之间、世界与世界之间的差别,要彼此相爱,要爱我们共同建造的世界。

《罗马衰落的教训》法文版

费拉里还在作品中暗示了莱布尼茨的哲学教义。在这位唯理论的代表性哲学家看来,上帝创世说就是人类创世的幻说。人类创造和改造世界,需要选择一个对自身而言是最好的"可能世界",并把它变为现实世界。因此,历史决定论和历史选择论并举,上帝是世界物质统一性的虚幻反映,也是日益完美和完善的人类自身的整体代表。上帝在诸多世界中选择了较完满的一个"可能世界",这正体现了人类实践活动的选择性。

据《新观察家》杂志统计,这部小说一度成为各大书店排行前六位的畅销书。出版界人士也给予了好评,认为费拉里的写作文笔优美,细致入微,全书充满张力,引人入胜。当然,作者笔调有时会有些阴郁,但十分精准,勘探出人类灵魂发生震颤的"震中"位置,将希望幻灭和世事无常刻画得十分细腻。在对西方世界的没落的反思中,费拉里引用了圣奥古斯丁的名言作为小说的题目,用古罗马帝国的衰落作为影射,无疑增加了作品的历史厚重感。但他并不是板起脸来说教,而是亦庄亦谐,时而深沉,时而讥讽,行文精雕细刻,人物呼之欲出。因而,小说在获得龚古尔文学奖之前,就已经得到出版业的垂青,被多项文学奖提名。获奖后,8.5 万册一销而空。《费加罗报》在 2012 年 8 月 30 日的文学专栏里评论道:“这部小说既充满科西嘉风情,又饱含希腊悲剧的普遍意味。科西嘉岛地貌险峻,像世界之初的蛮荒,又似世界大同的天堂,使人们不由得去探寻世界的根本性问题。作家的笔触似乎也在搜索诸多形而上学的问题的答案,经历了百转千回,终于柳暗花明。”

另外,对这部小说持批判观点的人们质问:“罗马帝国和科西嘉岛的酒吧有可比性吗,作家是不是过于小题大做了?”费拉里的回答意味深长:把罗马帝国如此宏大的世界缩小为一间酒吧,是为了告诉世人,无论什么庞然大物,无论何等千秋伟业,在上帝面前,在历史长河里,都是渺小的,正如世界与个人是相同的一样,都要经历诞生、成长和灭亡的过程。这不是悲观厌世、颓唐不安,而是豁达淡定、宠辱不惊。因而,真正读懂费拉里作品的人们送给他一个别号:“被加冕的流放者”。

意大利

安德烈·赞佐托：欧罗巴心脏诗人

徐　娜

2011年10月18日，意大利诗人安德烈·赞佐托在威尼托大区的珂内亚诺大区医院病逝，这位多次跻身诺贝尔文学奖提名的暮年诗人在10月10日刚刚与亲朋好友庆祝完自己的90岁生日。

安德烈·赞佐托1921年10月10日出生于意大利威内托大区特雷维索市附近的小城皮艾维。他被认为是"意大利第四代诗人中最伟大的诗人"之一。赞佐托1942年毕业于帕多瓦大学文学系，并由此开始执教生涯。他是意大利电影导演大师费德里科·费里尼的密友。赞佐托在1987年获得意大利费尔特里内利奖金，2005年又获得了德国荷尔德林奖。

赞佐托青年时期开始诗歌文学创作，1950年他参加了圣·巴比拉诗歌奖竞技赛，这次经历对他的诗学人生有着深远的开创性影响。圣·巴比拉诗歌奖竞技赛的评委团由当时意大利最具影响力的巨匠诗人组成，包括翁加莱蒂、蒙塔莱、夸西莫多、赛莱尼等，在这次诗歌赛中，赞佐托获得诗文一等奖。次年，他将此次获奖的作品结集出版。

第二次世界大战中颠沛流离的亲身经历，引发了关注民生的赞佐托强烈的文化社会沉思与诘问，这在其诗文中均可窥见一斑。"二战"后，

安德烈·赞佐托

赞佐托遂携家人移民瑞士，后来几经辗转，又移民法国。在这段移居他乡的岁月里，诗人深切怀念着生于斯长于斯的故土。于是，故土的一草一木都成为深深嵌在诗人诗作中的情愫与永恒的基调。赞佐托的诗不仅是对“奥斯维辛”的一种反映，他忠实于时代又超越了时代。这正如阿多诺在评价贝多芬的“晚期风格”时所说：“贝多芬从不过时，原因可能无他，是现实至今尚未赶上他的音乐。”

让我们来读一首赞佐托的诗作：

逾越节挽歌

多风的逾越节，
登上耶稣受难十字架，
瞧你面无血色，
满目失望。
冷凝的太阳的序言要在哪里展开？
游荡在玫瑰花瓣间的预言，
将在大理石园的哪一处落脚？
在这里，
鞭笞的羊羔啃噬早春的贫瘠。
点亮死者的阴郁，
多风的逾越节，

阴郁得格外的浓重而尖锐。
审慎的狂热拨云见日，
撩开逾越节所有斜坡路上照见的光，
哦，我那永恒宁静的耶路撒冷的残雪，
割裂开冰封怨念的红酒。
房间里脂粉堆积，
敞开的鸟笼里，
几只大鸟孵出彩蛋，
和玫瑰色礼物。
天空和世界是如此的不对称，
又格格不入。

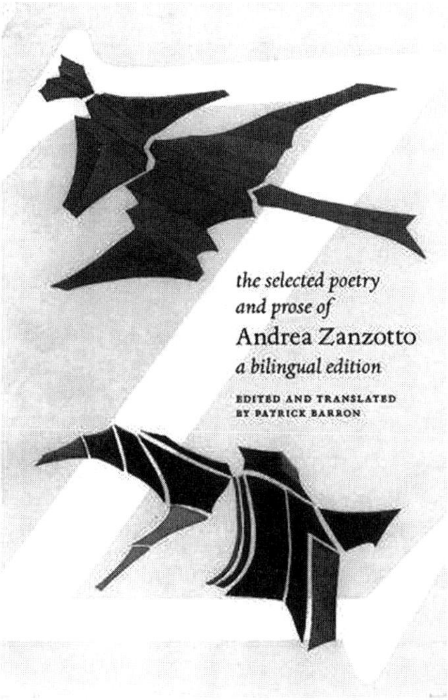

赞佐托部分作品意大利文版

赞佐托诗歌的秘密总是避开词语本身显象表达的意思，而指向一种有意的“在别处”。他的诗是草丛间的飒飒声，是精雕细琢、金丝细工的手抄文本，是稚嫩本真的幼童原声，是身体蒙受所有苦难的集合。他的诗就像是“一队不愿臣服、奉承帝王君主而将被处以割舌刑罚的殉难者，却列队朝拜、狂热追随他们永恒的上帝，嘴里依旧掷地有声地用自己的语言述说久远的故事……是在永恒面前不知妥协的殉难者”。对于他的诗文，不能仅仅从风格学的层面上来理解或阐释，我们需要进入其黑暗的内核，需要和诗人一起去“经历一种命运”，直到发现那就是我们自己的命运。

英美著名评论家乔治·斯坦纳这样评论过赞佐托的作品：“文本基本的秘密并非源自深奥的知识，或源自难解的支持哲学争辩的理论。诗中的词语本身赤裸单纯，不过它们不能依据公共参照系来阐明，诗的全部内蕴也不能作简单释义。”

被称为“欧罗巴心脏”的诗人赞佐托通过其母语——威尼托方言的浓重本土味道，表达出具有代表性的欧洲意识，其作品被翻译成法语、英语、德语等多种语言。晚年时，赞佐托还与费德里克·费里尼在电影摄影领域展开了进一步合作。

赞佐托逝世后，意大利总统纳波利塔诺在致其家人的唁电中写道：“就在几天前，在他90周岁诞辰之际，我曾对他长期滋养我们的诗文巨作表示欣赏和感激，为这些年来让我们灵魂如此靠近的真挚友谊而赠予他真诚的祝福。”纳波利塔诺又说：“威尼托这方土地和整个意大利失去了一个伟大的子民，一个敏锐感知生命、体察民情、关心民计民生的伟大子民，一个毕生致力于守卫国家文化遗产和民族资源的崇高的人。”意大利文化部部长姜卡罗·葛兰称赞赞佐托的作品为“永生的诗歌”。他说道：“安德烈·赞佐托这位匠心独运的诗坛奇才用独特生命轨迹创造的艺术，是一份上帝赐予的独特礼物，那浑然天成的风格是无法仿效的。何以无法仿效呢？因为他的诗歌带你重新与生命迹象、自然法则、历史脉搏肌肤相亲。而沟通这一切的媒介是他独有的语言。赞佐托的独特与无法效仿更因为诗人自身修养的完美人格——清心寡欲、高风亮节，而又不遗余力地与庸俗、低水平重复的作品生产状态抗衡，避免落入窠臼。”

赞佐托的结发妻子玛丽莎参与搜集整理的部分其生前遗留下来的手稿，已经由意大利行距出版社出版发行。该出版社在编撰时写道：“昨天，我们刚刚在米兰天主大教堂庆祝他 90 岁华诞，而今天我们为伟大诗人送行，从装订厂送过来的他生前未发表的手稿，那些在他生命尽头遗留下来的图片、文字、记忆，配上他妻子玛丽莎的感言，将以图文并茂的方式表达我们的深切缅怀。”

（注：逾越节是犹太教的主要节日。逾越节是犹太历正月十四日白昼及其前夜，是犹太人的新年，犹太民族的四大节日之一。）

保罗·乔尔达诺《人体》：成长的路上没有恩人

吴　萍

“生活是创作的源泉”是句老话，却依然为当下无数的作家们践行。某种意义上讲，作品即是作家在沸腾生活中打捞出的人生经验。意大利斯特雷加奖得主保罗·乔尔达诺自写出《质数的孤独》后，曾一度被莫名的焦虑纠缠：去哪里寻觅下一本小说的主题？为此，他不顾女友的反对，两赴阿富汗，在那片新的生活疆域中结识了一群年轻人，引动了小说《人体》的触媒——战争。

然而，《人体》并非一部反映真实战争的小说。借由阿富汗战地，乔尔达诺更多触碰的是隐性的战争——人心的战争、亲人间的战争或两性间的战争。书中每个年轻人的第一身份都是“成长中的年轻人”，其次才是拉动扳机的“战士”。不谙世事的年轻人皆被命运置于现实和内心两个战场中央，独立完成痛苦的蜕变，孤独地成长为镜子中无法辨识的另一个自己。

除粒子物理学博士背景外，“80后”的乔尔达诺最丰厚的资本便是“青春成长的经历”，亦因此，《质数的孤独》一经问世就被读者打上了“成长小说”的标签。同样，《人体》的故事发生地虽在阿富汗战地，却不受“战争”的侵犯，包纳其间的内核俨然还是“成长”的主题。不同的是，主角从一对男女换成了一群气性迥异的年轻战地男孩。

就像坐在大型摄影机后的导演一样，乔尔达诺的镜头调度很见老到。小说的三个大镜头分配给沙漠里的经历、玫瑰山谷和人，切入可看到好多的微镜头。埃吉托、雷内、耶特里、托尔苏、切德尔纳、伊蕾娜或赞皮耶里等人，都被分置于各色的小镜头下，在自己的戏份中充分倾吐内心成长的艰难。这些因“战争”聚集的人组成了一张千丝万缕的关系网，乔尔达诺编排起来却错综有致。然而抛开“战争”，乔尔达诺很能将小说引入纵深，每个人物背后还站着好多人物。医生埃吉托的背后，是由偏心爹娘和怪姐姐马里安娜组成的畸形的家；透过准尉雷内与罗萨娜、弗拉维亚、萨尔沃的诸种关系，教人思考性、信仰、爱情和责任；即使耶特里这样的“小处男”，他亦不作简单处理，而是牵扯出其背后那个万能母亲，直指密不透风的母爱也可对孩子造成伤害。

保罗·乔尔达诺

某次采访中，乔尔达诺表露一直喜欢描摹人性的阴暗面。因此，他在《质数的孤独》和《人体》中都更着意人在成长路上所遭的坎坷和风暴，倾力表现年轻人承受不起却又必须承担的“孤独”。他舍弃令人欢欣的暖意，在人与人的际遇中屡设障碍，于貌似彼此亲近彼此容纳的虚境中训谕人们“成长的路上没有恩人”——你必须独自穿过一道又一道痛苦的藩篱。

若非孤儿，谁的成长中没有父母恩手足情？缘何最亲近的人中没有一个“恩人”？试看乔尔达诺施以浓墨重彩的战地医生埃吉托一角。“叹息”一小节中，埃吉托跳出来以“我”的第一人称直述身后奇怪的家。与受宠的姐姐马里安娜比，埃吉托只配得了父母十分之三的爱，“七个和三个：大体就是在家里不自觉建立起来的亲情比例”。作为“次子”的埃吉托自小就是姐姐的衬托，在对方辉煌的童年下磕磕碰碰地结束了自己的童年。有着摆脱不掉的心灵伤痕的他，成长为一个怀揣药丸的抑郁症医生。然则，战地命运也未眷顾他，被曾经的情人伊蕾娜吊诡地利用，目睹战友最惨烈的死亡一幕……这个带着童年创伤的人，别无选择地陷入两性关系的囹圄，又无法抹除战事中血腥的记忆，不啻为一个彻头彻尾的倒霉蛋。被重重阴霾笼罩的埃吉托始终找不到一个宣泄口，父母、姐姐或战友中无一人能为其疗伤。后来，他扔掉了抗抑郁的药丸，勇敢地迎接失眠和幻觉，勇敢地承认“自己”才是一路上唯一的恩人。

《人体》中文版

因为缺爱，踽踽独行于成长路上的埃吉托让人徒生唏嘘。反之，那个集父母万般宠爱的马里安娜，为何也要孤独而耻辱地长大呢？乔尔达诺将这一女性角色搬离了阿富汗，却锁进了“家庭”这个同样暗埋地雷的战地。施与儿女爱的天平上，父母在埃吉托那边不断减重，在马里安娜这里不断加重，以致女儿过早的崩溃。爱——高饱和的爱——承受不起的爱——崩塌的爱，最后竟衍变为至死的不原谅和仇恨。马里安娜与埃吉托恰好形成了某种对立，印证出一个人在成长中获取的爱无论浓稠还是稀薄，都无法改变孤独长大的格局。同样，小处男耶特里和托尔苏两人也一路与孤独紧随。耶特里是个快被母爱“捂死”的年轻人。一旦远离家园，来到母爱不及的战地，他瞬间成为孤零零的一个人。忍受促狭鬼切德尔纳的无数次捉弄时，承受性苦闷时，血性地冲出掩体妄图解救托尔苏时，耶特里身边没有一个真实的“恩人”。而当我们看到患上疟疾的托尔苏守着互联网，与虚拟的情人（谁也不知是男是女）吐露心声时，很容易感到他身体里令人窒息的寂寞。

书中的这群人，在经历阿富汗真实战火的同时无不被内心的熊熊战火灼烧着。准尉雷内，入征前是个隐形“性工作者”——为那些上了年纪的女人解决性的麻烦。此外，他还是个天主教徒，内心一直被与罗萨娜一夜情后的附属物“一个孩子或一个胚胎”困扰。他忍不住向医生埃吉托询问堕胎是怎么回事，然则这本身是想摆脱叛离信仰的罪恶感。跟基地外的枪声比，“孩子”所带来的恐惧更为扎心。谁曾想到，雷内身上这份沉重的罪恶最后变成了虚妄，当他笃定准备做一个好父亲时，罗萨娜已自行堕胎了。回溯雷内的成长，这一事件无疑让人看到人生的荒谬，磐石般包裹的竟是一只被轻易戳破的气球。可是，长时间的内心折磨也只有雷内独自吞咽和反刍，没有“恩人”替他分忧。故事的最后，雷内遇到了萨尔沃的遗孀弗拉维亚，彼此的结合难究是因爱因欲因责任抑或是因空虚而崇高的怜悯？作为战地幸存者，雷内无法从心底抹除萨尔沃肉身横飞的景象，却又不得不通过战友的遗孀去消弭心理阴影。后来，他答应弗拉维亚的要求，从此不再跟“战争”扯上半点干系。本质上，这只是一句脆弱的誓约，谁都知道“萨尔沃”日后一定还会无数次造访这个家庭。

多年的物理学研究让乔尔达诺的小说具有了上乘的精密度，从《质数的孤独》中即可窥一斑。到了《人体》,他不仅在刻画幽暗人心时显现出了深度的精密,更在人物的布设和故事延伸中呈现出另一种广度的精密。从只写几个人的《质数的孤独》到写活《人体》中的一群人,这体现了一个优秀小说家的成长。雷内、埃吉托等几个小说主角栩栩如生,他们背后的弗拉维亚和马里安娜却也熠熠生辉。也就是说,高亮度的主角并没有掩盖掉诸多配角的光焰,小说中的每个人都显得个性丰满。

如此想来,阿富汗战事只是《人体》的一个故事盒子,藏于其间的仍旧是乔尔达诺熟悉而亲切的有关青春成长的话题。只不过,这群男孩的成长路上,除承受真枪实弹的威胁外,还得打起百倍精神去独自对付普通男孩们遇到的各种困扰和麻烦。这群年轻男孩子各自不同的成长故事,一一被乔尔达诺打上了孤独的暗沉基色,诚如其言:一代人总要经历一代人的战争。

瑞典

瑟德尔贝里的斯德哥尔摩：
格拉斯医生的爱与梦，情和色

王　晔

生活是一场梦

“生活是一场梦”——这本是他母亲常挂在嘴边的俗语，梦与生活的交错对于他——瑞典作家雅尔玛尔·瑟德尔贝里来说，既是人生的体验，也是文本的书写。

瑟德尔贝里的小说常写梦境，也常谈论梦之人生，比如《格拉斯医生》里就有这样的话：

“我的生活已经越来越像一场梦。也许它从来就不是什么别的。也许我一直在做梦，梦见我是一个医生，我的名字是格拉斯，有一个牧师叫格雷高瑞尤斯。任何时刻我都能醒来，发现我是一名街道清扫员或者大主教，或者一个学校男孩，或者一只狗——我知道什么呢？”

少年瑟德尔贝里在同学的眼里，是在老师到来前，坐在板凳上自言自语的与众不同的男生——板凳上的做梦人。在短篇小说《关于永恒的梦》中，瑟德尔贝里说：

“我活着的这个生命是一个黑暗的让人费解的梦。有一天我将醒

雅尔玛尔·瑟德尔贝里

来到另一场梦里，那里会有现实，我将继续地苏醒，到第三和第四个梦里，在每一个梦里，都有一个比前一个梦中更接近的真相。”

然而，瑟德尔贝里到底有些什么具体的梦呢？在早年的笔记中，他这么写：若有人问一个中学刚毕业的年轻人，想成为什么？可别回答要当作家。那样人会扭了头、闭了嘴。可以答律师、画家、音乐家。这些职业能在高校学习；还在求学期，已在社会中得到了可坐的一小块木板，或已算得上个人物。但那想成为作家的，在被知晓和出名前，是上帝和众人嘲笑的对象。因此，在全部的修学岁月里，他得在门上挂个假冒标志，让自己忙些能让别人投以尊敬的事。

在回忆文章《第一步》中，他自述并非出生于有文学熏陶的家庭，父亲对文学一丁点儿兴趣也没有。母亲有个小小的笔记本，在上头填了些老诗人的韵文。母亲看到儿子涂写的文字哭了。瑟德尔贝里的自传体小说《马汀·别克的青春》给出了哭泣的理由，母亲说：“我知道，我懂不了多少，但我总看得懂，写这些，你不可能成为什么。”

除了怀抱一个无法诉说的文学梦，瑟德尔贝里对自己的长相一度不自信，对自己是否有艺术天赋更加怀疑。小说《格拉斯医生》有一段“自白”：

“……从艺术中我学会了向往在古老的佛罗伦萨布满鲜花的草地

上徜徉，在荷马的海波里摇摆……唉，听任我自己可怜的双眼看世界，它们能看到什么呢，如果只剩下它们自己，而没有了这些成百成千的老师和朋友，那已代替我们歌唱和思考过的人。年轻时，我常常想：被允许跟随。能够跟随。哪怕只一次，能奉献出什么，而不只是接受。这是那么荒凉，总是孤独地行走，带着个不孕育果实的灵魂，不知怎么做去感觉自己是个什么，意味着什么，或对自己有一点尊重。”

大多数人在这方面并无太多要求。但“我”不是这样：

“我自然不可能成为诗人……而诗人本人，真是他们书写了时代的法规的吗……我宁愿说他们是时代弹奏的乐器，风在风鸣琴里歌唱。而我是什么呢？甚至连那也不是。”

这言论是苛刻、过激的，又是可理解的，一个渴望也成为被风吹动的风鸣琴的人，仰望文艺巨匠，难免绝望和痛苦。即便是天才，当他无法向他人和自己证明自己是什么时，那丑小鸭的怀抱远比生而为一只普通鸭子的复杂和苦闷。

好在瑟德尔贝里没放弃作家梦，甚至可以说发展顺利，出生于1869年的他，曾在乌普莎拉大学读书，很快辍学。1891年和1892年间应聘到南方斯科南省的克丽斯琴城做文化记者，同期开始为全国数一数二的大报《瑞典日报》写文学和戏剧评论。1895年以小说《错觉》登上文坛。1898年出版短篇小说集《故事集》。1901年出版自传体小说《马汀·别克的青春》。1905年出版的《格拉斯医生》被认为是伟大杰作。1906年发表三幕剧《娅特露德》。瑟德尔贝里的最后一部小说是1912年出版的《严肃的游戏》。

克丽斯琴城在斯德哥尔摩人瑟德尔贝里看来，是个街上的一只猫也能被人弄清出处的逼仄地方。1892年2月，在给友人的信中写道：“在这儿我有些孤独。你明白的，人自然也会觉得孤独，在家里自己的旧房间里，在和好友一起坐着洗芬兰浴时。但我向你保证，人觉得格外孤独，当人是一个人的时候。”

瑟德尔贝里的孤独和抑郁，也许来自于“灵魂想孕育果实”的焦虑，但除了作家梦，也关乎另一个梦——爱的梦想。

爱的梦想

《格拉斯医生》中的格拉斯在散步途中认出了自己的梦：

“昨晚散步时我见到一对夫妇。我立即认出了她。我和她在一个舞会上跳舞，那并不是很多年前的事。我还没有忘记，每次我见了她，她是如何给予我一个不眠的夜晚。不过她对此一无所知。那时她还不是一个女人。她是处女，她是那活着的梦想——男人关于女人的梦想……现在她吊在丈夫的胳膊上……比以前穿得金贵，但更粗俗，更布尔乔亚。眼神里有那么点熄灭了的、磨损了的东西。同时这又是一种满足的太太的神情……为什么会是这样，为什么总是这样？为何爱必须像山妖的金子那样，在次日变成枯叶、污物或者淡啤加牛奶的粗鄙饮料？人对爱的向往当然触发了除直接为消除饥饿或抵御外敌之外的，这所有文化的萌芽。我们的美感没有其他泉源……但这泉源不叫作爱，而是，它叫：对爱的梦想。”

仲夏节期间，小伙子格拉斯在舅舅的乡下地盘上度假。那里有年轻人、舞蹈和游戏。年轻人中有个姑娘，正处在完全绽放的20岁。他俩和众人一起围着五月柱跳舞。午夜将近，大家朝一个山坡移动，到那里点篝火，等日出。走向山坡的路经过森林，他和她走在一起。当她在树影密布的林子里让树根绊了一跤，他把手递给她，一股颤抖的喜悦通过了全身……他不记得说了什么，只记得有条静悄悄的，坚定而热爱的秘密小溪，流淌在她的声音里。他俩在山头有一次短促、清白的吻。当回到草地，在众人狂舞的热闹中，躲在丁香丛背后，他又吻了她。

瑟德尔贝里年轻时常在夏天探访达尔比乡间的亲戚，1893 年在那里爱上过一个叫爱琳·埃德格伦的姑娘。上述文字的原型在多大程度上是爱琳有待考证，但从情和景的描写，不难推测，爱琳的记忆对这段文字的形成提供了原料。

这段仲夏记忆是几乎成真的爱的梦想，然而“爱”并不等同于爱之梦。

梦的破灭

初吻的仲夏夜有过明亮的月色，然而“我”再没见着她。几天后，“我”在报上读到，她死了，游水时淹死了。

格拉斯医生有一个令他时常陷入的遐想：用积蓄在乡间盖座房子。但盖在哪儿呢，必须靠海，在一个开阔的海岸。他愿意聆听大海，希望大海在西边，太阳将在那里降落。说起乡下房子，格拉斯父母有过一座，叫“玛瑞的居所”。是白色的，云杉林就在其后。但现在，父母都走了。“他们所有的人也都走了，他们——所有那些在我童年家中的家具间走动、站立的人们……所有我有那么些在乎的人。我的哥哥欧内斯特，他是那么强壮、那么愚蠢、那么善良……走了。他去了澳大利亚，没人知道他是活着还是死了。还有我漂亮的表妹爱丽丝，她总那么苍白、挺直地站在钢琴边，带着梦游般的眼神歌唱，声音闪烁而燃烧，她歌唱以至于我在镶着大玻璃的阳台的角落颤抖……现在，人们说她在芝加哥靠她的肉体为生。他们的父亲，那慈祥、帅气又诙谐的乌瑞克舅舅……在冲击了我父亲的破产事件中也受到冲击，和父亲一样，死了，在几乎无法掩饰的赤贫中”。而“玛瑞的居所”已被称作“索菲的小树林”了。

梦的破灭是人生的变迁。而一切的变化中最让人震惊的莫过于自我的变化。梦是矛盾的,有时还未开始,注定夭折;即便如此,又会卷土重来,不能彻底被遗忘。梦像流水,流出人事变迁,让人面对一个难以更改的现实:灵魂从纯洁到肮脏,从快乐到悲惨。

《格拉斯医生》

小说《格拉斯医生》以医生格拉斯的日记体展开。格拉斯是20世纪初斯德哥尔摩一个33岁的开业医生。他有过纯洁的仲夏夜的初吻,但这初体验因女孩数日后溺水身亡,成为他最珍贵和痛苦的生命精华。牧师格雷高瑞尤斯和牧师太太海尔嘉是他的病人。57岁的牧师来诊所是为心脏病。年轻美貌的海尔嘉则是出于对婚姻的绝望和红杏出墙,她求医生帮忙扯谎,以她身体的不适来拒绝丈夫同房的要求。最终,为帮助这位格拉斯暗恋的,爱着其他男子的小女人,彻底摆脱丈夫在黑夜和法律庇护下对妻子的、违背她意愿的性控制,格拉斯决定用自制的毒药将牧师彻底清除。

格拉斯设想了杀害牧师的方法,但一直下不了手。后来一个街头的巧遇,让他顺利又不留痕迹地完成了谋杀计划。但海尔嘉的情人,只考虑自己前途的卡萨诺瓦,却在牧师死后不久和一个富家小姐开始谈婚论嫁。苦闷的格拉斯医生很想撕破假面,希望世上至少有一个人了解他真实的想法和情感,但他不能向海尔嘉倾诉,只偷偷站在她的屋外,偷看她因失恋而苍白的脸,看她在寒夜里匆匆投递一封给旧情人的信。

值得一提的是,格拉斯这个姓,瑞典文的拼写和“玻璃”是一样的,其象征意义耐人寻味。小说有很多心理描写,堪称意识流写作的先驱。

瑟德尔贝里本人对这部小说是满意的,他曾写信给姐姐说:现在写好了,鸭子成了天鹅。

小说在1905年首版时,引起争议,因它牵涉到婚外性及医生对病人的谋杀。时至今日,还有人纠缠于道德讨论,即医生怎可对病人起杀意。这种道德解读对这部小说来讲,过多地停留于表象。对牧师的毒杀给小说添加了侦探要素,推动了情节的发展,也渲染了情绪的高潮。但毒杀的精神内涵远比化学行为更强大。毒杀更主要的应该是一种象征,是对假道德、父权、夫权、来自他人的精神暴力的否定。杀害,在这种情境下,并不意味着真想置人于死地,而是想摆脱和报复那些人生中的负面因素。

《格拉斯医生》中文版

在《格拉斯医生》这部小说中,牧师是负面因素的集中体现,但也有其他负面因素,比如常抽打少年格拉斯的父亲,怀孕女孩少人情的父母等。格拉斯也质疑过,错的是牧师吗,牧师不过是对一个女人有了欲望,像成千的男人对女人都会有的,且到底也给了海尔嘉婚姻。海尔嘉的不幸却以牧师这具体的肉身体现出来,她以为摆脱了他,就可以摆脱不幸。牧师是死掉了,却还是没能改变海尔嘉痛苦的命运,痛苦是绝对的,谁充当罪恶的载体和愤怒的对象是相对的。《格拉斯医生》在一定程度上揭示了痛苦的不可避免和人人有罪。最终,牧师躺在冰冷的墓穴里,海尔嘉和格拉斯也在冬天的脚步中形单影只,这也印证了瑟德尔贝里关于人陷入肉体之欲念和灵魂的恒久孤寂的一贯看法。

斯德哥尔摩的季节变换

瑞典学者佩尔·韦斯特贝里指出瑟德尔贝里不是瑞典的,他是斯德哥尔摩的和欧洲的。确实,斯德哥尔摩的街道好比瑟德尔贝里的家常院落。他的第一部小说《错觉》,就明显借鉴了波德莱尔徜徉巴黎的方法行走于斯德哥尔摩。1941 年瑟德尔贝里去世时,诗人贡奈尔·埃凯洛夫称赞瑟德尔贝里是继贝尔曼(1740—1795)和斯特林堡之后,“我们文学中第三个伟大的斯德哥尔摩描写者”。而 2002 年斯德哥尔摩作家中心评选斯德哥尔摩读物,《格拉斯医生》得票数高于斯特林堡的《红房间》。

街道、广场、自然,他的首都不仅是地理的,也有文化和社区历史,有知识和伦理的氛围。不同的天气、季节,不同的地点,饭馆、住房、教堂,每一个环境都呈现不同的特点。瑟德尔贝里和他的笔下人物,在大饭店、克拉拉教堂、思特朗姆河等不同景观中转换自如。读者知道格拉斯医生在哪儿买雪茄,在哪儿修钟表,在哪儿骑马,又是在哪儿喝柠檬水,品尝 potage a la chasseur。能听到当时城中的交通工具,马车咔嗒咔嗒奔过,出租车和电车摇着铃铛。能看见灯光在黄昏,在思特朗姆河的水边蜿蜒处渐次闪亮。既能看到老诗人贝尔曼的墓地,也能领略斯特林堡点过的菜单,坐过的饭店。特别重要的是,所有自然和人文景观的描写,和人物心理及情感共存共生,水乳交融。

在写完以自己那场多角恋爱为蓝本的小说《严肃的游戏》之后,瑟德尔贝里将精力转向宗教研究和报纸评论。也许因此,他不算特别多产的作家:四部小说、五部短篇小说集、三部戏剧、一本随笔集、多本宗教历史书籍和不计其数的见于报刊的文学、戏剧评论。但他几乎所有的文学作品都被认为仍有巨大生命力。他和以《格拉斯医生》为代表的作品是众多学术著作的研究对象，也始终活跃在戏剧舞台和电影、电视屏幕，还被译成26种文字，且不断被再版、再译。

1941年10月14日，瑟德尔贝里在哥本哈根辞世。很难想象，对自己长眠于丹麦，瑟德尔贝里感觉如何。丹麦离瑞典不远，但到底隔着海，不是祖国；哥本哈根到底不是他出生、成长、苦恋和描绘的城市。所幸，他的雕像带着特别的沉思和忧郁，是瑟德尔贝里的，又像是格拉斯的，如今站立在斯德哥尔摩的街道。

捷克

赫拉巴尔的天国花园

杜常婧

朝着未来后退

许多人将博胡米尔·赫拉巴尔的作品视作一个奇迹，似乎在20世纪60年代初，是这些文字令布拉格在一夜之间蜕变为欧洲文化生活的重要中心之一。由于书籍审查制度，赫拉巴尔于1963年才出版自己的第一本短篇小说集《底层的珍珠》。这部小书让读者和评论界赞不绝口，而实际上它乃出自一位成熟作家之手，此时的赫拉巴尔已年届49岁，出于内心的渴求，他不依不饶地写了20年，得不到发表便把稿子“塞到抽屉里”，但他始终不曾割舍这份执着。赫拉巴尔付出了一个作家可以承担的最大代价，即明了他的作品或许永远也不会到达读者手中，除却身边的二三密友。

当赫拉巴尔为谋生与命运周旋的时候，他的职业经验同时充实着自己的写作。从法学博士转行为公证员、铁路工人、火车站巡查员、保险代理员、旅行社职员、钢厂工人、废纸打包工、道具工和临时演员，这些经历无疑都促使他去关注活跃在底层的普罗大众，而这也是他对“打赤脚的

博胡米尔·赫拉巴尔

人”生活的环境如此熟悉的活水源泉。他说过:“我走进这里,就像进入小说的奇遇,我发现了很多了不得的事情,所有人都有共同的特质。于是今天我明白了,我只比同我一起坐有轨电车的那个人大一点儿,或者一点儿也不比他大,我和那个来自斯皮什的父亲一样,和那个累垮了的父亲一样,每一个人都是我。”

赫拉巴尔在《底层的珍珠》《巴比代尔》《严密监视的列车》里的文字,并不止于个人经验的复述。他笔下的“巴比代尔”是一个无声抵抗的群体,他们以自身的全部姿态,对抗着当时的意识形态、社会体制以及各种陈规陋习。他们拥有无穷活力,惯于调侃一切,将生活视作一出悲喜剧,而又深深热爱之。着眼于整个20世纪的科技社会,赫拉巴尔在寻觅一种接近如此疏离的人类境况的视角。随着时间的推移,赫拉巴尔作品的眼界赫然变得与美国反传统的一代文人旗鼓相当,同时固守着中欧以及捷克的纯正传统。

向着本源前进

20世纪70年代为赫拉巴尔创作的成熟期,他的书写趋向其创作及生活哲学的源头回归,放弃对外部世界的描绘,转而捕捉内在的戏剧化图景。

《一缕秀发》的主角是一位啤酒厂的女管家,她象征着美、青春、活力，可以游戏人生，过得潇洒快活。她拥有旺盛的生命力，虽然丈夫常常对她不合规矩的举止感到惊骇，却也无法抵挡她个性的魅力。从表面不可见的事实，赫拉巴尔同自己的女主人公一道，透过她的眼睛来看、来讲述。赫拉巴尔端详人世的眼光覆上一抹浅浅的暗影，沾染几缕怀旧的柔情。生活的智慧与形式的完美贴合得天衣无缝，留下贯穿人生始终的哲学问题依旧无解。《一缕秀发》使赫拉巴尔重返理想中的青葱岁月，在他的作品中，这是我们最后一次与贝宾大伯以及巴比代尔们相逢。贝宾大伯是天生的民间说书人，赫拉巴尔创造"巴比代尔"一词的第一位启蒙人。小说结尾，女性叙述者被加快的现代节奏所同化，她的落发成为一种新生活方式的献祭，亦可视作一个时代终结的标志。这或许也是赫拉巴尔对一去不返的旺盛精力之告别，血淋淋的耶稣手持十字架悄然退隐，为老子的柔顺贤明让出舞台。

《我曾侍候过英国国王》是赫拉巴尔在20世纪70年代的另一个巅峰，其中藏有许多赫拉巴尔之前创作的影子：阿比西尼亚皇帝的宴会，百万富翁的拘留所，一个个画面和插曲总是带着作家生动的感受，这些场景的无稽和荒诞，超现实的蒙太奇手法，于整体中变换的片段披露出的现实的悖谬，模糊了闹剧与悲剧的边界。以时间为序，我们观察着一个命运与巴比代尔们相去甚远的人，一个以第一人称讲述自己生活轨迹的主人公迪特，他步步为营，人生梦想便是从打杂的仆役做到布拉格最气派豪华的饭店领班。这种欲念乃是他对自己下等身份的过度报偿，他总是以他者的眼光来审视自己，拿市井小民的尺度作为量度自己成功的标准，他也在生存中不自觉地接纳了这种人生观、价值观。带着几分超然，迪特历经了捷克斯洛伐克第一共和国的没落，受保护国时期以及战后的岁月。

在这部小说中，赫拉巴尔向自己素来景仰的文学大师雅罗斯拉夫·

哈谢克迈近了一步。他的主人公与昔日的帅克别无二致，将宏大的历史时刻分解为一系列诙谐的篇章，将以个体为中心的必然逻辑幻化为愚昧偏差的集体产物。由于自身认知和道德的局限，迪特没有分辨虚实的能力，难怪赫拉巴尔给他取名为迪特（捷克语“孩子”的意思），他思维简单，如孩童一般天真幼稚。历史的运转恰恰是由每个人微小的利益驱动的，直到进入老年，在凄清寂寞之时，迪特才最终找到自我的本质，找到生活的根本意义。就这一点而言，叙述者在许多地方与作者有所重合，主人公的口吻也格外贴近赫拉巴尔本人。

遁入孤寂

《过于喧嚣的孤独》实为赫拉巴尔奔赴本源之途的又一站。这部书也是赫拉巴尔自耶稣迈向老子的一步，从精力旺盛，对邻人充满基督之爱，到力量流失，不对人性抱有幻想，叙述者汉嘉已经在废纸堆的世界里劳作了35个年头，活在自己铺天盖地的寂寥之内，扰攘其中的只有行将被毁的书籍。书本强烈地表现了精力渐失的衰老感，汉嘉的独白如镜子般在自己身上映照出一切：现时、历史、文化以及自身存在的不可调和之矛盾。经年累月，汉嘉竟至体味到来自毁灭的变态的愉悦，足以与达·芬奇看到外国士兵毁坏他雕像时的感受相比，这种愉悦，也是出自无能为力的绝望的表达。在每一个压缩包里，汉嘉仪式般象征性地放入一本珍贵的书，亦即他的一部分生活、他的一部分自我。汉嘉的梦境里，他与这些书本的命运相似，他的身体也被埋葬了。在末日天启式的画面中，巨大的压力机将整个布拉格、所有的居民、它的传统和历史一齐摧毁。

赫拉巴尔的失落感不仅是一种个人陈词，也是20世纪70年代捷克形势的暗示性图景，它牵涉到每一个个体、每一个塑造美的艺术家的命运，深切传达出作家对于整个时代文化沦落的恐惧与忧虑。

书写生存

1970 年末，捷克作家协会被文化部解散，许多拒绝同当时政权合作的作家选择了流亡。1973 年的一场大病之后，赫拉巴尔陷入深深的写作低谷，他只求过几年平静安宁的日子，没有任何探访、座谈会，可以最终完成自己的计划，再写出 5 本书来。这时的赫拉巴尔年逾六旬，感到自己所剩时间无几，他在《不穿礼服的生活》中写道："现在我已能够享受这种奢侈，直接落笔，尽量不动剪子……我来到这个世界，走入欢闹的生活时还是一个年轻人，为了梳理自己浓密的乱发，不得不往上面倒上一把发蜡……现在我终于是老先生了，嘴角满是残酷骇人的皱褶，我思虑的是人生最后关头的事，这也是游戏，如放映机一般，将我先前经历的所有事情搬到流动的轨道上。尽管这是游戏……它美得就像我第一首宁布尔克的小诗。"赫拉巴尔的三部曲《林中小屋》《新生活》《婚宴》便是如上所言"直接落笔"的文字，它令读者折服于作家娴熟的语言技艺，饱览布拉格周边的风景，一探作家艺术圈的友人和他的回忆，从最为平实的场景中汲取作家玄妙的言外之意。

1987 年，相伴多年的妻子艾丽什卡重病不愈逝世，赫拉巴尔的生活越来越艰难，晚年过得十分孤苦凄清。此刻的赫拉巴尔已经搁笔，他生活中的嗜好只余下做剪贴画，到小酒馆以酒会友，照顾在克斯科的猫咪。多病的他却不怎么遵照医生的嘱咐，常把药片当糖果吃，感到需要的时候才吃药，以解燃眉之急。他时不时稀里糊涂地撞伤自己，身上总少不了淤血、青块和水肿。身体日渐衰弱，心境也陷入走向尽头的恐惧、疑惑和不安。1997 年 2 月 3 日下午 2 时 10 分，赫拉巴尔被发现从医院的病房坠楼身亡。死亡只是一瞬间的事。他背朝地落下,没有血泊,体肤完整,就像他一直所希望的那般。放映结束了。赫拉巴尔跨越了这一站,想来他已飞升至绮丽的天国花园,恬然自适,拥书而眠,终至展露舒心的笑容。

匈牙利

萨博·玛格达的心理现实主义

舒荪乐

萨博·玛格达是匈牙利文学最高奖项科苏特奖获得者。匈牙利“闭塞的十年”(1949—1958)对文坛有特殊的意义:“二战”后,苏联入侵匈牙利,苏维埃政府在匈牙利施行新的文化政策,人民逐渐失去言论自由。在这种情形下,许多作家纷纷封笔息声,不再发表新作品,一直到苏维埃政府撤出匈牙利。这10年间,萨博·玛格达虽然没有发表新作品,但却并未停止写作。1958年,处女作《壁画》问世,萨博凭此作获得了科苏特奖,并少有地同时获得了评论界和普通读者的一致好评。《壁画》的成功并非偶然,这与它问世的时间不无关联,1958年这个时间点赋予了小说特别的地位和价值。一年后,也就是1959年,文坛又在短暂的期待中迎来了萨博的第二部长篇小说《鹿》。如今,萨博·玛格达是最具海外影响力的当代匈牙利作家之一,她的作品被翻译成多国文字,在全世界出版发行。

20世纪40年代后,匈牙利文学主要分为三个流派,分别是“保守创新派”、探索实验小说可行性的“形式与内容并重派”;最后则是关注实验小说的第三代“西方派”,萨博即属此列。萨博·玛格达在继承了匈牙利小说传统现实主义的过程中,又开创了新现实主义(也称“心理现

萨博·玛格达

实主义”)。以往匈牙利的现实主义小说永远取材于贵族阶级,内容则是满篇的陈词滥调,但萨博在作品中表现出的现实主义传统与实验手法并重的态度,则向落后的匈牙利社会展现了现实主义描写的精华所在。

萨博·玛格达的作品多取材于本人生活,她用手中的笔向世人展现了这个朦胧的世界中各个阴暗、隐蔽的角落,用局内人的视角和一颗虔诚的德布勒森(匈牙利新教城市,也是玛格达故乡)卡尔文教徒的灵魂,观察着小城镇中知识分子市民阶级的生活。《壁画》描述的是一名被精神病折磨了29年的妇人去世后的故事。她的辞世并没有给任何人造成震动,却在家里每个人的心中激起了多年来对生活的反思。教士的妻子埃迪特在疯人院中度过了生命中最后的时光后,全家人在她的葬礼上聚集起来,先是主人公阿努诗卡的出场,然后是愤世嫉俗、自私自利但也渴求幸福的孤儿阿尔巴德,再是参加葬礼的戴琪奶奶,接着是大女儿杨卡,她的孩子苏苏,40年来一直生活在这所房子中的老高蒂阿姨,现在的家长、“红色教士”昆·拉斯洛,最后是整个家族的精神领袖、象征着专制君主集权的老教士马特·伊斯特万。故事的时间跨度为一天,从早上教堂钟声响起至傍晚时分,共13个小时。这13个小时呈现了两代人的不同命运,葬礼前每个家庭成员都细细地思索体味了一番过去几十年的家族历程,在与内心的斗争中反思这个家庭的过去与现在。

《鹿》的时代背景与前者相同。主人公安奇·埃斯泰尔出生于一个没落贵族家庭。这个家庭尽一切力量保护昔日上层阶级生活。物质贫乏与重返上层阶级的愿望在这家人的生活和思想中互相交织，埃斯泰尔的身上也被烙上了深深的印记，她需要使自己变得狡猾、聪明、有才华，以免受欺负，长大后她成为了一名成功的女演员，但即使这样埃斯泰尔还是心怀苦楚，因为所有不计一切代价的行为和为了生存进行的斗争都是内心脆弱的写照。小说中的另一位主人公安奇拉生长在一个富足的家庭，她从不担心物质匮乏，不必像埃斯泰尔一样做一个能干、勇敢的人，也就是因为这样，安奇拉身上完整地保留了孩童的无助、无辜和与生俱来的善良。埃斯泰尔因此对安奇拉满怀嫉妒和仇恨，她因自己的贫穷、失败而报复朋友，抢走了安奇拉的小鹿玩伴，长大后又勾引她的丈夫。尽管报复很彻底，但她黑暗的内心仍得不到满足，只有自私支撑着她，这对于美好的生活来说太空虚了。

《壁画》匈牙利文版

萨博·玛格达在一次采访中这样阐述自己对女性的理解："她们熟悉生活，训练有素。我的家庭中从来没有男人强壮、女人柔弱这样的事。从我出生起就知道，男人非常神经质，也容易紧张，只会忙忙叨叨，什么事都手忙脚乱。如果出了乱子，他们就被责任吓跑了，躲起来。他们可怜的妻子就要去摆平后事，在物质上、精神上都是。长大后我得出这样的结论：严厉冷酷的、坚强勇敢的男人只存在于文学作品中。但是咬紧牙关为战胜一切肉体、精神折磨挺身而出的女人却比比皆是。我们那里的女人世代承担着生活的重担，在我的作品里她们的形象都是真实再现，与我在家里时看到的一样。她们的周围笼罩着一圈母性和坚强的光环，仿佛是祖国大地。”

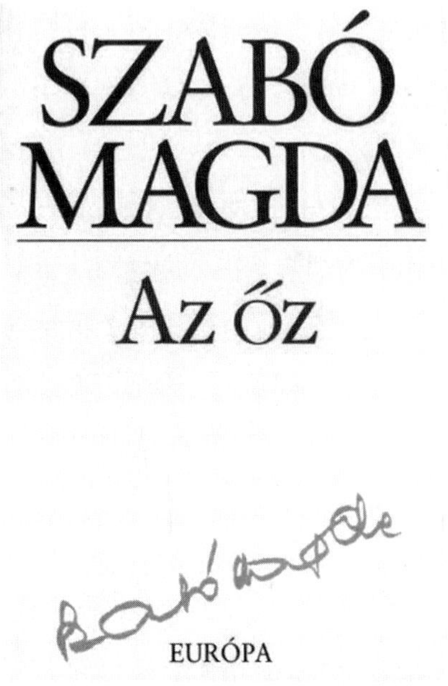

《鹿》匈牙利文版

对女性的信任，使萨博从女性视角出发，采用“内心独白”的手段，用充满感染力的语言将读者带入小说世界，使读者得到一种身临其境的熟悉感，成功地拉近了作品与读者之间的距离。这样的独白“既无作者介入其中，也无假设的听众”，叙述者潜入人物的意识深处，把人物心理的大幕拉开，让读者直接看到人物内心活动的原始形态。《鹿》中，作者以第一人称现在时慢慢展开对过去的回忆，她用普鲁斯特式的思想与事件及评论结合在一起的方式，自然地铺陈了一部类似编年史的小说；而《壁画》中的内心独白则是视角转换的范本，多名人物的内心独白（多以回忆为主）构成了小说的主体，这些内心独白并不重复，而是互相补充，相辅相成，此外，客观的陈述与内心独白同时存在，并和谐地与不同视角融合在一起，达到了精致的平衡。

波之三

地铁里的波兰诗

张振辉

在波兰驻华大使馆举行的名为“地铁诗歌——来自波兰的诗”活动，有7位波兰现代诗人先后朗诵了他们的作品。此外还有中波两国诗人的见面和交流、小型赛诗会及青年诗歌讲座等活动，这是波兰文化输出的一个重要举措。顾名思义，“地铁里的诗”是反映高科技时代现代生活的作品，这类诗歌活动之前在波兰和欧洲一些国家曾举办过三届，此届已在伦敦、巴黎、马德里、布鲁塞尔、基辅和卢森堡举行过，除了北京外，还将在东京举行，主要以诗歌朗诵会和在地铁里做广告的形式出现。

应波方的约请，我负责翻译了本届波兰地铁诗歌活动的老、中、青三代34位诗人的95首诗，其中绝大多数是中青年诗人的作品。正如诗展的组织者所说：“在这次普及诗歌的运动中，城市范围内的好几代诗人都参加了。波兰的青年诗人能够这么广泛地展示他们的作品还是第一次。”这些诗歌涉猎题材之广泛、表现形式之多样，在波兰诗坛上都是前所未有的。诗歌对现代生活的各个方面几乎无不触及，例如有的青年诗人爱看美国NBA的篮球赛，把他和朋友在赛场上的见闻和感受生动地反映在作品中。有的对西方爵士音乐感兴趣，认为“在人们的想象中，

"地铁诗歌"活动在国外地铁站内的广告

未来音乐的发展好像改变了方向/'爵士'是一种生活方式,你以家庭—老婆—孩子的概念对它是无法理解的"。可诗人又讥讽地说,在这种生活方式中,"当一次又一次的碰杯,一根又一根的线条/都在消磨你的天才的时候,/你反而以为,你变得越来越伟大了"。

有的诗人把当今物理学中原子结构的变化和其中电子的活动比作机器人打球,形象地揭示了原子核活动的秘密。有的想到信息时代的知识爆炸,说:"一部词典虽然无所不包,但却有好几百个新的单词没有收进去。"有的诗人还揭露了现代社会中的吸毒、核辐射和各种不治之症的危害,如耶日·雅尔涅维奇在《1986年》中写道:

"在这个不体面的传记中有很多不体面的东西:/我比母亲活得长些,我曾来到雷特金唯一的/一家药店给她买吗啡,在这里买吗啡是合法的。/哥白尼医院的医生们写明了它的剂量,要使她'不依赖它'。/后来她还活了两个月,就再也不依赖它了。"

诗中还提到了乌克兰切尔诺贝利核电站在1986年发生的核泄漏

事故。在另一首诗中，他又心酸地指出了“你在吻她那布满了肝病创伤的手掌时，你得让她抓住你被风湿病腐蚀的骨头”，这是多么可怕的景象。

沃伊切赫·齐洪

诗人沃伊切赫·齐洪在《生命在继续》中，接触到了这次诗展的主题：

“他最认可的是：/只有一条地铁通过城里。/地铁里的电车一列又一列地驶过许多成年的大门，/门上总是张贴着许多广告，缀饰着许多鲜花；/还有诉说了缘由的各种申明：要怎么去进行战斗？/跟随专制主义的足迹，怎样才能得到人们的赞许和尊敬？”

这大概是诗人在华沙地铁里经常看到的场景，但他又说：

“我在一个陌生的城市里，/在这个城市里，我只是一个过路的人。/和我亲近的人谁都找不到我，/我去任何一家医院都不知道怎么走？/如果我要自杀，/对那形成我的信仰的基础的各种现象作最后的区分，/那么我遇到的将是在世纪阴暗的寂静中/响起钟声时产生的无可挽回的悲剧。”

面对光怪陆离的现代生活，诗人似乎感到迷茫，他在《你知道怎么样》一诗中，还提到了“在我这个地区到处都有少年犯罪”，又说：

“我早就在这么折磨自己了，/我也不愿待在这个只有几个人的悲哀的俱乐部里，/我只是身在而心已经不在那里了。/俱乐部里其他的人都劝我不要再听那些电影内容的介绍，/那些商界的丑闻，那些股市行情，/还有那些亚洲也就是这个地球较差的那一半的事。/我们要有一个组织，在晚上当酒鬼们/把酒一瓶瓶地喝得筋疲力尽的时候出现，/来对他们进行制裁……”

这种迷茫、无奈，因对现实的不满而产生的忧郁在许多诗人的作品中都可见到，它们的表现也多种多样：有的是因为想要追求自己所爱的人可又得不到对方的爱而产生的悲哀，有的因为自己这一代人没有成就，不得不靠先辈的文化遗产作为“我们”的精神食粮而感到遗憾：“他说，你相不相信，我们都是一些爱吃死尸的人?”

但除此以外，在这些青年诗人的诗作中，我们也可看到他们对生活、对大自然和对人性的赞美。诗人雅采克·德内尔2005年3月22日在从格但斯克到华沙的火车上曾经看到这样的景象：

“无人问津的河面上筑起堤坝，架起了大桥。/为了防止水土流失，不管是南方和北方，/都划分了水域，铺设了排水管道。/一条条道路把城市连在一起，城市的人口也陡增无比。”

诗人不仅赞美现代化的水利工程和城市建设，而且也很热爱大自然的纯真，在他的一首田园诗中，甚至表现了对近乎原始的农业生产极大的兴趣：

“又是一个秋天，旅行的季节，/窗子外，牧场上，田埂旁，/水草丰茂，林子里有许多倒下的树，/他在农田里奔忙。

“那制帽下面显露的干瘦的面孔/就像成熟得很晚的草莓。他知道：

“世界是一座坚固的磨坊，不能把什么都弄得那么散乱。/手里拿着铁锹和耙子，只能刨平它的表面，/而无法深挖，深挖到地里。”

当他知道一株樱桃树的树枝被砍下来后，他就为它鸣不平：“这是对这株树的不敬，它结了那么多的果实，它让人踩踏，任凭小伙子采摘。”在《幸福》一首中，诗人还揭示了一个女人对丈夫坚贞的爱：

“这么多年，这么多书信，这么多的亲热，/她熟悉他的衬衫、皮鞋的号码和帽子的大小。/她从来不窥探别的男人，/也不用别人的用语和那些亲热的名字。”

波格丹·比亚瑟茨基

就是她丈夫患了癌症躺在床上，她也认为：“他躺在床上一点也不比别的男人差。”波格丹·比亚瑟茨基在《记忆》一首中，也生动地写出了他曾遇到的一个生性质朴和善良的女人，她很坦诚地对诗人说：

“你知道，我生孩子违背了母亲/和家庭其他成员的意愿。因为我没奶喂，/儿子骨头里缺钙，将来走不了路。/我找过城里的医生，/但是公共汽车票价太贵，医生们都很少出诊，/我的丈夫又没有工作，/家里人没有要我生孩子。”

诗人听了后非常感动，说：

“她不要钱，只想和我谈话。/我的行囊里有一台美伦达照相机，/这个老式的相机比可以喝一年的牛奶都有用。/我给她照了相，她很激动，非常感谢我。/我想，我这辈子都不会忘记。”

女诗人维罗尼卡·列万多芙斯卡在《静寂》一诗中，说她一天在街上，遇到了一个晕倒在街上快要死去的人，她马上想到：“在他和生命告别之前，给他做人工呼吸。”像这样充满了人性美的诗作还可以列举很多，这一届“地铁里的诗”是现代诗的艺术宝库，为当今世界的诗坛增添了新的色彩。

维罗尼卡·列万多芙斯卡

俄罗斯

当代20年俄罗斯文学概览：文化市场铸就多元化作家群

林精华

苏联解体后，俄罗斯文学的存在方式发生了结构性变化，甚至变得更丰富了。其中比较重要的一个方面，就是苏联解体后20年来，俄罗斯文学发展中出现了结构多元化的作家群。

一直追踪苏联解体后俄罗斯文学发展的《旗》杂志主编楚普林，在其主编的《新俄国：文学世界，百科指南》中统计，苏联解体后俄罗斯文学家仍然数目庞大——近万人参与了文学创作，在传统文类上创作出很多作品，又创造出历史文学和大众文学等新文类。并且，在近20年的文学进程中，这上万名作家有的因其成就，成为比较著名的作家：据统计，有名有姓且至少获得一种奖项的当代俄罗斯文学家有166名，还不包括他因偏见而未收录的作家，如以《将军及其军队》而获1995年布克奖的弗拉基莫夫，被视为创作了苏联解体后最为重要小说《地下人，或当代英雄》的安德烈·彼托夫，最重要的观念主义诗人德米特里·普里戈夫，苏联时代著名作家且在当代俄罗斯一直很热衷文学组织的邦达列夫，备受尊重的阿斯塔菲耶夫和奥库扎瓦等。批评家奥特雷兹科的《今日俄罗斯谁在搞文学》收录了有一定名望的作家124人，除获得国家奖和布克奖作家之外，还包括苏联时代热心于刑事犯罪斗争、后苏联时代转向写

Л. 乌里茨卡娅

色情的作家阿拉科且耶夫，推崇女性主义的家庭女教师阿拉巴托娃等。

在文学队伍构成中，小说家是最引人关注的，百来位小说家创作了大量的不同类型小说。在巴辛斯基主编的《“另类文学”：现代散文图书系列及其过去、现在、将来》看来，20世纪90年代中期，俄罗斯第一套“黑色系列”小说，包括П. 阿列什科夫斯基、С. 巴巴扬、В. 沃伊诺维奇、Ф. 伊斯康德尔、А. 卡巴科夫、Ю. 科瓦里、Э. 利蒙诺夫、Н. 梅德维杰娃、А. 纳伊曼、彼得鲁舍夫斯卡娅、В. 皮楚赫、Л. 乌里茨卡娅、М. 哈里托诺夫、Г. 舍尔巴科娃、Б. 伊姆波利斯基等。到1999年黑色系列丛书出版范围扩大，更多的作家作品被列入，如В. 贝科夫、М. 维什涅夫斯卡娅、根尼斯、Ю. 达维多夫、А. 德米特里耶夫、Б. 叶基莫夫、叶洛费耶夫、С. 卡列金、波波夫等，“今日包括当代俄国小说在内的图书系列，就像蘑菇一样迅速增长，如奥尔马、埃克斯莫、行动等出版社出版的系列图书”，才华横溢的新作家不断涌现，如В. 阿尔乔莫夫的《赤裸裸的本性》、А. 阿法纳西耶夫的《小于3的区域》、Л. 波洛金的《访问》、В. 加拉克基诺娃的《能飞的房子》、Г. 格罗温的《另一种生活》、В. 克鲁平《最后时光的小说》等发行量过万册作品，这些作家各有特点，甚至同经典作家也不尽一致，创作风格包罗万象，丛书声望得到很大提升。

表面上，当代俄罗斯批评家最痛心疾首的是诗歌的衰落。可是，俄罗斯青年诗人М. 阿麦林给中国读者选编的《当代俄罗斯诗选》(人民文学出版社，2006年)中，除了收录阿赫马杜琳娜、安德烈·沃兹涅先斯基、叶甫盖尼·叶甫图申科等苏联时代著名诗人的作品外，还包括他本人、观念主义诗人普里戈夫和鲁宾斯坦等34人的诗作。据诗人和文学批评家Г. 克拉斯尼科夫选编《21世纪俄罗斯诗歌文选》统计，苏联解体后20年来，尤其是21世纪，活跃在诗坛上不同年龄段的诗人超过400人，除了苏联时代的老诗人之外，还有更多新成长起来的诗人。而且，在莫斯科诗歌俱乐部创建人、诗人叶甫盖尼·布尼莫维奇和俄语诗歌翻译家凯茨看来，"转向21世纪的标志是出现一种新的后苏联诗歌潮流。这种潮流不是形成于被禁止和不许可的氛围中，而是急速的社会剧变和持续不断变化的文化语境里……新一代诗人开始寻找他们自己的位置和他们的读者"，道出了当代俄罗斯诗歌的动力和前景。这样的理解并非一厢情愿，而有一定的事实根据：1994年，民间资本创办了大型新诗刊《阿里翁》；2006年АРГО－РИСК出版社，根据曼德尔什塔姆诗句"所有的诗歌我分成许可创作和不许可写的/第一种是卑鄙下流的，第二种是盗窃来的空气"，创立诗歌季刊《空气》，围绕"空气"而设立"氧气"、"深深地吸入"、"呼出"、"改变呼吸"等栏目，力求发表不同年龄段和不同行业的诗人之作和诗评，包括Е. 萨布洛夫、П. 格里津等诗人之作，还出版纪念莫斯科诗人Е. 法娜伊洛娃专辑。既然能问世新诗刊，读诗的人哪怕严重下降，也依然有着稳定读者群：2003年2月11日《文学报》刊出莫斯科38家重要书店公布的前50位当代诗人诗集销售排行榜，其中前3位的诗人作品销量为谢尔盖·米哈尔科夫（3020册）、伊格尔·古别尔曼（1250

谢尔盖·米哈尔科夫

鲍里斯·阿库宁

册)、弗拉基米尔·维什涅夫斯基(1010册)等。

至于戏剧,观察近20年来莫斯科和彼得堡出版的各自城市演出季中每月一期的《戏剧海报》可发现,著名剧院上演的剧目,除了经典之外,1/4是当代作家提供的戏剧文本,或他们改编的经典作品。这期间出现的著名悲剧作家就有阿尔巴托娃、博加耶夫、别列茨基、佐林、科廖达、萨杜尔等24人。此外,还有一些小说家(如以笔名鲍里斯·阿库宁闻名的侦探小说家契哈尔吉什维里)也介入戏剧文学。这些人的戏剧成就是经过剧院、观众和导演等多方面严格筛选出来的,体现了后苏联俄罗斯戏剧创作的进展。

在庞大队伍中,文学家的身份都相当复杂,少有以文学为唯一职业的创作者,多为从事不同领域的工作,兼顾文学。其中,契哈尔吉什维里1956年出生于格鲁吉亚,1958年迁居莫斯科,毕业于莫斯科大学亚非学院,起初在俄语出版社工作,后来调到《外国文学》杂志,1998年之后负责索罗斯基金会"普希金文库"的编辑出版工作,业余时间翻译日本文学和英语文学、撰写文学评论和书评等,著作《作家与自杀》被视为当代文学批评力作。就是这样的人物,1998年开始以鲍里斯·阿库宁的笔名发表侦探小说,连续创作了《惊险系列》《外省侦探系列》《硕士惊险系列》《风格系列》等,成为当代作家把文学创作和大众需求结合得最为完美的畅销作家。另一位在后苏联深受欢迎的作家维列尔(1948—),1972年从列宁格勒大学语言文学系毕业后,在外省小城从事过中学语文教师、混凝土工、地方企业报记者、宗教和无神论博物馆职员等工作，苏联末期开始发表作品，20世纪90年代中期因《想去巴黎》《茶炊》《关于生活的全部》等成为享誉俄罗斯文坛的著名作家，后又因《涅瓦大街的幻想》《涅瓦大街传说》《罪恶之爱》《最大的可能性》等作品，成为俄罗斯发行量前几位的作家。实际上，文学成为为兴趣而做的工作，是当代俄罗斯作家之常态。

苏联解体后，俄罗斯把文化也纳入市场经济，从而使莫斯科和彼得堡等地的书店、书摊、书市的图书品种比过去要丰富得多。不同职业的各类作家每年推出数量庞大的不同文类的文学作品，给当代读者以新鲜的阅读物，满足了读者在俄罗斯转型时期的不同诉求。这种情形在不同图书展中集中显示出来，在书展上可看到丰富多彩的当代俄罗斯文学作品，包括获布克奖和其他不同奖项的小说、莫斯科戏剧汇演和俄罗斯戏剧节上演的剧作、获得诗歌奖的诗集、历史小说（俄罗斯批评界称之为非小说）等。

正是这些当代作家创作的文学，连同大量的翻译文学、大众文学、白银时代的文学等，构成了苏联解体后图书市场上的不同景观，从而使文学家重新焕发出生命力，而且有些著名文学家也由此获得新的社会召唤力，比如索尔仁尼琴。

由此可见，当代俄罗斯文学存在并发挥着一定程度的社会影响力，更多的是在文化市场和社会变革中显示出魅力。

在历经20世纪90年代初、中期危机后，俄罗斯文化市场没有摧毁文学，而是铸就了新文学。从苏联到俄罗斯的过程，是急剧地从计划经济转向市场经济的过程，文学突然被强行纳入市场，作者、出版社和报纸杂志、书店等都必须独立地面对市场风险。由此，担忧大型文学杂志的存亡和文学作品在出版社命运等悲观情绪，持续存在着。但实际结果是，各大文学杂志发行量急剧下降，却顽强地存续着，不仅正常出版发行，还引导文学发展；绝大部分作家还是经由文学杂志推向社会，如Г.巴克兰诺夫、С.巴鲁兹金、А.雷巴科夫、Ю.谢缅诺夫、伊斯坎德尔、沙特洛夫、叶甫图申科等作家，能继续围绕《星火》《旗》《民族友谊》和《青春》等展开文学活动；《我们同时代人》《莫斯科》《青年近卫军》和《文字》等杂志，拥有别洛夫、拉斯普京、邦达列夫、维库洛夫、阿斯塔菲耶夫、伊萨耶夫、库兹涅佐夫、科日诺夫等另一批作家；《新世界》和《空气》等成为新作家成长起来的重要阵地。而且，还不断创办了各式文学报刊：1993年老作家阿斯塔菲耶夫等参与创办了家庭文学杂志《日与夜》，圣彼得堡"Алетейя"出版社1998年还创办文学季刊《十字架》等新杂志，以自己的特色扶持地方文学；此外，一些新生的综合性报刊也时常刊载文学作品或文学批评文字，如《评论》杂志等非文学报刊开设文学栏目，别列文、彼得鲁舍夫斯卡娅、弗拉基米尔·索罗金、马姆列夫、维列尔、诺维科夫等作家也与之互动，对此，批评界的看法是："我们不是很需要文学，我们需要的是文学专栏。"换句话说，上述作家是经由不同类型的文学杂志而活跃于当代俄罗斯文坛的，杂志倾向和趣味不同，成就了风格多元的新作者群和读者群。也就是说，与文学相关的报刊或文学栏目之趣味，影响了文学的存在状态。

弗拉基米尔·索罗金

的确，文学生产渠道的多元化成就了作家创作的丰富多彩性，并相应地积极促进了文学消费。《书评》周报2004年3月1日刊发俄联邦出版和电视传媒部关于2003

年图书出版公告:这年出版零售总额不低于450亿卢布——相当于17亿美元,出版图书种类达到80290种、印数72亿多册,比起2002年的图书出版种类和印刷数分别增长15.1%和21.8%,居世界第5位。文化市场化的机制意外地改变了出版格局。20世纪90年代末期,苏联时代的科学、苏联作家、工人、青年近卫军、莫斯科大学等著名出版社被排除,至今亦然。据《文学报》2004年1月21日数据,莫斯科38家主要书店2003年销售情况,前10名作家及其销售量分别是乌里茨卡娅(7942册)、别列文(7130册)、索尔仁尼琴(5762册)、维列尔(3548册)、托尔斯泰雅(3467册)、维克多利亚·托卡列娃(3222册)、利蒙诺夫(3088册)、阿克肖诺夫(1949册)、波利亚科夫(1747册)、弗拉基米尔·索罗金(1561册)。2011年初《文学报》公布的数据表明,2010年文学生产和消费情况比过去更好。

此外,每年初,由图书出版协会组织和动员各出版社、图书馆、各地读者投票选择上个年度"优秀图书",这是从苏联延续到现在基本上没有中断的传统。在这个活动中,时常有当代文学家的作品入围,这种情况与《文学报》每年公布的文学作品销售情况一道,共同说明苏联解体后俄罗斯文学还是有其稳定读者群的。

《带花的十字架》：仿真与幻象

王树福

自苏联解体以降，意识形态的转换、创作环境的改变和写作主体的重组，直接导致当今俄罗斯美学理念发生裂变：民族主义思潮成为当今俄罗斯美学理念的核心，是否表现出俄罗斯独特的民族意识、民族精神，是否有利于传承俄罗斯民族文学、民族理念，成为评判当今俄罗斯文学的核心准则。而作为文化嬗变和文学演进的主导要素，当今俄罗斯文学话语主要表现为政治思想上的自由主义、市场经济的消费主义、审美标准的泛俗化、文化与文学价值观的多元化，而新根基主义、新启蒙主义、新虚无主义和实用精神则成为当今俄罗斯作家的文学价值理念。

就美学理念而言，现实主义已然不是俄罗斯作家遵循的唯一创作手法和艺术原则，多元化和自由化的文学空间为多声部文学话语系统的转型和确立提供了必要条件。在多声部的文学话语系统中，融合历史史实和艺术幻想的假定隐喻性成为当今俄罗斯小说叙述的重要修辞术，由此也形成作品五彩斑斓、别具一格的神秘幻想主义风格。

从仿真到幻象

叶莲娜·弗拉基米罗夫娜·科利亚金娜以《带花的十字架》成为2010年第19届俄语布克奖的最终得主。科利亚金娜现居伏尔加格勒，系当代俄罗斯实力派女作家之一。她1960年出生于伏尔加格勒州切列波维茨地区首府切列波维茨市。科利亚金娜早期曾经写过诸如《偷来的幸福》《我的爱情曲》《幸福的碎片》等一系列"性格女孩"儿童小说，但并未引起批评家和文学界的注意。1995年，她的一组幽默小说得到《世界主义者》杂志主编的认同，由此在文学界崭露头角。1995年到2001年间，科利亚金娜一直在《世界主义者》做编辑记者，受到文学界的瞩目。现在她在《地铁》报刊上有私人专栏，而且是《切列波维茨之声》的专门记者。

叶莲娜·弗拉基米罗夫娜·科利亚金娜

作为一部兼具幽默与感伤特质的爱情幻想小说，《带花的十字架》的男主人公是21岁的东正教神父洛克金，女主人公费奥多西娅，用作者的话说："是一个有魅力和魔力的女孩，不管在什么时候她都是鲜活动人的。"1674年，洛克金经过长途跋涉，来到托吉马城。在追寻上帝和真理之路上，他打算教化一群没有文化教养的托吉马人，使其皈依上帝，然后继续出发去弥漫着神学之光的莫斯科。在洛克金的自述中，他遇到15岁的费奥多西娅,她的美貌神采让洛克金惊讶无比、心驰荡漾。费奥多西娅利用美貌,让江湖艺人伊斯托姆犯罪作恶,给当地居民带来不安。洛克金决定让费奥多西娅皈依基督,作为献给上帝的礼物。在洛克金的训诫和说教之下,费奥多西娅毅然切掉象征情欲的阴蒂,以圣愚式的行为,虔诚信仰上帝。而当众人开始像膜拜圣人一样膜拜费奥多西娅时,洛克金却一边诅咒费奥多西娅迷惑人心的魔法,一边将其视作妖女烧死。洛克金希望以费奥多西娅的献身上帝为代价,成就自己的宗教仕途。故事在神秘幻想的历史语境中铺陈,围绕着洛克金与费奥多西娅的爱恨交织、洛克金与信徒的亲密疏离、洛克金对上帝的信仰与否、费奥多西娅与信徒的彼此关系展开,呈现出一幅融幻想性与隐喻性于一体的小说画卷。

《带花的十字架》原名《快乐的呓语》,从 2000 年开始创作,直到 2008 年才完稿,2009 年发表于《伏尔加文学》第 7 期,2011 年由 ACT 出版社出版单行本。小说手稿曾入围 2008 年度“大书奖”长名单,2009 年在伏尔加格勒文学协会上曾引起不少作家和批评家的热烈讨论:有人称赞该作是“世界水准的天才之作”,充满历史想象和现实关怀;而有人则称其为叙述神秘的肮脏之作,充满渎神话语和鬼怪描写,“仅仅是当代文学中的一桶泔水”。作者在访谈中提及创作小说的初衷:“1995 年,我成为《世界主义者》杂志的作者后,迷上了女性主义,开始收集这个主题的参考文献。有一次我买到一本关于魔法的书。书中有关于受诅咒的女魔法师费奥多西娅在托吉马城的历史信息。这些信息成为创作这部长篇小说的一种推动力。”于是,科利亚金娜开始“收集所有关于女性在历史中的作用和她们对文明的贡献的资料”。“我一直都很想写关于爱情和性的作品,但是遗憾的是,在现代俄语中找不到合适的词语……当我发现彼得之前的古罗斯中有许多我需要的词语——谁也不会感到受侮辱的词语,我就开始写作这部作品了。”

隐喻性修辞的呈现

经由幻想、象征、联想、虚构等隐喻性修辞手法的作用，《带花的十字架》整体上体现出如梦如幻的神秘氛围和历史想象。这主要表现在主题内容、体裁风格和语言特色三个层面：其中主题层面是内在的核心品性，主宰着体裁风格、形式建构、叙事修辞、语言特色等艺术特质的呈现；体裁风格是主题内容的场域化外现；语言特色则是体裁风格的外在具体症候。三个层面彼此关联，层层深入，共同指向隐喻性修辞在《带花的十字架》中的显现。

从主题内容层面来看，《带花的十字架》内容涉及流行文化所关注的爱情和性，其主题是“在遥远的中世纪发生在伏尔加格勒州的爱情和性”，旨在以历史事件和民间人物为基础，经由艺术虚构和情节幻想，来展现身处工业文明迷雾中的现代人对爱情和性的观点。对于这部被有些媒体称为“情色小说”的作品，伏尔加格勒女作家Г.谢金娜曾指出：“在这里，戏剧的严密规则在成功地起作用：好人置身于残酷环境中。作者表现出对女主人公的同情，而当读者已经上钩时，小说开始引领读者……”

从体裁风格层面来看，用作者的话说，该小说体裁是“闹剧式的”，充满奇特的幻想和温柔的感伤，融幻想性和假定性为一体，以假定性的奇幻笔法、现实主义的生活逻辑和人道主义的历史情怀，表现对现实的关怀和对人性的剖析。这种融幻想、隐喻、想象于一体的艺术风格，与俄罗斯民族文学尤其是文学中的奇幻因素和神秘风格相联系。科利亚金娜视果戈理、纳博科夫、索罗金和佩列文为“文体之父”，甚至对爱德华·利蒙诺夫的爱情小说《是我，埃季奇卡》赞不绝口。体裁风格上，

《带花的十字架》俄文版

《带花的十字架》将真实的逻辑性与丰富的想象力、细节的精确性与生活的荒诞性巧妙融为一体，弥散着神秘主义气氛和宗教历史氛围，与果戈理《狄康卡近乡夜话》轻松明快的喜剧性和色彩瑰丽的神秘性有着异曲同工之妙。

从语言特色层面来看，小说巧妙混合了不同时代的宗教用语、古斯拉夫语、民间俗语、现代俄语以及部分外来语，构成别出心裁的语言交响乐和风格复调曲。有人认为，小说中令人称奇的，并非是带有宗教氛围和魔幻色彩的情节，而是风格各异的语言。也有评论指出，由于作者对部分词语内涵把握不当，导致小说中出现一些用语失误之处，小说语言的错乱混杂损害着艺术魅力和思想内涵。

隐喻性修辞的由来

当今俄罗斯小说中的隐喻性特色与20世纪八九十年代出现的假定隐喻式小说有直接关联：前者正是在后者的创作经验基础上，借鉴多种流派的叙事手法，形成的一种综合性的文学现象；后者的直接源头则是20世纪60年代兴起的"青年小说"，追根溯源则与俄罗斯文学中的"想象现实主义"传统一脉相承，与经典作家H.果戈理、B.奥多耶夫斯基、A.维尔特曼以及M.布尔加科夫的创作有着不解之缘。"在艺术发展的早期阶段占据了上风的，是那些如今被看作是假定性的各种描绘形式”，这种假定性形式在20世纪产生出多种形式和变体，诸如各种各样的幻想之假定、把描述物象直观地图示化之假定、对手法予以暴露化之假定、突出蒙太奇式结构之假定、对现实和历史予以隐喻式描绘之假定。

当代俄罗斯文学中的假定隐喻式小说，是躲避俄罗斯书刊审查制度的一种叙事修辞术。这些以童话、幻想、象征和隐喻等假定性为修辞手段的小说，主要描写历史进程中的神秘现象或现实生活中的奇特事件，在亦真亦幻、似梦似真中表现人物对真理的探求和无所归依的尴尬心态，表现人类精神的困惑和内心世界的神秘。通过人物对现实人生的不满与留恋、对彼岸世界的质疑与向往等悖论态度，探寻人类心灵的港湾和最终依托等终极问题。这种既经由历史关注现实、通过隐喻叩问现实，又经由幻想超越现实、获得心灵提升的表达方式和艺术风格，被称为神秘现实主义，其本质上是现实主义精神的体现。

伴随着以奇幻小说、侦探小说、历史小说等类型为代表的大众文学和以戏仿、剪切、拼贴、复制、戏谑等手法为代表的通俗文学的兴起，近年来俄罗斯布克奖获奖小说在相当程度上受到大众文学审美趣味的冲击与影响，普遍表现出幻想性与假定性的融汇与综合。作为文学艺术中具有同等存在权利的两种倾向之一，假定性在不同的时代得到不同程度的应用和体现。在当今俄罗斯文学中蔚为大观的假定隐喻式小说，在形式上表现为童话式、神话式和想象式小说，在体裁上表现为社会型（对八九十年代的社会改革与消极社会现象予以针砭）和哲理性（对人与自然、人与社会、人与人关系予以形象解说）小说。

澳大利亚

彼得·凯里：一位特色鲜明的澳大利亚作家

李　尧

彼得·凯里是澳大利亚当代最有影响的作家之一，被人们称为“澳大利亚魔幻现实主义文学的代表人物”。迄今为止，他已经出版13部长篇小说、多部儿童文学作品和短篇小说集。这些作品大都获得澳大利亚最重要的文学奖项。其中长篇小说《幸福》获迈尔斯·富兰克林奖。1985年，这部小说被改编成电影后，一举夺得包括“最佳故事片奖”在内的澳大利亚电影三项大奖。1988年出版的长篇小说《奥斯卡与露辛达》、2000年出版的长篇小说《凯利帮真史》获得“布克奖”。新作《主仆美国历险记》入围2010年“布克奖”，又获国家图书奖。凯里是除南非作家、2003年诺贝尔文学奖获得者库切之外，又一个两次获得“布克奖”的作家。

彼得·凯里出生在澳大利亚维多利亚州一个普通人家，其父是汽车推销员。他毕业于莫纳什大学，学的是自然科学，但他酷爱写作，毕业后先后在澳大利亚和英国伦敦多家广告公司工作。广告公司独特的、充满开拓精神的氛围给了他很大的影响。他和几位同事，包括莫里斯·卢西和巴里·奥克利，后来都成了澳大利亚著名作家。1974年，彼得·凯里出版了他的第一部短篇小说集《历史上的胖子》，一举成名。他的第二

彼得·凯里

部短篇小说集《战争的罪恶》1979年出版后，好评如潮，1980年获得新南威尔士州总理文学奖。评论家指出："他终于使澳大利亚文学走出狭隘的地方主义角落，具有了新的广泛性和复杂性。"凯里站在历史的高度，满怀神圣的使命感，潜心创作30余年，成为澳大利亚当代最受欢迎、最有成就的作家之一。在澳大利亚，人们普遍认为他是堪与博尔赫斯、加西亚·马尔克斯以及唐纳德·巴塞尔比美的文学大师，是继帕特里克·怀特之后屈指可数的有特点、有深度的澳大利亚作家之一，甚至预言在未来的某一个时刻，他有可能成为澳大利亚第二位获得诺贝尔文学奖的作家。

作为一个备受欢迎的作家，凯里以拥有众多读者为荣，坚信"大众艺术从任何意义上讲，都是好艺术"。他的作品形式多变、手法新颖，常常将历史与现实糅合在一起，将"黑色幽默"、寓言、科幻融为一体，成为现实主义和超现实主义完美的结合。这种怪诞而又真实、轻松而又严肃、神秘色彩及象征主义并存的作品必然具有很强的吸引力。他的小说有一个特点，那就是喜剧色彩和讽刺意味。他的"荒诞的经验"经常是对"没有头脑、愚笨的当代技术社会的隐喻"，是他"懦弱的乐观主义和强烈的悲观主义的体现"。而使凯里作品中超现实主义色彩更显浓厚的，正是他对现实生活中的矛盾斗争看似荒诞不经的描述与剖析。他着力反映当代社会生活中充满矛盾的人和事，生动地表现了现代人陷入的困境。他笔下的人物大多是孤立无援的个体、现实生活中的失败者、

“某种生存方式的牺牲品”,都是与各种形式的外部力量英勇抗争的无权无势的个体。他们面对强大的社会制度无能为力,难以自拔。无论小说《美国梦》中饱受小城市偏见压迫的职员,还是《西方的风车》中为生活困扰的士兵,面对巨大的社会压力,无不在痛苦的挣扎之后,最终落入现实生活设下的“陷阱”。

彼得·凯里独特的视角使他必然把目光投向澳大利亚历史上最有影响的“失败者”、代表穷苦农民利益英勇抗争而最终“落入陷阱”的造反者——爱德华(内德)·凯利身上。

内德·凯利像英国劫富济贫的绿林好汉罗宾汉一样,是澳大利亚家喻户晓的英雄。他聪明,勇敢,善良,厚道,品学兼优,助人为乐。少年时代曾经冒着生命危险,跳入激流,救出落水儿童,受到表彰和奖励。内德一家像19世纪下半叶成千上万澳大利亚贫苦农牧民一样,受尽大牧场主和政府的盘剥,挣扎在死亡线上。为使一家人免受饥饿之苦,12岁的内德偷了牧场主一头牛犊。父亲为了保护儿子,自己承担罪责,被捕入狱,受尽折磨,最终撒手人寰。小凯利不得不中途辍学,挑起养家糊口的重担。后来,他在母亲的安排下,成了维多利亚地区著名的“丛林大盗”哈里·鲍威尔的“学徒”,跟着“师傅”出没在苍茫的丛林、连绵的群山。在饱受雨雪风霜、饥寒交迫之苦的同时,他学会了在野外生存的本领、战胜敌人

《凯利帮真史》中文版

的才干。为了得到政府的赏金，凯利的姨夫杰克·劳埃德出卖了哈里·鲍威尔，并将罪责推到内德·凯利的头上。乡亲们都是爱尔兰移民，他们疾恶如仇，性情暴躁，对“叛徒”内德·凯利嗤之以鼻。内德·凯利终因不堪忍受警察菲兹帕特里克对母亲和妹妹的侮辱，开枪将他打伤，逃进崇山峻岭。菲兹帕特里克无中生有，编造谎言，对凯利一家疯狂报复。为救被捕入狱的母亲，内德·凯利避开警察的追捕，坚守山林，和军警、暗探、奸细巧妙周旋，展开一场场惊心动魄的斗争。他们多次抢劫银行，把抢来的钱分给穷人，因而得到丛林人的保护和帮助。内德·凯利和玛丽·赫恩真诚相爱，相依为命，并肩战斗。为给内德·凯利留下一条根，玛丽远涉重洋，只身逃到美国旧金山，生下女儿。凯利和他的伙伴在遥远的澳大利亚丛林，在敌人重重包围的峡谷，欢歌起舞，庆贺女儿的诞生。为了让也许永远不会见面的女儿知道父亲和家族的血泪史，凯利在战斗间隙，用可以找到的任何一种纸片，写下自己的经历。内德·凯利最终被他信任的校长出卖，被数十名警察包围在一家旅馆。“凯利帮”全部战死，凯利身负重伤，被敌人捕获，并处以绞刑。内德·凯利用他年轻的生命为澳大利亚历史书写下令人难忘、发人深省的一页。

彼得·凯里在查阅大量历史档案的基础上，以凯利写给女儿的书信为基础，引用当年各大报刊对“凯利帮”重大事件的报道，撰写此书，使读者如临其境，如见其人。这种独特的创作手法为这个久远的故事增添了绚烂的色彩。为了使这部书更真实感人，彼得·凯里一反多年来创作中所表现出来的语言的华美与考究，通篇使用文化程度很低的人们的语言，甚至不乏语法和拼写错误。然而，正是这种“生活的真实”，使这部书更具艺术魅力。文学评论家安东尼·奎因这样说：“彼得·凯里无疑是小说宝库伟大的探索者之一……他将瑰丽的色彩、耀眼的光芒，赋予一个早已褪色的故事，将滚烫的血、温暖的肉，赋予一个久远的神话。”

而于2008年出版的《亡命天涯》则一反《凯利帮真史》对澳大利亚历史的深入探究，将笔触伸向当代西方社会，叙述了一个鲜为人知的、笼罩着神秘色彩的嬉皮士的故事。这部书一经问世，就引起强烈反响。

《奥斯卡与露辛达》中文版

20世纪六七十年代，美国“民主社会学生联盟”的领袖大卫·鲁博与富家小姐、思想激进的大学生苏珊·塞尔科克相恋，这一对志同道合的“革命者”生下一个儿子，为纪念古巴革命领袖卡斯特罗的得力助手切·格瓦拉，他们给男孩儿取名为切。因从事恐怖活动被美国警方通缉，这对恋人只好把切交给外祖母抚养。切在外祖母家备受呵护，不愁衣食，但一直渴望得到父母的爱。苏珊·塞尔科克在执行一项十分危险的任务前也非常希望能见儿子一面。她通过地下组织的安排，请同学黛尔到母亲家将切骗出来相见。从未见过妈妈的切误以为黛尔就是自己的母亲，欣然相随而去，并且希望“母亲”带他去见父亲。然而就在母子即将相见的时候，黛尔从电视上看到苏珊因为搞恐怖袭击，被炸身亡，而自己也因为和地下组织的瓜葛被警方追捕。黛尔在大卫·鲁博的安排下，带着切逃到澳大利亚昆士兰州。他们落入一帮嬉皮士之手，在一个完全陌生的国度和从未见过的热带雨林中开始了与美国迥然不同的生活。

《亡命天涯》的故事情节起伏跌宕，扣人心弦。作者以娴熟的技巧，驾驭着从纽约派克大街到澳大利亚苍茫丛林的时空颠倒、场景变换。通过一个 7 岁男孩儿的独特视角，彼得·凯里对美国 20 世纪六七十年代烟雨迷蒙、风云诡谲的政治舞台进行了探究和剖析，显示出深邃的政治眼光和鲜明的政治立场。

然而，最让人称奇的是他 2012 年出版的长篇小说《眼泪的化学》。这本书采用超现实主义和魔幻现实主义的手法，将历史与现实融合在一起，向读者讲述了发生在一个"机器人"、一个男人和一个女人之间非常动人的故事，描绘出一个神秘荒诞而又不乏真实的世界。

故事由两条分别发生在 1854 年和 2010 年的"故事线"编织而成。2010 年，伦敦斯文伯恩博物馆的管理员凯瑟琳·格里克听说与她秘密相恋 13 年的同事马修突然死亡，心中非常痛苦。但是，作为一个有妇之夫的情人，她只能默默地忍受失去恋人的悲伤。在凯瑟琳的同事、朋友中，只有博物馆馆长埃里克·克罗夫特知道这个秘密。为了不让一双双暗中窥视的眼睛给她增加新的痛苦与烦恼，他安排凯瑟琳去博物馆一间密室，完成一项特别任务——打开几个茶叶箱。茶叶箱打开之后，凯瑟琳发现英国人亨利·布兰德林留下的几个笔记本和一堆零件。亨利·布兰德林是一个性格古怪的人。为了给病中的儿子"神奇的娱乐"，他要为他装一只上发条的"机器人"鸭子。将近 160 年后，在新助手阿曼达的协助之下，凯瑟琳开始清洗、安装这些"零部件"。而亨利留下的笔记本就是详细说明如何安装的"说明书"。凯瑟琳在安装过程中发现了一个又一个秘密，每一个秘密都像一剂强心针，让她变得更坚强。1854 年，亨利·布兰德林把与妻儿痛苦的别离变成一次冒险，他把经历的这一切写下来，留给儿子。将近 200 年之后，凯瑟琳·格里克在风雨欲来的伦敦、潮湿昏暗的密室，从亨利的故事中第一次得到痛失情人后的慰藉。正是这个美丽、模仿奇妙人生的小"机器人"，将两个不同时代的陌生人联系到一起，表现出生与死的神秘，人类发明所创造的奇迹和带来的灾难以及爱情和心情在人身体上产生的奇妙化学变化。

这本书无疑又一次展示出彼得·凯里作为小说家的艺术天才，表现出他作为“探索者”的开拓精神。诚如2010年“布克奖”评委会主席安德鲁·穆森所说：“就我个人而言，凯里是我引以为荣的能够与之生活在同一个时代的作家。他好像活跃在狄更斯写作的那个时代。我认为他就是那么优秀。”

日本

山崎丰子：冷峻深刻的现实主义

李德纯

“二战”后，日本社会动荡，文化也发生急剧变化，西方意识形态与文化的大量涌入，使日本人的传统伦理受到前所未有的冲击，日本女性在经济、社会和政治等诸多领域有了突破性进步。女作家的笔触涉及男作家无法进入的领地，拓展了女性的写作空间。她们的作品无不体现女性自我言说的独特形式，完全以女性作家所特有的细腻和罕见的天赋，捕捉生活中的典型细节，自然比男性有着得天独厚的优势。她们在创作题材、主题、手法等方面追求多样化，叙述笔调冷静深刻。山崎丰子就是这样一位女作家。

山崎丰子擅长针砭时弊的现实主义风格，涵盖了诸多热门现象和社会问题。长篇小说代表作《白色巨塔》的批判矛头直指隐藏在高等院校内的学术腐败、权钱交易等丑恶现象，揭示了一部分高校教师精神家园的坍塌与道德底线溃决的深层原因。浪速大学附属医院新当选的第一外科主任财前五郎，由于误诊造成病人身亡，家属诉诸法律。财前笼络收买科室人员，做有利于自己的证词。而另一名副教授里见，不顾内外的压力和诱惑，在法庭上仗义执言，引来一系列挟嫌报复，被排挤到偏远的三流医学院。《白色巨塔》从选举科主任和医疗事故切入社会生活，

山崎丰子

师生的友谊与矛盾、校园内的权势倾轧、社会上的世态炎凉交织成一幅丰富生动的社会图卷。选举和对簿公堂过程中形形色色的矛盾冲突,揭示了人的尊严在名利场中所受到的亵渎。

山崎丰子的另一部代表作《华丽家族》,通过主人公阪神银行总经理万俵大介父子间的龃龉和骨肉相残,以及大介对儿女青春与爱情的葬送,展示了日本传统文化模式在战后走向民主历史过程中逐步解体的过程。大介通过嫁女娶媳,攀附权贵政要结成战略裙带关系,罗织起各种权力交织的关系网。这种对爱情的亵渎,在战后觉醒的青年面前受到挑战。大介次子银平与爱好美术的小森章子已恋爱3年有余,竟被身兼大介秘书和情妇双重身份的高须相子安排与阪神银行首位股东的女儿结婚。银平从此玩世不恭,实际上是发泄耻辱与悲哀在心中混合成的一种报复欲念。客观的排斥因素,不但不能阻止恋爱步调的进行,反而经由刺激或压力,更易拉近男女双方的距离。令万俵大介和高须始料未及的是,女儿二子敞开怀抱接纳了共同立下山盟海誓的铁平钢厂厂长的儿子。

万俵大介为了兼并远比他实力雄厚的大同银行,依仗联姻,诱使大同银行对自己亲生儿子的钢厂贷以巨款,然后不惜搞垮儿子的钢厂,使大同银行濒临破产,实现其"以小吃大"的"宅斗",最终逼得儿子自杀。父子本应血脉相连,因利益却恩断义绝。金钱引发的悲欢离合,散发出父子之间的硝烟和骨肉相残的血腥。大介妻妾同床这种畸形的"三角共存"关系,与其说是高须相子利用女性魅力鸠占鹊巢,还不如说是在金钱上的同谋关系。男人的金钱权力对女性构成诱惑,这种关系被女作家打上鲜明的时代印记。

写于1991年的《大地之子》是一部与中国息息相关的作品。主人公陆一心是“二战”期间日本政府在中苏边界开办的“开拓团”人员的孩子,在逃亡路上与队伍及家人失散,死里逃生,被一对中国老年夫妇领养。新中国成立后陆一心大学毕业并入了党。改革开放后,在上海宝钢任技术员和同日方合作谈判的翻译,而日方负责人恰是他的生父。由于命运的转折和时代的特殊因素,他们未曾谋面。父子相认后,生父恳求他回归日本。尽管陆一心是日本人,“文革”中又被打成日本特务,被相恋多年的中国姑娘所拒,历经磨难,他还是从内心深处认为自己是中国大地的儿子,白山黑水已融入他的血脉当中,最终,他怀着质朴的感恩之心毅然留在中国养父母身边。这位日本“残留孤儿”展现出来的是一个有良知的中国人本色,中国传统文化的血液在他身上完好无损地保留下来。

《白色巨塔》中文版

山崎丰子为此做过极为充分的前期准备,包括搜集资料和采访。她经笔者从中斡旋,曾三次来到中国,探访了日本孤儿集中的中国东北以及小说主人公工作生活的上海宝钢和北京各部委。在农村,女作家住在农民家中体验生活;在内蒙古同劳改犯一起荷锄到田间劳动;在新疆深入监狱。她前后采访了一千多名中国人,熟悉小说主人公的生活与工作环境,追踪许多当事人的足迹,了解他们在中国的曲折经历和心路历程。

1984年10月,山崎丰子第二次在中国采访时,在牡丹江同一位劫后余生的日本孤儿交谈,日本孤儿极富戏剧性的经历启发了山崎丰子,她以此构筑了小说的整体框架。孤儿刚懂事时,苏军出兵东北,他所在的"开拓团"奉命疏散。在逃亡之路上遇到日军,他们以幼儿哭声会招来苏军为由,命令就地处死5岁以下的幼儿。这位孤儿的父亲亲手勒死可爱的女儿,凄惨的阴影始终笼罩在孤儿心中。山崎丰子在小说中写道:"关东军为了阻止苏军进攻,破坏了公路和桥梁,实际上是断了开拓团老幼妇女的退路,造成8万人丧生和下落不明。他们都是一贫如洗的贫雇农,响应国家的号召而上当受骗,被国家遗弃在中国大陆的荒郊漠野。"正如文学评论家所指出的:"正是他们所处的不堪回首的年代、坎坷的人生命运,一直在鼓舞女作家去追寻他们的踪迹。对那场战争的愤恨、对当权者的残暴无情的控诉,构成了山崎丰子的创作源泉。"

《天上红莲》：超越千古的人间情爱物语

竺家荣

一直以来，注重描写现代人情爱生活的渡边淳一，第一次在《天上红莲》中，把读者带回到一千多年前的日本平安时代。围绕女主人公——鸟羽天皇的皇后璋子颇具浪漫传奇色彩的一生，给读者展开了一幅绮丽隽永的王朝情爱画卷。

随着女主人公命运的跌宕起伏，小说时而浓墨重彩大写意，时而工笔细描精雕琢，人物刻画饱满传神，心理描写真实细腻。而且文化内涵丰富，场面宏大，真实再现了平安王朝末期皇家贵族们的日常起居、出行，以及各种皇室典礼、官职、佛教、祭祀、建筑、庭园、乐舞、诗歌、技艺、服饰、用具等等。并随着情节发展，配合以四季美景，具体描写了"曲水之宴"、"七夕歌会"、"赏雪"等日本民俗特色场景，而优美的插图更是锦上添花。这部作品拥有史诗般的恢宏气势，可称得上是作者的集大成之作。

这部凄美哀婉的日本王朝爱情故事取材于史实，小说中出现的历史人物均有史料可查。作者凭借非凡的想象力，将枯燥的史料骨架精制而成了有血有肉的故事。因此，尽管是跨越了千年岁月的历史小说，却并不让人感觉那么遥远，文中古代王朝主人公的爱恨情仇历历如在眼前。

渡边淳一

璋子与两个最有权势的男人(白河法皇与鸟羽天皇)之间的爱情纠葛,构成了故事的主线。在她 14 岁至 29 岁的大约 15 年间,法皇既是她的养父和监护人,也是她的恋人、情人。她的前半生被包裹在当时的最高权力者白河法皇无以复加的爱情之中,攀升到了女人所能达到的荣耀顶点,成为皇后、皇太后。她共生育了 7 个子女(其中前两个子女为法皇之子)。法皇驾崩后,失去了庇护的璋子受到夫君鸟羽天皇的冷落以及鸟羽后宫势力的排挤,品尝到了孤独和落寞。万般无奈之下,也为摆脱尘世所累,璋子于 42 岁时削发出家,吃斋念佛 3 年后,45 岁时追随法皇而去,走完了她那"风光无限的一生"。

从以古代的平安王朝为舞台、描写皇室爱情等角度来说,《天上红莲》与古典名作《源氏物语》有着异曲同工之妙,而渡边淳一之所以会创作这样一部历史题材的爱情故事,也与《源氏物语》有着不解之缘。作者潜心研究《源氏物语》后,曾在其随笔《光源氏和他的女人们》中,深入剖析了十几位与光源氏有关联的女性的内心风景,探究了爱情关系中男女的地位变化。渡边认为:"《源氏物语》的缺点之一,也许由于作者是女性的缘故,几乎没有描写有关性方面的内容。因此,对于男性读者来说,深感美中不足。我这样说,势必会招来反驳:'难道性描写如此重要吗?'我在此所说的性,并不是单纯的做爱或色情描写,而是作为男女之间的爱的原点、占据着重要位置的性爱。"

在渡边淳一看来,尽管《源氏物语》堪称千古绝唱,在人物描写刻画上到达了很高的境界，仍然存在着这样一个缺憾。因此，作者写作《天上红莲》的意图之一，似乎可以看成是为弥补这一缺憾而做的尝试。

从几个方面比较一下《天上红莲》与《源氏物语》的异同，或许有助于对作品中所体现的作者情爱观的理解。

主人公不同。《天上红莲》不是以男性（光源氏）猎艳好色为主干，而是以女性（璋子）为视角，描写与她有着密切关联的两个男性。

与风流倜傥的年轻的光源氏不同，《天上红莲》的男主角是已近古稀之年的法皇，男女主角是相差48岁的忘年恋人。这也是迈入古稀之年的作者最想描写的。渡边淳一谈及此作的创作初衷时曾说："最想写高龄者的性与爱。""我经常想，年老了，就枯萎吧，这种想法本身就很不正常。""因为上了年纪，对异性就不感兴趣是胡说八道。"这一探索虽然已从《复乐园》《孤舟》就开始了，但《天上红莲》真正细腻描写了老年人的性爱。通过这些描写可以看到，法皇六七十岁的年纪尚能痴迷女性到如此程度，充分体现了作者理想的阳刚之美。

此外，与命运多舛，虽然很有女人缘，却偷偷摸摸或见异思迁，最终未能找到真爱的光源氏形成鲜明对照的是，法皇不仅集权势于一身，一生呼风唤雨，而且虽然与璋子的爱是乱伦之恋，却堂而皇之，无所顾忌，不仅让璋子成为皇后，还想方设法让她为自己生了孩子，并且让这个孩子成为天皇，使璋子成为国母。如此天方夜谭般的所为，一方面展示了法皇的权利无边，同时也表现了法皇对璋子的爱情。

光源氏和法皇同是在养女14岁时，将她变成自己的女人（光源/紫上、法皇/璋子），但光源氏是由于恋母情结使然——因恋母而爱上继母藤壶，最终找了酷似藤壶的紫上。而法皇和璋子却是出于单纯的男女之爱。

爱情的深度不同。相对于光源氏的多情、滥情或单相思，终究未能获得专情的真爱而言，璋子和法皇幸运地找到了只属于他们两人的真爱。法皇对璋子付出了全部真情，无论是使璋子成为皇后、国母，还是物质享受，以及璋子生产时不惜耗费巨大财力做各种祈祷等等，都无出其右者。尤其是在性爱方面，更使她享受到了作为女人的登峰造极的爱之欢愉。而璋子一直最深爱的、最信任的人始终也只有法皇。

只是，风光无限的女主人公待贤门院璋子，尽管拥有真爱，晚年却落得抑郁寡欢而早逝，未能画上圆满的句号。在某种意义上，与《源氏物语》中女性们的命运殊途同归，令人扼腕叹息。在古代，男人与女人恐怕永远无法平等。女性无论处于多么荣耀的地位，最终仍要依附男性，一旦失去了强有力的依附，便只能任凭命运的摆布。

渡边在《天上红莲》里对主人公进行了全方位的描写。作者试图通过充满激情、纯真而唯美的性爱描写，使人物的情感脉络更具有立体感和透视感，对日本古代王朝的这一爱情传说做出独到诠释。至于性爱描写是否可以弥补渡边所认为的《源氏物语》的缺憾，是否更有助于读者对人物爱情的理解，换言之，性爱描写在刻画人物情感时是否不可或缺等等，还有待世人评说。

《天上红莲》中文版

《天上红莲》可以说是渡边文学继《一片雪》《失乐园》《爱的流放地》等佳作之后又一部描写男女情爱的里程碑式的力作。借古代君王的一段忘年之恋，着力深入剖析了老年人的性爱，无论在题材、表现、主题等方面都翻开了新的一页，栩栩如生地再现了古代王公贵族的情感纠葛。

渡边认为，到了现代，人的动物性逐渐受到了理性的约束。伴随文明进化而来的，便是人的生命力的本源——爱的能力的弱化。但是，无论时代如何变迁，人们对爱情的向往是永恒不变的，无论是君王还是平民，东方还是西方。因此，渡边的爱情小说总是借助性爱描写来探索两性关系的真谛，却并非为了写性而写性，而是有着耐人寻味的文化内涵。

渡边淳一有句名言："伦理与爱是不能共存的。"爱欲在渡边淳一眼里不关乎道德伦理，它只是一种自然状态的美的存在。他关注的是人内心深处的本能，是人世间潜在的非伦理欲念，是无法用知性、理性的方式去处理的情感，他要用文字来表现和探究人间美艳的情欲、男女情爱的妙味和魅力。

与谷崎润一郎、佐藤春夫、永井荷风这些视肉体欲望的全面解放为审美极致的唯美派作家不同的是，渡边作品的唯美表现并不感伤、阴郁、自虐，而是愉悦的、阳刚的、陶醉的，自始至终贯穿着一种强烈的追求——爱是生命存在最富有创造力和表现力的方式。如同劳伦斯笔下激情似火的爱一样，放射着耀眼的光芒，丝毫没有猥琐之感。

尤其有别于以往同类题材作品的是，《天上红莲》里主人公的男欢女爱，不再像《失乐园》和《爱的流放地》那样，充满了伦理与欲望的矛盾冲突，最终以死亡为终结；而是一切顺其自然，对命运安之若素，超脱于现世。一方面也由于《天上红莲》的古代王朝君主的特殊背景，使其主人公的情爱能够跨越种种世俗障碍，最后达到他们所能够达到的爱的辉煌与极致。这种注重官能与享乐的表现，不可避免地会渲染一种淫靡的氛围，但渡边总是写得充满诗意。与其说作者在写一个古代爱情故事，不如说是在表达一种唯美的人生追求。因而，法皇与璋子的关系终于超越了以往渡边作品中步履维艰的主人公,达到了自在之境,接近了渡边孜孜以求的回归“人类原点”的理想。在渡边淳一看来,对男女个体而言,彻底的自由就是爱与性不受社会约定俗成的规则的束缚,在这个意义上,《天上红莲》成就了他的梦想。

尽管女主人公璋子的晚年不无凄凉之感,但她和法皇毕竟曾经拥有过人间的挚爱。或许作者希望一千多年前的这段浪漫爱情,能够给踯躅于文明发展与人性张扬之间的今人带来一些启示吧。

也许从爱情成为艺术创作永恒主题的那一刻起,这一追求就绵延不绝。这种对生命原始方式的审美渴求,显然寄托了对于被极度膨胀的物质欲所驱遣和迷惑的现代人的反思和对美好情爱的憧憬。

岛田雅彦：
文学与城市的未来

[日]岛田雅彦　丁丁虫 译

1

小说的舞台，原本既可以是乡村，也可以是国外。但日本的现代小说80%都是以东京为舞台的，而且描写的视角常常并不是常年生活在东京的人所谓的“本地”视角，而是以移居到东京3年、顶多10年的——也就是所谓“外地人”的视角看到的东京。

小说本身的历史一向都是以填埋所谓地域间差距的形式发展而来的。就日本近代文学的范畴而言，以都市为舞台的小说主人公大多是乡下人。由乡下来到东京，在那里获得近代产业社会成员的资格。故事往往描写从农村走出来的年轻人如何踏上立身出世之道——这是长时间流行的写作形式。

比如夏目漱石的《三四郎》就是其中的代表。三四郎的故乡是集中代表日本乡村的熊本。那种地方出身的青年属于以本乡为中心的文化圈，到东京后走上了立身出世的轨道，有了因背负近代日本命运而存在的自负。这既可以说是从外地人的视角看到的东京的形态，同时也具有

岛田雅彦

能体现出东京细部的优点，而这是和东京紧密接触的本地人无法看到的。

极度渴望离开乡村的人物，怀有想要飞往更为广阔的世界的欲求。正因为如此，一到东京，便用艳羡的眼神观察一切。外地人眼中映出的是光芒四射的都市。这里既是观察最新时尚的最前线，也是最快传递国外讯息的消费现场。在这里和在乡村的时候完全不同，可以得到后者无法比拟的广阔视野。通过这些人物的视角而捕捉的场所，成为日本近代文学传统主题的中心，也就是小说舞台的中心。

2

大都市东京是出身于各地的人们的殖民地。譬如生长于关西圈的人们一直在为推广关西做派而奋斗。关西流的社交规则、关西口味的料理与时尚等等的一切，都有在首都东京扩大的趋势，仿佛要在东京建立大阪的疏散地一样。因为关西有强悍的影响力，其努力在今天也取得了某种程度的成功。

日本东北地区正用更加激进的方法将东京殖民地化。东京在古时候也曾是农村，它与京都、奈良之类的从一开始就被设计成大都会的城市有很大差异。关西的城市中，道路都有名字，名字又变成住所；而东京则是地域的名字成了住所，这和农村的习惯是相同的。江户城建成以来，关东的近郊居民和各地大名的东京分部促使城市不断扩张，从距离上来看，它们也是日本东北和北关东的中心。

因为日本东北部的人们不是关西那样有着悠久历史的都市居民，而是农村居民，一旦来到东京，就以和关西人不一样的做派推进着东京的殖民地化。换句话说，因为日本东北人都有缺乏历史传统的共同点，所以可以把都市当作仙境或主题公园一般的资本主义市场对待，同时这也是描写东京时的大众视角。

也有小说在把东京描写成乡村出身者快乐中心的同时，用心描绘了传统主题的细节。比如大冈升平的《武藏野夫人》，就是由作为故事舞台的武藏野地层和排水之类的关于土壤的记述开始书写的。这是回溯历史的传统、把当今文化的土壤表层掀开、挖到深邃地下的描写方法。

试着比较一下关西和关东。大阪的难波和奈良站，或者连接伊势的名为近铁线的私营铁路沿线车站，频繁出现难读的字。许多时候，地名会显示这片土地的历史缘由。和东京近郊的私铁车站以“杜鹃之丘”、“百合之丘”之类乏味的命名形成对比，这些路线上有许多似乎是在挑战古典修养的站名。

在奈良、京都和大阪，平安时代的古典文学中出现的地名就这么流传至今，并且依然沿用着。住所附近的休闲小道上，常有万叶歌碑不露声色地伫立在道旁。古老土地的传统，就是这样流传到现代的。而另一方面，没有连续土地记忆的关东，就算刨开地面，最多也只有江户时代的遗迹而已。再往下深入挖掘的话，大概又会一下跳回绳文时代去了吧。

3

近代化在都市和乡村之间生出所谓“郊外”的第三场所。都市人口随着经济增长与日俱增，随之而来的是首都圈以炸面圈的形式扩大生出的空间，这也就是郊外。

我是在郊外森林环抱的环境中长大的。现在差不多都已变成住宅区的东京郊外丘陵地带，原本也是石器时代的遗迹宝库。我上小学时，响应考古学年轻教师的热情呼吁，热衷于收集石器时代的土器，像现在的孩子们热衷于交换卡片和模型一样，和别人交换土器碎片，充实自己的收藏。

古代人把森林当作自己的游乐场，这对我来说也是极其自然的事。和我同时代的游戏软件制作者中也有许多出身于郊外的人。只不过让“神奇宝贝”的设计人员如痴如醉的不是土器，而是昆虫罢了。

东京是资本主义的中心，一旦有空地出现，立刻变成金钱，建起高楼大厦，人们彻底忘记了土地的传统，忘记了自己是在怎样的土地上生活着。忠实于资本主义原理的都市，随处都是迪斯尼乐园或者拉斯维加斯一样的景色。不论东京，还是上海，都是如此。不过，东京的中心还留有皇居森林。具有植物学家素养的昭和天皇，从战前起就维持着皇居古代的姿态，保存着东京郊外的自然。

唯有这座镇守之森，是开发商和秃鹰基金的黑手都无法企及的。虽然周围出现了水泥建筑森林，但皇居还是回归了自然。我只愿这座森林多多繁衍，把首都吞没了才好呢。这并非痴人说梦，而是郊外时常可以看到的景象。我就亲眼见

《徒然王子》中文版

到过主题公园的废墟重新变成山林,就像宫崎骏的动画世界里原封不动的场景。

中泽新一有本名叫《地球潜水》的著作,那是为我们提供了东京独特地形地貌的划时代的书籍。在以江户城为中心的东京地图上,重叠上绳文时代的地图,由此引出东京的另一种形态:这就是《地球潜水》的目标。

骑自行车的人都很清楚,东京的道路十分凹凸不平。这种凹凸不平,其实恰好清晰地追溯了绳文时代的海陆分界线。许多寺庙和墓地也都在绳文时代的陆地和海洋的分界处。自从绳文时代以来,填海造地不断产生出新的陆地,到了江户时代又大兴土木工事,甚至还有为了整饬水患、保护城镇而改变河川走向的工程。

事实上,东京完全可以称之为一座人工都市。但在变成这样的人工都市之前,这片土地是怎样一副模样,却又能从绳文时代的地形地貌图中透视到。在这图上,浮现出的是截然不同的东京景象。

如果能以两千年或者四千年的间隔,从地理学的视角观察这片名为“东京”的土地,并且把由此得来的独特的东京观组合移到小说里的话,必然能在这种小说里体会到所谓的“场所性”吧。

4

就在10年前,要说在亚洲、欧洲街头往来穿梭的背包客,很多都是日本人。近来,在旅途中却很少看到日本年轻的“穷游者”了,由年轻人的伤感旅途凝结成小说的情况也不见了。

说起来,旅行的目的是为了寻找自我。初见异国时的眼神,就这样变成自己的自画像。即使是去印度,也不是发现印度,而是发现渺小的自我，发现百无聊赖的日本。从这个意义上来说，游历世界和日本近代文学是连动的。旅途的终结和近代文学的终结相重合。

战前，旅行异国的经验本身就是特权。譬如明治时期的留学生，如夏目漱石和森鸥外等大家，从字里行间可以窥见他们身为发展中国家知识分子的使命感和悲哀。到了谷崎润一郎那个时代，就有了战胜国的余裕和奢华。当时的日本人还在同时代呼应着欧洲的现代主义。

之后，日本步入战败后漫长的半闭关锁国一般的状态，美国通过占领的形式渗入日本，美军基地就是国内的异国，文学中就反映出了反美的情绪。20 世纪 60 年代以来，伴随着留学、定居国外、流浪的经验，再次掀起异国再发现的浪潮。许多人通过海外文学来满足自己对于不常涉足的外国的好奇心。再后来，随着日元不断升值，差旅费便宜起来，海外信息和文化研究的需求也少了，崇洋媚外成为落后于时代的陋习。甚至可以说，由于“日本制造”的全球商品化，日本变成了被憧憬的对象，由此又回归到了江户时代那种独自磨炼消遣的技艺以求自我满足的情况。江户时期的烟花柳巷、浮世绘、茶道、和歌，就各自对应着现代的性产业、漫画、卡拉 OK、手机。

至于江户时代流行的文学，是以登场人物的轻浮对话为中心展开故事的黄皮书和滑稽本之流。近年来流行的轻小说一类的读物，也跳过了近代文学，不再反映知识分子郁闷的内心世界，回归了江户戏作的轻薄。

5

这一次有幸被翻译成中文出版的拙著《徒然王子》中，融入了生于东京、长于郊外的我自己的地志(topography)和历史观。

故事所涉及的时空，从日本绳文末期直至不久的将来。王子追溯着印刻在日本人 DNA 中的记忆,踏上了旅途。恰好时代正迎来一个转折。在写这书之前我就有种预感,世界经济与政治体系将发生巨大变化。从前的体系已经超过了使用年限,世界的轴心正在向东方、向亚洲移动。英美的霸权地位动摇,往日的帝国复苏,包含日本在内的东亚也在回归复古。

在历史的转折点上,人们向过去的原则回归,向亲手创立自有文化的光荣时代、权势兴盛的光荣时代回归。日本则应当向有别于中华文明的文化理念树立的时代回归。徒然王子曾经游历过的战国时代就是一个样板,而刚刚过去不久的江户时代就产生出了独一无二的文化。源氏和平家相争的时代也是狩猎民族的末裔反叛独占与中国通商权益的一族从而引发的暴乱。最后,日本列岛的住民第一次构建出与其他民族不同的文化,那是在绳文时代。

徒然王子总是选择在时代的转换期转世轮回,比如有大批中国移民涌入的绳文时代末期、源平合战的时代、群雄逐鹿的战国时代以及江户末期。

正因为王子对这个国家的未来负有责任,才必须回忆起在乱世中艰难求生的前世。即使是在为了求生倾尽全力的时代,王子也盼望着避免争斗,和逐渐消亡的人们共存。近代以后,日本由于过度适应欧美法则,丧失了文化的多样性,现在是该重拾这一点的时候了。

道尾秀介：
日本推理时代的新王牌

姚　迪

先将时光回溯到2010年9月，当时道尾秀介在日本主办芥川直木奖的文艺大社文艺春秋社出版了自己的新作《月与蟹》。在为该书拍摄的宣传照片中，道尾秀介一身日系潮男打扮，眯着眼坐在海边的岩石上望着远方，一张秀气的脸上表情颇为微妙。

谁都知道他的眼中在希冀着什么，作为连续入围多届直木奖最终评选名单的人气作家，等待他的命运究竟是如东野圭吾般最终得到属于自己的功成名就，还是如伊坂幸太郎般在反复提名中耗尽了期望失去了兴趣？

结果不消多说，2011年年初，道尾秀介获得日本第144届直木奖。这一次道尾的目光中满溢着自信与生机，直木奖带给他的不只是在外的名声以及销量的保证，似乎更是一种对他创作的肯定与鼓励。

道尾秀介于2004年凭借处女作《背之眼》获得日本第五回恐怖悬疑小说大奖而出道。道尾秀介是他的笔名，来源于著名作家都筑道夫（道夫和道尾在日语里发音相同），而秀介则是他的本名。

从其笔名的来源以及所出道的奖项可以看出，初期的道尾走的是一条颇为“复古”、“传统”的路子。在道尾的初期作品中，评论家和读者们反复提到江户川乱步、横沟正史和京极夏彦等名字，道尾本人也在接受采访时坦言自己从年轻时起就在不停地阅读横沟正史，而京极夏彦的惊世之作《姑获鸟之夏》则带给了年轻的他巨大冲击。

道尾秀介

所谓“三岁看老”，经常也有人说从一个作家的处女作中可以看出这个作家今后的大体方向，但这些却通通不适用于道尾。道尾的写作风格多变，每一本新书都含带很多新鲜的元素，推出一个全新的自己，除了那标志性的黏稠浓重的文体之外，不同取向的读者可以在道尾的书中各取所需。夸张点说，如果阅读的第一本道尾的作品不同，可能对这个作家的第一主观印象就会完全不同。

纵观道尾从出道至今的创作轨迹，可以将其大致分为三个阶段：悬疑、推理和文学。

在包括处女作《背之眼》在内的“真备”系列中，道尾着力于气氛的渲染，将推理元素融入恐怖、悬疑的题材之中，走的是“金田一耕助＋京极堂”的路子。比如《背之眼》中，主角真备庄介不断收到背上长眼睛的人类的恐怖照片，而被拍下照片的这些人先后都自杀了。在这些照片拍摄地福岛县的某小村庄，又连续发生了儿童失踪事件……

不过这一时期并没有持续很长，虽然道尾是凭借获恐怖悬疑小说大奖出道，但更多人对他的认知却来自于他在向第二个阶段过渡时写下的两部作品：《向日葵不开的夏天》和《影子》。

在过渡时期，道尾逐渐抛弃了“真备”系列中充满诡异和恐怖的故事，转而将背景放在更平常的生活之中（当然像《向日葵不开的夏天》以及《影子》等作品中悬疑气氛还有所残留）。

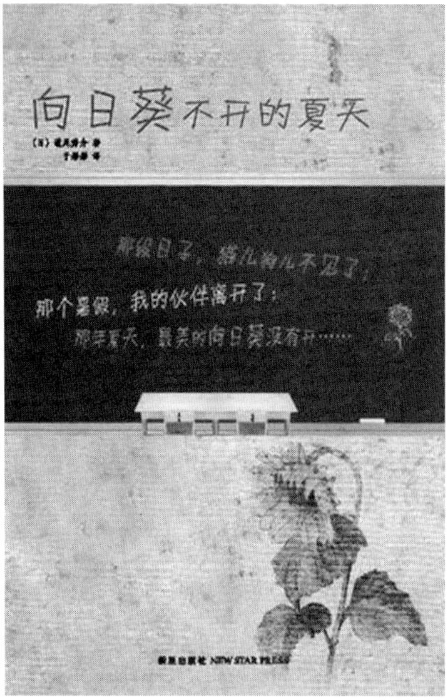

《向日葵不开的夏天》中文版

比如让道尾真正成为知名畅销作家的《向日葵不开的夏天》。虽然该书的情节依然颇为荒诞诡异，比如上吊自杀的同学又出现在主人公面前、蜘蛛也会说话等等，但在该书自给自足的世界观中，这些都能得到合理的解释。就在该书出版了文库版之后，道尾一跃成为超人气作家，虽然读者的评价两极分化，但道尾作为推理界超大型新人的头衔就此固定，他之后的创作方向及新作也成为人们关注和讨论的焦点。

从依然带有初期创作特征的第四部作品《影子》之后，道尾的作品开始呈现出在推理的大范畴内多样化的趋势。期间的每一部作品虽然推理成分或多或少或浓或淡，但都是不折不扣的推理小说，只是故事背景、人物设定等几乎已经完全摆脱了初期的恐怖悬疑氛围，或青春、或苦涩、或温暖。

也就是在这一阶段，道尾将超大型新人的头衔变成了成名推理作家，他的作品频频名列年终各家推理榜单上游，也开始屡屡收获各大奖项。这一阶段的代表作品是2008年的《乌鸦的拇指》以及《鼠男》。

《乌鸦的拇指》讲述了几个身陷黑暗、位于社会底层的人重寻光明的故事，而《鼠男》则通过围绕在主人公身边亲人朋友的诸多不解情况描绘了主人公重新认识家人、朋友、恋人的过程。在这些作品中，道尾作为推理小说作家的技巧运用愈发纯熟，无论是诡计的设定还是解答的意外，都让人拍案称奇。此外道尾还能在其中汇入一些推理小说之外的元素来丰富作品，使作品更具社会意义和耐读性，这也为他下一阶段的创作打下了基础。

《乌鸦的拇指》拿下了日本推理作家协会奖，并入围了吉川英治文学新人奖和2009年直木奖。这也是道尾第一次入围直木奖；而《鼠男》则入围了旨在和直木奖抗衡的山本周五郎奖。这也标志着道尾以一位推理作家的身份逐渐走向大众文学的尖端。

在证明了自己推理小说写作的能力，巩固了推理作家先锋的地位之后，道尾开始正式进入新的创作阶段，重新拾起了他的文学梦。

2010年发表的《球体之蛇》成为了道尾创作中明显的转折点。在出版该书之后的访谈中，道尾明确表示这是他“第一次头脑中没有在写推理小说的意识”。从《球体之蛇》开始，《龙神之雨》《光煤之花》《月之恋人》《月与蟹》《喜鹊的四季》……道尾作品中的推理元素越来越淡薄，文学性越来越突出，在今年最新发表的直木奖获奖首部作品《喜鹊的四季》中，道尾甚至采取了一种“日常推理”的形式。虽然很多读者表示只有充满反复

《乌鸦的拇指》中文版

逆转的道尾才能让人体会到其中独有的醍醐灌顶的味道，但从 2010 年起道尾开始了横扫日本大众文学大奖之旅，从年初的大薮春彦奖到年中的山本周五郎奖再到 2011 年的直木奖，专家评委给予道尾的更多是肯定和奖励。这也让道尾坚定了创作有浓厚文学风格作品的信心，现在的他已经没有了对奖项的执念，意气风发，俨然一派大家风范，写作的速度也逐渐加快，只是在连载中的作品就有四部之多。而每一部作品问世也都会掀起话题，成为畅销书榜上的常客。

生活中的道尾思维敏捷，活力四射，创作风格的多样也许正是他性格的体现。在接受新潮社杂志 *yomyom* 的采访时，道尾表示“写小说是自己最大的乐趣”。而他的每一天就是从早到晚地写小说。吃过晚饭后用 iPod 听着重金属音乐长跑一万米，然后去常去的酒吧和朋友们喝酒聊天是他仅次于写小说的乐趣。“白天用别人的钱玩，晚上用自己的钱玩，全是玩……”就是这样一个“全是玩”、精力充沛、风格多样的道尾秀介，带给了广大读者非凡的阅读享受。他接下来的创作道路会如何展开让人无从预测，作为读者，期待道尾的写作就够了。

西村贤太：平成时期的破灭型私小说家

王　静

43岁的西村贤太长期以来坚持以自身经历为素材进行创作。他的《暗渠之宿》曾获第29届野田文艺新人奖，此外，《终究难免一死的一次跳越》和《数零钱》分别入围第134届和第138届芥川奖候选作品名单。《苦役列车》这部作品，终于使他与朝吹真理子同时摘取第144届芥川奖桂冠。有人把这两位作家比喻成“野兽”和“美女”。西村本人也毫无掩饰地自嘲道：“靠日工工资维持生活，得不到女人的欣赏，将来也难以成家。只有中学毕业，又有前科，患有酒精中毒。”喜获芥川奖之后，不仅作品成为热议话题，西村本人的特色也引起了人们的极大关注。23岁时西村开始醉心于已故作家藤泽清造，对其“虽然沾满了活着的耻辱，却浑身是血地想爬出来的那种小说世界”产生共鸣。在日本，西村被定位为“平成时期的破灭型私小说家”。

“私小说”是日本特有的小说形式，盛行于20世纪前20年，是作者以自身为主人公，以贫困、家庭和恋爱为主要题材，对自己的内心及经历进行创作的一种文学体裁。《苦役列车》也是作者以青春期的经历为素材，通过对主人公贯多家庭背景的介绍，运用写实手法对其日常生活中的酗酒、性行为、租房、打工、交友等场景详细描写，深刻而生动地把恶汉

西村贤太

贯多的形象刻画得淋漓尽致，使他那“苦役”般的体力劳动和精神生活如同纪实片一般在读者的眼前上演。

19岁的主人公贯多出生于东京，家里经营运输业。在他小学五年级的时候，父亲因性犯罪而被捕，母亲随后办理了离婚手续，带他背井离乡。由于多次转学，他不仅学习成绩差还没有朋友，外加父亲的犯罪事实给他带来的心理阴影，这都使他自暴自弃，中学毕业之后就开始了打工生活。最初他由于年龄小又没有学历，连洗碗工的工作都找不到，后来在码头找到了一份日工，靠重复地搬运装卸各种沉重冰冻的海产品等货物来维持生活。由于体力消耗大，中午工作餐的量经常无法使他的胃口得到满足。除了短暂的休息之外，单调乏味又繁重的体力工作使他常感到度日如年。贯多认为他的劳动跟奴役没有两样，这种奴役之苦，除了肉体的感受之外，在精神上更胜一筹。他每天早晨都要经历一番“去”和“不去”的思想斗争，在不去就要挨饿的日子才选择去“服苦役”。在装卸冷冻食品时，他不戴手套，因为如果有买手套的钱他宁可选择买杯酒喝。他认为一杯酒比一百个友人更能成为精神上的支柱。其实贯多曾经在工地上结交了一个同龄朋友日下部，不仅享受过友情的温馨和愉悦，还得到过帮助。后来由于心理上的劣等感以及对朋友的妒忌，他最终失掉了朋友。贯多每天痛感自己的劳动就是在服苦役，因此完工之后的他更加强烈地向往追求“快乐”。他把日工工资都用在饮酒和买春上，享受瞬间的快感和幸福，因而他经常付不起房租，连早饭钱都不留下，最终用那特地留下的车费乘上通往去“服苦役”的“列车”。他的生活就这样深陷在这种恶性循环之中。作品主人公的名字耐人寻味，贯多，由于他没有定性且懒惰任性，无论是打工还是交友，没有一件事情是“一贯”到底的。没有钱、没有学历而又笨拙的他，“多”的只是妄想。

作品的最后，贯多因为在工地上跟其他工人打架而被开除。由于滞纳房租，他再次被迫搬迁。贯多无奈又从母亲那里弄来一些钱，重新租房后找了份新的工作。从那时起他开始读藤泽清造的小说。作品的这个结尾别具匠心，即告白了作者与私小说结缘的经历，同时也暗示了服“苦役”的恶汉即将得到文学的救济。作品标题寓意深刻，《苦役列车》把贯多的生活比喻成服“苦役”，而这种“苦役”何时能结束，作品又用“列车”来作暗喻，只有在自己的精神生活中，不再乘坐那辆“苦役列车”，追求真正的精神快乐和幸福，才能结束自己的“苦役”般的生活开始新生。读者在随后的阅读体验中，在感受到光明和希望的同时也得到鼓舞和奋起的精神力量。借用西村本人的话来说：“我只对私小说感兴趣，因为我自身得到了私小说的救助。”

《苦役列车》日文版

故事情节虽然简单，但作者把贯多复杂的性格及心理刻画得形象且深刻，使人物跃然纸上。关于《苦役列车》这部作品获奖的最大原因，日本评论界的结论是“作品完成度高”。作品主要通过心理和行为描写来表现贯多极度饥饿、孤独以及他无赖、妒忌、懒惰的程度，此外还运用了大量的对话以及独白来表现贯多复杂而矛盾的个性特色。作品还介绍了贯多仅有的家什是一台睡觉也不关掉的收音机和一条连铺带盖的毛巾被。每当被房东赶出时,他总是拎着它们离开,寥寥几笔就巧妙生动地使孤独、清贫、可悲的人物贯多出现在读者眼前。这也充分体现了芥川龙之介的“艺术最重要的是表现”的文学观。

芥川奖的评委石原慎太郎在3年前评选第138届芥川奖时曾力挺西村的私小说《数零钱》,但最终由于孤军奋战而以失败告终。今年入围芥川奖的5部作品除了《苦役列车》之外,小谷也敦的《母子寮前》也是一部私小说。日本近年来涌现出一些私小说作家,如车谷长吉、佐伯一麦、柳里美等。由于网络的普及,虚拟世界影响的扩大,更现实、更有质感的人物,更容易触摸到内心世界的私小说也许更受人们欢迎。正如富岗幸一郎所解析的那样,对于如何去面对当今现实中的贫困、差距、衰老等严酷的问题而最终采用日本自然主义流派的文学来思考、来创作,大概是私小说作家增加的主要原因。作品《苦役列车》被评选上芥川奖,也许预示着平成文学将要掀起私小说之风。

韩国

韩国青年作家的"幻想现实主义"：以奇幻的想象抵近现实

薛　舟

乱世谈玄是出于逃避政治高压和战乱的内心需求，比如曹魏正始年间的竹林七贤；至于盛世说幻，从动机上似乎就有些复杂，比如始于初唐而盛于中唐的传奇小说。排除作者个体因素而从宏观角度来说，唐代传奇小说带有市民文学推动文人创作的特征。另外，唐传奇不仅扫除了魏晋南北朝志怪小说的粗糙陋习，为中国文学的发展提供了充足的动力，还对周边国家的文人写作形成了至关重要的影响。唐代新罗文人崔致远12岁渡海来华，进士及第之后曾任溧水（今江苏溧水县）县尉等职，居留大唐16年之久，留下了大量汉诗作品。然而崔致远最为后人称道的却是他的传奇小说《仙女红袋》，宋代张敦颐的《六朝事迹编类》称之为《双女坟记》。小说叙述了崔志远在溧水期间夜会两个因为抗婚而自杀的姐妹的故事。这是朝鲜半岛最早的、篇幅最长的、艺术水准最高的文人创作小说，对朝鲜半岛的文学创作产生了深远影响。

新世纪以来，韩国在成功克服了20世纪末的金融危机之后，经济高歌猛进，2005年人均国民收入已经突破两万美元，成为亚洲最富有的国家之一。但正如经济发达不能代表总体的社会繁荣，韩国社会在曲折发展之中也暴露出很多问题，主要体现在传统的儒家精神和后工业文明之间难以调和的矛盾，以及民族融合的想象和南北分裂的现实之间的矛盾。如果借此观照韩国文学，则是进入新世纪以来，传统叙事美学遭到年轻作家们的策略性颠覆。“狂欢节是平民按照笑的原则组织的第二生活，是平民的节日生活”，诚如巴赫金所说，出身“草根”的韩国青年作家们的“众声喧哗”和“狂欢式想象力”已经成为当代韩国文坛的重要特征。较之于20世纪拉丁美洲文坛的“魔幻现实主义”，将其称之为“幻想现实主义”似乎也不为过。代表人物主要有金英夏、千明宽和朴玟奎等侧重于反省传统的作家，还有章恩珍、金息、尹贾溵、崔帝勋、黄贞殷、禹胜美、金柳真、金梨恩等以梦为马，通过奇幻的想象抵近现实的新生代作家。

金英夏的前期作品姿态前卫而内容较为保守，给人以深刻的叛逆者印象。《我有破坏自己的权利》以“死亡表演”实现了对传统社会的愤怒反抗，采用毁灭青春的极端方式完成了生命的突围。这部作品充分展示了金英夏不同于既往韩国作家的想象力，超乎寻常之处令人拍案惊奇，然而针砭现实却又入木三分，冷漠而强烈的审美力度深深震撼着韩国文坛。2000年以后，金英夏的笔触有所回撤，短篇小说《哥哥回来了》血气方刚，却是彻头彻尾的世态小说，激烈而又不无忧伤地回应了“父亲死后怎么办”的传统命题。《哥哥回来了》以“没有父亲的全家福”隐喻父亲的社会功能的逐渐消退，结果又不得不面对并不强于父亲的“哥哥”回来代替

金英夏

父亲的尴尬局面，这显然是在拷问以儒家精神为基础的韩国传统家庭和社会的出路。金英夏的敏感使他走在了同时代作家的前列，2007 年出版的长篇小说《猜谜秀》辉映着金英夏特有的想象力之光，堪称当代韩国社会的生动写照，也是“新游民小说”的发轫之作。主人公“李民洙”文凭很高，智商也很高，但就是找不到理想的工作，被排斥在由“父亲们”把守的社会大门之外。走投无路的李民洙应聘到一家奇怪的“公司”，这家公司有些类似于博尔赫斯的“乌克巴尔”，内部充满了类似于乌克巴尔成员的神秘人物，而其结构也很像博尔赫斯的《巴别图书馆》，主人公们的目的无非是召开代表大会，讨论些看似宏大实则无关紧要的问题。“社会上有公司，有职员，公司内部有社长、副社长，还有经理。但是在这里，‘公司’就是我们，我们就是‘公司’。如果用数学来解释，会不会更容易理解？‘公司’的部分集合仍然是‘公司’。”这个公司没有普遍意义上的领导者，“家长”遭到策略性的放逐和取消。作家在实验一种“弑父”之后的家庭模式，不料这个“模拟家庭”同样糟糕，失去了核心，每个人都在明争暗斗，各怀鬼胎，显然不是理想的家庭。作家以幻想式的图景完成了对包括自身在内的传统社会的讽刺。

《猜谜秀》韩文版

千明宽出版于 2004 年的长篇小说《鲸》是韩国文学新世纪以来的重大收获，当年便获得了韩国专门发现新锐作家的“第 10 届文学村小说

千明宽

奖”。《鲸》以神话的笔触讲述了两个女人的传奇故事,以说书人的语气生动概括了两个女人象征的民族发展史。主人公金福在母亲死于难产之后离开故乡,流浪到海边,见识了平生从未见过的蓝鲸,这成为她毕生挥之不去的致命憧憬。随后,金福辗转到达“坪岱”,按照小说中的交代,坪岱的地理形态似乎是韩国地形地貌的缩影。她在这里先是开茶馆,然后凭借敏锐的商业嗅觉开办了当地乃至全国的首家制砖厂,接着又修铁路,开展以三轮车为主体的运输业,逐步将人生推向巅峰。制砖取得成功之后,金福大力发展娱乐业,以发泄自己日益膨胀的欲望,将心目中的蓝鲸形象外化为影剧院,因为她崇拜“大”

《鲸》韩文版

事物,“小而丑陋的东西是可耻的”。金福的断言似乎也是韩国文化的隐喻,比如韩国人向来喜欢大而美丽的东西,大至国家名称,小至高度发达的整容业等等。这个影剧院成为韩国文化本土化的桥头堡,潜移默化着韩国人的价值观和道德观。膨胀的欲望渐渐地改变了金福的性情甚至是性别,“她的嗓音变粗了,本来就茂盛的体毛更加繁密,嘴巴周围的汗毛渐渐变黑”、“因为他们都听说修建剧场的是个女人,然而登上讲台的却是西装革履的男人”、“金福不仅换上了男人的衣服,连肉体也变成了真正的男人”。变成男人的金福疏远了曾经共同创业的伴侣和女儿,不惜花重金赎买漂亮的妓女睡莲,丧失了真正的自我和故乡,走上了人生的不归路。金福是现代化、工业化和城市化的参与者和见证者,为社会也为自己制造了难以治愈的现代性文明疾病,直到冲撞了军事独裁政府的代理人,她的人生戏剧才被迫谢幕。恰在这时,宿命般的大火烧毁了蓝鲸影剧院,金福就在自己亲手搭建的人生舞台上烟消云散。至此,金福和“巨正”(同名人物林巨正是朝鲜时代著名的盗贼)的女儿春姬登上了历史舞台。“不满周岁,春姬的体重就超过了30公斤”,从体形上说,春姬似乎就是母亲金福心心念念的庞大鲸鱼,因为血缘的关系而洋溢着野性的气质,只是面对纷繁复杂的世界不会开口说话,只能与双胞胎姐妹的大象“花点儿”进行交流。春姬被错误地认定为纵火案的主谋,饱尝牢狱之苦。“春姬回到工厂以后,直到死亡,再也没有出过工厂的门”,“最初几年,她就像仅仅为了生存而存在的牲畜。她在山谷里抓龙虾和水獭,在山里放夹套,狍子和河麂、河狸和獾子,抓到什么吃什么。青蛙和火蜥蜴之类的两栖动物就不用说了,知了、蚂蚱和蝗虫等昆虫也成了她的美餐。在这个过程中,她的肉体发生进化,变得适合打猎了。尤其是感官变得更加敏锐,动作也异常敏捷,不久后她就成了出色的猎人”。经过这样的磨炼,春姬逐渐摆脱了金福强加于己的现代文明病,找回了遗失的生存本能。经过艰辛的探索,春姬终于将母亲的手艺发扬光大,成为传说中的“红砖女王”,并且与小时候邂逅的“整骨少年”重逢,生下了自己的孩子。《鲸》是从分裂走向融合的小说,正如春姬和整骨少年都是全身只有一块骨头,小说中处处流露出这样的暗示,分离就意味着悲苦的命运,比如双胞胎姐妹的分离和死亡、母与女的分离和消失、父亲的身份模糊和缺席、春姬和花点儿的分离。《鲸》提供了开放式的两个结尾,第一个结尾是世人对春姬的回忆和追寻,以及春姬留在红砖上粗糙的画:有个女人揉圆为方,若有所待。第二个结尾则是春姬坐在大象“花点儿”的背上走向茫茫星空,她的失语症也神奇地不治而愈。作者千明宽站在新世纪的地平线上回望现代化的狂飙历程,通过看似荒诞的故事批判了现代文明的盲目和无知,展示出巧妙的想象力和叙事技巧,《鲸》甚至被誉为“韩国版的《百年孤独》”。

章恩珍

如果说金英夏和千明宽等出生于20世纪60年代的作家是幻想现实主义创作倾向的开拓者,那么后来涌现的众多作家则将“幻想”发挥到极致,他们的作品聚焦当下生活,关注现实境遇,为韩国“幻想现实主义”写作提供了丰富而生动的范例。出生于1976年的女作家章恩珍近几年风头正劲,2009年出版的长篇小说《爱丽丝的生活方式》讲述的是十余年未出家门的宅女的故事。如今,电脑对日常生活的入侵可谓无孔不入,键盘和鼠标不仅代替了纸笔和书写,甚至逐渐取代了语言和思维。韩国近来也涌现出一个最新潮的流行词:“无言族”。这或许是《鲸》中失语症的另类体现。住在305号的“爱丽丝”通过对讲机支使隔壁男人“路易斯”,安排他去做千奇百怪的事情。路易斯不听安排,爱丽丝就会用铁管去砸门。对于这个只能通过声音感觉的奇怪女人,路易斯先是充满憎恶和好奇,后来渐渐转变为好感和爱情。以这样的方式书写爱情,显示出作家的想象力和现实敏感度,然而章恩珍的真正意图恐怕还是探寻新生活方式下人与人之间的疏离和孤独。这一主题很快就在她的新作《没有人给我写信》中得到了确证,主人公“我”是个孤独的旅行者,三年来遇见形形色色的人。

“我”用数字编号称呼遇见的每个人，因为数字代表着无限：不小心弄伤朋友导致其变成植物人的孩子239、用别人吐在地上的口香糖从事艺术创作的99、因为忘不了初恋而留在火车上的109、决心自杀的32、自己卖书的小说家751……“我”在旅途中遇见他们，见识了各种各样的人间悲伤。回到旅馆后，“我”就给这些人写信，借以安慰他们痛苦而孤独的人生，然而“我”从来没有收到他们的回信。有时“我”也给家人写信，家人也从不回信。通过别人的悲伤经历，“我”认识到家人的可贵。为什么要抛弃家庭和家人，独自飘荡在路上呢？于是“我”决定，只要有人给“我”回信，“我”就结束旅行回家。遗憾的是“我”始终没有收到回信，旅行只好继续。后来，那只曾是导盲犬却因为事故而成为盲犬的小狗精疲力竭，旅行只好中断。回到家里，虽然“我”期待与爸爸、妈妈、哥哥和妹妹重逢，却又突然想到，其实他们早已在交通事故中离开了人世，自己是因为孤独才上路的。尽管“我”极力否认，然而曾经努力忘却的记忆又变成活生生的现实回来了。孤独绝望之时，邻居送来了盛满了书信的箱子。原来，家里没有收信人，邮递员把信送到了邻居家，“我”不由得泪如泉涌。《没有人给我写信》的“幻想之旅”将现代人生的孤独刻画得惟妙惟肖，这部容易让人联想到欧·亨利短篇小说的长篇佳作也在伤感之中渗透着脉脉温情，堪称作家的成熟之作。章恩珍将想象乃至幻想建立在现实

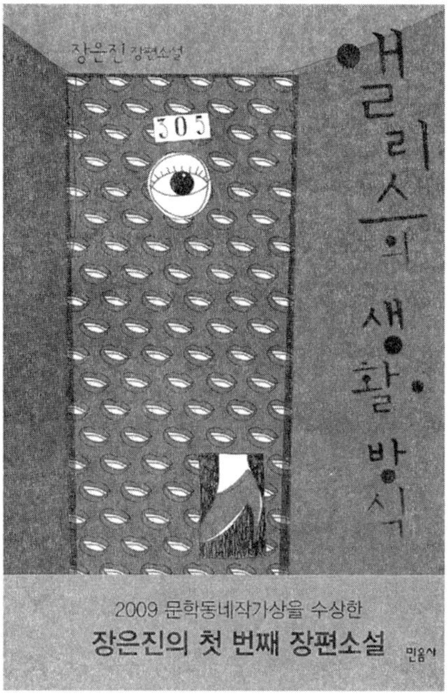

《爱丽丝的生活方式》韩文版

生活的基础之上，没有让叙事不着边际，她的小说就像小鸟没有冲向天空，而是深情款款地贴近生活的地面，于飞翔之际不时地投下关切的目光。《没有人给我写信》也为作家带来了荣誉，2009 年章恩珍获得了第 14 届文学村作家奖，受到读者和评论界的赞美。

尹贯溵

1980 年出生的尹贯溵同样是一位拥有奇崛想象力的女作家。她的处女作长篇小说《无重力症候群》获得了专门奖励文坛新星的第 13 届韩民族文学奖。叙事者“诺赛宝”发现月亮每到特定周期就会发生分裂，从一个变成两个、三个，最后分裂为六个。随着月亮的分裂或繁殖，诺赛宝周围的人们也变得越来越怪异：一辈子做家务、只知扫地洗衣服的妈妈竟然留下“我去找月亮”的消息失踪了；既是父亲的希望又是模范生的哥哥竟然放弃司法考试，想当厨师。不仅如此，诺赛宝的朋友、有望成为小说家的仇甫也放弃写作，莫名其妙地进入专门销售怪异器材的公司，而且他的同事们都在埋头做瑜伽，据说这能够采纳月亮精气。这就是所谓的“无重力症候群”。陷入无重力症候群、行动异常的也不仅局限于诺赛宝周围的人。月亮继续增加，两个、三个，随之而来的是自杀者暴增，犯罪率上升，暴力事件频发，很多人突然辞职，满心希望移居月球，甚至出现了号称“分期付款购买月球土地”的骗子。这部小说以幽默而宽容的视角，生动展示了现代化的无根生活，深刻而独到地指向现实的悲哀。尹贯溵通过幻觉轻轻揭开了现实的外衣，让读者窥见生活的内里究竟是什么。沿着这个方向，她于 2010 年出版了小说集《单人餐桌》，再次向韩国文坛展示了光芒闪烁的想象力。同题作品《单人餐桌》描写了因为与公司同事相处不融洽而独自吃饭的主人公为了克服自身困难，参加了传授“独自吃饭法”的辅导班；《甜蜜的休假》中某男从海外旅行归来，为了扫除犹如病毒般蔓延的臭虫，亲自做了巨大宿主，开始了遥遥无期的休假；《侵略者图像》中贫穷的新作家把百货商店的卫生间当做自己写小说的工作室；《朴玄梦的梦想哲学馆》中以替人做梦为职业的算卦店如雨后春笋般涌现……故事表面看来都荒诞不经，却又包含着惊人想象和无法遮蔽的现实性。尹贾溵的想象植根于当下的世界，当故事真正呈现在读者面前的时候似乎有些残酷，因为我们能从中发现自己的影子。尹贾溵以独特的叙事技巧将世界的真相做了巧妙的陌生化处理，重新唤起了我们无心错过或熟视无睹的东西。尹贾溵关注悖论，又以悖论进行思考，将新的小说美学带入韩国文坛，正日益受到读者的瞩目。

《无重力症候群》韩文版

2010年是韩国青年作家的爆发之年，金息出版了个人第三部长篇小说《水》，神奇地参照水、火、盐等基本事物的特征去刻画家庭关系，构思奇特而且意味深长；黄贞殷的《一百个影子》游离于幻想和现实之间，同样是借助想象之翼反思当下的生存困境，被誉为该年度韩国文学的重要收获；崔帝勋的小说集《库勒巴尔男爵之城》几乎将想象力发挥到极致,他的小说既是对经典文本的戏仿和重构,也融入了韩国社会现实和个人体验,读者在获得阅读快感的同时也能借以发现现代人生活中的黑暗地带。

申京淑：
拂去烟尘，寻找自我

薛　舟

2012 年 3 月,韩国作家申京淑凭借《寻找母亲》获得了第五届亚洲英仕曼文学奖。作为译者,我也很为申京淑高兴。其实在获奖之前,《寻找母亲》已经风靡全世界,不仅在韩国本土畅销至 150 万册,而且在 15 个国家被翻译出版,英译本还登上美国图书排行榜。原本寂寞的严肃文学作品竟然有如此反响,的确并不常见,这主要归结于小说所表现的永恒的文学主题——母亲:母亲是我们心灵的故乡。母亲在家,故乡就不会走远。如果有一天,母亲失踪了,心灵的故乡也就离我们远去了。寻找母亲的悲壮行程百转千回,终究还是要回归自己的内心世界,才发现原来弄丢母亲的人正是自己,心酸的秘密之门由此开启,原以为幸福美满的心里竟然藏着无数的过错、失误、忽视、轻慢和自以为是的无知愚昧。从这个意义上说,《寻找母亲》更像是寻找自我、修正自我、新我与旧我实现沟通融合的精神历险。作家鼓起勇气向世人袒露自己并不完美的灵魂世界,为现代都市成年人敲响回家的隐秘钟声。

要了解申京淑,无需看访谈和传记,她在作品里交代得非常清楚,重要的个人经历和思想情感还会反复提及。在她早期的长篇代表作《深深的忧伤》(1994 年)和《单人房》(1995 年)里就有很多个人的影子,而

申京淑

她的很多中短篇小说如《钟声》《月光之水》《风琴的位置》等几乎就是自传体的事实小说。韩国评论家金思寅认为:“她首先让‘现在的我’复原为‘从前的我’,从而让过去和现在相互面对……《单人房》是旨在寻找自我本质的心理斗争的记录。”这样说来,在《深深的忧伤》和《单人房》乃至后来的长篇作品《紫罗兰》和《寻找母亲》中,主人公们有着相似的家庭出身、学历背景和社会履历也并非巧合,这可能是作者刻意为之,或者说是作者也避免不了的自我投射。

《单人房》里16岁的少女每天抱着收音机倾听外面世界的消息,深深地厌倦了习以为常的乡村生活,却对陌生的城市生活怀着无比的好奇和向往。后来她终于来到首都,忍受着钢筋水泥和工业生产的压迫,经过数不清的波折磨难,渐渐地适应了城里人的生活。然而隔膜并不能轻易消除,她不能与城市身心交融,生活场所的转移只是增加了她观察故乡的新视角。每次回到家乡,她总感觉到工业文明对于乡土习俗的围困和蚕食,比如从前的水井被封,家里用上了自来水,“如今我再也不可能从井里挑水,或者望着映在井里的黄月亮了”;比如柏油路取代了从前尘土飞扬的黄土路;比如新房取代了茅草屋,传统意义上的厕所随之消失,变成了室内卫生间。“五年前新盖的这所房子只是地理上位于农村而已,却再也不是农村的房子了。”走出故乡的人在变,故乡也在变,主人公内心深处最后的屏障被强行拆除,她不得不忍受着双重的焦虑:

"背井离乡之后,我又想家了。我想念新村运动更换石板屋顶之前茅草屋檐之下的童年,我想念茅屋里的家人,我想念屋顶之上循环不息的春夏秋冬,多么分明。"但无论如何回乡已然不可能,真正意义上的"回乡"也只有通过文字回归自己的童年时代。身体在现实的推动下被迫向前,灵魂还在拼命挣扎着回头遥望,这样的觉醒令人痛苦而又无奈,申京淑作品中的主人公们都后知后觉抑或先知先觉地承受着类似的心灵煎熬。

《深深的忧伤》的主人公是三个青梅竹马的好朋友,"世"从小痴痴地爱着"恩瑞",而"恩瑞"的痴情从小就给了"莞"。他们离开故乡"露凝地"到城市里谋生活,莞对恩瑞的深爱视而不见,以为无论自己走到哪里,恩瑞肯定会在原地等着自己。恩瑞就是他的归宿和故乡。当莞现实地接受了富家女上司抛来的橄榄枝后,彻底绝望的恩瑞便接纳了世的爱情。两桩并非发自本心的婚姻注定不得善终,后悔随之而来。"莞感觉自己失去了这种舒心感和故乡的感觉。与朴孝善结婚的瞬间,他就感觉到了。他在蜜月旅行地抱着朴孝善的时候就想,我再也找不到舒心的感觉了","那是触手可及的舒心感,那是任何时候都将与我同在的故乡的感觉"。恩瑞原本打算和世好好生活,然而莞的偶尔来电或来访让世产生了深深的误解,越发怀疑自己的婚姻,越来越经常地向恩瑞发泄不满,加深了恩瑞的痛苦,一往无前的生活彻底斩断了三个人和故乡露凝地的联系。终于,恩瑞回家看望母亲,又给弟弟留下最后的书信,便纵身跳下了6楼,结束了年轻的生命,"我,已经走出太远,无法找回自己的人生了"。"那个女人,像花瓣,轻轻地飘浮在6楼和公寓花坛之间的时候,莞在办公室里,世在学校里,感觉到了五脏六腑爆炸般的疼痛。这种疼痛使莞不由自主地关上了正在看的电脑,世手里的粉笔从他的指尖轻轻滑落。"乍看起来,这是非常纯正的三角恋爱故事,结局很不幸。然而认真品味后才发现,申京淑的真正意图似乎不在于此。主人公恩瑞屡屡回家，却并不是真正意义上的“还乡”，她只能求得短暂的安慰，更多的反而是失望。她与莞和世之间从童年时代累积而来的关系才是真正的灵魂故乡，世和莞既是她的手足，又是她的影子，当现实篡改了他们的关系，损伤了他们的纯洁感情，她怎能不感到彻骨的分裂之痛，那个隐秘的故乡怎能不离她越来越远？

如果说《深深的忧伤》和《单人房》是源于当代生活的切身感受，有作家本人的影子，那么在2007年出版的历史小说《李真》（连载于《朝鲜日报》时题为《蔚蓝的眼泪》）中，申京淑已经将这种故乡意识推进到遥远的历史领域。朝鲜宫廷舞姬李真和法国驻朝鲜公使科林结婚之后，远渡重洋来到法国巴黎，从此开始了新鲜的异乡生活。李真天资聪颖，美丽优雅，拥有出色的艺术才华。她像海绵似的汲取西方文明，享受着身体和精神的双重自由，很快便成为巴黎上流社会的交际花，结识了莫泊桑等文化艺术界人士。而朝鲜依然闭关锁国，沉浸在“隐士之国”的迷梦里难以清醒，直至日本入侵，国势衰微，国家命运面临着艰难的抉择。李真因思乡而回国，亲眼见证了明成皇后之死，亲身经历了祖国在时代风云里的动荡危机，幻灭之余服毒自尽。探究李真之死的深层原因不难发现，作为朝鲜王朝体制内部身份卑微的舞姬，她的死更多的是因为故乡梦的破灭，是因为灵魂的回乡之路已被彻底斩断。申京淑通过明成皇后和李真的先后死亡隐喻地指出，在工业文明的冲击之下，乡土文明面临着前无出路、后无退路的尴尬。我曾在申京淑小说《哪里传来找我的电话铃声》译序里说过：“申京淑的全部小说其实是一部小说，申京淑讲述的全部故事其实是一个故事，无论这个故事的外壳是青春的爱与死亡，还是历史烟云里的家国之痛。”

申京淑长期以来的写作都围绕着故乡的主题，而维系故乡灵魂的是母亲，那么作家认真虔诚地书写母亲也是自然而然的。作为忠于自己心灵的书写者,故乡不仅缔造了申京淑的生命,也为她的写作提供了源源不竭的动力和养料,她远走高飞、投身都市生活多年后是否有改变?《寻找母亲》中充满了类似的自我反省,反思和自责成为推动小说前进的最大动力。故事一开始,

《寻找母亲》韩文及英文版

"妈妈失踪已经一周了",家人们开始了寻找母亲的艰难历程。小说采用散点透视的方法,分别从"我"、"大哥"、"父亲"和"母亲"的视角去观察母亲、理解母亲、重新发现母亲。在这一过程中,尴尬和遗憾纷至沓来,原来谁都不记得母亲的生年,原来母亲从来就不识字,原来母亲背着家人每月都给孤儿院寄钱,原来每次的全家福里竟然都没有母亲的身影,原来……家人们这才发现,原以为熟悉得不能再熟悉的母亲竟是如此陌生,这是无意的忽略,还是有意的逃避?由家庭成员们重新拼接而成的母亲形象逐渐变得完整,每个人都在回忆里完善自己和母亲的关系,每个人都暗下决心要珍惜这个貌似强大实则弱小的女人,然而母亲已经失踪9个月了。"我想留下余地,母亲只是失踪了,还有找到的希望",作家在后记中也给读者留下反躬自省的余地,不要等到母亲真的找不回来的时候再去后悔。申京淑在《寻找母亲》中对于前作提出的问题做了回答,我们的故乡还在,母亲还在,只是我们的眼睛蒙上了阴翳,只是我们的初心落满了烟尘。

走出虚构,申京淑在小说后记里讲述了自己的亲身经历:大约是在离别故乡30年之后,她终于有机会再度陪伴在母亲身边15天。她每天

早晨都会走进母亲的房间，静静地躺在母亲身边，母女俩聊起从前的故事，仿佛回到了从前的时光。这15天里作家所思所想应该就是《寻找母亲》的缘起吧。韩国作家李笛这样评论《寻找母亲》："这是令人心痛的故事，给犹然未晚的人以大惊醒，给悔之已晚的人以大安慰。"

印度

《塔楼孤客》：
叩问人性的拆迁

李道全

凭借小说《白虎》拿下2008年的布克奖之后，印度作家阿拉文德·阿迪加推出了第二部长篇小说《塔楼孤客》。在这部最新作品中，阿迪加延续了他对印度社会的观察和批评。《泰晤士报》评价这部小说是："当代的道德故事，既妙趣横生，又真诚备至。"由于小说对道德主题的关注，阿迪加也获得了"孟买的狄更斯"这一美名。

与批判印度种姓制度的《白虎》相比，阿迪加在《塔楼孤客》中更加关注印度城市化带来的社会问题。由于早期新闻工作的训练，阿迪加目光锐利，在小说中直接触及了印度拆迁过程中"钉子户"这一敏感问题。以印度孟买拆迁过程中的一起道德惨剧为主体，阿迪加的小说《塔楼孤客》叩问人性，细腻地刻画了拆迁利益诱惑下的人性善恶。

不同于小说《白虎》中广阔的乡村与城市社会图景，阿迪加在《塔楼孤客》中聚焦孟买东城区一栋残破的6层居民楼。这栋楼建于20世纪50年代，与70年代修建的另一栋7层高的塔楼共同形成了维什拉姆社区。相对周边污浊的贫民窟，维什拉姆社区是一个中产阶层的居住社区。最初居民主要是罗马天主教徒，但是从60年代起，印度人开始入住，而80年代一批受教育的伊斯兰教徒也搬了进来，所以这个社区也逐

阿拉文德·阿迪加

渐发展成一个“四海一家”的大院。在维什拉姆社区的带动下，周边区域也逐渐发展兴盛。尤其是随着新机场的启用，维什拉姆社区所处的维克拉区域具备了商业开发的潜力，而这两栋塔楼也被地产商沙赫相中，面临重新开发的契机。正是在拆迁重建的背景下，小说《塔楼孤客》展现了塔楼居民面对巨款诱惑而逐渐蜕变的心路历程，批判了当代社会的道德危机。

引发危机的幕后推手就是孟买地产商沙赫。他为了从孟买旧城改造中抢占商机，赚取丰厚利润，不顾身体健康隐患，毅然全力投入建筑事业。这一切都是想要与竞争对手相抗衡，而维什拉姆社区的拆迁重建就是他的重要筹码。为了加快拆迁工作进度，沙赫提出了貌似优惠的补偿方案，但是这一方案并没有得到社区居民的一致认可。在拆迁方案公布之后，老楼的住户开始分化，形成不同的阵营。对于多数居民来说，赔偿方案相当优厚，因为他们认为维什拉姆社区并不是乐园。供水与噪音问题困扰着住户，房屋修缮也需要资金，所以大部分居民积极回应拆迁计划，但是经过最初表决之后，四位老楼的住户——品托夫妇、里戈太太、易卜拉欣和退休教师穆尔蒂组成了反对阵营。两个阵营的拉锯战就此展开，而原本和谐的社区氛围激变，邻里关系也日趋紧张。

由于居民意见分歧，沙赫的开发计划意外受阻。原本经过风水师的占卜和神庙的祈福，沙赫对于拆迁计划志在必得，但是意外的阻力让他美梦破碎。为了不妨碍工期，他暗中接洽并贿赂社区委员会秘书科塔里，要求他尽快说服反对派成员。除了科塔里之外，塔楼住户兼地产中介阿贾旺尼和普里太太也暗地里主动请缨，帮助沙赫解决钉子户问题。严格来说，四位钉子户拒迁的理由也大不相同：品托太太老年失明，不愿离开熟悉的塔楼，而身为他们夫妇的好友，穆尔蒂也倾力支持品托夫妇。里戈太太是社会工作者，熟悉地产商的阴谋，对赔偿方案表示怀疑，而易卜拉欣只是态度暧昧，不愿意得罪邻居。针对钉子户阵营的情况，沙赫与老楼中的赞成派里应外合，各个击破。经过他们的利诱与劝解，反对派最后只剩下退休教师穆尔蒂。最初他因为力挺老友而受到赞扬，被夸为“英国绅士”。但是，随着拆迁日期的临近，塔楼住户对他的固执已见表示厌恶。其实一直以来，独自鳏居的穆尔蒂无偿为社区儿童补习科学知识，深受各位住户的爱戴。可是拆迁赔偿改变了邻居对他的评价。为了抵抗他的固执，邻居们不再让孩子接受他的教育，并且开始指责他的教育不当，不断施加压力。

之所以要逼迫穆尔蒂接受拆迁赔偿，是因为楼内住户虽然还算中产阶级，但是他们都遭遇人生失意，其中普里太太最为严重。她被身患唐氏综合征的儿子折磨得疲惫不堪，不希望一辈子就此而终。随着拆迁方案的提出，这些住户意外中彩，开始盘算着如何支配即将到手的财富，就连原本不打算搬迁的品托夫妇也考虑为在美国失业的女儿筹集资金。相对来说，退休教师穆尔蒂没有太多的后顾之忧。在他看来，维什拉姆社区镌刻了很多往昔的记忆，值得他留恋。虽然他儿子也催促他签字搬迁，但是穆尔蒂与儿子一家的关系并不和谐，所以他并不急于签字。当邻居们伪造他签字的时候，他勃然大怒。穆尔蒂甚至坚信只要熬过截止日期，地产商就会放弃拆迁计划，而维什拉姆社区又会重回往日的平静，所以他毫不妥协地坚持留守家园，对抗着地产商和邻居的打击。

在对抗外界压力的过程中，穆尔蒂大大低估了人性的丑陋。当局势急剧扭转的时候，他只好试图寻求援助。他去警局报案，但是警方并没有解决措施。他接洽了律师，但又最终放弃，因为律师只不过为了帮他争取更多的赔偿，而不是陪他斗争到底。关键时刻，他拨通儿子的电话，让他帮忙联系在《印度时报》工作的得意门生。然而，儿子不但没有帮助他，还责备他自私自利，不像其他住户那样为儿女考虑。同时，他的得意门生也没有回复恩师的求助信函。更让穆尔蒂悲哀的是，邻居租户的男友为了牟利，不经他的同意就报道了他的遭遇，让整个事件更加麻烦，也逼迫地产商沙赫改变策略。

随着事态的发展，沙赫也放弃了原先的野蛮策略，转而对维什拉姆社区采取分化政策。由于新楼住户全部同意搬迁，沙赫信守诺言，提前支付了拆迁赔偿金，证明了拆迁赔偿的可信度。这样一来，焦急的老楼住户眼看就要与巨额财富失之交臂，开始逼迫穆尔蒂。除了往穆尔蒂的门上泼粪之外，邻居们还雇人深夜入室袭击他。由于有所防备，穆尔蒂避过一劫，但他的邻居们没有就此作罢。经过集体商议之后，他们决定派阿贾旺尼把穆尔蒂从楼顶推下。为了圆满实施这一计划，他们要求楼内其他住户暂时避开，并且详细记录了穆尔蒂在楼顶活动的时间。然而，关键时刻阿贾旺尼经历内心挣扎，无力实施犯罪行为。最终，科萨里、普里夫妇和易卜拉欣一起闯入穆尔蒂的房间，逼迫他在拆迁方案上签字。然而固执的老教师拒绝妥协，惨遭几位邻居的毒手。他们集体谋杀了善良的退休教师，还从屋顶抛尸，制造自杀的假象。

中国有句话叫“无欲则刚”。在其他反对派成员纷纷妥协的情况下，退休教师穆尔蒂不畏强权，不贪钱财。这样毅然决绝的态度让沙赫的暴力威逼和金钱诱惑都无功而返。但是沙赫深谙人性的贪婪，当他的努力失败之后，他激发了穆尔蒂邻居们内心的邪恶力量。人性的贪婪让昔日友好的邻居成为恶魔，为了钱财而集体行凶，剥夺别人的生存权利。那些双手没有沾染血迹的邻居虽然置身事外，但是他们也或多或少成为谋杀事件的同谋。

通过楼中住户对拆迁方案的不同反映,阿迪加在《塔楼孤客》里展现了一系列复杂的人物心理。面对利益的诱惑,穷凶极恶的老楼住户们表现出了人性丑陋的一面。与他们相比,固执倔强的穆尔蒂则显得高大,是现代社会道德的化身。然而,坚守的“塔楼孤客”抵不过人性的贪婪,无法实践他向贫民普及教育的想法。他的离去可以归咎于拆迁中的暴力,而这些暴力的根源与地产商沙赫的拆迁计划密切相关。虽然沙赫没有直接参与谋杀,但是他的拆迁赔偿无疑是强劲的催化剂,改变了老楼的邻里关系,激发了人性恶的潜能。

《塔楼孤客》英文版

因此,阿迪加的新作《塔楼孤客》是一部时代感很强的小说。通过对印度孟买旧城改造过程中一次拆迁事件的关注,阿迪加对当下印度社会发展的思考和批判也浮出水面。小说所揭示的社会问题或许对现代化进程中的中国也有所启示。可以说,小说《塔楼孤客》反映出全球化过程中发展中国家所面临的一些共同问题。在这一层面上,它值得我们关注和思考。

此外,阿迪加在《塔楼孤客》中继续引入中国元素。沙赫的地产项目就被命名为“上海”,而他所聘请的建筑设计师也来自香港。因为沙赫曾在中年时期到访过上海,对上海的建设速度钦佩不已。小说《塔楼孤客》所提供的异域中国想象值得我们深入探究。

巴西

克拉丽丝·李斯佩克朵《星辰时刻》：“克拉丽丝钟爱虚空”

[爱尔兰]科尔姆·托宾　张芸 译

伊丽莎白·毕肖普 1963 年 1 月从里约热内卢致信罗伯特·洛威尔，谈及克拉丽丝·李斯佩克朵的小说。“我翻译了克拉丽丝的 5 篇小说”，她写道，“都是短篇，一篇稍长。《纽约客》有兴趣——我知道她手头拮据，所以这是好事，钱就是钱……可就在——正当我准备把那批作品（除一篇以外）寄出之际，她开始对我避而不见——彻底消失——大约整整 6 个星期……我大惑不解……这也许是‘性情’，或更可能只是人通常在每个转弯处所遭遇的‘巨大惯性’……在这些短篇里，她有十分出色的描写，而且这些描写译成英语听起来亦非常动人，让我甚感欣喜。”

1963 年 6 月，毕肖普再次写到李斯佩克朵：“又有一个文学会议邀请克拉丽丝去，在德克萨斯大学，如今的她腼腆而叫人猜不透——但我感到她内心非常骄傲——当然，她将前往。我会协助她准备她的讲稿。我以为我们会成为‘朋友’——可她是我认识的最不精通文学的作家，像我们过去常说的，‘从不开卷读书’。我所知道的作品，她一概没有读过——我认为她是一个‘自学成材’的作家，好像上古时期的画家一样。”

克拉丽丝·李斯佩克朵

在美国文库出版的毕肖普的《诗歌、散文和书信》里，有三篇李斯佩克朵作品的译作，包括那篇惊人的《世上最矮的女人》，它既具有毕肖普所指出的那股原始力量，而且又包含一种真实而机巧的博学，懂得怎么处理语气、处理段落结尾、处理对话，这一点，只有深谙文学之道的人才做得到。和从事小说创作的博尔赫斯一样，李斯佩克朵能够写出仿佛以前从未有人写过的作品，其独创性和新鲜感仿佛完全出其不意地降临世间，就像李斯佩克朵的短篇《一只母鸡》里下的那枚蛋一样——毕肖普也翻译了这篇作品。

李斯佩克朵的逃逸、飘忽不定、复杂难懂，如毕肖普所言的会消失不见，是构成她作品和名声的核心要素。克拉丽丝·李斯佩克朵（1920—1977）出生在乌克兰，但幼时就到了巴西。她乌克兰的出身背景和因犹太人而举家逃离那儿的经历，在本杰明·莫瑟的杰出传记《为何这世界》里有令人心痛的细述。莫瑟所说的“她坚定不屈的个性”，使李斯佩克朵成为令她身边人着迷的对象和令读者着迷的对象，但人们总有一种感觉，她被世人严重神秘化，她对生活本身感到不自在，甚而对叙述亦然。

1977年10月，在去世前不久，她出版了中篇小说《星辰时刻》，她的全部才华和怪癖融合并交叠在里面，用一种高度自觉的叙事手法，论述讲故事和进而——在可能的情况下——讲述玛卡贝娅故事的困难和奇特乐趣。玛卡贝娅这名女子,李斯佩克朵告诉一位采访者,"穷得以只吃热狗为生"。可她明确表示,这"并非故事所在。故事讲的是一份被粉碎的纯真,一种不具名的悲惨境遇"。

这篇故事讲的也是一个来自巴西东北部阿拉戈斯州的女子——李斯佩克朵一家人初抵这个国家时住在那儿——后搬去了里约热内卢,和克拉丽丝·李斯佩克朵一样。在书接近结尾的一幕中,女主人公去拜访一位占卜师卡罗特夫人,李斯佩克朵本人恰好也去拜访过一位占卜师。李斯佩克朵告诉一位电视采访记者:"我去见了一位占卜师,那人向我讲了各种即将发生在我身上的好事,在坐出租车回家的路上,我心想,在听了那种种好事后,假如有辆出租车把我撞倒,碾过我,我死了,那可真是滑稽。"

这不是意指这篇故事富有自传性,更确切地说,它是一次对偶尔瞥见,却几乎不认识的自我的探索。在李斯佩克朵创作这本书期间,作家若泽·卡斯特略在里约的科帕卡巴纳大道瞥见她本人,她正盯着一家商店的橱窗。和她打招呼时,卡斯特略写道,"过了半晌她才转过身。起先她没有动,接着,在我斗胆又打了一声招呼前,她缓缓转过来,像是欲查看某些可怕之物从何而来,她说:'哦,是你。'那一刻,我惊恐地发现,橱窗里空无一物,只有没穿衣服的人体模型。但随后我的目瞪口呆转化成一个结论:克拉丽丝钟爱虚空。"

以极端不确定之形式来重塑的自我,不仅是小说表面上的主角、那个来自东北部的姑娘,还有叙述者。他会做出冗赘的旁白,对自己的方法过于自信,面对语言的威力和无力时一味惶恐,又会突然冒出激扬优美、含义分明的语段。他会道出诸如这样一节话:"此时,云很白,天空很蓝。为何上帝拥有如此之多。为什么不分一点儿给人。"或是,"此刻——星辰寂静,这空间亦即这时间与她与我们都没有干系。"

《星辰时刻》犹如在一场戏的演出中途给带到后台，得以零星瞥见演员和观众，并进一步，更加深入地得窥剧院的构造——布景和服装的变化，机关的设置——加上许多次后台工作人员的打断。它用走出剧院经过售票处时的讽刺，也许语带嘲弄的窃窃私语告诉人们，那些瞥视其实才是演出的全部，经由作者细心谨慎的布局谋篇，这位作者依旧在紧张地观看，从某一近处，或隔着远远的距离，这位作者也许存在，也许甚至不存在。

文中没有什么是稳固的。叙述者的话音从最隐晦的对存在和上帝的疑惑，转换到近乎喜剧般的游走于他笔下人物的内心；他注视着女主人公，走入她的意识，倾听她，然后又退身。他对女主人公的境况满怀怜悯和同情——她的贫穷、她的纯真、她的身体，多少她不知晓也不能想象的事——可他也警觉到小说写作本身是一种要求技巧的行为，而他，可怜的叙述者，根本没有掌握，或没有找到有用的技巧。有时，反之，他掌握了太多技巧。难以抉择该为谁感到更惋惜，是玛卡贝娅还是叙述者；是纯真无辜、受生活之苦的人，还是有高度自觉性、受自身失败之苦的人；知晓太少的那一个，还是知晓太多的那一个。

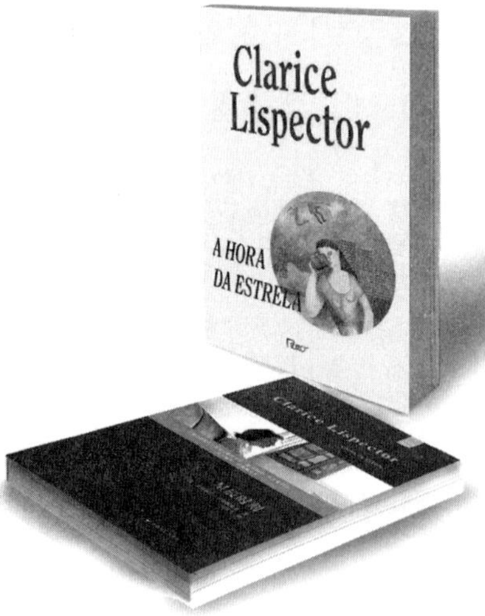

《星辰时刻》中葡文版

小说的叙述从一组对人物和场景的粗线条刻画不乏一笔带过的瞬间和信口而出的总结分析陈词，转换到有关生与死、有关时间和上帝之谜的格言警句；从深深意识到活着的悲剧，到转而悄然包容存在是一出喜剧的事实。故事设置在巴西，既是一个在对人物生活的限定上几乎真实得不能再真实的巴西，又是一个精神上和想象上的巴西，在这本神秘的告别作里，李斯佩克朵利用语言和画面、利用语气和疏密的变换，使其变得广袤辽阔。

法国批评家埃莱娜·西苏曾写过，《星辰时刻》"是一个有关贫穷而并不贫乏的文本"。它有博学和神秘的一面，喋喋不休又出奇精练。它保留太多，又诉说太多。它作出笼统地判断和细微地观察。它思考两种类型的无力，每一种皆鲜明显著。首先是叙述者的无力，他拥有可供他支配使用的语言，却觉得语言，因其极度的不可靠和诡谲多变，将会把他抛弃。他不确信这该让他哭还是笑；他以不寻常迸发的坚毅决心，停留在一个奇特的、受惊的状态。其次是他想象过的或说见过的容许语言——极度脆弱而可笑的语言——召唤出的那个人物的无力。

但有时，叙述者忘乎所以——诚如贝克特时常表现的那样——发现某些太有趣或太怪诞发噱的东西，而不愿探究其在叙事中扮演的角色，探究其真实性或虚构性。例如，主人公吃过一回"炸猫"的记忆，里约那条街道的景观和响声，或某些回忆，抑或玛卡贝娅的宣言："当我死时，我会很想我自己的。"

大多数作者的晚期作品具有一种幻影之美，让人感觉形式和内容互为舞伴，跳着悠缓而娴熟的华尔兹。李斯佩克朵相反，在走到生命尽头之际，她的创作宛若人生刚刚开始，我感到有必要搅动和摇晃叙述本身，看看那可能会把她——那个困惑而具独创性的作者——和我们——她的困惑而兴奋的读者——带往何处。

智利

罗伯特·波拉尼奥《2666》：全景式探讨人性变化

赵德明

罗伯特·波拉尼奥的长篇小说《2666》问世于2004年，是近5年来在美国和欧洲争相翻译、阅读和评论的“大作”。

罗伯特·波拉尼奥是智利人，1953年生于首都圣地亚哥。1973年他曾经参加支持阿连德政府的活动和反对皮诺切特军事政变的斗争。1977年前往欧洲，开始文学创作。在20多年的时间里，波拉尼奥写了10部长篇小说、4部短篇小说和3部诗集。代表作是《荒野侦探》和《2666》。2003年波拉尼奥在巴塞罗那去世，年仅50岁。他过世后，作品陆续被发掘出版，获得高度赞扬。波拉尼奥曾获得拉丁美洲最高文学奖：罗慕洛·加列戈斯国际小说奖；2009年获美国书评人协会小说奖；世界西班牙语大会评选25年来100部最佳小说中的前四名中，他的两部作品《荒野侦探》和《2666》入选。西班牙、拉丁美洲一些文学评论家纷纷著文称赞这两部作品。评论家莫索里维尔·罗德纳斯称赞《荒野侦探》是：“作者同代人中伟大的墨西哥小说，是拉丁美洲人对离乡背井之苦的文学表现。”恩里克·维亚·玛塔说：“是对文学大爆炸的历史和天才的终结，从此掀开了新千年文学新潮的环流。”伊格纳西奥·埃切维里亚在西班牙国家报上发表文章说：“《荒野侦探》是博尔赫斯那样的

罗伯特·波拉尼奥

文学大师才会同意写的作品。因为这是一种有创意、文字美、生动有趣的力作。”而评论界对《2666》的评价则更高,认为它是“超越了《百年孤独》的惊世之作”。西班牙著名女作家阿娜·玛利亚·莫伊斯在西班牙《国家报》上说:“《2666》是小说中的长篇小说,毫无疑问,是一座丰碑,是波拉尼奥全部创作的最佳之作。”评论家罗德里戈·富雷桑说:“《2666》是全景小说,它不仅是作者的封顶之作,而且是给长篇小说重新定性的作品,同时,它把长篇小说提高到一个令人感到眩晕的全新高度。”伊格纳西奥·埃切维里亚说:“《2666》是波拉尼奥的代表作,是一部滔滔大河般的巨著。作为全景小说,它的能力是既连接和统一起以前的全部作品又大大超越前辈。”在我国,虽然《2666》的中译本要在今年8月底才能问世,但能阅读英译本的读者已经在网上有了热议文章。据说,在上海,《2666》的中国读者已经成立了“《2666》图书馆”。

世界文学的“清明上河图”

《2666》全书共计1125页,相当于中文100万字,分5部:第一部《文学评论家》,讲述4位评论家分别生活和工作在英国、西班牙、法国和意大利,都在研究德国作家阿琴波尔迪的作品和生平。四人在国际研讨会上相识,由于学术观点一致而成为朋友和情人。最后,他们在墨西哥开会时听说了杀害妇女的事情。但是,四人都不敢站出来揭露罪行,而是纷纷"合情合理"地开了小差。英国人飞回了伦敦;意大利人根本没敢露面;法国人整天埋头读书;西班牙人带着墨西哥小姑娘跳舞和做爱,最后回马德里去了。第二部《阿玛尔菲塔诺》,讲述智利教授携全家来到墨西哥避难的故事。他颠沛流离,历尽磨难,最后,妻子离他而去,女儿也被黑社会绑架。面对苦难,教授显得愤怒而无奈,在很大程度上成为拉美小知识分子情绪的代表,尤其是被独裁政权迫害的典型人物。第三部《法特》,讲述美国记者法特去墨西哥采访拳击赛的遭遇。法特也听说了连续发生的妇女被杀案件,经过采访和调查,发现了大量骇人听闻的故事。法特是敢于面对残酷现实的知识分子,但终因势单力薄而无所作为。他尖锐地指出,人性恶的膨胀会成为人类毁灭的死神。第四部《罪行》是全书的高潮,集中描写了墨西哥北方妇女连续惨遭杀害的事。具体讲述了近 200 个案例。其中,除了揭露犯罪集团的残暴、疯狂和凶狠的嘴脸之外,作者还用了大量笔墨描写政府的腐败无能,有些官员甚至与犯罪集团沆瀣一气、同流合污,造成贩毒、走私和杀人、强奸案件的急剧增加。作者也塑造了一些勇于斗争的妇女形象,但邪恶势力太强大了,她们的奋力挣扎收效甚微。第五部《阿琴波尔迪》讲述德国作家阿琴波尔迪复杂曲折的人生道路。阿琴波尔迪是贯穿全书的主线。起初,他是英、德、法、西文学研究界研究和追踪的目标,他到墨西哥之后,又成为他妹妹和朋友们寻找的对象,由此构成全书最大的悬念。阿琴波尔迪的人生道路坎坷,他与德国贵族有过交往,亲眼看到了贵族们糜烂的生活。在第二次世界大战中,他无意间发现了一位苏联犹太人的手记,因此得以了解斯大林对作家的迫害情况。在战争中,阿琴波尔迪最为惨烈的是耳闻或者目睹了屠杀战俘和犹太人的活动。战后他开始写小说的主要动因与表达内疚和忏悔罪孽有关。听说墨西哥有杀害妇女的罪行,他秘密去墨西哥调查,但行踪十分神秘,让人无法找到他的下落。

作品主要人物多达近百人，直接涉及的国家有：德国、法国、英国、西班牙、意大利、美国、墨西哥、智利。涉及的人物有：文学评论家、作家、教授、出版家、拳击手、杀人犯、军官、士兵、贩毒集团、警察、乞丐、贫民、妓女……可说是一幅世界文学上地地道道的“清明上河图”。作品的时间跨度覆盖20世纪和21世纪初。涉及的重大历史事件有：两次世界大战、苏联和东欧社会主义国家解体、墨西哥贩毒问题和移民潮以及社会治安问题等。牵涉到的学术领域至少有：历史、哲学、社会学、心理学、海洋植物学、数学等。

揭示人性之恶

《2666》从整个人类的发展过程中揭示出人类贪婪、自私和凶残的本性在当代迅速膨胀，愈演愈烈，不可遏制。危及人类生存的痼疾，例如疯狂地发展物质生产，全然不顾生存环境；恶性的市场竞争；残酷的剥削和压迫；道德沦丧；官场腐败……种种倒行逆施，都源于自私和贪婪。高科技迅猛的发展非但没有改善人性，反而推动人类社会像高速列车一样驶向万丈深渊。作者认为，自私和贪婪之心人皆有之，一旦有了滋生的条件就会发作。在经济社会里，权贵集团依靠金钱实力统治底层的人们，他们不仅掌握着国家的经济命脉，还垄断着一切舆论工具，甚至企图钳制和影响人们的思维方式。底层的人们由于无权无势往往是受害者。这样的制度结构本身就是一种价值取向：驱动人们追求金钱、攀附权贵，充当物欲的奴隶。书中也有少数清醒的知识分子，但这些手无缚鸡之力的书生，要么无可奈何，要么悲观失望，要么甘心充当权贵的智囊和喉舌。总之，四分五裂，形不成团结一致的理性力量去扭转向恶的趋势。受压迫的底层人们，也有自己的问题：由于他们没有受教育的机会，愚昧、无知是必不可免的，状态像一盘散沙。对金钱、暴力和权力的信仰在人们心里产生的要么是贪婪，要么是恐惧，要么是无奈，要么是绝望。书中也有善良的人们，也有见义勇为者，也有冷静思考者，但面对着强大的权贵势力和黑恶团伙，他们只有牺牲。作品第三部《法特》中有这样的看法："人类的疯狂和残忍都不是当代人发明的，而是咱们老祖宗的创造。可以说，古希腊人发明了人性恶，发现了人人心里有邪恶。但是，到了今天，咱们对典型的邪恶已经司空见惯，其典型事例已经微不足道。正是希腊人开启了一系列邪恶变异的可能性。可是，至今咱们对这些变异并没有清醒的意识。也许您会说，时代在变，一切在变。是的，当然在变，可是犯罪的事实没变，因为人性恶没变。"进入 21 世纪，人性恶更加膨胀了。以公平、正义的名义进行的杀戮，以和平发展、"互利"名义进行的资源掠夺，在高科技的帮助下，规模大、程度激烈、手段狡猾的大量犯罪事实，都一一证明了人类的贪婪、疯狂和残忍已经上了一个新台阶，达到了自我毁灭的新高度。严重的是，人类还没觉醒，还对纸醉金迷的生活津津乐道。《2666》的作者俯瞰人间，看到的是一片荒漠，人性恶的膨胀则是这荒漠中"恐怖的绿洲"。

《2666》

在第四部《罪行》里，作者用大量的事实揭露出墨西哥社会发展的主要障碍：政治、经济、文化、教育大权统统掌握在权贵集团手中。犯罪团伙、贩毒、走私等黑社会组织有政治保护伞。有良知的人们感到悲观和绝望，只能愤愤地骂权贵势力是"卑鄙肮脏的野兽"。横行霸道的权势人物受到“制度保护”，穷苦百姓的求告无门也是社会制度造成的。因此，书中的人物骂道：“这是墨西哥的一个特色啊！是拉美特色啊！”

在《2666》中，中产阶级普遍追求“今朝有酒今朝醉”、“真正做事情的不多”，得过且过、敷衍塞责成风。中产阶级的知识分子“绝大多数是为政府工作的。政府养活他们，暗中注视着他们的动向”，因此这是一个附庸在权贵集团身上的寄生物，没有独立生存的基础。从思想上说，他们看不到制度改善的希望，只看见了官场腐败的丑恶表现，因此处于悲观绝望之中；要么就趋炎附势，按照潜规则行事。体制外的知识分子经过了打击之后，也处于悲观状态。特别是20世纪90年代后连续发生经济危机，他们尤其不相信什么政党政治的能力。《2666》中充满了“不信任感”，因为“一切都是欺骗”，大家“只能苟延残喘地活着”。在第一部《文学评论家》里，分别来自英国、法国、意大利和西班牙的教授兼文学评论家面对连环杀人案的表现是很能说明问题的。四位教授全都放弃了自己的理想，更不要说揭露和批评社会犯罪现象了。这样的结局是意味深长的——想得多、做得少的读书人在残酷的社会现实面前往往当逃兵。

在叙事艺术方面，作者用了十分冷峻的手法，让大量事实说话，例如，战争中对战俘和犹太人的杀戮、墨西哥在短短几年里发生的妇女被强暴和杀害的案件、疯狂奢侈的消费和浪费、狂欢纵欲的聚会……让铁的事实佐证人性恶发展的趋向。在写实的同时，作者也巧妙地描绘心理活动，如梦幻、联想、直觉等。在作品结构上，5个组成部分可以独立成章，又有枝蔓开来的大量枝杈，形成蓬蓬勃勃的巨型华盖，与巧妙的内在联系和统一轴心一起，构成一棵参天大树。作者把情爱、性爱、凶杀、战争、文学研究和创作以及悬疑诸多小说元素自然地糅成一体，尤其是对大舞台和小细节的巧妙结合更令人拍案叫绝。大舞台包括地理上的描述和对社会众生相的描绘;小细节则滴水不漏地涉及穿衣吃饭等生活场景的细部、复杂的心理纠结、情感的微妙变化。《2666》的叙述艺术既是对20世纪下半叶各类小说技巧的高度概括,又有作者独具匠心的创造。这种创造的理论说法叫作“全景式长篇小说”。这一理论的主要特征是:超越阶级意识形态的局限,从人类意识的高度看人性的复杂和变化;舞台尽量设计得博大;时间长;人物多;让丰富的事实说话;叙事的话语则是冷峻和白描式的。

创作初衷源于对人类自身的反思

《2666》所描写的地域范围远远突破了拉丁美洲的天地,站在全人类的现实高度看人性恶的膨胀,更在预见未来。因此,这部作品的意义超出了自身的文学价值,对于研究欧美国家的社会现象,尤其是思潮变化、人类文化价值观念也具有参考价值。

自从上个世纪90年代以来,全球发生的一系列重大政治和社会事件后,21世纪初又发生了“9·11”事件和全球范围的经济危机,拉美少数知识分子在反思。反思的过程中,作者罗伯特·波拉尼奥超越了简单的意识形态思维方式,从人性的表现和变化观察社会问题,因而有了《2666》的问世。书中流露出一种“淡淡的哀愁”,因为作者看不见解决人性恶膨胀的出路。当“人不为己,天诛地灭”的价值观甚嚣尘上的时候,人类应该有所警惕并找出应对措施,努力避免人类的自相残杀和毁灭。或许这就是《2666》的创作初衷吧。

尼卡诺尔·帕拉：“反诗人”VS.“反诗歌”

许　彤

2011年12月1日，拉丁美洲“反诗歌”开山宗主、智利诗人尼卡诺尔·帕拉荣膺2011年塞万提斯文学奖。4月23日，诗人的孙子乌加特代表祖父在马德里领取了奖项。诗人鲐背之年享此殊荣，成为该奖历史上最年长的获得者。

帕拉被誉为智利诗坛代表人物和“反诗歌”开创者，他以“反诗歌”形式，使用黑色幽默手法捍卫诗与诗人的本体。西班牙语文学界普遍认为帕拉获奖实至名归，“公正评价了一项意义深远的文学事业”。西班牙新锐小说家马尔克斯·希拉尔特·托雷特称帕拉是大家心目中最佳候选人。智利小说家马尔塞拉·塞拉诺进一步指出帕拉获奖表明西班牙终于承认其诗歌具有无可估量的价值，也是对他发动的语言革命的褒奖。尼加拉瓜作家拉米雷斯认为“反诗歌”以幽默和快乐的方式写作并与经典范式决裂，这对于“60年一代”的蜕变至关重要。智利著名小说家安东尼奥·斯卡梅达认为帕拉是一位睿智、纯粹和充满幽默感的诗人、才华横溢的创新者。他选择了一条清澈明晰、锐意进取的迷人诗歌道路，重视幽默的智慧，以混搭、嘲讽和聪慧的方式，赋予了西班牙语崭新光彩，在精确雕琢之上寻求自然质朴。

尽管国内尚未翻译刊印帕拉单行本诗集,但中国读者对尼卡诺尔·帕拉并非全然陌生。1958年,诗人曾作为智利文学工作者代表应邀来中国参加庆祝世界和平运动十周年活动。20世纪80年代以来,国内西班牙语文学界对于帕拉的关注度不断上升。1987年,北京大学赵振江教授在《五光十色 相映生辉——西班牙语美洲诗歌漫谈之三》中扼要介绍了帕拉的创作历程及特点,指出帕拉的“反诗歌”主张是当代西班牙语诗歌发展的重大事件。第二年,赵振江又在其主编的《拉丁美洲历代名家诗选》中收录了帕拉四首代表诗作——《幸福的日子》《过山车》《礼仪》和《自己》。同年,黎华在《人民日报》发表专稿介绍尼卡诺尔·帕拉。1994年,由拉丁美洲11国驻华使馆合作编译了西汉双语《拉丁美洲诗集》中译介了帕拉的《一个想象的人》和《墓志铭》两首诗。进入新世纪后,学术界开始从文学史角度关注帕拉的诗歌艺术及其对西班牙语当代诗歌的影响,又译介了帕拉的部分作品。与此同时,互联网上也出现了一些文学爱好者抄录、辑录或从英文转译的帕拉诗作。

尼卡诺尔·帕拉

“反诗人”素描

“打电话确定拜访事宜时帕拉没有使用敬语。当我们在他在格林尼治租住的公寓碰面时,帕拉披着睡衣,光着两条腿,趿拉着拖鞋,头发乱蓬蓬地出来打招呼。‘反诗人’在下午就该是这副样子。”

和帕拉的英文译者罗伯特·利马一样,在读者和评论界眼中,帕拉特立独行，口无遮拦，不畏强权，叛逆不羁，活脱脱就是“反诗歌”和“反诗人”的最佳形象代言，《圣地亚哥时报》甚至称他为“智利诗歌摇滚明星”。

尼卡诺尔·帕拉1914年9月5日生于智利中部奇廉市，来自典型的外省中产人家。父亲是小学教师，喜欢吹拉弹唱，舞文弄墨，颇有几分波西米亚游吟艺人的派头。母亲出身农户，颇有音乐天赋，谙熟民歌。在母亲耳濡目染之下，帕拉和弟妹们从小就接触到智利乡村民间文化，它们是滋养帕拉作品的沃土，也促使诗人在日后的创作中不断探寻和开拓日常口语的表现力与可能性。或许是对父母艺术天分的传承，帕拉和弟弟妹妹们不约而同选择了文艺道路。帕拉家族第三代和第四代中也有很多人投身艺术产业，被视为拉丁美洲最有影响力的艺术世家之一。

由于父亲经常调职或失业，更是由于其放浪不羁的艺术家气质，年少的帕拉经常搬家，随着家中人口增多和父亲升迁受挫，原本算不上富裕的家境愈发窘迫，母亲从未怨天尤人，用孱弱的双肩为孩子们撑起一片安稳温暖的天空。母亲的坚毅、善良和温柔是童年帕拉踏实温暖的依靠，更是诗人心中最柔软的记忆。多年之后，帕拉在《克拉拉·桑多瓦尔》一诗中深情赞美母亲：

“我们的克拉拉是多好的女人呀！/……/当在缝纫机后面看不到她/纺纺匝匝，匝匝纺纺/——她总得喂饱一家人/就是说她在削土豆皮/或者在缝缝补补/或者浇花/或者洗着永远洗不完的尿布/她可不痴心妄想/明白自己嫁的人不太食人间烟火/她只忧心健康问题/给缝纫机纴针/得眯着眼睛使劲儿瞅/眼镜太贵了/还有那些妇科病呀……/但是她从来没有丧失耐心：/成千上万米呢绒/从她神奇的双手中流走/变成大堆大堆廉价裤子/去往四面八方/越是苦难降临/她越斗志昂扬/为着弟弟小逖托能上中学/为着妹妹小比奥莱塔不病死/她还有时间哭泣/为那个得黄疸病的年轻寡妇/她将作为智利最不幸的母亲/载入史册/她还有时间祈祷。”

该诗具有典型的“反诗歌”特征,语言平实,风格质朴,意象朴拙,感情深沉热烈,诗意绵延不绝。作者以口语入诗,直抒胸襟,但遣词造句考究精准,毫无夸张造作之嫌;引入民歌吟咏结构,一唱三叹,利用层层比兴,从细微之处描摹母亲的辛劳与慈爱,在反讽和幽默的表象之后隐藏着含泪的笑。正如帕拉所述:“我的诗作不仅仅是诗,还是戏剧独白,因为在我的诗歌中有活生生的人物。它们不掉书袋,讲的是发生在像您或我似的‘某人’身上的‘某事’。”这恰恰是“反诗歌”的精髓所在。

1932 年,帕拉进入首都圣地亚哥一所寄宿学校完成中学学业。在圣地亚哥学习期间,帕拉“发现”了西班牙现代诗歌和法国超现实主义诗歌,并尝试摹仿创作了一些诗歌。大学毕业后,帕拉继续投身文学创作,曾被推选为奇廉市“春之节”桂冠诗人。1943 年至 1951 年期间,帕

尼卡诺尔·帕拉部分诗歌选集西文版

拉先后两次前往美国和英国分别进修高级机械工程和宇宙学,回国后逐渐将更多精力投入到文学创作中。1952年,他与诗人恩里克·林、演员兼作家亚历山德罗·霍多罗维斯基合作在圣地亚哥一条街道上展示了拼贴作品“壁画诗”《秃鹫》,这是帕拉“跨界”艺术活动的发端。后来诗人还在实用艺术品创作中广泛使用拼贴、混搭、改写、重写技法,形成所谓的“视觉装置”艺术。

帕拉的主要诗歌作品有《无名歌集》《诗歌与反诗歌》《长长的奎卡舞》《沙龙诗行》《俄罗斯歌曲》《装置集》《埃尔吉的基督讲道集》《埃尔吉的基督讲道新集》《扰乱警察的笑话》《圣诞歌谣》《政治诗》《帕拉诗页》《用来抗击秃顶的诗歌》以及自选集《鸿篇巨制》等。2006年和2011年,帕拉推出了两卷本全集——《全集和补编》,这是诗人全部文学创作作品第一次结集出版,被誉为21世纪西班牙语出版界的一大盛事。

“反诗歌”素描

“一切/都是诗/只除了诗歌。”

帕拉并非是以“反诗人”之姿登上文坛的。1937年,他出版了“学徒时期”习作《无名歌集》。青年帕拉还不具备纯粹的个人风格,诗集的写作灵感源于西班牙诗人加西亚·洛尔卡的《吉卜赛谣曲》,并受到了智利传统民谣和拉丁美洲现代主义诗歌的影响。当时的智利评论界对《无名诗集》青睐有加,授予帕拉圣地亚哥城市诗歌奖,智利著名诗人、诺贝尔文学奖获奖者米斯特拉尔还亲自出席颁奖仪式。随着诗学观念的进化,帕拉本人对这部诗集越来越不满意,认为它不过是智利农民语言和梦境意象的大杂烩,拒绝将它收入1969年出版的自选集《鸿篇巨制》中。

“反诗歌”源于帕拉 1954 年出版的诗集《诗歌与反诗歌》。它只有几十页，收录了帕拉从 20 世纪 30 年代末至 50 年代初创作的不足 30 首诗歌。关于这部诗集还有个小故事。帕拉化名参加智利作家工会组织的诗歌比赛，使用一位友人的名义提交了《人性与神性之歌》《诗歌》《反诗歌》三部诗稿，结果它们分别获得了一、二、三等奖。主办者直到公布获奖者名单时才发现真相，大为光火，宣布获奖者空缺。而且智利作家工会诗歌奖包括一项出版资助，帕拉原本打算只将《反诗歌》付梓，便向作家工会提出撤回其他两部诗稿。这下子可捅了马蜂窝，智利作家工会坚称既然它们是获奖作品，作者就不再享有参赛作品的所有权，工会都可以自由出版这些诗稿。帕拉干脆“合三为一”，将三部诗稿打包出版。出版社还邀请聂鲁达撰文推介诗集，但《诗歌与反诗歌》再版时，帕拉删掉了聂鲁达的溢美之词。

从《无名歌集》到《诗歌与反诗歌》，帕拉有近 18 年没有出版过单行本诗集，既可以说是帕拉的诗歌蛰伏期，也恰恰是诗人“反诗歌”诗学理念的生成期。帕拉曾经幽默地表示“反诗歌”的根源是卡夫卡小说和卓别林电影，但立刻又口风一转，半真半假地说自己从来不上电影院。我们可以肯定的是出国留学对于帕拉意义重大。帕拉在美国和英国亲眼目睹了现代都市的繁华与阴晦，亲身体会到工业都市文明的巨大冲击。帕拉还广泛阅读欧美经典诗歌——威廉·布莱克、惠特曼、庞德、艾略特、迪伦·托马斯、奥登……大大开拓了美学视野，启发他重新审视诗歌抒情主体的角色与界限，尝试摆脱华丽空洞的修辞，挑战诗歌语言的极限。同时，诗人还热忱地学习弗洛伊德学说，不断思考科学与诗歌之间的关系和人的存在问题。“反诗歌”诗学理念也在广泛阅读和思想砥砺中逐渐成形。多年之后，帕拉坦陈“反诗歌”是自己不断探索的产物：“我在 1938 年就开始写它们，但直到 1949 或 1950 年，我在英国的时候，才给它们命名。当我在一家书店找书的时候，注意到法国诗人 Henri Pichette 一部名为《反诗歌》的诗集。这么说来 19 世纪就有人使用‘反诗歌’这个概念了，虽然很可能古希腊人早就用过它了。无论如何，‘反诗歌’这个概念是后来才形成的，换言之，我不是按照某种完全设定好的理论写作这些诗的。”

《诗歌与反诗歌》是评论家眼中智利文学史上的分水岭之作，也奠定了帕拉的“反诗歌”范式。具体而言，“反诗歌”核心理念就是从形式到内容反对传统诗歌。在帕拉等年轻一代诗人眼中，50 年代智利诗坛陷入了故步自封的怪圈，许多诗作依然洋溢着浓郁的现代主义气息，或者粗陋模仿维多夫罗和聂鲁达，矫揉造作，故作高深，与智利社会现实和民众的所思所想完全脱节。帕拉认为智利诗坛必须锐意改革，以全新形式、全新结构和全新诗歌语言缔造人民的新诗。诗人在《过山车》一诗中发出呼唤：

“在半个世纪之中/诗曾经是/庄严的傻瓜们的天堂/直到我来临/直到我装置了我的过山车。/上来吧，如果你们愿意/如果你们跌下口鼻出血/显然不干我事。”

帕拉的“反诗歌”是新诗歌语言的建构——“‘反诗歌’某种程度上是自动写作。诗人仿佛灵媒，语言开始自主运动，追求沟通和读者参与。”换言之，“反诗歌”力求打破文学与非文学之间的界限，相信凭借语言革新可以重新将诗意灌注在僵死的语言之中。帕拉的“反诗歌”强调对话性，坚持诗应该与读者实现直接交流。诗人希望借助口口传播的便捷特征使自己的作品具有口头文学的易近性，更加贴近诗作的潜在读者。因此，“反诗歌”不是象牙塔中的文字游戏，而是剔除了理想化和神圣化假面的抒情主体的质朴心语。“反诗歌”不太看重私人情感的抒发，也不仅仅诉诸内在化的诗意传达，它强调的是如何将个人对世界的看法传递给读者并通过文本实现与读者诗意层面的交流。正如帕拉在《警告读者》一诗中所言：

“法学博士认为这部书不应该出版:/彩虹这个词没有出现在任何地方,/更看不见痛苦这个词,/看不见托尔夸拖这个词。/椅子和桌子肯定是大量存在,/棺材！文具！/这让我充满骄傲。/因为,在我看来,天空正掉下来裂成碎片。”

诗人反复强调在“反诗歌”中没有异国情调的风景,没有辉煌的英雄事迹,有的只是日常生活沙砾般的质感和痛彻骨髓的细节真实,记录着抒情主体对于现代社会和现代人的观察和质疑,并将自己的思索传达给读者。某种意义上,“反诗歌”是社会诗歌的新发展,是超越直接抨击之外对现代世界本质的揭露。

“反诗歌”的另一个特征要求诗歌语言和诗歌结构清晰明澈,为此,帕拉选择了散文化和引入叙事话语两种主要途径。在《幸福的日子》中：

“今天傍晚,我走遍/故乡寂静的大街小巷,/唯一的朋友陪伴着我,/那就是暮色苍茫。/眼前的一切和当年没有两样,/秋天和它那朦胧的灯光,/已被时间掠走,/给它们罩上了凄凉的忧伤。/请相信,我从未想过。/重游可爱的故土,/可现在回来了,却不明白/我怎么会远离了家乡。/一切都毫无变化,/无论是白色的房屋或古老的门廊;/一切都原封未动,/教堂的塔顶上还有燕子的巢房;/蜗牛爬行在花园里,/青苔还长在潮湿的石地上。/谁也不会怀疑/这里是蓝天和枯叶的领地,/每一个事物/都有它独特美好的篇章,/就连那阴暗的影子都使我/仿佛看到了祖母的目光。/这都是值得怀念的往事,/伴随我度过了青春的时光。”

帕拉朴素的诗句仿佛流动的镜头,引领读者跟随抒情主体重返故乡,以陌生又略带乡愁的眼睛看故乡物是人非抑或人是物非,仿佛在向我们诉说每当变幻时的五味杂陈。读者蓦然发现“反诗歌”的抒情是如此真实，亦如我们每一个人投向往日时光的心境。热内·德·科斯塔认为帕拉大量使用叙事性话语，赋予诗歌散文般的流畅，但在句法和韵律上保持着微妙的平衡，骨子里是真正意义上的抒情诗。口语性是“反诗歌”另一重要的语言特征。需要注意的是，“反诗歌”要求口语化，拒绝过度修辞和繁赘的意象，但帕拉的诗歌语言绝非粗鄙顽劣，而是简洁准确。他打破了诗歌语言的定势思维与形式，采用黑色幽默、嘲讽与自我嘲讽、戏谑、拼贴、戏仿、悖论各种修辞手法和语言手段，增强诗歌语言的表现力和感染力。

开放性是“反诗歌”的形式需求。面对“二战”之后现代世界不可逆转的碎片化趋势，帕拉质疑现代性，讽刺资本主义的罪恶，向往公正与自由，但他的全部诗作都不提出任何解决方案。诗人甚至拒绝给自己的“反诗歌”理念一个明确完整的定义：

“什么是反诗歌？/茶杯中的一场风暴？/岩石上的一抹雪痕？/……/一面说实话的镜子？/……/用十字/标出你认为正确的选项。”

这也许是“反诗歌”最大的困境，然而或许也是“反诗歌”最契合这个时代读者的地方。

在《诗歌和反诗歌》之后，帕拉在延续“反诗歌”核心价值之余，又进行了许多其他尝试。他在诗歌创作中进一步应用拼贴技法，试图从形式和内容上革新传统诗歌。如《装置集》不是以书籍形式出版，而是将每首诗都制作为一张配有插图的明信片。读者可以按照明信片的装盒顺序阅读，也可以随机抽取任何一张阅读，打破了书籍的线性阅读限制，激发读者的阅读兴趣，开发文学作品的互动功能。正如帕拉所言：“必须唤醒读者，诗歌不是毒品或麻醉剂。”

阿根廷

萨曼塔·齐维布林：新生代拉美作家笔下的梦境与现实

杨　玲

萨曼塔·齐维布林无疑是阿根廷年轻一代作家中的佼佼者。2010年，英国著名文学杂志《格兰塔》评选出22位35岁以下用西班牙语写作的最优秀年轻作家，萨曼塔·齐维布林就是其中之一。2001年，她凭借短篇小说集《困扰的核心》一举获得阿根廷国家艺术基金和哈罗尔多·孔蒂青年作家大赛两项大奖。2008年，她的另一部短篇小说集《肆虐的瘟疫》（又译"害虫的愤怒"）荣获美洲之家奖，此短篇集在西班牙等地重新结集出版时另名为《嘴中的鸟儿》。2012年岁末，她又凭借短篇小说《一个不走运的男人》获得了法国国际电台和巴黎墨西哥文化学院共同举办的胡安·鲁尔福国际短篇小说奖。她的作品被收录在各种文学期刊和选集中，如《阿根廷短篇小说集》《年轻的守卫者——阿根廷的新叙事文学》《一块自己的土地——阿根廷新女性小说家》《未来不是我们的——拉丁美洲新叙事文学》等，并被译为英语、法语、德语、荷兰语、意大利语、葡萄牙语、瑞典语及塞尔维亚语等多种语言。

《困扰的核心》由12篇故事组成，以直截了当的笔法，揭示出一种野蛮、残酷的现实，打乱了我们对世界的惯常理解。《黑洞》一篇最为玄奥。故事中的黑洞是一个"真空的空间"，一段"零时间"，通过这样一个

萨曼塔·齐维布林

黑洞，人会瞬时间莫名地从一个时空转换到另一个时空。这无疑是作者对时间、空间和存在的形而上的思考，很容易让人想到博尔赫斯的《阿莱夫》。《向着首都的快乐文明》讲的是一群工人满心向往首都的美好生活，却因为一系列或看似不无道理或极其荒谬的原因怎么都无法登上开往首都的列车，最终的绝望可想而知。《绝望的女人》顾名思义，同样讲关于绝望的故事。主人公在新婚之日被未婚夫抛弃在偏僻公路的卫生间外，身上还披着婚纱。在路边一个古怪老女人的点醒和训斥下，她侧耳倾听，听到的是无数女人幽灵般的哭泣声、呼喊丈夫的声音和轻蔑的嘲弄声。此情此景让人联想到胡安·鲁尔福笔下那座到处游荡着孤魂的废村科马拉，不同的是，萨曼塔·齐维布林笔下的是一座悲惨女性的科马拉。《贝纳维德斯沉重的手提箱》的主题是人性的残忍，讲的是杀死妻子的丈夫受到超现实主义的熏陶，最后竟把自己的谋杀视作一次行为艺术。《杀狗》更是充满血腥色彩：主人公为生存所迫决心加入某个黑暗团伙，入伙之前的测试就是在布宜诺斯艾利斯港用铁锹活活打死一条狗，理由是从中可以看出一个人是否有胆量干出比这更邪恶的事——杀人。主人公如何从一群流浪狗中选择了一条斑点狗作为目标，如何将它打倒后塞入后备箱，最终又如何在指定地点给奄奄一息的狗以最后一击，作家用冷静的笔触一一描述出来，可谓触目惊心。故事更以一个简短而意味深长的结尾将残忍恐怖的气氛烘托至极点：主人公最终没有被录用，理由是他做这一切时表现出了犹豫。

简明准确的语言、有条不紊的叙事节奏、富有个性的风格、对幻想与现实的驾驭等等，都让人很难想象这是一位年轻女作家的处女作。正如阿根廷出版人兼作家维森特·巴蒂斯塔对初登文坛的萨曼塔·齐维布林给予的评价：“科塔萨尔曾说，任何一篇伟大的故事都会从第一个词句开始便展现出一种奇幻色彩，使读者为之着迷。萨曼塔·齐维布林的故事便是这样紧紧抓住读者，如梦如幻。我知道，没有一本书是完美的，但《困扰的核心》跟这个乌托邦已经相当接近。”

《困扰的核心》西文版

《嘴中的鸟儿》包含14篇故事，一个共同的主题就是：人与人之间的对抗与矛盾。走进每一篇故事时，读者永远无法预知后面等待着我们的是什么样的结局，始终会感到一种莫名却实实在在的不安。作家以其独特的手法，将读者缓缓地带进一个充满敌意的、梦魇般的神秘世界。故事中那种无可奈何的焦虑、莫名其妙的绝望和恐惧让我们联想到卡夫卡。《嘴中的鸟儿》一篇，讲的是一个仅靠生吞活鸟为生的小姑娘的故事。对这个古怪的行为作家并未做出任何解释，但我们能真切感受到的是她内心的孤独。更让人惊讶的是，小姑娘的父亲很快便接受并认同了这个事实。当残忍变成了习常，生存环境的冷酷可怖可想而知。《罐头》将生活的荒诞进行到底，讲的是女主人公每天服用药物，为的是让自己腹中的胎儿越来越小，直到可以保存在一只罐头里。《失速》的主题是死亡与宿命，讲的是一名特技飞人擅长在表演中依靠一架发射器以每小时40公里的速度飞行，突然有一天在早餐时他对自己的女友搭档说自己“失去了速度”，日常生活中的所有动作都变得缓慢，于是认定自己要死了，原因是他认为一个人连自己最擅长的事情都做不好时就是末日到了，话音刚落，他果然倒地身亡。《挖掘者》隐喻色彩浓厚，并将神秘感发挥到极致，故事的主人公始终都在忙于挖掘一口井，但究竟他为何挖井我们始终不得而知。《在草原上》依旧是隐喻加神秘的写法，讲的是一对靠给园艺杂志撰写昆虫日志为生的夫妇的奇怪故事。他们常年生活在荒无人烟的草原上，最大的愿望似乎只有一个，那就是抓到一只属于自己的“它”，但始终无果。正当近乎绝望之时，他们认识了一对已经拥有“它”的夫妇，这对夫妇邀请他们共进晚餐并答应在晚餐后向他们展示“它”。然而，从洗手间回来的丈夫血迹斑斑，大惊失色，仓皇带着妻子逃离了那对夫妇家。故事到此戛然而止，从头至尾始终没有讲明那个“它”究竟为何物，而丈夫最终看到的究竟是怎样一种可怕的景象也成为一个谜。《肆虐的瘟疫》的主题是饥饿，视角独特，出人意料。一座死一般宁静的村庄，人影晃动却悄无声息，没有鸡鸣犬吠，屋子里落满灰尘，桌上的瓶瓶罐罐里空无一物，黑暗中出现的男人女人神情漠然，仿佛失去了

《嘴中的鸟儿》西文版

说话的能力。面对如此景象,作为政府官员前来送救济品的主人公突然感到一阵剧烈的胃痛,倒在地上,记忆中对饥饿的恐惧像肆虐的瘟疫一样吞噬了他。

这一个个怪诞离奇的故事充满疑问和迷惑,而读者会不由自主地参与其中,不断思考和破解一个个谜团,寻找答案。故事中的人物默默向我们展现着他们的痛苦、厌倦和绝望,正是这种痛苦、厌倦和绝望迫使他们以一种荒诞的、异化的方式存在着。或许作者要告诉我们的是,现实并非仅仅存在于那些我们亲眼看见和感知的事物,而更存在于表象背后隐藏着的恐惧、欲望和遐想之中。兰登书屋旗下的鲁门出版社在此短篇集西班牙版的宣传页上写道:“我们面前的是一位对自己的职业驾轻就熟的年轻女作家,她用《嘴中的鸟儿》为我们这一时代的文学开启了一道崭新的大门。”

据称,萨曼塔·齐维布林最新作品集将于今年出版,其中包括前面提到的获奖作品《一个不走运的男人》。作家本人称,这篇作品很特别,其中一半内容是自传性的,而且极具现实主义风格,跟以往作品中的荒诞和超现实完全不同。

萨曼塔·齐维布林语言洗练精确,视角独特,游走于幻想与真实、梦境与现实、超自然与习常之间。对她的作品,墨西哥作家马里奥·贝利亚廷评价说:“在一篇文学作品中包含其余全部艺术手段实在让人惊讶。阅读齐维布林的体验,与其说像面对一本从某个灰色书架上取下的书籍,不如说更像面对一座画廊,又或是面对一部独立电影。”的确,通过这一篇篇丰富多彩、精妙绝伦的故事,作家酣畅淋漓地体验着犹如建造迷宫般的讲故事的快乐,而读者则从中享受着在迷宫中寻找出口的读故事的快乐。或许作家安娜·玛丽亚·舒阿把萨曼塔·齐维布林视作阿根廷当今最好的短篇小说家的高度评价有溢美之嫌,但无论如何,从萨曼塔·齐维布林身上可以看到,拉丁美洲文学“爆炸”的喧嚣过去半个世纪以后,新生代拉美作家正以一种更为从容的态度走出前辈高大辉煌的身影,以崭新的个性步入世界文坛。

秘鲁

胡安·莫利奥·卡诺萨：他的根深深扎在自己的故土

赵振江

胡安·莫利奥·卡诺萨于1939年出生在秘鲁北部山区的偏僻小镇塔乌里哈，属利贝尔塔州，这个州也是享有国际声誉的秘鲁诗人塞萨尔·巴略霍的家乡，州府在特鲁希略(Trujillo)，胡安·莫利奥·卡诺萨的中学和大学时代都是在这里度过的。他年轻时，曾是“特里尔塞”(Trilce)文学社的成员。“特里尔塞”是巴略霍诗集的名字，是西班牙语美洲先锋派诗歌的里程碑。早在1964年，胡安·莫利奥·卡诺萨就出版了短篇小说集《赶马帮的人们》，并受到了批评界的好评。但此后他却远离了出版界，先后在阿亚古丘和利马从事教学工作。他于1978年应邀来华工作，先后在北京外国语学院和中国国际广播电台西文部任职至退休。在中国工作25年，为中国西班牙语人才的培养和中外文化交流做出了重要贡献。为此，中华人民共和国国务院于1999年建国50周年之际，为他颁发了友谊勋章。

说到胡安·莫利奥·卡诺萨的小说创作，可谓“厚积薄发”。因为从1964年起，他沉寂了35年，才于1999年又发表了短篇小说集《魔鬼的陷阱》。这部小说集由8个短篇组成。故事都发生在秘鲁山区的一个小村庄，总的来说保持了安第斯山小说的特征，表现了印第安人对不公

胡安·莫利奥·卡诺萨

正社会的反抗,其中穿插着对山川景色、风俗习惯和神话传说的描写。该部作品与传统土著题材小说的区别在于,作者没有刻意去描写印第安部族的家长制和印第安人对族长的顺从,更没有对印第安人做理想化的描写,也没有添加过多的抒情元素,而是将印第安人的生活状况实实在在地展现在读者面前。同名短篇小说《魔鬼的陷阱》写的是一位少女,少女的母亲是一个荡妇,经常折磨女儿,让她装扮成耶稣诞生时的圣母玛利亚,以赎回自己的罪过。在书中,少女有一段长达 50 页的独白,叙述自己内心的痛苦。

2000 年,胡安·莫利奥·卡诺萨发表了长篇小说《裹挟你的河流》。看到这个标题,会让人想起秘鲁两位最有影响的土著题材作家:何塞·玛利亚·阿格达斯和西罗·阿莱格利亚。何塞·玛利亚·阿格达斯的长篇小说《深深的河流》已成经典。2013 年是他的百年诞辰,令人欣慰的是他的作品大多已经译成汉语;我曾译过他的一个中篇《宝石与火石》。西罗·阿莱格利亚的小说《饥饿的狗》和《广漠的世界》也已译成汉语。胡安·莫利奥·卡诺萨的"裹挟你的河流"叫马拉尼翁。这是一条大河,全长约 1800 公里,属亚马孙河支流。小说通过河畔的小山村和居住在村里的蓬特一家祖孙三代人的生活经历,展示了 19 世纪末至 20 世纪上半叶秘鲁的社会变迁和印第安人遭受的不公正待遇。小说通过盲女索伊拉以第一人称的口吻展开。索伊拉渴望成为村里的教师,阅读过各式各样的文学作品,尤其是西班牙流浪体小说。因此,作者在这部小说中,将南美土著小说和西班牙流浪汉小说的艺术技巧融为一体,使人感到既似曾相识,又颇有新意。

2003 年,胡安·莫利奥·卡诺萨发表了长篇小说《无休止动物的寓言》,有 900 多页。小说描述的是作者家乡的日常生活、风土人情、历史事件以及居民们的宗教信仰。故事发生在一个叫乌尔托科切的地方,主要是由三个流浪者讲述的。他们十分贫穷,除了自己的记忆,几乎一无所有,但却总有一种顽强乐观的生活态度。在形式和内容方面,《无休止动物的寓言》和《裹挟你的河流》有些相似,但是在二者之间有一个明显的区别:前者的时间如同河水"顺流而下",而后者的时间则是"神秘的"、"飘忽的",这不是历史时间,而是叙事者安排的时间。从这部小说中可以看出,作者借鉴了福克纳编织故事情节的技巧,借鉴了土著小说和西班牙流浪汉小说的风格,其中也不乏魔幻现实主义的因素,但作者不是生硬的模仿,而是"为我所用",从而使自己现实主义的风格更加丰富多彩。

《光荣的芳香》西文版

2005 年,胡安·莫利奥·卡诺萨发表了长篇小说《光荣的芳香》。与前几部小说不同,这部小说写的是 20 世纪 60 年代的一位青年作家的放浪举止和革命生涯。主人公贝尼托是特鲁希略一位青年作家,天资聪慧却放荡不羁。后来他参加了一个左派政党,成了游击队的负责人。与此同时,由于和大学同学“光荣”热恋,经常要面对个人幸福与社会承诺的矛盾。最后,他被一所大学聘为教师,这使他不得不与过去告别并反思。当然,小说中还有各式各样的人物,如知识分子、农民等。环境覆盖沿海、山区、城市、乡村,还穿插了许多逸闻趣事,反映了真实的时代风貌。我们知道,20 世纪 60 年代,秘鲁的游击队很活跃,小说就反映了这样的现实,其中包括对秘鲁革命运动中的问题和错误的反思和批评。比如:小说的主人公和他的伙伴们就和美洲人民革命联盟保持着距离,他们对自己的政党的行动方式也持批评态度。

2010 年,胡安·莫利奥·卡诺萨又出版了长篇小说《迷雾中的鬣狗》。小说的题目就有象征意义:鬣狗是极其凶残、贪婪的动物,象征着压迫的暴力;迷雾则象征着环境和氛围,它会令人迷茫、困惑、喘不过气来,看不清前途和出路。这正是 20 世纪六七十年代秘鲁革命者的生存环境。小说的主人公叫迭戈·德·拉·克鲁斯(克鲁斯意为“十字架”),主要人物包括他的妻子卢希拉、他的长子即本书的叙述者、另一个残疾儿子,还有他的朋友们(卡车司机、小店老板,尤其是那位革命者埃里亚斯·格瓦拉,他的姓具有象征意义,他的名字则与一位预言家相同),书中还写了一位令人难忘的可爱的“好姑娘”。迭戈·德·拉·克鲁斯将自己的笔记本寄给了长子,因而使他

《迷雾中的鬣狗》西文版

能转述父亲的故事。小说虽然主要用第二人称叙述,但人称会随时转换。通过书中人物不同的经历,胡安·莫利奥·卡诺萨向我们生动地讲述了秘鲁社会的历史。

从上述简单的介绍中不难看出,作者在博采众长的基础上形成了自己的叙事风格:在结构上,善于将不同的时间和故事穿插、交错在一起;在语言上,既有规范、流畅的叙事话语,也有生动鲜活的人物对白。当人们问胡安·莫利奥·卡诺萨喜欢哪些西班牙语美洲作家时,他的回答是:博尔赫斯、加西亚·马尔克斯和胡安·鲁尔福。我想,对这样的回答,谁也不会感到意外。

胡安·莫利奥·卡诺萨的创作给人留下了两点深刻的印象:第一,他的根深深扎在自己的故土。他所写的人和事都是自己所熟悉的。这不仅表明了他对祖国和人民的热爱,更表明了他对自己的民族有一份承诺、一份担当、一份责任。这对一个作家,是至关重要的。第二,他从西班牙语文学乃至世界文学中广泛吸收了丰富的营养,使之为自己的创作服务。因此,很难说他的小说属于什么流派。如果一定要说,或许可以称之为"新现实主义的安第斯小说"。当然,这只是我"姑妄言之"罢了。

胡安·莫利奥·卡诺萨的小说在秘鲁文学评论界获得了广泛的反响。评论家里卡多·贡萨莱斯·维吉尔在对《迷雾中的鬣狗》的评论中一开篇便写道:"是与胡安·莫利奥·卡诺萨达成共识的时候了:无论从什么意义上说,他都是秘鲁当今最优秀的小说家之一。"

索马里

纳努丁·法拉赫：野火之后总有蚁山屹立

颜治强

索马里这个国家总是传来坏消息：战乱、海盗、干旱、饥荒。然而，“国家不幸诗家幸”，这个“举国流亡”的非洲之角却孕育了一个大文豪——纳努丁·法拉赫。

要了解法拉赫，首先需要了解他的国家。索马里是非洲少有的具有统一语言的大民族，原来住的地方被笼统地称为索马里人之地，覆盖今天的索马里、吉布提、埃塞俄比亚的奥加登和肯尼亚的东北省。不幸的是，1884 年的《柏林协议》将其裂解，划归为分属三个列强的五块殖民地。1960 年的独立是以中间的两块即英属索马里和意属索马里为基础实现的，其余的则遗留别国。由此造成了一个难以实现的民族之梦：建立五分归一的大索马里——国旗中央的五角星就是指的这个。法拉赫生于意属索马里，长于先后受英国和埃塞俄比亚控制的奥加登，复因战乱亡奔摩加迪沙。中学毕业后，他放弃了威斯康星大学，选择到印度的旁遮普大学学习哲学和文学。回国工作 4 年后，他获联合国教科文组织资助到英国读戏剧编导研究生。因为政治原因，法拉赫于 1976 年开始流亡，先后客居意大利、美国和西德，5 年后回归非洲，辗转尼日利亚、冈比亚、苏丹、乌干达和南非写作和任教，守望无所立足的家园。

纳努丁·法拉赫

法拉赫精通在索马里使用的5种语言,但是为了与非洲和印度作家沟通,与世界联系,他选择用在本国不十分通用的英语写作。迄今已发表《来自弯曲的脊骨》《裸针》《既甜又酸的奶》《沙丁鱼》《芝麻关门》《地图》《馈赠》《秘密》《联系》和《结》等10部长篇小说,还发表剧作1部,论文集1部,获得过英国、瑞典、津巴布韦、法国和美国的多个文学奖。

流亡大半生,法拉赫在文学作品中只写索马里。他主要关注四个问题:妇女的地位,个人的权益,个人、族群和国家的身份,内战的影响和出路。法拉赫是男作家,但是却写出了非洲黑人第一本具有女性视角的小说《来自弯曲的脊骨》。在书里,牧女埃布拉为了与男人平起平坐,经历了逃婚、再逃婚、结婚、重婚,做出了一连串别人连想都不敢想的事。从《裸针》到《芝麻关门》的4本书紧贴时政,对政治独裁和家庭专制提出了愤怒的抗议。4部作品的主人公都是知识分子。独立后的索马里历史可分为3个时期:9年宪政、22年专制,20年内战。《裸针》既完全否定乱而无果的宪政时期,又对独裁政治提出了质疑。对于时称革命的第二阶段初期,主人公的态度是毁多于誉,一方面诅咒"索马里是建在沙子上的大厕所"、"一个缺乏称职领导的社会";另一方面又说"革命是颗苦药,好处要经过最初的阵痛和灾疫之后才会出现"。《既甜又酸的奶》《沙丁鱼》《芝麻关门》合称《非洲专制变奏三部曲》,所写内容对外针对国家政权,对内针对家长制。其时是西亚德统治的中后期,索马里经历了1978年的奥加登惨败后,对外关系已经从借助苏联转向依靠美国,对内则在加强中央集权的名义下，以在朝者的小部落主义对付在野者的大部落主义。作为题目，《既甜又酸的奶》是个比喻，意思是“说不清、道不明的索马里”。小说揭露了当局对有意见但是无害的男性知识分子的迫害。《沙丁鱼》着重写一个独立的知识女性在外受到的政治迫害和在家里受到的精神摧残。《芝麻关门》写在受到严重破坏后，持不同政见组织的剩余人员被迫诉诸暴力，却未能与敌人同归于尽。不管作家具有多么强烈的倾向性，小说却言不由衷地暴露了索马里的落后、传统势力的强大、市民阶层和工人阶级的弱小。在这种条件下，他们只能是可怜的不满者的群体，对眼前的困难局面一筹莫展。

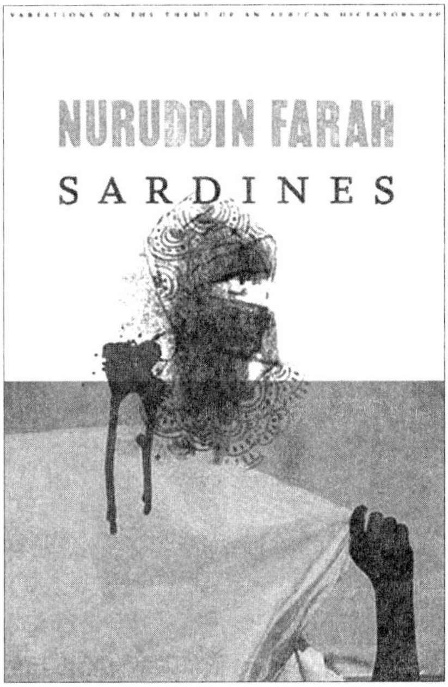

《沙丁鱼》英文版

法拉赫创作的顶峰是《血红的日头》三部曲：《地图》《馈赠》《秘密》。它们的共同主题是：人、部落和索马里是什么？他们为什么要分裂？作为其中最好的一本，《地图》以20年间发生的3次奥加登战争为背景，以一个索马里孤儿和其养母、埃塞俄比亚孤儿为主人公，探讨了血缘与非血缘、家乡与祖国、亲人与仇人、爱与恨这些既相互对立又相互转换的概念，用文学形象对民族的百年伤痛进行了最彻底的清理，无一字不催人泪下。其中有河山五裂的地图，有把养母当作生母、爱人和仇人的阿斯噶尔，有5个身体遭到摧残的好人和坏人，还有与世无争、不敢为害而最后竟然遭到肢解的米斯拉，是实写又是梦魇，统统压在索马里人民和读者的心上。这恐怕是东非最好的一部作品。《馈赠》与《地图》相比形同波谷，只是假托中年护士杜妮亚的再婚经历，探讨了非洲人和非洲国家是否应该依赖援助生活。然后《秘密》峰起，再次把对身份的探索推向高潮。随着一个个秘密的解开，原来所谓三代单传的主人公卡拉曼与其父其祖并没有血缘关系，而其生物学意义上的父亲躲在一群轮奸犯中间，根本无法查找。不过既然卡拉曼从来不缺乏家庭之爱，谁的血缘跟他相同，谁的血缘跟他不同都没有关系。由此推及国家，作家认为索马里的命运不应该由渊源久远而且强大的部落主宰，而应该由实实在在的建设者来决定。在小说《联系》和《结》中，通过对军阀混战的长期审视，法拉赫终于认识到，中央集权可能是索马里通向和平、富强、民主的必经之路。

由于1972年才有文字，索马里传统文学是以口头和诗歌的形式存在的。作为该国第一个和唯一一个作家，法拉赫写小说主要是借鉴，向非洲各国和其他洲的作家学习。其主题和对语言的处理首先得益于尼日利亚的钦努阿·阿契贝的影响，故事结构更多地借重于现代派和后现代派。他坚持写本国和始终不变的政治化立场合乎非洲文学的主流。他的语言有两个特色：一是努力反映多语言环境的现实，另外就是以涉及疾病的词语和生僻字眼来揭示种种不合理现象。至于现代派手法，则表现在

《芝麻关门》英文版

他爱用梦幻寄托荒诞以及人称错位上。比如《地图》中阿斯噶尔讲自己的故事,用了“你”、“我”、“他”三个截然不同的代词。

在非洲草原上,人们相信,野火之后总有蚁山屹立。法拉赫的创作是屹立于索马里劫灰之上的文学蚁山,不停地为人民昭告春天。

加纳

加纳文坛怪杰艾伊·奎·阿尔马：非洲精神的书写者

颜治强

英语文学在非洲乃洋洋大观，小国也不乏卓尔不群之人，加纳作家艾伊·奎·阿尔马就是其中的代表。

阿尔马生于滨海城市塔科拉迪，父母均为教师，但是来自不同的族群。因为家庭变故，阿尔马基本上由母亲抚养成人。他天赋极高，除了母语和英语，还精通法语，懂斯瓦希里语、阿拉伯语，甚至能解古埃及象形文字。阿尔马个性极强，高中毕业后赴美学习，曾拒绝富人资助，宁愿自力上大学。不久，又毅然中断在哈佛的学业，投身非洲革命。然而此行不为人理解，被迫折回波士顿。他对加纳的各方面均不满，学成后避而远之，但是对满目忧患的非洲却不离不弃，四方奔走，最终落脚于塞内加尔，从事创作和出版。阿尔马迄今已发表了7部长篇小说：《美好的尚未诞生》《碎片》《我们为什么如此有福?》《两千季》《医者》《奥西里斯的复活》和《克米特：在生命之屋》，还推出了自传《作家的雄辩》和散文集《牢记被肢解的大陆》。

由于非洲的后起和弱小，优秀作家常常难以独守祖国，故而寄希望于黑人大家庭，普遍具有泛非主义的情结。阿尔马既在其中，又是例外。其泛非主义理想覆盖整个非洲，时间上起古埃及，空间跨越撒哈拉。之

艾伊·奎·阿尔马

所以出现这种现象,首先在于他是跨部族和跨语言婚恋的产物,生来就有超越部族的思想意识。其次,作为加纳人,他对恩克鲁玛——泛非主义的倡导者之一——在本国的实践持完全否定态度,却接过法农的思想,希望通过武装斗争解放全非。最为重要的是,他去了塞内加尔,却并未投到法语区泛非主义统帅桑戈的麾下,而接受了该国埃及学学者契克·安塔·迪欧普的历史观:古埃及是一个黑人国度,其文明为撒哈拉以南非洲文明的源头。迪欧普还提出了以历史联系为基础建立非洲合众国的设想。阿尔马在此基础上演绎出自己的非洲文学断代史:第一,现代非洲文学;第二,封建时代的口头文学传统;第三,大迁徙时期的传统;第四,克米特(古埃及)时期的手抄本传统。而他本人的创作正好反映了这种文学观。

阿尔马的创作分为前后两段:写个人的存在主义时期和写集体记忆的泛非主义时期。

阿尔玛的存在主义作品有三部。《美好的尚未诞生》不仅使阿尔马一炮而红,至今仍然为非洲存在主义的经典。故事发生在加纳主要海港塞康第-塔科拉迪双子城,时间为第一共和国时期的最后10天,以不具姓名的"人"为主人公。小说没有连贯的情节,主题既像是谴责党政官员的腐败,又像是写处于政治和经济的双重压迫下的普通人的无所适从,有强烈的政治意味。与揭露腐败相比,小说写普通人的部分更令人印象深刻。主人公是抽象的,既无身高,也无长相,睡觉时从大张着的嘴里肆无忌惮地流出唾液。"人"有中等文化,在港口铁路调度室上班。

在独立斗争中,港口的码头和铁路工人曾给予人民大会党最有力的支持。然而独立7年后,他们连饭都吃不饱。社会上贿赂公行,致使守规矩的"人"成了被指责和嘲笑的对象。

在一片赞誉声中,加纳作家爱都和尼日利亚作家阿契贝均指出,阿尔马有滥用才能的危险。《碎片》写留学归国的巴科与环境的冲突,具有浓重的自传色彩。不过,与一般人推测的对环境的挑剔不同,巴科的不适应来自环境对他的苛刻要求:亲朋好友以为他会带轿车回来;以为他会在工作方面托人打点。在人才奇缺的祖国,巴科却成了多余的人。他邂逅了生于波多黎各、因为失恋出走非洲的美国人胡安娜,两个受伤的人走到一起。后来胡安娜休假回国,巴科孤寂难耐,精神再度崩溃。据说,巴科的名字来自特维语,意即"一个人"、"独自",或者"孤独",与《美好的尚未诞生》中的"人"一脉相承。所不同的是,"人"面临的是如何在污浊的世界上体面地生存,巴科面临的是如何在物欲横流的阿克拉保持精神的尊严。

《我们为什么如此有福》英文版

《我们为什么如此有福?》的题目就是反讽,据说灵感来自于美国报刊上关于有福无福的一段议论:接受了现代文明的人是有福的,反之则无福。小说的主人公索娄是归国留学生,属于有福之人。可是,他在西方不能忍受种族歧视,归国后又不能忍受推诿塞责,成了极为痛苦之人。故事取材于阿尔马在阿尔及利亚的经历,也带有一定自传色彩。小说采用笔记结构，由三个主要角色轮番叙述。故事发生在北非的泪城，时间为独立战争末期。中断留学从欧洲回国抗法的索娄发现，人们并不看重他的革命精神和才华。比之更加不幸的是加纳人莫丁，他放弃在哈佛的学业帮助革命，却被推来挡去。被索娄收留后，莫丁仍不放弃，在苦等多日无果后，毅然抱定必死之决心找游击队去了。莫丁的白人恋人艾梅死死追随他。结果，两人被路过的法军欺骗，男的被折磨致死，女的被轮奸。

由于理想与现实的冲突，非洲的优秀作家往往遭遇到“放逐”的问题。要么在政治上与政府发生冲突，不得不亡命国外；要么思想与环境格格不入，选择自闭。尼日利亚批评家纳多泽·音娅玛曾分析过阿尔马前三部作品的主人公与环境的关系，指出他们都属于自我放逐类型：身体虽然在加纳和非洲，但精神却游离于其外。阿尔马创造了这些角色，也知道他们的局限性，却不能为其找到出路。

从《两千季》开始，阿尔马进入了以历史为立足点的集体记忆时期，变得乐观起来。加纳只有旱季和雨季之分，所谓两千季就是一千年，指代从阿拉伯人侵略以来的历史。从表面看，小说以阿诺人被迫离开古苏丹的流徙为书写对象，实则借题发挥，广泛指代饱受侵略和奴役的非洲人民千年的历史，洋溢着泛非主义精神。故事依据加纳历史，却隐去其名，多有虚构。就叙述而言，则越往前越空虚，越往后越实在。前面主要传递史事，第四章才出现有血有肉的正面形象。虽然看起来是写人民与外敌的斗争，而于内部敌人着墨更多，显然另有所指。

《医者》的书名兼有物质和精神两方面的所指。小说两者兼叙，但是以后者为主，并且有所生发。故事假借讲故事人世家之口，有一个模拟传统的开头。时间从远古洪荒开始，跨度比《两千季》更大，然后将镜头拉到目前，展现两个王国的内争外斗——其中之一是依据 19 世纪加纳的第二次阿散蒂战争写成。内部斗争则联系到对白人是抵抗还是投降的问题。不幸的是,投降派最终还是占了上风,英雄们只得潜伏下来等待时机。要理解《奥西里斯的复活》,首先需要了解奥西里斯这个词。奥西里斯是古埃及人的冥神和鬼判,同时又是司生育的女神伊希斯之兄和丈夫。据说在被嫉妒的弟弟塞思等人害死后,他的尸体被肢解了盛在匣子里,顺尼罗河漂流,直至被追踪而来的伊希斯等人连缀复活。从此奥西里斯又成了周而复始的生命的象征。阿尔马借用这个神话,首先用于历史概括,指自埃及开始的整个非洲的被征服、肢解、复活的漫长过程。另外,他还用传说中的关键人物构成了小说的框架,以奥西里斯指男主角阿萨,伊希斯指阿丝特,塞思指国家安全局副局长塞思。故事发生于一个讲英语的非洲国家哈珀,重要角色阿丝特除了串联起两个男主角,还有揭示历史的作用:探寻安克的起源,从而为构建将过去、现在和未来连为一体的非洲找到基石。用阿尔马的话说,《克米特:在生命之屋》是本“认知小说”。克米特是古埃及的别名之一,意为生命之屋,指非洲精神的源泉。小说分为三部分:学人、传统主义者、作者,中心思想是认知非洲历史的悠久,推翻欧洲人散布的非洲没有历史的陈说。

《克米特:在生命之屋》英文版

《两千季》之后,阿尔马的作品主要围绕清理和重构非洲历史展开,基本特点是把历史小说化。对于这种写法的利弊,最为中肯的意见来自美国非洲英语文学研究的奠基人伯恩斯·林福斯。在他看来,《两千季》和《医者》的积极之处在于从个人向集体、从悲观向乐观的转变,缺点是将历史主观化和神话化。而后两部书的优点是在演绎历史的同时,有较为实在的生活描写。

阿尔马为人大胆而直露,笔力放纵,对污秽、死亡、性虐狂等概不避讳,反倒从变态心理的角度加以利用。因为想象力惊人,他的手稿总是能够敲开出版社之门。作为一个守望家园的作家,他在语言、意象、结构、印刷方面都做了民族化的努力,如主要角色的名字大多有加纳或古埃及的寓意,有些书的章节以本民族或者埃及语言词为标题。他还有意识地吸纳口头文学的要素。比如在叙述中适当安排听众插话,让角色具有某种神性,或者将对立面加以喜剧性的丑化等。

阿尔马为人孤傲,既不参加作家会议,也不接受采访,发表的言论不多。可能是考虑到已入老境,近几年接连推出了自传和散文选,豪迈不减当年。加纳文学在非洲和世界有一席之地,首先是因为有阿尔马。

尼日利亚

本·奥克瑞：
“命运是我们最好的朋友”

李浩瑜

已故“非洲现代文学之父”阿契贝在一次访谈中曾说，尼日利亚文学的火炬正从他这一代传到年轻一代的手中，被问及谁代表着新的一代，他特别提到了本·奥克瑞。阿契贝此言不仅让人们关注到奥克瑞出众的才华，在更深的层面上看，这更是一种信号，它标志着掌握新方向的年轻一代作家的出现。而本·奥克瑞显然是这一代人的领军人物。

本·奥克瑞出生于尼日利亚一个乌尔霍伯族家庭，出生后不久父亲赴英国学习法律，奥克瑞早期是在伦敦南部的佩克汉姆区度过的。7岁随父母回到尼日利亚。尼日利亚内战的阴影笼罩着他的童年时代，他的学业时常因战火中断，大部分教育实际上是在家里完成的。借助于父亲从英国带回的欧洲经典文学作品和母亲讲述的非洲神话故事，奥克瑞完成了他最初的文学启蒙。高中毕业后，奥克瑞在一家油漆店做了店员，此时的他已经开始向社会和政治类的杂志投稿，然而其中大部分都被退回。后来他在此基础上创作的短篇小说，却受到了女性杂志和晚报读者的欢迎。19岁，奥克瑞怀揣着处女作《花与影》的手稿再次来到英国，在艾塞克斯大学攻读比较文学。两年后，《花与影》得以出版，并引起了评论界的关注。此后，奥克瑞创作小说、诗集等20余部。其中最著名的当

本·奥克瑞

属长篇小说《饥饿之路》。奥克瑞凭借这部小说获得1991年的布克奖，成为历史上最年轻的布克奖得主，此后多年名列诺贝尔文学奖热门人选名单之中。

谈及文学影响，奥克瑞坦言，非洲神话和欧洲文学对其创作影响至深，是其创作灵感的主要来源。从题材上，奥克瑞秉承传统，仍关注尼日利亚的社会现实问题，然而在创作手法上，他突破了非洲小说的现实主义传统，极大地吸收了西方现代主义的写作手法。他的早期作品《内部景观》常被用来与乔伊斯的《一个青年艺术家的画像》做比较。在《饥饿之路》中，奥克瑞将现实主义、现代主义与非洲口述故事传统，尤其是当地的约鲁巴文化巧妙结合，评论界将这一独特的写作手法称之为“非洲的魔幻现实主义”，甚至将它与加西亚·马尔克斯的《百年孤独》相提并论。奥克瑞本人却并不认同这一标签，他强调自己并无意于创造一个平行于真实世界的魔幻世界，神话和地方信仰也是真实世界、都市生活的一部分。

无论如何定义，《饥饿的路》无疑是非洲文学史上具有里程碑意义的经典作品。在这部作品中，作者以卓越的想象力和夸张的手法，将现实主义和约鲁巴神话融合，展现了民族的生存困境，更对民族的性格及其对于自身命运的理解进行了深入的刻画。小说的主人公鬼孩阿扎罗来源于尼日利亚的约鲁巴文化中“阿彼库”神话。神话中，夭折的婴儿幽灵在幽灵国王的命令下，要不断轮回转世。而书中的阿彼库却是幽灵世界的反叛者。为了疼爱他的父母，他背弃了跟同伴的誓约，从此驻留人间，忍受命运的残酷和人间的冷漠。小说中现实与梦境、神话混合交融，混淆了虚幻与现实之间的界限。在他们的世界中，神话传说都是他们现实的一部分，更是他们理解命运、承受并消解苦难的方式。

早年在尼日利亚历经战乱、贫困、饥荒，在英国求学期间又过了多年贫苦生活，这让奥克瑞对贫困有深刻的理解。当评论界盛赞他作品中不凡的想象力时，他却这样说："贫民窟的居民都是最精彩的幻想家，在那里充满一股非比寻常的活力，也就是充满想象力的生命。当你就是那个穷人时，所有你拥有的就是对想象的信仰。"在《饥饿之路》中，他如此写道："我们是上苍创造的奇迹，注定要品尝世间的苦果。我们都是珍品，总有一天我们的苦难会变成世上的尤物。""我也听到了鬼魂们的歌唱。它们告诉我：生活着是美好的。它们鼓励我温柔地、带着火一样的激情去生活，永远不要丢掉希望。这里有奇迹存在，惊喜就在你看不见的万事万物之中。大海里自有好歌无数，天空不是我们的敌人，命运是我们最好的朋友。"

可能是由于《饥饿的路》名气太大，人们往往忽略了奥克瑞其他的优秀作品。早期的两部小说出版后，奥克瑞一直在寻求新的文学方向。在首部短篇集《圣地事件》里他开始尝试新的叙事技巧，并将视线投向更广阔的世界，为《饥饿的路》的创作做了充分的准备。此书出版后评论界称赞"奥克瑞具有讲故事人的两大天赋：无瑕唯美的简洁明了；变色龙般的能力"，小说集同时获得了《巴黎评论》阿卡汉小说奖和英联邦作家奖两项文学奖项。书中的8个短篇故事发生在尼日利亚和英国两地，讲述的是普通人在贫困、战乱、暴力等多重重压下的日常生活。

《桥下的笑声》以孩子的视角讲述了尼日利亚内战中发生的事，战乱中断了主人公的学业，回家之后发现朋友莫妮卡的兄弟被杀，莫妮卡发誓要为他报仇，却因暴露了自己来自叛乱部落的身份被士兵带走。从这篇作品中可以清晰地看到作家幼年生活的影子，孩子的视角也为观察和解读尼日利亚内战提供了更多的可能性。

在《聚合的城市》里，汇聚了挣扎在生存线上的各色人物：贩卖走私货物的小店店主、基督徒阿迪高，兜售保镖业务的摔跤手，饿倒在路边的流浪汉，帮忙疏通关系、赎出走私货物的联系人……国家元首一门心思琢磨着如何隐瞒自己挪用的公款，教会则忙于做奶牛的生意，无暇顾及濒临破产的门徒——自称"上帝的人"的阿迪高。在不同程度的经济焦虑下，每个人都呈现出一种漠然的冷酷。

在短篇小说《圣地事件》中，主人公在失业之后落魄地回到家乡的小村落，见到了叔叔"雕像师"。"雕像师"给予他宗教仪式的洗礼，并告诉他要经常回来，那里是他的力量之源。相信读者无法搞清主人公在小村落里的经历是真实的，还是出自他的想象。而作者却如此写道："世界就是圣地，圣地就是世界"。圣地所见也是世界所见，圣地的问题即世界的问题。如果说，奥克瑞的早期作品只专注于体察非洲的命运，而到了这里，作者已展现出更广阔的胸怀。

《圣地事件》英文版

《差异》和《一段秘史》都讲述了有关非洲移民在英国遭遇的困境。在《差异》中，饱受饥饿折磨的主人公流浪在英国街头，经济上的窘迫和文化的差异都令他感觉自己始终是个局外人。《一段秘史》里，在城市化的进程中，非洲移民被迫迁移,留下的住所成为一个巨型垃圾场,承受着周围居民的诅咒。垃圾场最终被夷为平地,连同他们曾经的印记一同抹去。

作者书写苦难,眼光却不囿于苦难本身。奥克瑞将宗教、神话、传说、梦境等引入现实的描述中,主人公常常用这种方式解读不幸与苦难,希求从中找到生存下去的力量。因此,在《圣地事件》这部作品集里,绝望与希望共生,磨难与领悟并存,而这种乐观主义色彩也成为此后奥克瑞作品的一大亮色。正如在《桥下的笑声》里,主人公看着桥下漂浮的一具具尸体,誓言"小辈终将成人"。而在《售梦人的八月》里,兜售梦境的人从失业、失窃等多重打击下恢复过来后,领悟到:"我的生活是一场持续不退的高烧,现在我觉得自己正在逐渐痊愈。"在奥克瑞的笔下,"生活着是美好的",纵然有苦难,也应该"带着火一样的激情去生活,永远不要丢掉希望"。

肯尼亚

恩古吉：
屡战屡败西西弗斯

代学田

恩古吉，肯尼亚作家。用英语和吉库尤语写作。生于利穆鲁一农民家庭。20世纪80年代因作品被拘留一年，获释后靠写作为生。1962年发表剧本《黑隐士》，提出独立国家的知识分子是继续隐居，还是投身社会的新课题，从此登上文坛。长篇小说《孩子，你别哭》以肯尼亚独立运动为背景，获1965年黑人艺术节奖和东非文学奖。1981年发表《狱中日记》。其他长篇小说还有《一粒麦种》《一河之隔》等。此外，还写有不少文学评论。

乍一看，日记以及日记书写，纯粹是个人性的。但整体看，日记及日记书写，也表现出丰富的文化性。不同的文化语境下，日记表现出或被赋予不同的特点。据菲利普·勒热讷的调查，在法国，日记写作似乎是少女的心灵低语，因为在回应勒热讷调查的众多日记撰写者中，近八成是女性，而且这八成女性的年龄都集中在18岁至22岁之间；在天主教文化中，日记写作似乎是一种有罪的行为，因为它隐含着自傲的态度；而在清教或东正教文化下，日记却得到了正面的评价，把它当作一种反思自我的途径，也是“生命的储蓄所”；中国一些日记家/文学家，把日记当作记录日常小事的文体。不同语境中，日记折射出不同的光彩。

在非洲某些作家的观照下,日记呈现出了独特的"黑土地"色调:重塑民族身份。身份问题和日记文体,是非洲文坛的两大热点。深受殖民之苦的非洲民族,一直在苦苦重寻自己的身份。黑人性、非洲性等思潮、主题在20世纪占据了黑人/非洲的视野。这一热点的体现,便是很多非洲政治家、文学家或普通人都很喜欢写传记。日记作为传记文体的一个分支,也备受热捧,尤其是文学家。北非女作家萨达维、南非诺奖得主库切、西非诺奖得主索因卡、东非肯尼亚作家恩古吉,都写了不少日记。非洲作家把日记作为一种重塑民族身份的途径。恩古吉的《被拘:一个作家的狱中日记》就是这样一部作品。

狱中书写、政治羁押,这些特殊的背景和遭遇,使得恩古吉在日记中所记录的,是殖民时代以来肯尼亚整个国家的抗争史,以及这个大语境下的个人遭遇。这两部分历史涉及三个人群:独立前的英国殖民者,独立后的新政府,以及贯穿始终、为真正的独立而不断奋斗的民族斗士。恩古吉对这三个群体的叙述,体现了他对他们的独特认识:天堂里的寄生虫、复活的拉撒路,以及奋斗不止的西西弗斯。通过对英国殖民者、新政府的揭露,对肯尼亚爱国人士斗争史的叙述,恩古吉重新构造了肯尼亚民族的身份:屡败屡战的西西弗斯。

英国殖民者:天堂里的寄生虫

"天堂"指的是富饶美丽的肯尼亚;"寄生虫"描述的是英国殖民者以肯尼亚文化/生活/资源为基础,通过对之有意无意地负面消化使自己成长、成功、获取成就的行为。恩古吉从文学、科学、经济三个方面,指出英国殖民者的寄生性,进而撕破了他们在肯尼亚人面前保持的先进文明启蒙者的形象。

1976年,恩古吉同黑娜曼出版社签约,答应撰写一部作品,描写肯尼亚欧洲殖民者的生活情形。因为在恩古吉看来,虽然这些殖民者给肯尼亚带来了难以愈合的伤痛,但他们"依然是肯尼亚历史的一部分"。为了创作,恩古吉查阅了大量殖民时代的旧报纸、殖民者对昔日生活的回忆录等。费尽周折之后,恩古吉却发现写不了这样的作品,因为:"对他们社会生活的描述,必然要包括有关文化的内容。而到那时我的所见所闻使我确信,一个德库拉式的懒惰阶级,是永远不可能创造什么文化的。因为在肯尼亚的殖民者就像天堂里的寄生虫。"

恩古吉

"文章憎命达",恩古吉认为,殖民者的创造性早已随着安逸的生活飘逸而去了。肯尼亚富饶的资源和美丽的自然,以及对土著的奴役,使他们感受不到物资的匮乏或劳作的艰辛,要做的只是饭来张口、衣来伸手,抑或打猎醉酒、打情骂俏,而不是任何"体力或脑力的运用"。这就谈不上什么创造,更不要说创造性了。因此,在恩古吉的笔下,为欧洲殖民者所乐道或推崇的文学作品,根本谈不上有什么价值。比如,广受赞誉的《走出非洲》,在恩古吉看来,无非是卡伦·布里克森对肯尼亚/非洲的生活毫无逻辑、可笑滑稽的记录,是她为了迎合西方读者以便获取成功的荒唐行径。为了说明这一点,恩古吉对《走出非洲》所记录的一件事情,进行了"证伪"。

这是一件关于布里克森的非洲仆人之死的事情。根据布里克森的叙述,因为骑了主人的母马而遭受主人的毒打,并被关押起来。晚上,受伤的仆人“晃来晃去,喊道:‘我死了!’然后就死了”。布里克森为非洲人这么“神奇”的意志力而赞叹,认为非洲这块“暗黑之地”充满了神秘色彩,而这正是西方人对非洲/黑人的偏见。

可恩古吉认为事实并非如此。他对此事进行了还原,认为仆人当时说的“Nataka kufa”,翻译成英语应该是“我就要死了”或者是“我不行了”,是仆人对自己伤重而不久于人世之状况的客观陈述。他死不是因为自己想死的“神奇”意志,而是主人/西方殖民者的戕害,布里克森的理解是在利用肯尼亚“文化”招揽读者。

通过对考古学家李凯的批判,恩古吉还揭露了西方某些科学方面卑劣的寄生行为。李凯考古的重要成就,是证明了人类生命最早的起源。而这一发现的基础,是他在东非大地上的考察。换句话说,如果没有在肯尼亚刨出来的非洲人头盖骨,就没有李凯的成就。非洲的尸骨是英国人科学成就的基础。可是,即便如此,李凯仍对活着的非洲人痛恨不已,写了两本探讨如何消灭非洲人为争取独立、尊严等基本人权的民族运动的书。

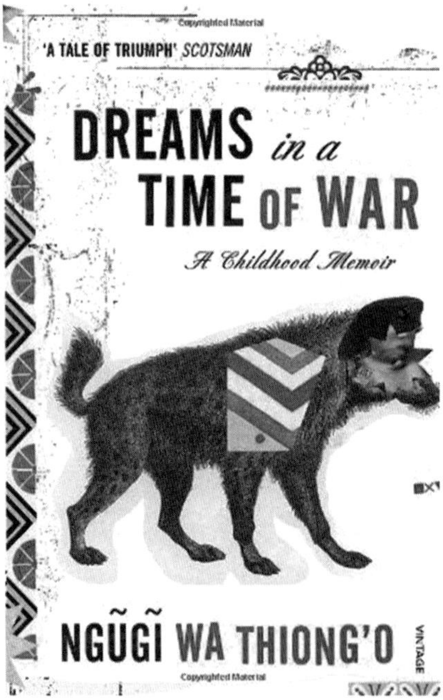

恩古吉作品英文版

虽然寄生者的原创力不足,但其寄生的手段却似乎层出不穷:或武力强侵、或诡计巧夺、或宗教麻痹、或文化洗脑,不能直接攫取时,便通过代理偷运。欧洲殖民者的统治被推翻之后,他们采取了最后一种方式,来继续自己的寄生生活,这便是恩古吉所谓的被“复活的拉撒路”,即独立后的肯雅塔政府。

新政府:复活的拉撒路

拉撒路,是指放弃抗争后被欧洲殖民势力免除死刑的肯尼亚叛徒,他们是新殖民势力在肯尼亚/非洲的木偶/代理人。恩古吉从政治、教育、宗教、文学等方面论述了新政府复活的拉撒路这一形象。

获得殖民势力的支持后,资产阶级窃取了革命果实,叛国弃民,成为欧洲资本主义新时代的幽灵和代理人。除了忠贞不贰地维护欧美资本主义的利益之外,就是亦步亦趋地模仿殖民主义文化,浑身散发着腐朽的恶臭。政治上,他们沿用殖民主义时期的恐怖统治,用监狱甚至暗杀等暴力手段对待持不同政见者;教育上,他们沿用殖民主义时期的愚民政策;宗教上,他们依然高唱“要信仰,要服从/因为想在耶稣那里获福/没有其他路可行/除了信仰和服从”,号召大家要追随耶稣;语言和文学上,他们继续推行压制非洲语言文学的做法,巩固英语语言文学的地位;日常生活中,他们狂热地模仿欧美,打猎、泡吧、胸戴玫瑰花。以至于恩古吉深深怀疑肯尼亚的独立,悲叹道:“殖民地的拉撒路从死人堆里复活了:这个我们近代史上死朽的幽灵,每天都在卡密提监狱里纠缠我们。”

最典型而生动的例子,莫过于新政府的总统肯雅塔。曾经,肯雅塔为了肯尼亚的独立自由不断奔走呼号,疾言厉色地批评英国的殖民主义,甚至在拒绝英国殖民势力的招降后锒铛入狱。但经过10年牢狱之灾,肯雅塔变了:铮铮铁骨,成了银样镴枪;昔日要推翻英国统治的人,开始道歉、低声请求殖民势力的宽恕,甚至让殖民主义势力继续“耕耘”这片土地:“如果我做了什么对不起你们的事,你们要原谅我……我们想你们留下并耕耘这个国家。”

肯尼亚:斗争不止的西西弗斯

面对寄生者的敲骨吸髓和拉撒路的卖国弃民,肯尼亚的劳动人民掀起了此起彼伏的抗争运动。恩古吉曾在狱中发誓,为了保持自己的人性,保持自己思想和情感不被打败,他要坚持写下去。并且,他所写的,不管是政治、科技、历史、地理、日常生活等任何题材;他所用的手法,不管是寓言、象征、意识流、内心独白、闪回、描述、叙述、讽刺、联想,都是为了“人民”斗争的延续。

说到肯尼亚人民的抗争时,恩古吉悲怆但自豪地说:“非洲的西西弗斯有另外一部历史,一部美丽的历史,一部辉煌的历史,绝大多数肯尼亚人民都是这部历史最好的证明。”

《狱中日记》的写作主体及直接原因,虽然是恩古吉本人及他的被捕,但他却反复强调,这部作品的写作和发表并不是出于个人恩怨,并将其所涉及的人群进行了阶级划分。他说:“我同他们之间的诸多分歧,既不是私人的也不是个人的。这些分歧是意识形态的。这些人把自己看成是某些特定社会力量的代表;而我把我自己看成是其他力量的代表。因此,我试着把拘役当作一个社会性、政治性以及历史性的现象来讨论,而不是把它看作我同一些个人之间的私人事件来讨论。”

为彰显此意,恩古吉甚至在自己的日记中,选入其他人的一封书信作为旁证,说明书中所记之事并不是他一个人的遭遇。否则,“这就成了我一个人的怨怼牢骚”。换句话说,恩古吉的斗争不仅仅为了个人的自由、尊严,更是为了民族的自由和尊严。恩古吉就是肯尼亚民族斗士序列中的一员,和他们一样,是个生命不息、战斗不止的西西弗斯。为了刻画这个屡败屡战的西西弗斯群体，恩古吉除了列举众多的民族英雄，讴歌他们的英勇事件外，还特意突出了一些细节，将自己的抗争同民族斗争汇于历史长河之中，使二者互相印证，进一步突出肯尼亚人民“抗争的西西弗斯”的形象。

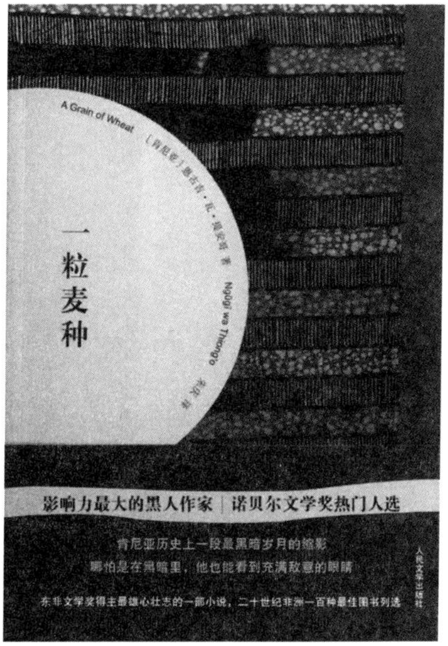

《一粒麦种》中文版

恩古吉深夜被捕时，妻子正重甲在身。入狱半年之后，他收到了妻子寄来的书信和照片，得知女儿已经出生，并起好了名字。在记述这一事件时，恩古吉就女儿的名字加以引申：“我的女儿娃姆尹吉——这个名字的意思是属于人民的人……（她）总是令我想起我所受的拘役，不是私人事件，它是……肯尼亚人民为了创造一种大胆勇敢、充满爱国英雄主义的革命文化，而与他们激烈抗争的广阔历史的一部分。”

而自己在狱中用手纸写书的经历，则使恩古吉想起他阅读夸麦·恩库玛的自传《加纳》中谈到的用手纸写书的情节。就此，恩古吉说道：“……现在，与帮助过在詹姆斯堡监狱的夸麦·恩库玛、在罗本岛的丹尼斯、在卡密提监狱G区的阿布迪拉提夫·阿布达拉，以及其他无数有着相似迫切要求的人一样的旧手纸，也使我每日得以傲视拘役思想的意图。”

政治拘役，就是新老殖民统治者恐怖文化的一个组成部分，它就是要以威胁生命和远离群众的方式来改造或消灭生命、消除身份认同感。对于这样一点，恩古吉尤有体味。他说：“这些规矩……是为了让被拘者感到，他已经被彻底地同人民割裂开来，因此，他也失去了与集体间的团结——这种同人民同为一体的感觉……”而狱中抵抗者的书写，就是在以“文”的形式，来为被拘禁、摧残和扭曲的生命、尊严及身份抗争。恩古吉在《狱中日记》里记述道：“我要在狱中书写一部生活日记，我要记录下发生的每件事：我看到了什么，摸到了什么，闻到了什么，听到了什么，以及想到了什么。”这里的“生活”，既可以看成是具体的“生活”，也可以看成是个体的“生命”。个人或许会在狱中死亡而失去具体的生活，但通过书写，他以及他所属的群体、所代表的历史之生命、尊严、身份却以另外一种形式得到延续。

也门

宰德·穆提厄·代马季：
关注也门历史进程中的个体命运

丁淑红

阿拉伯文苑里的也门文学历来是以诗歌为正宗主流的，其他文类如散文不如诗歌发达，也曾出现过反映希木叶尔王朝历史的故事体文学作品如《欧贝德·本夏里亚奇闻轶事录》和《希木叶尔国王们的王冠》等，情节离奇，颇为引人入胜。而小说、散文等文体的出现较晚，这主要缘于近代也门文化、文学复兴运动直到20世纪30年代末才蓬勃兴起，出现了文学性较强的报纸杂志如《也门智慧》《半岛姑娘》等，陆续刊登了一些从英国、印度等国翻译过来的文学作品。1939年，也门文化复兴的先驱穆罕默德·阿里·鲁格曼发表了中篇小说《赛义德》，被认为是在也门面世的第一部小说。20世纪50年代小说艺术进一步发展，其中的代表作品有阿里·穆罕默德·阿布杜胡的中篇《拉车的马》和《一个工人的回忆录》、穆罕默德·马哈茂德·祖拜利的中篇《瓦格瓦格的悲剧》、穆罕默德·阿布杜·瓦利的短篇《客死他乡》和《萨那——一座开放的城市》。总之，也门小说数量不多，且以短篇居多，人物形象较简单，艺术感染力不强，直到宰德·穆提厄·代马季的中篇小说《人质》出版后，这一状况才有所改变。

宰德·穆提厄·代马季，1943年出生于也门伊卜省，是也门著名政

宰德·穆提厄·代马季

治活动家穆提厄·代马季之子，曾受到良好的西式教育。1964年，宰德考入开罗大学法学院，两年后转入文学院新闻系。1968年，宰德应父亲的召唤离开埃及回国，参加到也门的建设中，坚定地支持父亲的革命事业，誓不向君主制妥协。考虑到父亲的身体状况，宰德放弃了未完成的学业，投入到也门的政治运动中，在也门政坛担任要职。此外，宰德还是也门作协会员、阿拉伯作协会员、亚非作协会员。2000年3月，宰德在英国伦敦去世。

宰德首先是位政治活动家，写作只是他的业余爱好，作品数量有限，以短篇为主，已出版的短篇小说集有《豪班之鬼》《蝎子》《桥》《姑娘玛娅塞的忧伤》《黄炮》，中篇小说《人质》和自传《炫目和惊叹》等。真正让宰德跻身文坛并奠定其在也门文学史乃至阿拉伯文学史地位的是中篇小说《人质》，作者在小说中成功地塑造了旧也门伊玛姆制度下典型的特殊群体——“人质”的形象。该小说在阿拉伯国家多次再版，已有英、法、德、俄、日、印地、西班牙和塞尔维亚文等版本，中文版《人质》2004年由世界知识出版社出版。宰德自小深受也门和阿拉伯传统文学的滋养。他在谈到其创作历程时说，童年时他最喜欢听原汁原味的也门民间传说和阿拉伯民间故事，如《一千零一夜》《卡里莱和迪木乃》等。1946年父亲从亚丁带回一批政治、历史和文学方面的书籍，其中有《世界小说大全》《阿拉伯小说大全》以及乔尔吉·泽丹的《伊斯兰历史小说全集》，宰德花了几年工夫才读完。他通过阅读小说了解了阿拉伯历史，对以后的创作倾向影响颇深。

《豪班之鬼》阿文版

宰德在埃及求学期间，阅读了大量的西方文学作品，尤其对西方文体小说兴趣浓厚。在埃及读高中时，他就曾模仿法国作家大仲马的《三个火枪手》写过一个类似的短篇，讲三个年轻的朋友开着一辆吉普车穿越被占领的巴勒斯坦边界线，和以色列敌人斗智斗勇，故事用埃及方言写成，但从未出版。宰德的第一个短篇小说 1961 年写于埃及，刊登在《新也门》杂志（此杂志最初在埃及开罗发行）。他所写的小说几乎都先发表在这本杂志上，以后结集出版。《新也门》杂志是一本纯文学性杂志，专门刊登也门文学作品和文学评论。20 世纪 70 年代末至 80 年代末，百忙中的宰德还一直兼任《新也门》杂志的编委，足见他推动也门文学发展的一片热忱。

对阿拉伯历史小说和西方小说叙事手法的借鉴，加上政治家的社会责任感，形成了宰德的创作风格。他的作品没有宏大的、惊天动地的叙事场面，特别关注也门历史进程中普通个体命运的书写，在写作策略上用功颇深，善于从细微处入手，观察视角独特，建构出不落俗套、现实能指维度明晰的故事框架。

宰德的中学、大学阶段都是在埃及完成的。当时的埃及经过穆罕默德·阿里实行的一系列面向西方文化的改革，成为引领阿拉伯世界的文化先行者。这敲击和震撼着宰德的心。家庭的耳濡目染、童年的痛苦经历，还有也门的腐朽落后和埃及的繁荣昌盛之间的反差，使他对旧也门伊玛姆专制独裁统治，特别是1962年前伊玛姆叶海亚父子的统治深恶痛绝，因而其作品绝大多数都是揭露旧也门伊玛姆专制制度的残暴统治和百姓民不聊生的生存状况，这是宰德创作的主旋律。

也门伊玛姆制度自公元9世纪（894年）开始出现，原本是宗教职位，后逐渐演变成一种集宗教、世俗权力于一体的政治制度。旧也门统治者称“伊玛姆”，也译为“国王”。直到1962年爆发“9·26革命”，也门才废除了伊玛姆制度，建立了共和制。1918年至1962年，伊玛姆叶海亚父子对也门进行独裁式的宗教统治。为巩固其政权，不惜使用拉拢收买、威胁恐吓、教唆指使等各种伎俩挑起派系间、部落间的内讧。同时，叶海亚还奉行“皮鞭”和“愚民”政策，残酷镇压人民的反抗。此外，他还建立了密探、情报系统，扼杀各种反抗活动。为控制某人而将其家人扣做人质的做法在也门已有几个世纪的历史，伊玛姆叶海亚更是强化了这种制度，期间关押的人质多达4千多人。

宰德的父亲因发表了反对伊玛姆叶海亚统治的言论遭到逮捕，1944年5月14日他从监狱逃走，开始在报纸上用真名撰写文章、诗歌，抨击伊玛姆叶海亚的专制统治，还和同伴组建了“自由人党”。家人因此受到牵连，伊玛姆派人监视，一旦发现新生儿，便抓去当人质。母亲抱着只有6个月大的宰德东躲西藏，伊玛姆的爪牙只好将穆提厄·代马季家族中一个7岁的小男孩抓走，这一情节在宰德的中篇小说《人质》中有所涉及。

《人质》以第一人称叙述“我”很小的时候被抓去给伊玛姆当人质，关在卡西拉城堡。后来因为长得俊，被选进副王府做“杜维达尔”（侍从）。副王府里有一位“美男子杜维达尔”，白天尽心伺候主子，晚上则受到女眷们的性骚扰和蹂躏。而“我”则被副王年轻、漂亮的离异妹妹看中,做了她的私人“杜维达尔”。她较为袒护“我”,“我”也完全被她的美貌和声音所吸引。可“我”一旦稍有不慎,便会受到恶言相加或遭监禁。“美男子杜维达尔”害痨病而死,更让“我”憎恶这一切,借出殡之机逃了出来。作者在《人质》中展现出娴熟的写作技巧,采用双重表现策略,表层叙事讲述“我”从人质到“杜维达尔”再到仆役的三次身份变化,自我意识也从捍卫做人的尊严发展到自我生存,揭示出只有反抗斗争才是唯一出路;一深层叙事则展现了1948年前后也门历史发生的政治变化:伊玛姆专制统治、反专制的自由党人运动、伊玛姆被暗杀、新的伊玛姆上台。第一人称内聚焦叙事的独特视角、儿童化的语言、线性情节结构、压抑封闭的环境描写,还有生活其中的人质——伊玛姆制度下的特殊人群,都体现了作者的匠心独运。

宰德在批判伊玛姆专制制度的同时,也从社会层面进行冷峻深邃的思考,探究专制的阴影和危害弥久难消的原因,是因为国民普遍存在着愚昧无知和麻木不仁,对统治者失却了反抗的能力和意识,即便有也很微弱。如《一位外乡人的故事》中一位男子在外乡时,奉命给部落酋长送一份礼物。回国后,酋长让他讲讲路上见闻,他提到的飞机众人都不明白,他便解释飞机是用铁做的,能在天空中飞。酋长觉得这位男子冒犯了他,把他囚禁起来以示惩罚。多年后,该部落遭英国飞机轰炸,酋长这才相信那位男子所说的话,把他请来要赏赐他。可男子再次渡海走了,这虽然是消极的,却是他唯一能够做到的反抗方式。

在宰德笔下,“均贫富”的生活只有通过大众眼中的疯子来实现。小说《疯子》中,村民秋收堆放玉米垛时,按照人们的地位高低决定占地面积的大小。一天,被村民称为“疯子”的侯麦迪突发奇想,把打谷场上的玉米垛堆成了一大垛。社会不平等的现象由来已久,村民们熟视无睹,浑然不觉,而“疯子”则体悟到这种生存方式的不合理,并付诸反抗行动。小说中“疯子”的称谓使用反讽手法，与麻木不仁的“正常人”相对应。

同为改变生存状况，不同的人所选择的方法也有区别。短篇小说《伊玛姆的猫》中，伊玛姆的侍从选择以讨伊玛姆欢心为最终目标；而另一青年依靠读书增长才干，实现自我意识苏醒，破旧立新，获得自由选择新生活的可能。小说揭示，尽管民众中闪现出的觉醒意识犹如萤火虫之光，但毕竟已经存在了。

宰德在创作中多种手法并用，如双重表现、复线并进等叙事策略在他的小说中多有体现。1986 年宰德出版了他的第 3 部小说集《桥》，收集了他 1981 年至 1983 年发表在《新也门》杂志上的 8 个短篇小说。同名小说《桥》中，作者采用复线条式的结构，以“我”的叙述展开“我”遭绑架和目睹的车祸两条线索。两条线并不纠合重叠，而是各自独立发展，似乎毫无关联，割舍了哪一条线小说都是相当完整的故事。可事实上，两条线互为正辅，从高压专制统治的恐怖和百姓麻木两个向度共同完成了对伊玛姆制度下人们生存环境的同构。

在短篇小说《滚远点吧！》中，作者首次尝试用电影蒙太奇手法作为小说详细部分的切换，小说用闪回、闪前交错的叙事手法，使作品事件安排错综复杂，不依照线性时间顺序，故意采用颠倒交错的时序，给小说增添了扑朔迷离的气氛，仔细阅读文本后，读者发现仍有足够的线索可以重建一个完整的故事时间。篇名“滚远点吧！”是主人公“他”第一次离家时，哥哥不愿“他”走而诅咒的话；篇尾处“他”衣锦还乡，最终却落得一无所有，只得再次远走他乡，哥哥再次说出的这句话中多了许多无奈和祝福，这种前后呼应对比反差悬殊，深深震撼了读者的心灵。况且作者在精简的历史背景里，把个人普通而又具传奇色彩的命运和专制政权结合起来，更是传递出一种小人物无法控制的生命之痛，这一切又都归罪于伊玛姆的残酷统治。另外，作者在行文时留下许多空白，以调动读者的想象力，拓展遐想的空间。

宰德善于截取生活的某一片段，对其叙事元素进行放大，平静客观的叙述背后彰显出作者强烈的创作意图和批判意识。宰德还充分调动想象力进行虚构，把种种极不相容或极为偶然的事件放在一起，建构起一个寓意深远的，没有确切时间、地点的故事，呈现给读者对独裁者与权力的思索。

宰德去世后出版的短篇小说集《黄炮》(2001 年)收集了宰德写于 20 世纪 90 年代的 7 个短篇。同名短篇小说《黄炮》中一个士兵守着碉堡，没有吃的，只有炮弹。他依靠炮弹的威力向城里人索取食物，终不免落寞地死去。碉堡是权力的象征，而大炮则是维护权力的武器，即便这两样都有了，独裁者依旧是孤家寡人，又滥施暴政，只有死路一条。或许百姓能暂时顺从，而一旦人民掌握了维护自我权力的武器，便有能力主宰自己的命运。小说题目本身就意味深长，耐人寻味，暗示了文本的寓言性。

《黄炮》阿文版

宰德的自传《炫目和惊叹》(阿拉伯文)2000 年由英国利雅得·利斯出版社出版，这是作者在世时出版的最后一部作品。全书分“塔兹篇”和“开罗篇”，描述少年宰德在塔兹上小学和在埃及求学的人生经历。评论家认为“宰德尽力把自我成长的回忆录写成一部民族大众的回忆录，把个人自传写成一部国家的发展史”，仅凭宰德十几年的青少年生活及92页小开本的容量是难以承载的，却契合了宰德“矢志不渝”地批判伊玛姆专制的创作宗旨，并为了解作者的思想提供了文本依据。

宰德所有作品都渗透了他对旧也门伊玛姆专制愚昧野蛮统治的非凡洞察力，关注伊玛姆对社会各层人民的剥削和压迫以及人们试图逃离压迫的行为。作为一名小说家，宰德的局限性毋庸讳言；但宰德热切关注着祖国的前途命运，并自觉主动地肩负起推进时代发展的社会责任和历史使命，创作出一篇篇“给时代画像的作品”，令人敬佩。